北岳·中国文学年选

《名作欣赏》杂志鼎力推荐
权威遴选
深度点评
中国最好年选

林霆 ◎ 主编

2018年

短篇小说选粹

Selected
Short Stories

山西出版传媒集团　北岳文艺出版社
BEIYUE LITERATURE & ART PUBLISHING HOUSE

·太原·

图书在版编目(CIP)数据

2018年短篇小说选粹 / 林霆主编. —太原：北岳
文艺出版社，2019.1
（2018·北岳·中国文学年选 / 续小强主编）
ISBN 978-7-5378-5831-1

Ⅰ. ①2… Ⅱ. ①林… Ⅲ. ①短篇小说 – 小说集 – 中
国 – 当代 Ⅳ. ①I247.7

中国版本图书馆CIP数据核字(2018)第298482号

书名： 2018年短篇小说选粹	主　　编：林　霆	责任编辑：赵　婷
	策　　划：王朝军	书籍设计：张永文
	项目统筹：庞咏平	印装监制：巩　璠

出版发行　山西出版传媒集团·北岳文艺出版社
地　　址　山西省太原市并州南路57号
邮　　编　030012
电　　话　0351-5628696（发行部）
　　　　　0351-5628688（总编室）
传　　真　0351-5628680
网　　址　http://www.bywy.com
E – mail　bywycbs@163.com
经 销 商　新华书店
印刷装订　山西人民印刷有限责任公司

开　　本　787mm×1092mm　1/16
字　　数　274千字
印　　张　17.75
版　　次　2019年1月第1版
印　　次　2019年1月山西第1次印刷
书　　号　ISBN 978-7-5378-5831-1
定　　价　58.00元

序

/ 林霆

　　短篇小说不是长篇小说的下脚料，而是作家们用心在经营的一个独特文体，它在主题的包容力、丰富性和写法的多样化、成熟度上，都有其自身的特点。在短小的篇幅、有限的字数中，短篇小说可以包容人的一辈子，也可以回顾中国某个特殊历史时期，并对当下的社会现实，给予有见地的思考和关注。2018年度的短篇小说从题材方向上，大致可以分为写人生、写现实和写历史。在每一个类别中，小说在延续传统的同时，也有新意和创意在，一定程度上体现着中国短篇小说创作的某些新变。

　　在写人生的作品中，可以发现写中年、写女性、写悲剧的特点非常突出，而且出现了以短篇小说的容量，写尽人的一生的作品，平凡人生同样可以被演绎为艺术品。张楚的《中年妇女恋爱史》①是此类小说的优秀代表。用几段恋爱婚姻经历，来书写人的一生，似乎并不是什么不得了的构思，但是这篇小说的美妙在于，作者丝毫不掌控、不评判人物，尽管女主人公有一种非如此不可的劲头，她在每一次人生关头的选择都难说是理性的，有时还略显轻浮，作家却给予人物最大程度的理解。就像法国作家福楼拜笔下那个包法利夫人一样，主人公茉莉是一个从镇里考到县城的乡下姑娘，第一次出场时穿着"细腰桃红假

---

①张楚《中年妇女恋爱史》,《收获》(双月刊)2018年第2期。

羊绒大衣",这"假羊绒"一词,不动声色地暗示了她的经济处境和不甘于这处境的心态。小说就是在这样的外部观察中去书写人物的命运,对于她的心理不着笔墨,但却从她一次次令人惊异的人生转向中,品味出她内心的欲念和盼望。没有任何操控,也没有丝毫的评价,但一个看似虚荣肤浅、自作自受的女性,得到了前所未有的尊重。作者看待县城小人物的态度,和他仰望星辰时的姿态和感受是一样的——理解我们所不能理解的,这是文学对人性最伟大的敬意。

如果说"中年妇女"的痛苦是隐然未现、无声无息的,那么任晓雯的《朱三小姐的一生》①中的朱三小姐,她的苦痛是浓墨重彩、明目张胆的。"中年妇女"是生活化的小说人物,而"朱三小姐"是地地道道的戏剧人物。两种不同的写法,一样的悲剧人生。朱三小姐一生命运多舛,她的痛苦也见证着世人的冷漠和人性的刻毒,这样的写法延续着任晓雯近几年来短篇小说创作的风格。稍显不同的是,在朱三小姐的小姐妹身上,犹有残存的关爱和亲情,这给人性的阴冷添了几许温暖,也使人物的性格内涵更加丰富和复杂。

像是给这两部以女性为主体的作品做一个补充,孙睿的《动物园》②写的是一个男孩子成长到男人的经历,其中充斥着暗恋、打架、劈腿、结婚、生子。由这些情感故事所构成的世界里,激情在暗淡,真诚在衰减,弥漫着暮气和无奈。同时,"动物园"作为人物全部的痛楚与欢乐、成长与衰老的见证,贯穿于作品始终,氤氲着怀旧和感伤的气息,引而不发的悲剧感也由此而生。

除了这几部完整呈现人物命运的小说外,还有一些作品是以极小的切口进入故事,从中却能窥见人物生活中最重要的时刻。如裘山山的《听一个未亡人讲述》③中,一个女人从情人妻子的讲述中,得以了解情人晚年的生活,并在这过程中,不断地回忆起逝去的如烟往事,完美情人的真相也一步步被残酷地揭示出来。裘山山解剖刀般尖锐的笔力,让这场婚外情不留下最后一丝温情,也

①任晓雯《朱三小姐的一生》,《十月》(双月刊)2018年第4期。
②孙睿《动物园》,《当代》(双月刊)2018年第4期。
③裘山山《听一个未亡人讲述》,《青年作家》2018年第1期。

是残酷至极；阿袁的《春秋》^①与这篇小说有异曲同工之妙，虽然叙述风格上更加曲致文雅，但对于中年人的婚姻生活和婚外出轨也是不留最后一点浪漫的遐想。中国人靠什么拯救婚姻，拯救爱情？这两部小说给出的答案是极为悲观的，中年人的精神危机似乎已经走到了绝境，小说也因此还原了当下中国人乏善可陈的婚姻质量和情感厚度。

无论是完整呈现人物一生，还是从小切口进入事件去展现表象背后的真相，这类写人生的作品，都把情感的不可靠、人心的不可测，以及人生的悲剧性、苍凉感，作为小说最重要的表达诉求，此正体现着作家观察、思考人生的角度日益深化、犀利，同时也是文学作品成熟度的标志。

在写现实题材的小说中，本年度短篇小说透过小事件来描写正在飞速变化中的中国现实与世道人心，精准把握住中国在现代化、城市化的进程中，城市人和农村人各自的生存境遇、精神状态，以及他们在社会巨变中的持守和挣扎，最终在人的行为和心理中，去思考城乡关系问题，农村中物质与精神、现代化与传统的关系等重要命题。无论是写农村还是写城市，此类作品是对当下中国现实的文学记录，也是留给后代的一份中国人的精神档案。

当下写农村的小说一般有两个叙述维度，一是从城市的眼光看待农村以及城乡关系，叙述者往往对农民持有悲悯的情怀，对农村凋敝的刻画入木三分，然而心痛之余却万般无奈；二是立足农村，从农村的角度去思考、回应农民所面临的生存困境与文化难局。面对发展中的农村变局和困境，叙述者的态度更加乐观，希望能从文化传统中找到从困局中突围的路径。

取第一种叙述维度的小说，其价值立场并非城市的立场，而是以城市知识分子的眼光，去考量当下中国日益尖锐对立的城乡关系，对农民的处境给予深切的理解和同情。如陈应松的《赵日天终于逮到鸡了》^②，小说写了一群城里人热闹喧天的乡下游，他们抓土鸡的热情把农人寻找孩子的请托，遮盖得严严实

---

① 阿袁《春秋》,《上海文学》2018年第7期。
② 陈应松《赵日天终于逮到鸡了》,《上海文学》2018年第5期。

3

实。小说在浮华的城市与凋敝的乡村的对比中，展现着城市化进程中的城乡关系和人心的寒凉；取第二种叙述维度的小说有秦岭的《天上的后窗口》①。小说从农村的视角来写农村，重心是讨论经济发展与乡土传统之间的关系。小说表现了物质生活的改善，给农民们带来的忘乎所以的解放感，以及他们如何经历了从抛弃传统到对传统回归的过程。秦岭似乎在这里提示我们，有关农村、农民的拯救永远不会来自城市，也不会来自其他外来的文化，而只能来自本乡本土。这一态度，在全球化和城市化进程中的中国，显得稀少而珍贵。

城市题材小说的书写对象大致分为两类，一是城市底层人群，二是城市中产阶层。在对底层人群的书写中，可以看到作家们特别关注了城市中的外来务工人员，代表作品是徐则臣的《兄弟》②。徐则臣在近年的短篇小说创作中，一直将北京的外来务工人员作为描写主体，他既不回避人物所经历的粗鄙、窘迫的物质生活，又不让他们陷入没有精神、如同行尸走肉的泥淖中，而是让物质层面的残酷挤压与心灵的超拔、精神的盼望相碰撞，营造出颇具诗性品格的优秀作品。在今年的《兄弟》中，他再次书写了一个充满荒诞感的故事。一个来自农村的年轻人，着魔一般认定繁华的北京城里有自己的兄弟，这一想象让他与北京建立了既亲切又虚拟的关系。然而背后的现实是，北京从来都不需要他们。小说最后，有关部门遣散了城乡接合部的外来务工人员，临时居所也被铲除。因为这期盼如此美好而毫无根由，小说的绝望感就更加彻底而让人心酸。

在今年描写城市题材的作品中，比较多地出现了对城市中产阶层的精神伤痛的关注，如邓一光的《香蜜湖漏了》③围绕香蜜湖沧海桑田的变化，写了一代人在改革开放的洪流中的奋斗与挣扎。小说人物心态独异、玩世不恭、颇具现代感；周李立的《天的子》④则在哀而不伤的轻松氛围中，将关注点聚焦于将儿女送到国外的城市老人。主人公在现实中扮演皇帝，生活中却成了"寡人"，定

---

① 秦岭《天上的后窗口》，《芙蓉》2018年第3期。
② 徐则臣《兄弟》，《大家》2018年第3期。
③ 邓一光《香蜜湖漏了》，《花城》(双月刊)2018年第4期。
④ 周李立《天的子》，《小说界》(双月刊)2017年第6期。

居美国的儿子也变成最熟悉的陌生人。新世纪的出国大潮，制造了一大批生活在中国的孤独老人，他们面对无法适应的外国，没有亲人的中国，过着无所适从、自欺欺人的生活。可以说，关于这代人的生活和情感状态，这部小说可以为未来提供时代的记忆。值得注意的是，在今年城市题材的作品中，出现了意义指向不甚清晰的小说，如双雪涛的《女儿》①就带有明显的文本实验和现代主义特征，具有多种阐释可能。它将现实中发生的事情，与在小说中书写的故事互相穿插，写得离奇古怪且没有明确的结局。小说似乎是为那些不相信真情、不相信意义的人寻找确信和意义。这样的小说，可以看作是一种"现代现实主义"的尝试。作品中隐在的现代主义因子，有助于表达出时代人的生存状态和纠结、焦虑、混乱的心灵困境。

本年度历史题材小说收获颇丰，在写作视角上呈现出个人性、日常性的特点，同时在写法上专注于将生活的私人性与历史的公共性相结合。如莫言的《等待摩西》②，将当代中国几十年的历史投射到一家人的命运中，以个人命运沉浮来书写中国当代史的变迁。从"文革"时的批斗到改革开放四十年，主人公的名字从摩西改为卫东，又从卫东改为摩西，从落魄到风光，从失踪到归来，几十年的社会风云变化，都被记录在个人的命运中。小说似乎提出了信仰问题，即支持家人活下来并过上正常生活的是什么？等待摩西，等待的究竟是什么？小说语焉不详，只在结尾处留下巨大的空白和猜想的空间；麦家的《双黄蛋》③也描写了"文革"时期的小镇生活，但是写法非常独特，故事的主体发生在双胞胎兄弟和他们的母亲身上，而小说的深意却体现在始终隐身的父亲那里。小说以写实手法，出色地还原了"文革"时期野蛮粗鄙的日常生活：母亲为了儿子的前途，以肉体交换考试试卷，但在大批判中，此事被人散布出来。两个儿子为母报仇，斗殴中其中一个死去。为了不让"一个死了，另一个也活不成"的谶语成真，始终默默无声的父亲选择自杀，以自己的死来代替活着的

①双雪涛《女儿》，《作家》2018年第4期。
②莫言《等待摩西》，《十月》(双月刊)2018年第1期。
③麦加《双黄蛋》，《收获》(双月刊)2018年第3期。

儿子的命。看起来荒诞不经的故事，隐含着多少蒙昧时代的真实印记和作者对历史记忆的沉重心态。类似题材的小说还有叶兆言的《布影寒流》①，小说写一个流言引发的复仇威胁，一直飘荡在工厂车间，彷佛随时都可能爆发，但又迟迟因为各种事情而被延宕。小说所书写的时代，带着特有的物质贫乏和精神苍白的气息，"无聊"似乎是那时生活的主旋律。小说对时代氛围的把握和对人们精神气质的捕捉，异常准确到位。此外，王手的《平板玻璃》②是将人物命运与时代发展进行极好融合的小说。一面破碎的平板玻璃坏了一场婚姻的彩头，所有当事人的命运都发生了巨大的转向。四十年时间过去，时过境迁，再重温往事时，主人公终于深刻地领悟到，依靠自我来把握命运的想法是多么可笑。这部小说描写的时间跨越了中国从计划经济走向商品经济的两个阶段，不只书写了经济变迁对人生的影响，还以小说的方式对并不遥远的历史进行个人化的总结和回顾。

当代中国正处于巨大历史变革中，平静的背后波涛汹涌，多变的现实和复杂的人性时常在或朴拙或奢华的表相之中，透露着难以言表的感动和虚妄。作家所要处理的经验，前所未有地复杂和令人困惑，这是中国作家所要面临的事实。此时的中国作家面对着题材的富矿，将如何选择材料，又如何进行切割，才能让钻石发出最耀眼的光芒？需要怎样的洞察力和感受力，才能把持思考的重心，抵达意义的深处？这是中国作家所面临的难题，也是小说创作所遭遇的困境。

实际情况也是如此，中国当下的小说依然以现实主义为主，但小说界的平庸现实主义作品并不少见，有些作品在故事叙述方面上有相互模仿之嫌，或者在缺少常识的经验中透露着某种"速成"的气息。事实上，一部好小说的诞生，并非妙手偶得之，而是需要写作者扎扎实实、全方位的艺术素养和思考力，包括作家的艺术品位、审美趣味、叙事能力，以及担当现实的勇气、观察事物的立场和眼光，这对作家来说是难度，对小说来说是高度。

---

① 叶兆言《布影寒流》，《十月》（双月刊）2018年第1期。
② 王手《平板玻璃》，《花城》（双月刊）2018年第1期。

目 录

天的子

/周李立

陈怀初每年最喜欢的日子就是春节，当然他最忙的日子也是。平日里成天没事做的陈怀初，每到春节就登上人生巅峰。他忙的事情和别的老头不一般，毕竟他从来就是不一般的老头。一般的老头在春节盼儿女回家，就他好多年都没得盼。一般的老头们就同情他，说陈怀初你孤家寡人一个，逢年过节怕是不好过。

陈怀初揣着手，瞥一眼天，朝向老天提高了嗓子说："惯了。"

"也不是个事儿。"有老头儿接话。

老天爷赏饭是个事儿，别的都不是个事儿。陈怀初话说得比一般的老头儿漂亮。他们都服他。一般的老头儿们在这栋楼里住了不少。他们平日里也和陈怀初一块儿，以在楼下晒懒散的太阳为主业，被家里老太太一天三次吼回家吃现成饭。这栋五层居民楼，楼下栽有三棵梧桐树。树下砌了一级台阶。老头儿们都自带小马扎，不坐台阶，怕台阶硬。

陈怀初没有现成饭可以吃，他总愿意多晒会儿，这样还可以目送老伙伴们个个灰溜溜拎马扎离开，人都走了他就有些不自在，盼人家快快吃完。

陈怀初在一般的老头儿们中很显眼，因为总穿条大红色棉布的裤子。大红裤子他有四条，分别对应四季——当年宫里就这样。虽说宫里的规矩也不是样样都好——单阴盛阳衰这一条，就很不好。但他认为四季分明的裤子也是讲究人的生活方式，就算吃吃喝喝的事情上他不得不勉强应付——不是缺钱，是不满意自己的手艺——至少穿红裤子这种事情上他还能坚持，说明这日子还值得过一过。

老头儿们没人认为陈怀初那两扇红旗般在寒风中猎猎招展的大裤腿有什么不妥，反倒是哪天没见着北京冬天里这两根不倒的"红旗"的时候，他们才会觉得失落了什么。好在陈怀初几乎从未缺席楼下晒太阳的队伍，都说了，他孤家寡人一个，没牵没挂，只好积极投身晒太阳晒风雨晒雾霾晒自个儿——总之都是一回事——的民间活动。该活动又不劳民又不伤财，百益无害。

陈怀初喜欢"孤家寡人"这称呼，但他不喜欢被认作孤寡老人。"别看这一字之差里头，那可是千差万别啊！"他无数次如此训诫那些不明状况误以为他是"孤寡老人"的年轻人。"我儿子在国外，美利坚合众国。鄙人算不得孤寡老人，孤寡老人是没后人的。"此处他会卖几个关子，比如漫不经心理顺红裤腿因为长年疏于清洗实际已很难抚平的褶皱，又说，"至于孤家寡人么，那还是算得上的。要听听吗？要听听你就先去四方八舍的去打听打听，问问寡人是啥意思。"

那些年轻人很少去打听。陈怀初知道他们的时间早就被分割殆尽，所以才觉得如今的年轻人真是没意思透了，明明还有漫长的半辈子没过，却忙不迭像等不及明天一般地活着。他们总是被什么东西什么人给催促着、被等待着。早起的闹钟在等着他们，该送去幼儿园或小学的孩子也蓬着头、睡眼迷瞪地等着他们。还有那些在地下八尺窜行的火车，上午，地铁让他们不至于错过每天三十块的出勤奖，下午，地铁保证他们能以最快的速度奔赴某处以便迅速花掉比三十块多得多的钞票。这样的一天便是能达成平衡、没有遗憾的。如果还有零碎时间，年轻人会去超市，掠走成山的方便食品，花一点点时间在厨房捣鼓出看起来丰盛其实也不好吃的晚餐，尽力吃饱喝足，这能让他们双眼发红、额头贴满油光，也全身都是力气可以用来对付家中那个耍赖不睡觉的小家伙。小家伙总是和年轻的父母们彼此折磨、持续消耗，直到小家伙有一天也成为年轻的父母，每天都被身外之物诱惑和鞭策。

陈怀初总能见到这样的年轻人。他们多数是这栋楼老居民的后代，经年累月地逐渐像烟火一般散开，洒落在北京城各个角落，如今的北京城更广阔无边，足够容下更多散落的火星儿。火星儿们，有的就这么灭了，从此黯淡，比如老刘家那个进监狱的儿子；也有的就烧起来了，爆炸般地胖起来，比如老范家刚生完二胎的女儿。那二胎还是双胞胎，所以老范有三个外孙，都是男孩。可惜老范一个都不能带。老范的手得了一种关节伸不直的毛病，只能鸡爪子一样缩着抖着。陈怀初每天例行问问老范老伴儿的健康状态，顺便观察老范手指的抽搐频率。

就是陈怀初瞧不上的这些孩子，多年前，陈怀初眼见得他们一个个光着屁股跑出家门。门内，多半有个年富力强举着巴掌要揍人的父亲，老范就是，那阵子他的手关节展得可直了。现在的年轻父母都不打孩子了，他们不打任何人，个个都文质彬彬宛如大学教授，其实不过都是些小角色，放从前的朝代，连衙役都算不上的小角色。房产中介、超市收银、写字楼上班的小白领、专打离婚官司的小律师、生殖科医生、专车司机、做美发的托尼、做理财的杰克……无论他们白天做什么，白衬衣都得进黑西裤的裤腰里，各式皮带扣都得兢兢业业扣紧比陈怀初还要圆滚滚的那些年轻的肚皮。

陈怀初庆幸自己不必见识陈童身着白衬衣黑西裤、肚皮上再扣一枚金色皮带扣的模样。陈童是美国大学的教授，住在波士顿，离纽约极近。美国的大学先进就在于从不对教授的着装横加干涉。这说明陈怀初的儿子陈童也不是一般的儿子，是天之骄子。陈怀初这个不一般的老头不可能养出一个一般的儿子。陈童学的高科技专业那可真难，在美国学了十多年才算修成正果。在陈怀初的理解里，所谓正果就是不当学生了开始做老师了，拿着美国的工资了。

要说每到春节陈怀初有什么可忙的，还是挺值得一说的。

他得祭天。

其实也不是他祭天。祭天是从前的朝代里皇帝们做的事儿。老天又不是自家祖宗，谁想祭就随便祭的。顶多拜拜，求求老天恩典来年继续赏饭吃——也就这算个事儿。其他时候，老天爷哪有那么多时间搭理凡夫俗子？何况改朝换代，祭天早就不是必要的时务了。陈怀初自认是识时务的，所以这些道理他都懂。但他还是放不下祭天的事儿。为什么？因为他是"皇帝"。

没人认可陈怀初的皇帝身份。让他当皇帝，只是因为他长了细长的吊梢眉。此外他嗓子亮，喊起来声音传得远，这样就不必在皇袍里藏一个装电池的小麦克了。至于吊梢眉是不是皇帝的"标配"？这纯属个人意见。区文化局负责民俗表演这档业务的小干事出生南方，是名校考古系毕业，受故宫那些清代皇帝画像影响颇深。他见着吊梢眉的长者就觉得有几分眼熟，就觉得像那些画像上的皇帝老子。

祭天只有皇帝是不行的，还得有众随员。文官二十人，穿红色文服，左右分开列队。武官八人，穿藏青短款武服，不列队，因为得抬皇帝也就是陈怀初的轿子。所以武官实质是轿夫，出力最多，尽管轿子上的陈怀初多年来保持住了清瘦的标准身材——要是发福的话，武官抬轿会费力就会嚷着加工钱或者撂挑子不干不说，也不像个真命天子的样子，而像和珅那种贪官，那出场就不好看了，出场不好看，这事儿就不严肃了，反像闹剧——所以武官拿的工钱是最多的。这两年都是按天结算，一天一百多块，外加三餐盒饭，一荤二素。

文官的工钱仅次于武官，因为得自己走过祭天的一路。春节期间不消说有多冷，北京地坛公园里植被众多，到冬天就更显阴森。地坛的春节庙会名声在外，来的人接踵摩肩，观赏祭天表演的闲人也少不了。文武官员们哪次都得在户外冻上大半天。祭天表演连着演一星期，从大年初一到初七。文官们祭天仪式期间还得一本正经地站着，不时配合皇帝陈怀初做些不知道有没有历史依据的祭拜动作。那些作揖挥袖的架式，多数都是陈怀初自己看着古装电视剧琢磨编排出来的，小干事说这些动作多半"算靠谱"，错不到哪儿去，还鼓励陈怀初提升演技的同时也要发挥创造力，反正这活动的目的就是"增添节庆气氛"。北京春节庙会里有祭天的表演，仅天坛、地坛两家。无论从哪方面，天坛那队都比地坛好。

文官们也有三餐盒饭，分量跟武官一点不差。只有皇帝的工钱最少，不是按天结算，而是每年祭天活动完了一块儿给，为防皇帝中途退出。文武百官可以换人，就皇帝，不适合频繁更替。所有百官都有候补演员，就皇帝，没候补。平均算下来，陈怀初扮演帝王的收入，一天不到五十块

4

钱。早些年陈怀初还抱怨——那阵子他手里没现在这么多美元——认为这和皇帝身份不符,况且"都是一样挨冻,皇袍也不比文官的红衣服暖和不是"?

但人家说,皇帝全程坐轿子,没收你的钱已经不错了,而且你见过计较工钱的皇帝吗?文武百官还都得拜你呢,就你一个,只拜拜天,就够了。

陈怀初自然知道自己不能跟真的皇帝们相提并论,曾经天下都是皇帝的,他们还计较什么?他们只需要讨好上天。但他没这么说,毕竟,他还挺想自己来年能继续当皇帝、继续祭天的,就挥着皇袍金灿灿的长袖口说:"工钱?这不是个事儿,我就是图一乐。"

"这就对了,老爷子,就您装扮上,那气派,就是光绪再世啊。"

陈怀初讨厌光绪,因为光绪软弱,他觉得对方应该说乾隆再世。

春节期间地坛祭天的民俗表演活动持续有十几年了,反正陈怀初做皇帝的年头已经超过了雍正,他是别想赶超乾隆了,起步晚,做不到"十全老人"的六十年帝王生涯了。他算是幸运的,麾下文武官员都换了一拨又一拨的退休老头儿——有的年龄大了就不来给陈怀初抬轿子了。只有陈怀初还是铁打的江山。谁让他孤家寡人一个过春节呢。多年前,这些老头儿都和陈怀初一块儿,是在地坛园林管理局工作的,陈怀初主要负责给古树做养护。园艺工人辛苦,退休年龄也早,有的四十多岁就开始养老了。成立民俗表演队的时候,地坛这边就没舍近求远,也是肥水不流外人田了。

每年腊月十几,负责民俗表演活动的文化局小干事就上门拜访,提请陈老先生记好今年的活动安排。"又得让您老受累了",小干事每次都说,但人家每年都来得两手空空,陈怀初觉得这南方小孩不懂规矩,跟老范说过:"大过年空手上人家家里,天下走哪儿也没这个理儿啊。不是有没有年货的事儿,这是个理儿。"

老范听来听去,说:"你还是说的年货的事儿。"

后来小干事当了处长,干脆就不来了,摆架子,指派底下人打电话,通知几月几号几点几分到地坛西门处临时拖车内换服装,几点几分到拖车旁的大棚那儿领盒饭。

陈怀初接电话还兴高采烈连连说是,放下电话就气急败坏,认为如今年轻人真没大没小,竟然敢这样跟他讲话,比外面屋檐掉下的冰碴还像刀子。骂归骂，过后，他也能迅速重整旗鼓，红裤腿走路带风，半天也不能安稳坐下。

陈怀初最怀念就是第一年做皇帝的时候。那一年陈童刚刚去美国念大学，为省下机票钱，圣诞春节都不敢回国。独自过春节的陈怀初想，闲着也是闲着，就去报名参加了民俗表演队。一开始没做演员，报名时填的是"服化道管理"，老伙伴们给陈怀初的评价是"凡事都讲理儿"——讲理的人适合管理器具。管了一阵子服化道，也不知道被谁看中了，说个子高，能当演员，面相也气派，吊梢眉，那就还能演皇帝。

陈童那时候很瘦，高度近视总让他像个瞎子般走路撞人撞树撞电线杆。陈怀初可没为这个少操过心，陈童出国，临走送到首都机场，陈怀初最后的叮嘱，是走路要看路。

"知道了，爸爸。"陈童扶了下眼镜，一副胸有成竹的样子。只是陈童自幼瘦弱，那副庄严表情便显得有些老成得像极了陈怀初。

陈怀初想再叮嘱些什么，但他自己还没坐过飞机，陈童也没坐过。他们对这件事一样摸不着门道。还没等陈怀初开口，一伙戴着旅行社红帽子的团队游客，就呼啦啦冲过来了。陈童宛若一颗黄豆掉进锅里——锅里全煮着红帽子。视力素来极好的陈怀初，半天也没从人堆儿里把儿子拔拉出来。等浪一般的人潮过去，陈童书包也歪了，箱子也倒地上了，眼镜又掉回鼻尖儿上，然后下一拨人潮又过来了。

"童童，站好了！"陈怀初瞅准一个空儿，掰了一下陈童的肩膀，陈童虽瘦，个子倒也不矮，随他。陈怀初掰儿子的肩膀还得举高了胳臂，这让两人都有些不自然，于是他又放下胳臂，说："站稳脚跟，就不怕摔喽，别的都不是个事儿。"

再后来，陈童这颗小黄豆不是掉进锅里，而是掉进大江大河大海里了，陈怀初想捞回来见一面，就比什么都难了。

陈童出国后，陈怀初很长时间都在想首都机场那些呼啦啦冲过去又冲过来的旅行团队，就像动物世界中的蜂群或蚁群，天下众生啊，分开看都渺小卑微又没头没脑，一凑一块儿就横冲直撞气势汹汹，顶烦人的。

陈童得用吃奶的力气才能冲出这些平庸之人的重围吧？想到吃奶的力气，就又不免想起陈童自幼就没好好吃过奶，几乎是陈怀初一己之力把他养大。好在除了走路不看路，中学时摔过两回，左手肘有过不严重的骨折，左小腿有过严重的骨折，还有眼睛深度近视之外，陈童并不像别的男孩那样难养。

陈怀初没大抱负，皇城根儿脚下的人，生来就赢在起跑线上，还想有什么大抱负？他只希望陈童稍微比老范家女儿强点儿就行。所以打开始他也不觉得出国留洋是陈童会做的事，只是陈童不声不响又心事极重，渐渐，开始闷不做声地蝉联全年级第一，又拿过几次全区物理竞赛一等奖，颧骨越长越高，发际线也跟着高，个子没怎么长，眼镜度数却一个劲儿涨，到陈怀初意识到陈童日后必将漂洋过海离家千里时，什么都来不及了。他不知该喜还是该忧，为此考虑了好长时间。"我图什么呢？我不就图他比老范家的胖闺女强，我走出去脸上有面儿吗，现在他不就比人家能耐了吗？"陈怀初最终这样解决了这个心理难题。况且，"谁能想啊？天下的事儿，我也头天还给皇帝提鞋呢，第二天就成皇上了。"

于是这一年，当陈怀初站在首都机场出发大厅的时候，再想起的还是那年蜂群一般的人潮。陈童跟这些人不一样，他那么与众不同，如今哪怕再多红帽子拥来，也不会将陈童淹没。现在的首都机场当然早就不是原先那个了。站在新航站楼大厅中央，随便往哪个方向看都看不到边儿。玻璃幕墙似乎树立在四面八方，说不好走几步就会撞上一块玻璃。一辈子都在北京城内的陈怀初，还是第一次知道北京有这样的地方，不免有所失神，脚下乏力。

陈童这些年倒是壮实了不少，"都是吃多了垃圾食品。"坐出租车来机场的路上，陈怀初这样说过儿子，但陈童没接话，陈怀初一个人说下去，"都说了，汉堡薯条不适合咱北京人体质，我去美国有炸酱面涮铜锅吃吗？就算有，也没有牛街的味儿了吧？我可不吃那些东西。还有茶，哎哟喂，大事不好喽，我好像把我茶缸子忘了……"陈童穿一套薄薄的深灰色毛呢长西装，到了机场，他走进室内就脱下上衣，横平竖直叠好了放胳臂肘上，像炸酱面馆跑堂的在胳臂肘搭的那块毛巾。里面穿浅灰色羊绒衫，看上去也薄得不行。他也不怕冻？看来垃圾食品热量确实高。小时候陈童很怕冷，从来不敢去什刹海滑冰，说是被冻得都快要昏迷了。别的男孩把路上的碎冰捡回来当宝贝，他视而不见，毕竟从小就近视。

陈童脚边是个不大的金属拉杆箱，陈怀初觉得跟他们民俗表演队那口铁皮道具箱很像，刚刚他抢着从出租车后备箱拎出拉杆箱，才发现那箱子轻飘飘的，不像铁皮的，难道是塑料？还真是无奸不商。他想。又想抱怨几句世道，他是很关心世道的，但随即就被眼前的首都机场航站楼震慑了，忘了这话。

何况，就算陈怀初没忘，也没什么不同。陈童几乎不讲话，比陈怀初还像电视剧里的皇帝，万不得已不开口，一开口就是金科玉律，陈怀初就得唯命是从，不敢半点怠慢。谁让是自己亲生的儿子呢？

谁让我答应去美国过春节呢？

可我能不答应他吗？

陈怀初望着自己脚边那只巨大的黑色尼龙旅行袋，犹豫要不要打开找找茶缸的时候，突然开始后悔去美国过春节的决定。

事情是从前一年十一月开始的。陈童打电话给陈怀初，说这个月会回北京，公干，顺便帮陈怀初办理出国事宜。

出国事宜是个什么事宜？陈怀初问。他一下觉得儿子的话自己都能听懂，但又像都没听懂。

陈童的电话一向言简意赅，多余的话似乎从来飞不过太平洋。能越过太平洋的，除了电波传来的陈童的声音——基本已经没半点北京口音了——还有每月按时抵达的外汇，陈童一般汇过钱就来一个电话："到了吗？"

"到了，能不到吗？比地球转圈儿还转得准……"

"OK，那先这样。"

陈怀初就这样被电话告知这个春节自己得去美国过了。

那金发碧眼的儿媳妇他还从没见过。想来又欣喜又忐忑，他连北京城内四九城都极少离开，这下子是要漂洋过海地发达去了。

他飘一般地晃到楼下，在自己的马扎周围转圈儿，怎么也坐不下去。正好看见跟前小区院内有一辆红色雪铁龙倒车入库，看来看去也对不准车位。他是热心的人，指挥戴大墨镜的女司机："打啊，往死了打。"说着陈怀初的胳臂都在空中抢了四五圈了。

女司机发着抖，似乎方向盘重得根本拧不动，被陈怀初吼急了，干脆摇下车窗哭诉："我技术不行啊，这地儿太小了。"

陈怀初的胳臂还举着，握着假想中的方向盘。"这就不是技术的事儿。这是原理问题。"

"那你来！帮我倒进去呗。"女司机年轻，善于求人，作势要让出驾驶座。

陈怀初临阵不乱，仍重复这不是技术问题，"我没本儿，但我知道你该这么着。"胳臂又抡圆了一圈。

"你没本儿你指挥我，你？"女司机惊讶死了。她环顾四周，四周只是些比眼前的老头儿还要老的老头儿。叹完了气，她才重新正视自己的前挡风玻璃，这回，她在陈怀初的鼓励下抡满了一圈，车挪得慢了些，最后也总算成功入库。女司机下车噔噔噔踩着高跟鞋走开，没搭理这个自己都没驾驶本还好为人师的老头。

陈怀初是觉得，原理自己都懂，只是没实践过。以此类推，他想起坐飞机去美国的事儿，就笃定了不少。天下事都不是事，凡是个事儿的，他陈怀初道理全明白，他还能举一反三，灵活运用。直到真坐上跨洋飞机，陈怀初才发现还真没那么简单。

那年陈怀初第一次当皇帝，就是这样无师自通的。那个冬天冷得非同一般，尤其风大，轿子颠来倒去像逆水行舟。陈怀初装扮好了，一走出斋宫，顶戴皇冠登时被刮得乱作一团。他眯起眼，瞧见眼前密密麻麻都是摄影机和照相机，七八根话筒围拢他的鼻尖，问他："第一次演皇帝，您高寿？您紧张吗？"

陈怀初严肃回答："不紧张。"拒绝回答自己"高寿"。

有记者又问："我觉得您还可以再霸气些嘛。"

陈怀初想了想，才说："这是祭天，又不是耍威风。祭天跟求人办事一样啊，是求老天办事啊。"

"求老天办事"的回答，那年还上了《北京都市报》生活版，作为角落处一则小报道的标题。陈怀初皇帝扮相的照片，就衬在那条标题底下。

小干事又打电话来，让陈怀初自己去买那份报纸收藏，之后委婉表示："求老天办事"这种说法不妥，以后别说。

陈怀初只好跟小干事坦白："其实他们一问，我一下全蒙了。"

小干事此前就告诉他："这事儿其实难者不会、会者不难，建议最好去看看典籍，《天坛志》《地坛志》都好，实在看不了，就看看古装剧吧，张铁林和张国立不错。"

还真管用，比如陈怀初就是看着电视剧明白当皇帝不能"垮"的。都说北京男人"垮"，不单指他们说话，还指体态，真正的垮，得站成"三道弯儿"。

"别想多了，跟大姑娘的曲线那'三道弯儿'没关系。"陈怀初那时对文化局那个小干事说，"北京人的'三道弯儿'，是指北京老爷儿们这么往那儿一站，甭管靠着门框，还是扶着墙，一定歪七倒八的，垮成'三道弯儿'。"

小个子小脑袋的小干事站得笔挺，胸前就少根红领巾了，连忙说，不行不行，演皇帝不能"三道弯"。

陈怀初就改了，那以后腰板总是直的，连在马扎上坐着，也不佝偻一点儿。陈怀初挺着腰做人，久了也难受。这都得怪那年，背陈童上下学一个月落下的腰伤。陈童初中的时候骨折过几次，瓷娃娃般一碰就碎，后来医生说是骨质疏松，要再究"疏松"的原委，别人告诉陈怀初就是缺钙，又推测可能是三岁以前没吃过母乳的原因。骨折最严重那回，是断了左小腿骨。石膏打上，让陈童活像外星来的小孩，根本没法走路。陈童心重，说正是期末考试复习的时候，不敢缺课。陈怀初说你考不好我也不说你，你的成绩已经是老陈家族历史上的巅峰了。陈童眼泪就下来了，说，我又不是怕你说我才学习的。

陈怀初一愣，这一愣，到如今他都没缓过神儿来。不仅如此，他每天背着陈童上学，走西单大街转平安大街的路线，三站地，倒也不远，只是没有直达的公交线路，步行更便捷。好在晚春初夏时节，北京不冷不热，适合走路。陈怀初背上儿子就放不下，身上累，心里欢喜，于是连着背了一个月，腰就开始不好了。

陈怀初如今都记得陈童说这话的样子，"我又不是怕你说我才学习的"。儿子鼓起的两眼烧得通红，可能伤腿引发的炎症未退。儿子的大眼睛出自妈妈的遗传。同样遗传自妈妈的，还有那种闷不做声使劲儿的好胜心。

陈童的妈妈不爱儿子，她爱的是全天下的考试。用她的话说，考试其实不是考试，而是机会。高考恢复那年她运气不好，兵败北大。她默默地剪了辫子，在街道工厂安心上班——貌似安心。之后又参加工人转干部的考试，夜校考试，职称英语考试。她有时能抓住机会，有时不能，跌宕起伏地一条路考到黑，过程中忙里偷闲生下了陈童。

怀孕期间，她拿书做枕头，为的是一翻身就能醒过来，醒来就看书。这样难免睡不够，白天就恍惚。陈怀初那时不懂她不让自己睡踏实是得挤时间看书，还以为真像她自己说的——枕头太软，不如垫本书舒服。时间长了，她就真成神仙了，挺着八个月的肚子，也能把路走得轻飘飘宛如在九霄云外。那女人的向往，也确实是上到九天、过高人无数等的日子。只是，现实中她还得朝八晚六地上班，在服装厂钉纽扣、剪掉纽扣上多余的线头儿。一天下来眼冒金星，随便看什么都像支棱着无数线头儿，包括那道没迈过去的阴沟。如果不是肚子里的胎儿，她也许会迈得很轻松。但就是挺起的肚子，把她卡在了阴沟的两壁间。

就这样，她错过了那次考试，以后也再不能参加任何考试了。她所有的机会都失去了，包括看一眼早产儿陈童的机会。她没能通过生产这门考试，小阴沟里，她终究是上到了九天。

如果当初她能安心，少些不切实际的盼望，他们三个人的日子都得是不一般的幸福了吧。陈怀初的亡妻之痛，痛得很不从容，因为嗷嗷待哺的脆弱的小生命始终在身旁，让一切兵荒马乱。陈怀初几曾遭过这种罪，亡妻的遗像在床头，神明一般注视着他出糗又绝望，绝望完了，又在带孩子这本不该老爷儿们干的活计中出糗，于是再绝望，循环往复。深夜是最难熬的时段，因为婴儿会哭。陈童的啼哭不响亮，却号丧般气短情长，一声声撕心裂肺、催人泪下。老天不赏陈童一口好饭吃——陈童的柔弱肇始于那时的米汤加少许奶粉。连陈童的名字也是"沉痛"的谐音。她本来给孩子取的名字，是陈云天。陈怀初认为，云天，这名字叫起来就心惊胆战的，像踩不着地面一般摇摇欲坠的云天，多不踏实。"童"字就好，好在简单，没那么多念想，一辈子能过得踏实些。

眼下要上云天的人，是陈怀初了。这是他第一次坐飞机，不清楚为什么柜台后面的小姑娘非得让他把黑色尼龙旅行袋放传送带上。他眼看着自己的行李被送进传送带尽头黑咕隆咚的地方，再要问，也来不及了。看不见了。

他张了张嘴，忍住没问，因为随即，陈童的行李箱也被送进去了。柜台内长相极标致的小姑娘，脖子上系的红色小丝巾翘起高高的两角。她正往陈童的行李箱上贴大红贴纸。贴纸上有他看不懂的一串英文单词。

陈怀初觉得陈童应该给他解释解释的。行李可是很重要的东西，他一辈子都没能走南闯北，他没准也是能走南闯北打天下的那种人呢，只是带着孩子，他没法走南闯北，那他也清楚那句老话，"出门在外，包不离人人不离包"不是？但陈童只是领着他往不知道什么方向走。身边所有人都走得那么快。他爷俩也快。可再快，陈童胳臂肘弯上的大衣也能纹丝不动，长大后的陈童再也没犯过走路不看路的毛病。

"我的东西都在里头呢。"陈怀初跟在儿子身后，大声说。他可不会直接问他的行李袋怎么办，那行李袋是那年街道运动会的纪念品。

陈童昂首阔步没回头，也大声应了句："OK，是的。"

陈怀初紧走两步，想跟上儿子，却发觉自己再怎么走，也不够快。步子快了，是别的东西跟不上。他还想问问行李的事儿，但告诉自己不能问。为什么不能问，原因很复杂。关键原因他想无非一条，这是老子和儿子的相处方式的问题。

小时候陈童喜欢问问题，陈怀初总能给出答案，哪怕那些答案他自己也不一定有把握全都对，但他知无不言言无不尽，从不允许自己让儿子失望。后来陈童的问题越来越少，毕竟书读得越来越多了。这些年他们见面的时日有限，陈童十几年里只回国三次，累计八十一天，其余时间他一直在大洋彼岸。儿子不是不好。陈童说过，接他去美国过春节只是第一步，如果适应，下一步他可以在美国长住。他还没决定，因为他知道自己不会适应。但如果儿子坚持，他是会毫不犹豫答应的——无论什么事，他都不会提自己有多不适应。他要儿子在美国"站稳脚跟不怕摔"，说来容易，做起来得多不容易，可陈童做到了。陈怀初一想到这点，就又欣慰又心疼。他明白自己和儿子在地球的两端，其实是脚对着脚站立的。儿子那边的一切都与北京倒置。他当然明白什么是万有引力，也知道在地球那头，儿子并不会感到大头朝下的眩晕。但每当脑子里现出一个地球仪的时候，他都以为这种脚对脚立于星球之上的关系，还是惊心动魄。陈童不打算回国了；因为"北京房价太贵，太太是美国人，事业也都在那边"。这三条理由，陈怀初一条都没法反驳。陈怀初其实也有自己的理由，比如北京也有好机会好发展不是，中国还是广阔天地大有作为不是，媳妇总得嫁鸡随鸡嫁狗随狗不是，你到老了也要落叶归根不是……当然最重要的，你的老父亲还在国内不是——不过，既然陈童没问，陈怀初的理由就一条都没说出口，没必要，也不能说。

过安检的时候，陈怀初遇上些状况。他大红的裤子是为去美国新做的，因为担心西洋食品让自己发胖，裤腰有意放宽了量；而且哪年祭天的一个星期，陈怀初都会掉下去四五斤体重，累的。他前几年刚知道，古时候皇帝正儿八经祭天之前，是要在斋宫斋戒三天的，于是他也开始斋戒，但不全是为了"规矩"，而是年纪越大肠胃就越容易出毛病，他怕祭天时拉肚子坏了事儿。皇帝没候补，他有了毛病，没人能替他上场。今年他不演皇帝了，所以他相信过完这个春节，自己会胖一点。

没想安检人员要求他解下皮带。

他看了看陈童，陈童把安检人员的话原样大声重复讲了一遍，仿佛陈怀初是那种耳聋眼花的老人家，听不见别人说什么。陈怀初很是尴尬，尽管他表面上几乎立刻就顺从了儿子和那位陌生的安检人员的指令。安检人员看上去比陈童还年轻许多，白净的脸上看不见一丝胡茬。皮带被对折了又对折，放进小塑料筐，另一位女安检员把塑料筐送回安检机那边，重新过检。陈怀初在一旁，两手提着裤子，认为自己受到冒犯，但一时半刻也没想出该做何反应，只好不知所措。他只知道，这是他第一次在公众场合脱下皮带。好在他随即发现，也有一些人跟他一样，被要求解下了皮带，提着裤腰。

"我可能远没有我自己觉着的那么聪明。"他站上安检台的时候想，一边继续遵照指示，学旁人的样子，举起双臂，做投降动作——大不了就当对儿子投降了。

陈童站在他旁边的安检台上，正自觉地让胳臂举高，直到高过了肩膀。那一刻的陈怀初觉得孤立无援，真是成了"孤家寡人"。但明明世界上最优秀的儿子就待在他身边，怎么还觉得孤立呢？儿子还特意邀请自己去美国过春节呢。不是吗？所以他不该孤立无援的，至少此刻也不该比他独自过掉的大半生更孤独了。

他来不及想清楚这些。他已经取下了皮带，现在又得举起手来。大红裤子一不留神在腰上没挂住，被另一个安检人员手里挥舞的那个东西挂住，裤子就这么褪下来，几乎露出了大半个屁股。

当然没全露，只是陈童肯定看见了，周围忙碌的旅客们也肯定有不少人看见了，那条旧的毛裤。陈怀初的大红外裤里，穿着那条松垮的旧毛裤，好在毛裤也是红色。

陈怀初慌张地提好裤子，像犯错的孩子一般，偷偷去看陈童。父子的目光就在此时有过一次彼此都很难忘记的交汇。陈童眼睛里流露的与其说是无比的困惑，倒不如说是全面的陌生。陈怀初认为这种陌生惊吓到了自己。

"他是另外一个人！他肯定不是我儿子陈童了。"这想法出现的时机如此不合适，偏偏是他就要离开唯一熟悉的城市的时候。

露出穿红毛裤的屁股，这种尴尬，真是太让人恼怒了。过了安检，陈怀初捡回皮带，重新扎好，决定开始赌气，想，既然他不跟我说话，那我也不理他。

但他不知道这种赌气有没有效果和意义。总不能一路闷声地到美国吧？还得坐十几个小时的飞机呢。他知道自己是最怕没人说话的，要不也不会每天都下楼找老头儿们闲侃了。去了美国可就没人闲侃了，何况美国老头用英文闲侃，他也听不懂。

陈童在打电话，一直说英文，喋喋不休更让陈怀初烦躁。原来陈童还是会讲很多话的，难道他的沉默只是因为忘记中国话了吗？陈怀初有意拖慢了步子，免得不得不听儿子说英文。陈童倒是不时回头看一眼，神情都像在确认身后的宠物有没有走丢。

走了很久，陈童的电话还没有讲完。他举着电话还能避开机场密集的人群。电话那头是儿媳妇吗？或者陈童在美国的朋友？无论是谁，他们都有说不完的话，这很让陈怀初嫉妒。他小声嘀咕着最熟悉的那半句英文："OK，那先这样。"嘀咕了五六次，觉得没意思透了，不自觉把步子拖得更慢，与儿子离得更远。他看着陈童的背影，又生气又自豪，自豪的是他觉得那个背影，是所有人只要看一眼就一定会爱上的。

那些年，陈怀初从地坛公园园林管理处退休，开始在故宫旁边的南池子大街卖魔术帽。挨着紫禁城住的人，其实能沾的光也不多，做点小生意不为过。他是这么想的，而且陈童出国的学费还不够，退休金和半生积蓄都拿出来也不够，加上奖学金也还不够。他是最早在故宫旁边卖魔术帽的人。晴天就卖挡太阳的帽子，雨天换成防水纸的帽子，能遮雨。魔术帽其实是彩纸叠成的，成本低得吓人。从月坛小商品批发市场十块钱能买一大袋原材料，回家连夜叠成"风琴褶"。一大袋原材料彩纸能叠一百多个帽子。叠好的帽子只有巴掌大，但轻轻一提帽尖，风琴褶子就散开，摇身一变成为一顶浑圆的帽子，五颜六色——完全就是彩虹的颜色。一顶帽子十块钱卖中国人，十五块钱卖给外国人。

故宫什么时候也没缺过游客，游客们从地铁天安门东站出来，去故宫南门入口，都得从南池子大街路口经过，看见帽子就有想买一顶的。有人买帽子纯粹是挡太阳，也有人就是认为魔术帽好玩，交了钱，帽子拿到手，也不戴，而是先拆开了研究一番。这生意简直一本万利，轻省容易。唯一的难处在于，得示范。毕竟是魔术帽，不演示一番巴掌大的彩纸如何变成帽子，买卖就没法做。

有几年陈怀初每天站在南池子大街路口演示魔术帽。他单手提着帽尖，拎起，看风琴褶散开，成了帽子的形，就戴自己头上，又取下来，轻轻一抖，帽子合上了，还是一小叠纸片。再提帽尖、戴帽子、取下来，每天重复上几千次。这套动作的广告效果，其实挺好，因为终究是魔术帽让他攒够了陈童的学费。也有小难处，就是费胳臂。晚上回家叠帽子，费颈椎。腰上是旧伤，颈椎是新症，一来二去只好躺着叠帽子。叠好就放床上，四平八稳地拿砖头压实了，环绕在自己身边，摆成一座小小的五彩城池。

陈童到底是越过了陈怀初的五彩城池。如果没有那些斑斓的魔术帽，陈童就不能漂洋过海，以至成为陈怀初最熟悉的陌生人。后悔吗？这会儿想，还真是有一些。但生命驶离父母，就像小雀只要翅膀硬了就会单飞，小袋鼠也总得离开育儿袋，就本质而言，既自然，又残酷，谁也无能为力。陈怀初想自己能做的，只是再也不要回头。

　　陈怀初经过那一排排连绵不断的银色长椅。座位和椅背上，都满是硬币大的圆形孔洞。二月天气，室外衰微的阳光，透过航站楼的玻璃幕墙有气无力地进入，又从那些长椅上的圆孔疲沓落下。光滑的地砖上，布满金属质感的光斑，地面像北海公园的湖面一般波光粼粼。

　　他很想找张长椅坐下，这样陈童就可以坐着打完电话，然后他们再出发。他会主动张口，说说裤腰为什么会过大的问题，也许。但他猜那长椅肯定会坐得人难受，看上去就又硬又凉，简直跟此时的世界一样。

　　他刚刚朝那个小窗口递上自己崭新的护照，里面的照片是新照的。他提前三天理过发，才去照的相，为的是头发的长短刚好。对那照片，他很满意。等着盖过章，他走出狭窄的通道——明白这就是离开北京了，虽然其实首都机场还在顺义的地界上。自己这一路的烦躁都是从那时开始的吗？他认为也不全是。但肯定也不全是因为他在安检那儿出的丑。

　　人们正拉着箱子从陈怀初身边经过，呼朋唤友、左顾右盼，多数仍是黄皮肤黑头发，也能看出是全家出动，老人小孩备受照顾。同胞们兴致高昂，奔赴为他们等候多时的某架飞机。他能看见那些飞机，透过玻璃幕墙，飞机们像巨型玩具般列队。每座廊桥都像脐带，将飞机与航站楼相连。机身上的各色字母和图案在北京灰沉的空气里尤为斑斓醒目。年轻父母打扮入时，女人握着登机牌和护照走得起劲儿，男人推着行李车，小男孩坐在行李推车上，戴着小帽子，趾高气昂地吃零食。小男孩是三口之家的君王。只可惜他会每天长大一点点，这样用不了多久，他就会长大成人，远离父母，独自完成世间俗务，沉默寡言地当一名陌生世界里的普通人。

　　他们终于在一张与其他长椅毫无区别的长椅上落座，这也是遵照陈童的暗示。他先坐下，随即用目光引导父亲入座。手机仍在陈童耳边。坐下后，又过了一会儿，陈童漫长的电话才正式宣告结束。"因为上飞机手机要关机，十三个小时，我需要先安排一些事情，都是工作的事。"陈童主动做出解释。这有一些出乎陈怀初意料。但他仍在犹豫要不要继续以沉默表明自己还在赌气。"如果陈童再说点什么，随便什么，我就原谅他。可

16

是，我原谅他什么呢？陈童什么也没有做错。也不是，他错了，他对他老子没话说。"

直到登机，陈童什么也没再说，陈怀初再也没看见他的眼珠，有一阵子，他都在想该开口了吧，可是，连他自己也什么都没能说——确实无话可说。他想了想祭天表演的事，但陈童对这件事从来就是反对的。陈童这次回国第一次见他就说过："假皇帝的祭天表演秀？这不合'礼'的，因为现代化进程里人的物化，'天'已经没有了传统文化中作为士人百姓安身立命的信念体系和日常生活的地位，传统的祭天有政治和道义上的意义，现在，这些都没有。"陈童回国期间就这次话讲得最多，但陈怀初不知道他在说什么。

陈怀初说："天已经没有了？天怎么会没有啊，天从来都是有的。"

陈童就说："OK，爸，天是有的。"

"你不能为了让我跟你去趟美利坚合众国，就把天给说没有了。"

"是的，我不说了。"

"成，我讲理儿，跟你去，大不了我跟他们说，今年换个人当天子。"

陈怀初这一年没能演成皇帝。当年的小干事听闻后是亲自打电话来的。小干事倒也没多做挽留，反而祝贺陈怀初即将赴美、一家团聚，"大好事啊，真是培养了一个好儿子"。

陈怀初说："嗨，美国的生活不比北京贵，他没大出息，才不敢回国。"心里又高兴，又失落，担心他们能在一个月时间里找到合适的演员接替自己吗？

小干事说不用担心，肯定能找到。

陈怀初又想说："你们找到之后能不能先让我见见？我有好多话要叮嘱。"但又说不出口，说到底自己也是业余的，鸠占鹊巢地演了这么多年皇帝，已经是承蒙照顾了。文化局懂行的专家那么些呢。他懂的门道怎么也不可能比人家更多。

就连老范的反应也这样，认为去美国是大事，演皇帝没有去美国重要。老范从前是演过文官的，那年犯病后手抖，就不演了。"没事儿的时候凑热闹，真有事就别凑那个热闹了，你又不差钱，美元多得是。"老

17

范说。

"可不，美元多得用不完，我才非得跑去美国用不是。"陈怀初答。

"够了，都当了十几年皇帝了。别真以为自己是皇帝了。"老范又说。当初陈怀初这些老同事老伙伴们都跟陈怀初一块儿祭天的时候，得在仪式中向皇帝跪拜——这太难为情了。为此陈怀初没少受奚落，酒饭都没少请。好在后来，老伙伴们陆续离开表演队，文武百官和司仪都换成外地来的群众演员，人家很敬业，该跪的时候跪，不含糊，更不会难为情。陈怀初也才没那么不自在了。想起这些，陈怀初讲："您别说，我还真以为自己是皇帝了。"他知道老范不会当真。老范只是笑，一笑手就抽搐得更厉害，说："人嘛，总是有个追求的。来，我再给你'喳'一个。"

"您别逗了，我给您磕头成不？我来'喳'一个。"陈怀初答。

说完他想其实人就该与世无争的，陈童也该与世无争，陈童死去的妈妈也就该与世无争。但是做不到啊，我是皇帝啊，他们都上进啊。这样想来，只好说："不追求就没事儿，一追求就来事儿，有什么办法呢？"

在国际航班狭窄的机舱里，因为座位挨着，陈怀初和陈童离得很近。陈童俯身过来替陈怀初系上安全带，又给他递来毛毯和报纸，门门道道十分清楚。陈怀初想着他们的目的地，美国。那里的一切是不是都跟这架飞机上的东西一样？虽干净又规整，但处处都是他不明白的理儿。

陈怀初连连说："我自己来吧。"

陈童不接话，仍是自顾自给他把一切都安排妥当，还说："起飞会颠，过会就好。"陈怀初就觉得，陈童那胸有成竹的样子还跟十多年前刚出国时一样。从侧面看去，陈童的金边眼镜和飞机呈流线型的窗户、行李架那么相配。那么现在，那个与北京相比是倒置起来的美国的理儿，陈童该都全懂了吧。

陈怀初打开报纸看，脸绷得很紧。往年的这天，他都会早早睡觉，为祭天养足精神。他不知道即将到来这个身处九天之外的夜晚，自己能不能睡好。到底有多少人是在天上睡过觉的呢？既然飞机发明了这么多年了，所以天上睡着的人应该不少。

报纸角落处，有条烟盒大小的新闻，"地坛祭天仪式表演今年不再举行"。他急忙看过去："经提议，天坛、地坛的祭天仪式表演活动有重复，从新年开始，地坛着重举办新春庙会，天坛着力打造更专业的祭天表演，努力呈现春节传统文化精髓，为市民过一个喜庆祥和的春节，有关人员正在精心筹备。"

天色正是黄昏。起飞时的颠簸，比陈怀初预想中更激烈，就像那一年他坐在轿子上，看大风把轿子顶部悬挂的垂帘刮成一个卷儿，剧烈的晃动中，他透过轿子一侧的小窗，看地坛公园那些自己伺候了多少年的老树，枝枝叶叶、花花朵朵，在寒冬就都不见了，只剩下坚挺的树干，就这么老去。他知道初冬的地坛，梅花落了一地，银杏的金黄色比皇袍更美。他告诉自己，稳住，没什么，过会儿就好了——就像陈童刚刚的叮嘱一样。其实多少事都一样，没什么，过会儿就好了。

待飞机终于平稳，陈怀初就真正上到九天了。他看见小窗外，深蓝的天空无边无际，飞机下方镶有金边的云朵似乎永恒静止，天空笼住了他，保护着他。他是天子。求老天赏饭吃，他嘀咕一句。

安全带系得紧，陈怀初深深陷落于柔软舒适的座椅内，觉得此刻不能动弹的自己，倒像是儿子的小婴儿了。陈童还没有生孩子，也许以后也不打算生孩子。他想如果儿子也有了儿子，那就能理解自己了吧——人们好像都这样说的。

选自《小说界》（双月刊）2017年第6期

评鉴与感悟 ——

"俗世绘"中的大气象
——评周李立《天的子》

在中国当代文学的视野中，宏大叙事始终被观察者赋予了"大视野"特质。以至于部分读者就天然地将宏大叙事与大气象联系起来，认为对于俗世小人物生活的表现都是不具有宏大视野的，甚至是破碎的。其实不然，大气象与"俗世绘"并非一组对立的概念。所谓"俗世绘"，即是指通过对于生活琐事的书写来描绘出的烟火图景。近年来一批"70后""80后"作家正在用各自的叙述策略描绘着一幅幅蕴含有大气象的"俗世绘"。周李立的《天的子》正属于这一类作品。

小说聚焦了一个非常普遍且重要的问题：父子家庭关系的异位。在中国传统宗法话语中，父亲天然地掌握着对于子辈的话语权，甚至直至父亲去世，其精神力量还可以在子辈的家庭中起到一定规约作用。但是自"五四""弑父"以来，父亲在家族中的传统宗法地位不断受到削弱，以至于出现现今父子异位的情形。这样一个主题，本就蕴含着对于传统宗法与现代秩序碰撞思考的大视野。

作品中父亲陈怀初独自一人将儿子陈童抚养成人，并且儿子取得了传统意义上的成功，这一切似乎对于陈怀初来说，是没有理由不欣慰的。但是实际上，陈怀初却因此陷入了更大的焦灼——他和儿子之间的关系出现了问题。这一问题的根源，就是儿子留美，自己没有足够的机会与儿子沟通，更重要的是，他失去了作为父亲对于儿子的"拥有权"。他甚至开始怀疑将儿子培养得这么优秀，是不是一个错误。这一切"错误"出现的根源，就是传统宗法体系关于"父权"的确立与现代文明结构下"子权"的重构这一重大问题。

作品的题目"天的子"，本身就构成了一个意味深长的多重意义体系。首先"天的子"当然指向了陈怀初所从事的扮演天子的工作，但是这仅仅是一份工作，甚至比扮演随从的人工资还要少。其次"天的子"是指陈怀初原有的家庭地位，在独自抚养儿子陈童长大的过程中，他就是这个家的"天子"。这一原先的生活地位便与现在的父子关系形成了不言而喻的对比，更重要的是，也与他所从事的扮演天子的工作形成了对比。他不需要依靠这份工作谋生，他仅仅是想借由扮演天子来弥补父权缺失在他心中留存的空隙。并且，就是这一份工作，以后也消失了，他去了美国，心中的空隙也将步伐缝合。最后"天的子"则是指陈怀初在飞往美国的飞机上所产生的感受，"天空笼住了他，保护着他。他是天子"。在这一时刻，这一"天子"的感受，才是他所能体会到的，最真切，最无法弥合的感受。

关于父权与子权异位这一重要问题的讨论，当然不会在这一篇短篇小说作品中得到完满的答案。但是这种建立在描画世俗基础上的大气象，对于当下的文学发展图景来说，是尤为珍贵与重要的。（李嘉桐）

听一个未亡人讲述

/裘山山

这次真的避不开了。

前两天在路上遇见过，詹月很远就看到她了，于是迅速遁入路边一家超市，避开了。这回可是碰了个正着。这么频繁的相遇，她是搬回来住了吗？她不是在那边定居了吗？

电梯里，还有好几个人在。詹月和女人之间隔着一个男人，但她们已经看见了彼此，互相点头。詹月先开口说，你回来了？女人回答，回来好几天了。从她的目光看，她并不知道詹月曾躲开她，眼里是久别见面的单纯笑意。毕竟，她们曾经是邻居。

詹月想，等会儿出了电梯，她肯定会聊一会儿的，不如自己先主动。于是一出电梯，身边人一走开，詹月就低声说，你们怎么没通知单位呀？我们一点儿都不知道，知道的时候听说后事已经办完了。女人说，这是老廖的意思，他说不要打搅单位，一切从简。哦，这样啊。詹月说。其实她心里是暗暗高兴的。如果通知了，她真不知道怎么前去吊唁。听说连骨灰都没带回来，安葬在那边了，真洒脱。

那你还过去吗？詹月说的"过去"是指澳大利亚，他们女儿在那里读博士，他们夫妻俩这些年一直在陪女儿，所以他是在悉尼过世的。女人说，要去的，我回来处理一些事情，过一个月就回去。女人晃了一下手里

21

的大信封：我刚才就是去办手续，挺麻烦的。

詹月莫名地松了口气。女人又补充说，我们女儿已经结婚了，女婿就在那边工作，买了房子。

哦，那挺不错的。詹月说。看来她是要彻底离开中国了。真是快，她女儿竟然结婚了，她最后见到那孩子时还在读中学，穿件蓝白相间的校服，大垮垮的，走路也没个样子，正处于成长中的尴尬期。

女人说，你有空吗？我想跟你说说他后来的情况。

詹月说，好的呀。我正想问问呢。但她还是有意地看了一下手机，表示自己是有安排的，勉为其难的。

女人说，那去我家吧。詹月有些意外，为什么不站在那儿聊呢？去她家，是要坐下来长谈？还是他给她留了什么？这后一点让她略微有些紧张。不会吧？

女人解释说，家里有网络，方便些。詹月还是不明白，谈话为什么需要网络，也只好跟她走。好在她知道她家不远，就在院子里。

早些年他们曾经为邻，是老式楼房，詹月住六层她家住三层。后来单位修了电梯公寓，他们就搬了。詹月因为是单身所以没有分到房，继续爬六楼。再后来她嫁给现在的丈夫，就搬出去了。

女人年轻时是出了名的美女，单位好事者评选大院里的五朵金花时，女人名列其中，甚至入了前三甲。现在虽然老了，五官依然好看，高挑的个子也没有弯腰驼背。当然，他和她很般配，高大帅气。夫妻俩走在一起就像影视剧里的夫妻。

詹月不喜欢这个女人，这种不喜欢并不是因为他，是女人本身。这女人俗气而缺乏教养，詹月有一次上楼，女人正打开门扫地，很自如地将家里的垃圾扫到走廊上，然后拍拍扫把就进屋了。还有一次走在路上，女人在前，詹月亲眼看见她将一口痰吐在地上。

这样没教养的女人詹月最厌烦，五官再美也是暴殄天物。詹月甚至在他面前吐过槽，"她这样也有损你形象呢，你要说说她。"他苦笑一下说，唉，刚结婚时我没少说，这么多年了也没纠正过来。

其实这些还属于小毛病，女人的大毛病是经常背着丈夫收受礼物。他在单位算个中层干部。女人虽然背着他收，送了礼的人哪肯做无名英雄，肯定是要告诉他，指望他办事的。他一直很谨慎，所以反复告诉她不要收，你这样是害我，懂吗？但她还是忍不住，而且她还酷爱打麻将，在麻将桌上，也没少捞油水。

在詹月看来，女人实在配不上他。他几近完美，长得帅不说，气质也很儒雅，开会不啰唆，不打官腔，说话有内涵，还风趣。最重要的是，他眼里有那么一点忧郁。单位里的年轻女性说他像陈道明。因为这个，詹月原谅了自己，充当了那样一个角色。

进门，女人招呼詹月在饭厅的桌边坐下，自己也随之坐下，并没打算去倒杯水什么的。这样也好，詹月想，说完好赶紧走人。茶几上丢着盒抽纸，一个吃了一半的手撕面包。现在又增加了一串钥匙、一个零钱包。墙角放着两箱矿泉水、一塑料袋水果，显然是才买的。整个房间弥漫着一种随时要被抛弃的寂寥气息。

詹月环顾了一下客厅，看到了沙发上方挂着的大幅照片，是他们夫妻二人的，不知何时拍的，年龄不老不少，笑容和装束都是标配。他站着，她坐着。千千万万个中国家庭都有类似的照片。

女人拿出自己的手机，开始翻微信，一边翻一边说，我给你看看照片。有好多照片，有老廖住院的，还有后来举行葬礼的。

难怪需要网络，她要翻微信。詹月一方面松了口气，一方面感到好笑。她的手指一个劲儿划拉，找到她们家的微信群，进入，继续用指头朝上划，使劲儿划。一边划拉一边说，我给你看，有好多照片。

詹月建议说，其实你可以把那些照片存到手机里，这样就不用每次都打开网络找了。她似乎没听懂，说，我女儿已经保存在手机里了，我不需要保存了，我进到我们家群里就可以看到。

詹月知道这女人比自己大十二岁，刚好一轮，但从现在这个细节看，她对手机使用的陌生程度像个老年人。詹月心里撇撇嘴。

她还在划拉手机屏幕，用指头去翻越过往的日子。一想也是，他去世已经大半年了，这大半年，一家人不知又聊了多少天，积压上去多少日子。詹月扭过脸去，看到了墙上的他，连忙转过来。当时听到消息，她一阵心悸，一个人偷偷跑到河边走了很长时间。接下来好几天，心里都隐隐难受，再后来，就淡了。不淡也得淡，日子如水时时冲刷着，什么都冲淡了。

她的指头还在屏幕上划拉着，詹月忍不住再次建议，其实你可以把照片下载保存在手机里，这样每次想看的时候就不用翻微信了。

詹月很想把她的手机拿过来替她操作。

女人依然没听明白，重复说，我女儿保存了的，我不用存。詹月放弃了，让她去翻吧。她看着女人，女人的五官真的很好，即使皮肤松弛了，但那双眼睛还是丹凤眼，鼻子还是高挺的，岁月并没有让它们走形。年轻的时候她肯定像明星一样美。所以，无论多么俗、多么贪心，他还是娶了她。

曾经有一段时间，他下决心要离开她，不是为了詹月，是他自己受不了了，他说他宁可净身出户。事情的起因是因为女儿，女儿要去外地上大学了，女人就到处通知他的部下还有亲戚。当时他正面临职务调整，需要小心谨慎，她这么做很让他窝火。他说她，她却不以为然，收下的东西坚决不肯退。

最终，却不了了之。

终于，女人翻到了大半年前的照片，将手机递到詹月面前，当然并没有交给她，只是举着给她看。詹月一眼就看到了他。他老了，真的老了，头发花白，不过笑容依然是亲切的熟悉的。一刹那，往事堵住喉咙，詹月觉得鼻子发酸。其实他们分开已经快十年了，远远超过了他们在一起的时间。尤其这三年他去了澳洲，几乎完全断了音讯，为什么还会难过？

这是我们刚到悉尼的时候拍的，女儿带我们出去玩儿。女人用快进的方式划过那些他们游玩的照片，悉尼歌剧院、海边、公园。突然，她在某一张照片上停住了：看嘛，这是老廖第一次去医院检查的时候拍的。

一个像公园一样的环境，他站在干净的阳光下，一手插裤袋，一手拿烟，这是他的习惯动作，但看上去气色已经有些差了。

詹月问，他到底是什么病？

女人说，起先是肺气肿，我们之所以去澳大利亚，就是想那边空气好嘛，去那里检查发现已经是肺癌了，但他不愿意做手术，因为医生说，手术的成功率也不高。他不想挨那一刀，我们就尊重他的意思。

詹月想，是的，他胆子小。

女人说，我们女儿给他联系了一个专家，特别厉害的，做放疗。他们的放疗水平很高，针对性很强，没什么副作用，而且每次做放疗，医院都会为他找一个翻译，一小时五十澳元，其实就十几分钟的事情，但是要按两小时算，两小时就一百澳元呢。不过虽然贵，但那个翻译很尽职，每次都提前到，他一句英语也不会，女儿又没时间陪他，他一个人像哑巴一样。

詹月想，你为什么不陪他？

我晕车，去一次难受两天。女人仿佛猜到詹月心思似的说，反正有车送他，但是他的嘴太笨了，去了三年一句英语没学会，去超市买东西，女儿不在的话全靠我，哪家店搞 sale（大减价），哪些商品是 buy one get one（买一送一）。刷卡、退货什么的，我都没问题。

女人很顺溜地蹦出两句英语，看来她的语言能力的确不错。

一张她和他在超市的照片出现，两人推着手推车，显然是女儿拍的，车里堆满了东西，詹月注意到有一大袋橙色的胡萝卜。

女人指着胡萝卜道，我们女儿对爸爸太好了，她打听到一个偏方，说每天打胡萝卜汁喝，一天喝一公斤，可以消除癌细胞。他就坚持喝了两个月，真的有好转，但是胃受不了了，开始胃痛，他就不肯喝了。我们女儿对她爸爸真的太好了，一般人都做不到，每天一早要去学校，为了给她爸爸打胡萝卜汁，早上五点半就起床，打好胡萝卜汁才去上课，坚持了两个月呀。

詹月想，那你在干嘛？让你女儿那么辛苦。

詹月再次确认，她的确是个被丈夫宠坏的女人，就因为漂亮吗？他们在一起时他时常跟詹月发牢骚，说她文化不高，做了几年售货员，商场倒闭就不再工作了，成天在家待着，可也不喜欢做家务，一无聊就逛街买东西。

我简直没法跟她说话，一句都说不到一起。他这么抱怨过：她要么唠叨，要么就听不懂我在说什么。除了打麻将逛街去美容院，其他什么兴趣都没有，不要说看书，连看肥皂剧的兴趣都没有。唉。

又出现一张照片，他在院子里给花草浇水，装模作样的，朝镜头笑着，整个人都松垮下来了，岁月毫不留情地丑化了他。

女人说，他做放疗后有一年都挺好的，但是去年下半年复查，医生说转移了，要他住院。他不想住，我劝他，他跟我发火，声音好大，简直是咆哮，把隔壁邻居都吓到了，过来敲门。

他还会发火吗？詹月说，他在单位脾气很好的。

哪里呀，他脾气才不好，在家经常发火，发火的时候，还用脚踢门，还朝我扔东西。特别是你们单位出事的时候，更吓人。有时候我看他下班回来脸色不好，就赶紧去打麻将，或者去逛商场，逛到晚上要睡了才回家，免得他找我的茬。

詹月很是意外，脑海里浮起那张总是微笑的脸。他真的会那么暴躁？难以想象，也许是她夸大了、渲染了。跟所有妻子一样，黑丈夫是一种本能。

后来还是我们女儿做他的工作，他才去的，他就是听女儿的，女儿是他的上帝。

女人又翻到一张照片，他靠在床上，面露微笑，居然还比了一个剪刀手，傻傻的，也许是想给自己打打气？其实算起来，他还不到六十岁，怎么会生这样的病？真的是抽烟太多的缘故？他抽烟实在厉害，即使和她一起，也控制不住。

女人继续说，哎呀，那个医院条件之好，太好了。不光是伙食好，每天还有两餐水果。老廖说比他在国内住高干病房的条件还好。医生护士说话都细声细气的，帮他洗澡换衣服，还帮他解手，不管做什么，不管好复杂的事情，都不让他感到有一点儿疼痛。他心满意足的，说中央首长也享受不到这样的待遇。他那个病房里的墙上贴了张图，是疼痛指数，从一到十。他疼的时候，医生问他到了哪一级？他就指九。医生笑了，说九是女人生孩子的疼痛，很难忍的，看他那个样子，应该没那么厉害，大概是四级左右。

女人笑起来，詹月也忍不住笑起来。他的确是个怕疼的人，有一次他们单位的运动会，他作为领导要带头，不得已参加了拔河，接下来的几天，他都跟她说，胳膊好疼，腿好疼。

女人滔滔不绝地夸赞医院，语气里的满足让她的声音提高了不少，青黄色的脸也略略有了些暖意。

跟着，一张摆满菜肴的照片出现了，接着是七八个人的合影。

女人说，今年春节前他出院回家了，他姐姐一家也在悉尼，我们两家一起过的年。当时大家都感觉他好多了，医院检查也发现各项指标都在好转，他天天闹着出院，我们就接他回家了，我们谁都没想到他会那么快就走了。

春节刚过，还没到元宵节，那边已经很热了，女人说，那天早上我们女儿起床，去跟他打招呼（难道他独自睡吗），发现他脸色很差，说胸口有点儿闷。我们女儿很警惕，一边让他躺在沙发上不要动，一边马上打了急救电话。

詹月想，没想到女儿这么孝顺。

詹月一直对他女儿不以为然，有一次他们约好下午在星巴克见面，他却突然打电话说来不了了，女儿在学校肚子疼，要他送卫生巾去。她惊讶得说不出话来，学校附近就可以买到这东西，至于要老爸跑一趟吗？他解释说女儿只用那个牌子，小店没有。她妈妈呢？这种事情不是该妈妈做吗？ "她妈妈去美容院了。"

詹月不由同情起他来，一个娇懒的老婆就够受了，又来个娇气的女儿，看上去一个英俊潇洒的男人，在家却像个仆人。

不过对这个女儿的不以为然，今天了结了。

急救中心二十分钟就到了，一直开到我们门口。女人说。

詹月在女人的手指下，看到了几个穿橙色衣服的人抬着担架，一辆救护车停在一栋楼前面。女人指头继续滑动，出现了好几张同样场景的图片，担架，救护车，医护人员。

詹月好奇，那种情况下，是谁拍的照片？如此淡定。

女人说，一分钱都没要我们出，就把他送到医院去了，还是他原来住院的那家，条件之好。

詹月忍不住问，后来呢？

女人说，送医院的路上他就昏迷了，到医院没抢救过来，当天夜里走的。我们哪个都没想到，他说走就走。他一直是肺的问题，最后还走到心脏病上。我们哪个都没想到，真的，太突然了。

女人这样说，声音略略有些哽咽。

詹月想，毕竟还是老夫妻。她安慰说，这样也好，免受折磨。

女人点头，是，他倒是痛快。

她继续滑动手指，屏幕上出现了堆满花圈的房间，中间是他的大幅照片，这照片詹月很熟悉，应该是他的标准照，单位的橱窗里也挂过。头发黑黑的，脸上的笑容似有似无。他好像看见詹月了，嘴角微微动了一下：也来不及跟你告别。

詹月努力发声，不让自己陷入痛苦：那个，那边也要开追悼会？

女人说，不是，就是一个告别仪式。我女儿给他办了一个特别好的告别仪式，还做了幻灯片，那天来了好多人，女儿的同学、老师，我们小区的邻居，我们小区华人很多。他这个人跟谁都笑眯眯的，人缘好，不过我的人缘也好的，我们收到好多鲜花，没有送假花的，都是鲜花。后来摆不下了，我们只好租一个大房间来放。他住院一分钱没花，我们就给他买了块很好的墓地，连同葬礼，一共花了三十万元人民币，那个墓地很上档次。

这是她第二次说他住院没花钱了，詹月注意到了，便问，住院没花钱，是因为你们买了医保吗？女人没有回答，继续说葬礼。

你看嘛，葬礼特别先进。女人用了"先进"这个词，给她看视频。

詹月只好看视频，一具黑色的棺木被升降机缓缓送入坑内，然后，周围的人一一上前放入鲜花。接下来盖土，还隐隐传来钟声，那应该是丧钟吧？丧钟缭绕，众人离去，真的跟电影一样。

他独自留在了泥土里。

接下来，会腐烂，消散，最后杳无踪迹。

詹月脑子里莫名其妙出现一段话：热力学第二定律真是一个残酷无情的东西：宇宙中所有的事物无限趋向于混沌。人从出生、成长，到衰老、死亡，无限地趋向于解体、腐烂，在土中或空中消散；树和草也是这样，就连石头沙子也不能幸免。你可以想象这个过程像一场巨大的泥石流，摧枯拉朽，把一切可以称为美的东西消灭得干干净净，杳无踪迹，就像它们从未存在过一样。所以，各位没必要太在意那些貌似很重要的东西，它们迟早都会消散的，包括我们自己，消散得无影无踪。我们只存在于过程中，享受过程就好。

这是某一次开会时他说的，当时单位评职称，有点儿刀光剑影的气氛，他温和地奉劝大家。詹月就是因为这段话爱上他的也说不一定，甫入社会就遇见那么一个有学识又帅气的领导，让她毫无抵抗力。

那个墓地很高档，女人的声音把她拉了回来。一般人都不选那儿，嫌贵，如果是普通墓地，一两万澳元就够了，但我们女儿说，就是要让爸爸享受高档待遇。

是双墓穴吗？詹月脑子冷不丁冒出这个问题，但没有让它出口。

他就这样留在了异国他乡，算高档待遇吗？他的亲人同事朋友，包括詹月，连去墓前合十悼念的可能也没有了。是他本人的意愿吗？估计不是，他没料到自己会忽然走掉。

这些念头，也没有说出口。

但詹月知道，他退休的时候是失落的，曾经有段时间都在传闻他要提升，却不料没戏。他在那个位置上蹲了整整十年。他不让家里通知单位，也许是心里有些怨艾吧。

女人的手还在屏幕上划拉，是一部分朋友发给她的唁电和悼念短信，其中有几位詹月都认识。显然他们一直保持着联系，不像詹月，断得那么干净，连逢年过节的短信也没有了。她注意到女人的手指在某一条短信处停留了很长时间，嘴里反复说，好多人发短信，看嘛，好多人，但手一直停在那一条上。詹月定睛一看，原来是夸她的：你的女儿孝顺懂事，你的妻子美丽贤惠……

听完全部情况，詹月觉得自己必须说几句了，说几句女人想听的话，否则这场汇报会结束不了，于是表达了如下意思：

他临去世前能得到这么好的治疗护理，也是不幸中的万幸了。女儿这么孝顺，你又对他这么好，他应该感到很安慰。

女人连连点头。

詹月又加了一句：他是个好人，也算是有一个好报了。

女人又点头，然后说，就是自己被折磨得够呛，瘦了很多，差点儿病倒。

真的，我被折磨惨了，这半年才刚刚缓过来。她反复这么说，詹月才意识到，女人确实消瘦不少。

你确实瘦了。詹月用肯定句安慰她。

女人说，他倒是一走了之，一点儿罪没受，罪都让我受了。唉，本来以为他退休了，不当那个狗屁官了，我可以过几年舒心日子，哪知道一退休他就查出病来了，一天好日子也没过。要不是为了他，我根本不想去澳洲的，那边一点儿都不好玩儿。

女人开始抱怨，好像写鉴定写到了末尾，必须写几条缺点。

詹月忽然说，他一直对你很好。

女人撇嘴：哪里好啊，脾气暴躁得很，在外面笑眯眯的，在家总是秋风黑脸的，什么都要依着他，连吃面条还是吃饭都要依着他，他从来不陪我逛街，不陪我打麻将，他这种老公，就是个名分。

詹月感到诧异。

詹月最后一次见到他，是那次大地震之后。最初的慌乱一过去，她就拼命给他打电话，却总是打不通。要么占线，要么无人接听。这让她感觉很不好。当然，她知道他们这个城市没有大碍，只不过在那样的时刻，就是想听到他的声音，或者也想见他安慰自己，问一句，你没事吧？还好吧？

第二天她从父母家返回单位，单位里乱麻麻的，他不在办公室。以前詹月是不去他办公室的，他们两个好了那么多年都没传出绯闻，全靠双方小心谨慎。但那个时候她顾不上了，见人就问，有没有看见廖局？她跑到他家那栋楼附近转悠，楼下的花园里支起了很多小帐篷，五颜六色的，显然，昨晚大家都没敢在房间里睡觉。忽然，她看到了他。他头发蓬乱，坐在一个白色的小帐篷外面，还用手捂了捂帐篷边缘，好像怕风钻进去似的。那个帐篷太小了，显然只够一个人躺下。那里面，百分之百躺着她老婆。

她直直地看着。他发现了，赶紧站起身走了过来，眼泡浮肿，眼角竟然还有一小粒眼屎，青黄的脸色上，散落着惶惶不安的神色。已经完全跟陈道明不沾边了，就是一个半衰的老头。他浮起讨好的笑容，有些结巴地说，她，她一晚上没睡，刚刚睡下。你还好吧？

詹月说，怎么不接我电话？

他说，那个，手机落家里了，今天早上才拿出来，又没电了。

詹月想，显然他从没想过要给自己打个电话、发个短信，他从没想过问问她是否还好，关键时刻，他最关心的还是老婆。

那一刻，詹月竟有些如释重负的感觉，她终于不用再纠结了，可以松开这个保持了三年关系的男人了。

她转身离去。

让她不解的是，他竟然也在那之后不再与她联系了，是知道她生气了，还是？他们再见面，就是彼此无感的点头，好像大地震震断了那根纽带，而且断得整整齐齐，一丝纤维也没连着。

想到此，詹月笑着对女人说，我记得大地震的时候，他让你睡在帐篷里，他守在帐篷外，就跟父亲一样。

女人稍稍愣了一下，笑起来：哎呦，别提大地震了，你都不晓得他当时有好狼狈。

女人眉开眼笑：那天我刚午睡醒来，一摇晃我晓得是地震了，就大声喊他，他没答应，我以为他上班去了，起来一看，我们家大门敞开着，一只拖鞋在门外，一只皮鞋在门里，我就晓得他刚跑。我回去拿了手机，拿了钥匙，关了气，关了电闸，然后拎着那只皮鞋，从楼梯一层层走下来。有啥好怕的嘛。我走下楼的时候，看见他坐在门前的空地上，靠着树，一只脚拖鞋，一只脚皮鞋，脸色惨白惨白的。我忍不住笑了，他一点儿也不笑，呆呆的。我走过去叫他，他不动，好像吓傻了。我拖他起来，他马上又坐下去，整个人像堆泥巴。没办法，那天下午我一个人跑来跑去的，先去他父母家看他父母，父母都没事，然后去买帐篷买水买干粮。到天黑他缓过来了，还是有气无力的，我只好搭起帐篷，让他躺到里面去睡。我坐在外面，天快亮的时候他醒了，好像回过神来了，特别不好意思，叫我进帐篷里去睡。我简直没想到他会吓成那样，我也知道他胆子小，但没想到会小成这样，基本就是没胆子，哈哈，笑死我了。后来他生气了，我不敢再笑他了。不过也是奇怪，那次地震后他像变了一个人，很少跟我发火了，还主动陪我逛了两次街，也好，也好。

女人边讲边笑个不停，笑完了又抹了一下眼角，眼角是湿的。她居然黑丈夫黑出了感情。

詹月一路听下来，有些发懵，好像又经历了一次地震。晃，晃。但她觉得自己必须说点儿什么才是。

说点儿什么呢。

她干笑了一下说，好快，马上就要十年了。

选自《青年作家》2018年第1期

故事之外的故事

——评裘山山《听一个未亡人讲述》

裘山山善于写现实中的芸芸众生，写普通人琐碎、细微的日常生活，写那些镶嵌在平凡生活中的困惑和挣扎。小说《听一个未亡人讲述》打破了题材共性所带来的限制，采用画外音的新写法，创造了一个丰富而纠缠的故事之外的故事。

小说关涉一段在主人公詹月心里埋藏了十年的婚外情，但作家却没有直接写这段婚外情，而是从电梯里一次不可避免的遇见开始写起，以暧昧的"她"和"他"暗示了人物间不同寻常的关系。第三者詹月遇到了从澳大利亚回国处理丈夫后事的女人，她邀请詹月到家里，一边翻看手机微信里的照片，一边回忆丈夫生前身后的种种。但作者并未满足于只听一个人讲故事，而是在听"她"讲述的同时，也安排了詹月以画外音的形式讲出故事之外的故事。这种"对立式"的讲述很有意思，双方各自陈述关于逝者的信息，十年前的婚外恋事件逐渐清晰地呈现出来：逝者老廖与詹月维持了三年的恋爱关系，在一次大地震过后，男人回归家庭，和詹月的特殊关系无疾而终。

两个女人的声音在小说中齐头并进，你一言我一语，相互补充，信息量巨大。未亡人回忆丈夫生前在澳大利亚的生活，对丈夫的病情轻描淡写，故意回避自己的冷漠和娇懒，着重强调那些光鲜的、可以彰显自己档次的事情，比如找一个医疗翻译的花销、给丈夫买了一块昂贵的墓地，以及朋友发来的赞美她美丽贤惠的安慰短信，等等。但在詹月的画外音里，这个外表美丽的女人曾经"将家里的垃圾扫到走廊上"，也曾"背着丈夫收受礼物"，她和年轻时一样缺少教养、虚荣庸俗。女人眼中的丈夫脾气暴躁，不够体贴，甚至说"他这种老公，就是个名分"。而另一边，詹月说"他几近完美，长得帅不说，气质也很儒雅，说话有内涵，还风趣"。两个女人一正一反的叙述，形成反差，增添了小说戏剧性。

在小说中，裘山山只是充当了一个温和的观察者、记录者，不发议论，不做评价，任由两个女人共同拼接一个故事。这是一个多么丰富的故事，看似毫无交集的两个女人，同时携带着两条故事线索，彼此不同，又互相缠绕，那些曾经被隐藏的人和事，婚外情、第三者、分手、回归，一点点被扒开，显露在读者面前。

作家关注到复杂人性中那些说不清楚、不可评判、无法界定的灰色地带，小说中逝去的男人在妻子和詹月面前的"两副面孔"，以及他出轨后的回归，中年夫妻难以言说的疏离感，詹月内心的纠结和挣扎，他们身上的小毛病、小瑕疵都袒露无遗，我们看到的听到的，似乎都是真的，似乎又不全是真的。透过小说中两个女人的讲述，我们不但可以窥探到人物不为人知的情绪，还能感受到人性在道德中的拉扯，让整篇小说散发出一股柔和哀伤的气息。（杨艳坤）

等待摩西

/莫言

一

柳彼得是我们东北乡资格最老的基督教徒，他孙子柳卫东是我小学同学。我们俩不但同班，而且同桌，虽然也打过几次架，但总体上关系还不错。

柳卫东原名柳摩西，"文革"初起时改成了现名。当时，他不但自己改了名，还建议他爷爷改名为柳爱东。他的建议，换来了他爷爷两个大耳刮子。学校里的红卫兵头头也反对，因为他爷爷是批斗的对象，批斗假洋鬼子柳彼得，感觉上很对路，但如果批斗一个名叫柳爱东的人，就觉得不对劲儿。

批斗柳彼得时，柳卫东特别卖力。他带头喊口号："打倒洋奴柳彼得！打倒帝国主义走狗柳彼得！"他还跳上土台子，扇柳彼得的耳光，揪柳彼得的头发，往柳彼得脸上吐唾沫。柳卫东扇柳彼得耳光时，柳彼得并没有遵循上帝的教导把另一边腮帮子送上去，而是张嘴咬断了他一根手指。柳彼得为此差点被红卫兵揍死，柳卫东也因此赢得了信任，成了大义灭亲的英雄。

1975年，我当兵离开家乡，临行之前，见过柳卫东一面。他很羡慕我，因为对当时的农村青年来说，当兵是一条光明的出路。他也报过名，但最终还是因为他爷爷柳彼得的基督教徒身份受了牵连。我记得他当时悲愤地说："我这辈子，就毁在柳彼得这个老王八蛋手里了。"我很虚伪地劝他，说了一些诸如"农村是一个广阔的天地，在那里也可以大有作为"之类的话。他苦笑着说："是啊，是够广阔的，出了村就是白茫茫的盐碱地，一眼望不到边儿。"

我到部队不久，柳卫东就给我写了一封信，说他马上要跟马德宝的闺女马秀美结婚，希望我能送他一顶军帽，结婚时戴上神气一下。我回信告诉他，新兵只有一顶军帽，确实不能送他。他没回信，从此我们就没联系了。

得到他将与马秀美结婚的消息时，我感到很意外。因为马秀美比柳卫东大五岁，马秀美的爷爷的妹妹是柳卫东的父亲的爷爷的弟弟的妻子，论辈分柳卫东该叫她姑姑。所以这场恋爱多多少少还有点儿乱伦的意思。早就听说马秀美跟一个东北的林业工人订了婚。她竟然解除婚约嫁给柳卫东，这背后的故事令我浮想联翩。

二

我当兵第二年，得到了一次出差顺路回家探亲的机会。不用专门打听，柳卫东和马秀美的恋爱故事扑面而来。大家都说，柳卫东其貌不扬，家境也一般，但他勾引女人确有高招。详细问下去，也没有精彩情节，但事实就是，本来已经连去东北与那林业工人结婚的车票都买好了的马秀美，突然反悔了，任那保媒的于大嘴威胁利诱，任她的父母寻死觅活，她是铁了心不回头。那林业工人见煮熟的鸭子竟然飞了，恼怒至极，便开列了详细的账单，向马家索赔，连某年某月某日为马秀美买过一根冰棍的钱都算上。这一算，让马家几乎倾家荡产。马秀美的三个哥，都是出了名的混账角色。老大娶了媳妇，还稍微安分一点。老二老三两个光棍子，本来就是提着拳头找架打的主儿，这下可算逮着个理直气壮的打人机会。他们把柳卫东弄到村东老墓田里，拳打脚踢，逼他与妹妹断绝关系。柳卫东宁死不屈，表现得很像条汉子。据说二马毒打柳卫东时，村里很多人围着看热闹。刚开始人们都认为柳卫东该打，不少人添油加醋、煽风点火，二马俨然成了正义的化身、为民除害的英雄。但看到柳卫东被打得头破血流瘫倒在地时，人们的同情心被激发出来。有人谴责二马下手太狠；有人说柳卫东谈恋爱不犯法，但打死人要偿命。尤其是当马秀美大哭着跑来，将奄奄一息的柳卫东抱在怀里时，许多眼窝浅的人，竟然流下了同情抑或是感动的泪水。

我本来是想去柳卫东家看看的，但父亲劝我不要去。父亲说柳卫东结婚后就被他父母撵了出来，两口子在村头搭了个棚子暂住，日子过得很凄惨。我回部队那天，在村后公路边等公共汽车的时候，遇到了他们夫妇。

两年没见，柳卫东头上竟然有了很多白发。他的左腿瘸了，背也驼了，嘴里还缺了两颗门牙。他穿一件掉光纽扣的破褂子，腰上捆着一根红色的胶皮电线。马秀美原本是我们村里最漂亮的姑娘，现在已经不像样子。她已经怀了孕，看样子快生了。她穿着一件油脂麻花的男式夹克衫，肚子挺着，脸上有一道道的灰和一片片蝴蝶斑，眼角夹着眵，目光悲凉，头发蓬乱，身上散发着烂菜叶子的气味。看样子，为了这场恋爱，两个人都付出了沉重的代价。

三

等我再次回家探亲时，已是80年代初期，改革开放了，农村发生了翻天覆地的变化，农民的生活也有了巨大的改善。这时候，柳卫东已经成了我们东北乡的首富，成了一位据说经常与县里领导在一起喝酒的头面人物。

王超是村里开小卖部的消息灵通人士，我听说过的有关柳卫东夫妇的传闻，多半都出自他之口。

我去小卖部打酱油时他告诉我：柳总昨天去深圳了——我感到他把柳卫东称为"柳总"带着明显的讽刺意味——猜猜看，柳总如何去深圳？坐飞机！——80年代初，农民坐飞机还是一件新鲜事儿——柳总坐飞机可不是第一次了，听说过些天柳总还要去日本呢！也是坐飞机去。

我去小卖部买烟时他对我说：别看你是小军官，但你抽的这种烂烟，柳总连看都不看！柳总抽英国的"555"，美国的"良友"。柳总抽烟，那派头，不亚于电影明星——王超用右手的食指和中指夹着一支粉笔，模仿着柳总抽烟的姿势。

我去小卖部买酒时，主动问他：柳总肯定不会喝这种烂酒，柳总喝什么酒呢？——他愣了一下，哈哈大笑起来。然后神秘地对我说：听说柳总要跟他老婆离婚呢！我说：这不可能吧，他们可是真正的自由恋爱，真正的患难夫妻啊！他说：此一时彼一时也，柳总现在身份变了，马秀美带不出门嘛！

四

我去乡政府东边那条街上的理发铺里理发时，遇到了柳卫东。我进去时，理发的姑娘正在给他吹头。只有一张椅子，理发姑娘让我坐在墙边的凳子上等候。我看到镜子里柳卫东容光焕发的脸。他的头发乌黑茂盛。我进去时他大概睡着了，等我坐下时他才睁开眼。我说：

"柳总！"

他猛地站起来，接着又坐下，大声说：

"你这家伙！"

"柳总！"

"呸！"他说，"骂我？你这家伙，太不够意思了吧?！回来也不来看我。"

"你是大忙人，一会儿深圳一会儿海南的，"我说，"我到哪儿去找你？"

"少找借口，"他说，"我如果欠你一万元，躲到耗子窝里你也能找到我。说说吧，回来干什么？噢，对，听说弟妹生孩子啦，你是回来伺候月子的吧？请了多少日子假？"

"是。"我说，"一个月。"

"官差不自由。"

"我索性转业回来跟你干吧。"

"讽刺我吧?"他说，"你是军官，现在是排长，过两年是连长，再过些年是营长、团长、师长，一级一级升上去，荣华富贵一辈子。我算什么？倒腾点物资，赚点小钱，现在高兴说你是企业家，过几天一翻脸就是投机倒把分子。"

"应该不会再折腾了，"我说，"你就放开手脚干吧。"

"但愿如此。"

理发姑娘放下电吹风，搬起一面镜子，照着他的后脑勺，问："满意吗？柳总？"

他抬起手轻轻按按蓬松的头发，说："还行吧。"

"满头秀发。"我说。

"又骂我，"他说，"染的嘛！在外边混，不拾掇得体面点还真不行。没听人说过？我一出村头就满口普通话。"

"这个没听说，"我笑着道，"但听说你要跟嫂子离婚。"

"谁说的？"他站起来，抖抖衣襟，说，"一定是王超那张臭嘴胡咧咧！这小子，捕风捉影，他的小卖部就是一个谣言散布中心。"

"不是他说的。"我说，"你千万别去找他。"

"其实，"他说，"背后糟蹋我的也不是王超一个。你只要混得比他们好一点，他们就巴不得你倒霉。红眼病嘛！老子是赚了钱，但老子也没捆着你们的手不让你们赚啊！"

"也不光他们这样，"我说，"天下人皆如此吧。"

"就是，可以理解，所以，随他们说什么，不嫌累他们就说去吧，老子就这样，越说坏话我干劲越大，"他指了指供销社门前空场上那一堆绿油油的竹竿，说，"那就是我刚从江西弄来的，正宗的井冈翠竹，盖房子当檩，一百年不烂！这批货出了手……"他举起左手食指对我晃了晃——我马上想到了他那根被咬掉的右手食指。

"一千？"我问。

他没回答我，从衣兜里摸出厚厚一叠钱，抽出一张，放在镜子前，对理发姑娘说，"甭找了，连他的。"

"这怎么能行？"我说。

"你跟我客气什么？"他说，"改天我请你吃饭。"

他的门牙补上了，银光闪闪，看着提神。

五

两天之后，有一个小丫头出现在我家院子里。

"你找谁呀，小姑娘？"我洗着尿布问。

"是柳卫东的女儿，叫柳眉。"我老婆把脸贴到窗棂上说，"柳眉，来啊，婶婶问你话。"

"俺爸爸让你快去。"柳眉不理睬我老婆，大眼睛盯着我说。

"好吧，你先回去吧，叔叔待会儿就去。"

"俺爸爸说让我领你去。"她执拗地说。她的眼睛像马秀美，嘴巴像柳卫东。

我跟随着柳眉，翻过河堤，到了柳卫东家的新居。

这是五间新盖的大瓦房，东西两厢，圈了一个很大的院子，黑漆大铁门上用红漆写着对联："忠厚传家久，诗书继世长。"进门是一道用瓷砖镶了边的影壁，影壁正中是一个斗大的红"福"。院子里拴着一只狼狗，对着我凶猛地叫唤。

马秀美迎出来，手上沾着面粉，喜笑颜开地说："快来快来，贵客登门，卫东这几天老念叨你呢！"

我看着她挺出来的肚子，问："什么时候生？"

她忧心忡忡地说："主保佑，这一次但愿是个带把儿的。"

我看着他们家墙壁上挂着的耶稣基督像，知道她已经成了他的信徒。

"快来！你这家伙！"柳卫东叼着烟卷，从里屋出来，说，"咱俩先喝几杯，待会儿公社孙书记也来。"

我们坐在沙发上，欣赏着他的十四英寸彩色电视机，四喇叭立体声收录机，这是当时乡村富豪家的标配。他按了一下录音机按钮，喇叭里放出了他粗哑的歌声。他说："听听，著名男高音歌唱家柳卫东！"

马秀美进来给我倒茶，撇着嘴说："还好意思放给别人听？驴叫似的。"

"你懂什么？"他说，"这叫美声唱法，从肚子里发音！"

"从肚子里发出的音是屁！"马秀美说。

"你这臭娘们儿怎么这么烦人呢？"柳卫东挥着手说，"滚滚滚，别破坏我们的雅兴。"

"柳总，"我说，"能不能换盘磁带？"

"想听谁的？"他说，"邓丽君的，费翔的，我这里都有。"

"不听靡靡之音，"我说，"有茂腔吗？"

"有啊，"他说，"《罗衫记》行吗？"

"行。"

六

回家后我对老婆说："王超说柳卫东要与马秀美离婚，瞎说嘛，我看他们两口子关系很好嘛。"

"可我听别人说他在温州还有一个家，那个女的，比马秀美年轻多了。"老婆说，"男人有了钱，必定会变坏。"

"可男人没有钱，老婆就嫌他没本事。"我说。

七

1983年春天，我回乡探亲，听很多人跟我讲柳卫东失踪的事。正月里，我带着孩子去供销社买东西，看到那堆竹竿还放在那儿。数年的风吹日晒，竹竿上的绿色消失殆尽。我在集市上遇到了马秀美，她挎着一个竹篮，里边盛着十几个鸡蛋。从她灰白的头发和破烂的衣服上，我知道她的日子又过得很艰难了。

她眼里噙着泪花问我："兄弟，你说，这个王八羔子怎么这么狠呢？难道就因为我第二胎又生了个女儿，他就撇下我们不管了吗？"

我说："大嫂，卫东不是那样的人。"

"那你说他能跑到哪里去了呢？是死是活总要给我们个信儿吧？"

"也许，他在外边做上了大买卖……也许，他很快就会回来……"

八

现在是2012年，柳卫东失踪，已经整整三十年了。如果他还活着，已经是六十岁的老人了。三十年来，他的老婆一直等待着他。刚开始那几年，村里人多数认为柳卫东在外边又找了女人成了家，但随着时间的推移，大家都认为这个人早已不在人世。有人认为，他其实就是在县城里被人害死的。早已进城开超市的王超，偶然与我在县城洗浴中心相遇时，在桑拿房里汗流浃背的他对汗流浃背的我神秘地说："三哥，你那个老同学，三十年前就被县城的四大公子合伙谋害了……"但马秀美一直坚信他还活着。据说柳卫东失踪之前，已经欠下了巨额的债务，柳卫东失踪后，讨债的人把他家值钱的东西都给拿走了，只给这娘儿三个留下了一口烧饭的锅。马秀美靠捡破烂收废品把两个女儿抚养成人。大女儿柳眉初中毕业后到帆布厂做工，在那里与一个黄岛来的青工谈恋爱，后来结婚，随丈夫去了黄岛，现在已经是两个孩子的母亲。小女儿柳叶，学习很好，考上了山东师范大学，毕业后留在济南工作。这两个女儿都要将母亲接去养老，但她坚决不去。她守着那个曾经很气派，现在已经破败不堪的房子等待着丈夫的归来。在她家前边，十年前就建了一座加油站，来往的汽车都在这儿加油。马秀美每天都会夹上一摞寻人启事，提上一小桶糨糊，往那些大货车上贴寻人启事。说是寻人启事，其实是她请人写给丈夫的一封信：卫东，孩子他爹，你在哪里？见到这封信，你就回来吧，一转眼你走了快三十年了，咱的外孙盼盼都上小学三年级了，可他连姥爷的面还没见过呢。卫东，回来吧，即便你真的在外边又成了家我也不恨你，这个家永远是你的……我把家里的电话和女儿的手机都写在这里，你不愿理我，就跟女儿联系吧……

很多司机都听说过这个女人的故事，所以，他们都不制止她往自己的车上贴寻人启事。

九

现在是2017年8月1日，我在蓬莱八仙宾馆801房间。刚从酒宴上归来，匆匆打开电脑，找出2012年5月写于陕西户县的这篇一直没有发表的小说（说是小说，其实基本上是纪实）。我之所以一直没有发表这篇作品，是因为我总感觉这个故事没有结束。一个大活人，怎么能说没有了就没有了？生不见人，死不见尸，这不合常理。我总觉得白发苍苍的马秀美这样苦苦坚持着往货车上贴寻人启事，总有一天会有个结果。中国戏曲的大团圆结局模式符合我们的心理需求。当然从理论上说，柳卫东被人害死的可能性是存在的，他跑到一个人迹罕至的地方自杀了的可能性也是存在的，他失足掉进河里被鱼吃了的可能性也是存在的，他掉进山涧粉身碎骨的可能性也是存在的，他的失踪成为一个死谜的可能性也是存在的，但我和马秀美一样期待着奇迹的发生。也许，当马秀美提着一棵大白菜、拄着拐棍从集市上回到家门时，会看到门槛上坐着一个人，他双手捂着脸双肘支在膝盖上，只能看到他满头的白发。当他听到马秀美的问询抬起低垂的头时，马秀美一下子就猜到了而不是认出了他是谁。马秀美手中提着的大白菜会掉在地上吗？不会的，对一个过惯了苦日子的女人来说，即便她跌倒在地，她也不会放开手中提着的东西的。马秀美会晕倒在地吗？不会的，如果晕倒就不是马秀美了。那她会怎么样呢？我回忆着读过的文学作品里的类似情节，回忆着那些当事人的表现，似乎都安不到马秀美身上。但我必须解决这个问题，必须给出一连串的描写，来展示这个苦难深重、苦苦期盼的女人突然看到失踪三十多年的男人坐在自家门槛上时内心的感受和外部的表现，似乎怎么写都不过分，似乎怎么写都不能令人满意，似乎怎么写都会落入俗套。

如果不是在酒宴上遇到了柳卫东的弟弟，我不会打开电脑来续写这部作品。我早就知道柳卫东的弟弟柳向阳生意做得很大，我们村集资修建村后那座大桥时，出资最多的就是他。东北乡的基督教徒修建教堂时，捐款最多的还是他。他的爷爷柳彼得是我们东北乡最早的基督教徒，活了一百多岁无疾而终。教徒们常以柳彼得的健康长寿为榜样，劝说群众信教。有人皈依，也有人反唇相讥，说柳彼得在集市上吃炉包喝酒，他的孙媳妇马秀美带着孩子在集市上捡菜叶子，那孩子看他吃炉包，馋得流口水，他却视而不见，只管自个儿吃。旁边的人看不过去，说：老柳，看看你那重孙女馋成什么样子了，你少吃一个，给她一个吃嘛。柳彼得却说：我不能够，她们正在承受该她们承受的苦难，然后才能享平安。

一个人，只要能对自己违背常理的行为，给出一个冠冕堂皇的理由，别人还真不好说什么，何况是借着上帝的名义。由此我也想到马秀美之所以能够忍受着巨大的痛苦坚持到最后，是不是也是因为她的信仰？尽管她的文化水平很低，无法自己阅读《圣经》，但对教义的理解有时候并不需要借助文字，有很多心灵感应的东西，是很难用常理解释的。我听我的一个信仰基督教的外甥说，东北乡所有的教徒中，没有比马秀美更虔诚的了。每次做礼拜，她都热泪横流，失声痛哭。她跪在耶稣基督画像前，往胸口画着十字，嘴唇翕动着，嘴里念叨着：主啊，保佑他吧，保佑这个迷途的羔羊吧……而我这个外甥每次对我说起马秀美的虔诚时，也是眼含着热泪。

1975年我应征入伍，成了原内长山要塞区蓬莱守备区三十四团新兵连的一个新兵。四十二年后旧地重游，与几位老战友见面，设宴叙旧，宴席摆在八仙酒楼，喝的是"醉八仙"酒。最亲不过战友情，四十多年不见，当初血气方刚的小伙子，如今都成了齿摇眼花的老人，抚今忆昔，感慨万千，"何以解忧，唯有杜康"。酒酣耳热之际，一服务小姐对我说："先生，有您一个老乡想见您。"我说："让他进来。"一会儿，只见一个彪形大汉，挺着肚子，摇摇摆摆地进来，对我说："三哥，你一定不认识我了。"我上下打量着他，说："看着面熟，但的确想不起来你是谁了。"他说："我是柳卫东的弟弟柳向阳，小名叫马太。我娘说，我没出生时就挨了你一砖头。"我不由自主地跳了起来，往事历历如到眼前。我说："马太！怎么会是你呀！"我当兵时你才是个小瘦孩呀！柳向阳说："三哥，你也不想想你当兵走了多少年了！是啊，当兵离家四十二年，柳向阳也是五十多岁的人了。"我很感慨，忙对我的战友们介绍他。在座的战友们，竟然多半都认识他，不认识的，也知道他。他是本地最大的房地产开发商，我的好几个战友就住在他开发的楼盘里，当面夸他的楼盘质量不错。几个有意买房的战友赶紧着跟他扫微信。我说向阳这都是我的亲战友，一个新兵连训出来的，你可要给他们优惠。他说，三哥你就放心吧，我老丈人就是原守备区的副政委，我对军人有感情。我说太好了，快坐下，喝两杯。我说你怎么知道我在这里喝酒？他说三哥您这张脸，太有个性了，您一进酒店我就知道了。我说你就直接说我丑不就得了，还文绉绉地跩啥呀。他说，三哥，您不丑，您是咱高密东北乡的美男子，我们单位有几个小伙子想整成您这模样呢。我说马太，你这是跟谁学的呀，骂人不带脏字儿。他说，三哥，我说的句句都是真话。好了，我说，坐下，罚你三杯。我还有话问你。我的一个战友问，柳总，没出生就挨一砖头是咋回事儿？他说，你问我三哥。我说，好汉不提当年勇啦。

我小时淘气在我们东北乡是有名的。看了《水浒传》系列连环画中没羽箭张清那本后，不禁心迷手痒，幻想着练出飞石神功横行天下，于是见物即投掷，竟然练出了一点准头。一日，放学回家，见一乌鸦蹲在路边槐树上叫唤，即从书包里摸出一块石子，扬手飞石，乌鸦应声坠地。正逢村里人散工回家，有目共睹，众人齐声喝彩，令我膨胀不已。又一日，放学蹿出校门，大街上正嘻嘻哈哈走着一群下工的妇女，其中就有挺着大肚子的"摩西他娘"。那大肚子里孕着的，就是这个柳总。摩西他娘口大舌长，爱说爱笑，大老远儿就听到她的笑声。我与摩西他娘无仇无恨，怎会无端飞砖打她？事情的原委是：摩西他娘从东而来时，正好有一条与我有仇的黑狗从西而来，它对着我龇牙狂叫，我书包里没有现成的石子，只好弯腰从地下捡起一块碎砖头，对着那黑狗撇了过去。因砖头较大，形状又不规则，所以就偏离了我预设的轨道，斜着飞到摩西他娘肚子上。这也实在是太巧了，为什么数十个妇女走在一起，偏偏击中摩西他娘？而摩西他娘身高马大，为什么偏偏击中她的肚子？这就叫是福不是祸，是祸躲不过。与其说是摩西他娘命中该当有这一劫，不如说她肚子里的孩子该当有这一劫，与其说这腹中婴儿该当有这一劫，不如说我命中该当有这一劫。当时摩西他娘惨叫了一声就捂着肚子坐在了地上。众妇女愣了一下，紧接着就围了上去。立即有人飞跑着去摩西家报信，那时摩西的父亲在村子里担任着大队长的职务，是头面人物。立即有人飞跑着到我家去报信，说我闯下了滔天大祸。立即有人飞跑着去卫生所叫医生。很快，摩西的父亲气势汹汹地跑来了。很快，我的父亲脸色蜡黄地跑来了。很快，卫生所的医生背着药箱子跑来了。我眼前一阵黑一阵白，一阵红一阵黄，我没有害怕，只是感到有一股冰冷的气体，在身体内钻来钻去。我后来听人说，我父亲一脚将我踢出了三米多远。摩西的父亲严肃地对我父亲说：老管，我想不会是你指使的吧？我父亲说：兄弟，如果摩西他娘有个三长两短，我让这小兔崽子偿命。正在我最危急的关头，仿佛是从地下冒出来的柳卫东（那时他还没改名字），站在我的面前，像个大人一样对我父亲说：大伯，我跟你儿子是结拜兄弟，我们虽不是同年同月同日生，但我们发誓要同年同月同日死！众人都被柳卫东这番话给镇住了。后来我父亲说：这个摩西，人小口气大，长大了必定是个大人物。摩西他娘站起来，摸摸肚子，说：我试着没有什么事，管大哥，不许你打孩子了，这是碰巧了的事儿。好了，没事儿了。摩西他娘临走时还拍了一下我的头，说：今后别手贱，嘴贱讨人嫌，手贱惹祸端。世界上很多金玉良言我都忘记了，但摩西他娘这两句话，我刻在脑海里。不久后，摩西他娘顺利产下一个大胖小子，这个大胖小子就是眼前的柳总。我没对我的战友们详说往事，我只是说：柳总啊，听到你顺利出生、身体健康的消息，这个世界上，最高兴的人，是我。

从回忆的噩梦中解脱出来，心有余悸，我端起一杯酒，说："战友们，弟兄们，我们能坐在这里喝酒，就说明我们都是有福的人。来，为了过去的一切，为了现在的一切，为了未来的一切，干杯！"

柳向阳说："大哥，你出来一下，我有几句话对你说。"

"在座的都是兄弟，有什么话你就说吧，搞那么神秘干什么？"话是这么说，但我还是站起来，跟他到了门外，听他说："我哥回来了。"

我愣了一下，兴奋地说："我就知道他没死！这家伙，三十多年了，跑到哪里去了？"

"问他，他支支吾吾，云山雾罩的，一会儿说在黑龙江，一会儿说在海南，一会儿说在一个荒无人烟的小岛上，一会儿说在深山老林里，总之，没有一句话可信，"柳向阳无奈地说，"连手机也不会用，信用卡也没见过，思维还停留在80年代。"

我问："他现在在哪里？我要见他。"

"前天还在我这里，要我投资他的'讨还民族财富'计划，我没搭理他，昨天气哄哄地走了，说是要到黄岛他女儿家。"

"什么叫'讨还民族财富'计划？"我问。

"换汤不换药的骗局呗！什么末代皇帝在美国花旗银行存有三亿美元的巨款，加上利息超过三百亿，但需要一笔资金启动啦，国家出面不方便，委托民间办理……老一套，连傻瓜都不信，但他信。"

"我要见见他，你把柳眉的手机号给我，这几天我正好要到黄岛去。"

"你见他干什么？我觉得他的脑子出了问题。"柳向阳说着，从手机里翻出了他侄女的手机号码，报给了我。

"我就是想知道，他这三十五年到底躲在什么地方？"

"你自己问去吧，问明白后别忘了告诉我一声，"柳向阳略带嘲讽地说，"但是我要提醒你，三哥，你可千万别让他给忽悠了，我已经给柳眉和柳叶打了电话，让她们提高警惕。他手里那些文件，制作精美，凹凸纹，水印，嵌着金属线，简直比真的还像真的。而且，你不知道他的口才有多么好。"

十

黄岛还叫胶南、胶南还归昌潍地区管辖时，我曾经来过一次。那时我与柳卫东都刚学会骑自行车，我们跟着村子里的能人方明涛去赶王台集买红薯干。王台镇北有一道土岭，一条公路翻岭而过，坡很陡。如果从岭顶上骑车下来，即便脚闸手闸一起制动，车速也快得惊人。那天我的自行车前后闸都坏了，又不愿意推着自行车下大坡，于是斗胆骑车下岭。车速起初还不太快，几分钟后便如风驰电掣。耳边只听到呼呼风响，路边的树木齐刷刷地往后倒去，路上的行人、车辆都被我甩到了后边。为了不发生碰撞事故，我杀猪般地吆喝着：让开啊让开啊——我的车闸坏了——那些马车、牛车、自行车、行人，都大老远给我让路。我目不斜视，紧紧地攥着车把，一冲到底。最快时，我感到车子载着我腾空而起，风穿透我的身体，发出尖厉的啸声。等巨大的惯性消耗殆尽，我连人带车，倒在路边。过了一会儿，柳卫东和方明涛也到了。他们跳下车子，把我扶起来。柳卫东对我伸出大拇指，说：好样的！我一向瞧不起你，把你看成一个懦夫，想不到你还有这样的胆略！方明涛也说：真是蔫人出豹子，想不到你还有这胆量。柳卫东说：下次再来赶集，我也要撒开闸过把瘾。方明涛说：那你就回不去了。

柳眉和丈夫在自己开的"渔人码头"酒店的最豪华包间接待我。包间装修得金碧辉煌，土豪气十足。虽然我不喜欢这样的房间，但对他们夫妇在能容十几个人的大包间里招待我一个人，还是十分感动。我说柳眉啊，耽误你们做生意了，其实有一个安静的小房间我们说说话就行了。她说：叔，您是稀客，如果不是我娘的面子，我们用八人大轿去抬，您也不会来的。柳眉的丈夫剃着光头，下巴上蓄着一撮山羊胡子，胳膊上刺着一条青龙，脖子上挂着一条金链子，很像影视剧里的黑社会人物。柳眉对我解释道：叔，知道您看着不顺眼，其实他是个大老实人，开饭店，混码头，不容易，留胡子刺青龙，是自我保护。我说我明白。尽管我说我只要一碗海鲜面就行了，但他们还是上了螃蟹、大虾、海参、鲍鱼、海胆……满桌子海鲜，二十个人也吃不完。我说太浪费了，太浪费了。柳眉说，叔，你好不容易来一次，般般样样的都尝尝，吃不了也浪费不了，待会儿给服务员吃。听说浪费不了，我心里稍微安宁了点。我与他们夫妇碰了一下杯，说：柳眉，不说你也知道，我来这里，主要是想见见你父亲。柳眉说：他根本就没到这里来。他怎么有脸到我这里来？他来了我也不会认他。他把我们娘儿仁扔下，三十多年，我们吃了多少苦？受了多少委屈？我记得我妹妹三岁那年，发高烧，我娘也发高烧，没钱去医院，在家里等死。我去求我老爷爷给我钱，老爷爷就说：主啊，饶恕他们吧。我去求我爷爷奶奶，爷爷奶奶关着大门不见我。我在大街上哭喊：好心的大爷大娘们，大叔大婶们，我娘病了，我妹妹也病了，可怜可怜我们吧，借给我几个钱，让我去买点药给我娘和我妹妹治病，我娘和我妹妹要是死了，我也就没有活路了……柳眉抹着眼泪说，村子里的人怕得罪我爷爷——我爷爷一直认为是俺娘勾结人把俺爹害了——只有您家俺婶婶，把我领回家，给我喝了一碗白糖水，送给我五块钱，让我赶紧给俺娘和俺妹妹买药。那年我才六岁，我六岁就担起了重担，我去了乡医院，在那儿哭晕了，医生护士都哭了，院长也被感动了，派人将我娘和我妹妹接到医院，治好了她们的病……

柳眉的丈夫拍了一下桌子，红着眼圈说：行了，叔好不容易来一趟，你唠叨这些陈芝麻烂谷子干什么？叔，我敬您一杯，今后您要是来黄岛，无论如何要进来坐坐。我说，好，一定。我说，柳眉，看到你们生活得很好，我感到很欣慰。我跟你父亲是好朋友，听到他还活着，我发自内心地高兴。当年他悄然蒸发，定有难言之隐，所以，我希望你和你妹妹还是要接受他。

柳眉说，叔，走着看吧，感情的事勉强不得。让我叫一个我恨之入骨的人为"爹"，我做不到。我说，但他的确是你的爹呀。她说，叔，您的好意我明白，我会把您的意思跟我妹妹说说。不过，我妹妹比我的态度更坚决，她说只要这个男人到她家，她会立即报警。

那你母亲是什么态度呢？我小心翼翼地问。

柳眉叹一口气，道：叔，还用我说吗？您自己想想吧。

十一

我能想象出马秀美对抛弃了她和孩子三十五年后又突然出现的柳卫东的态度吗？我想象不出来。想象不出来，又很想知道，那怎么办？很简单，去问。

马秀美家的，不，应该是柳卫东家的房子和院落，并没有我想象得那样破败。我看到房顶上的太阳能感光板和墙壁上悬挂着的空调机，知道马秀美在柳卫东回来之前，在两个日子过得很好的女儿帮助下，生活水平是与村子里最富裕的人家同等的。这让我多少感到了欣慰。

我一进大门，马秀美就摇摇摆摆地迎了出来。我想象中她应该腰背佝偻，骨瘦如柴，像祥林嫂那样木讷，但眼前的这个人，身体发福，面色红润，新染过的头发黑得有点妖气，眼睛里闪烁着的是幸福女人的光芒。我知道我什么都不要问了。

"主啊，您又显灵了……"她往胸口画了一个十字，嘴里嘟哝着，又说："大兄弟啊，还真被摩西说中了，他说这两天必有贵客上门，果不其然，你就来了……"

我问她："卫东呢？"

她悄声说："他已经不叫卫东了，他叫摩西。"

我问："那么，摩西呢？在家吗？"

"在，正在跟几个教友谈话，你稍微等会儿，我给你通报一下。"

我站在她家院子里，看着这个虔诚的教徒、忠诚的女人，掀开门口悬挂的花花绿绿的塑料挡蝇绳，闪身进了屋。

我看到院子里影壁墙后那一丛翠竹枝繁叶茂，我看到压水井旁那棵石榴树上硕果累累，我看到房檐下燕子窝里有燕子飞进飞出，我看到湛蓝的天上有白云飘过……一切都很正常，只有我不正常。于是，我转身走出了摩西的家门。

选自《十月》2018年第1期

"摩西"离去之后

——评莫言《等待摩西》

还是从摩西说起吧。

作为犹太教、基督教等重要宗教中的先知，摩西在西方宗教世界中占有举足轻重的地位。而这位活了一百二十岁的先知，最重要的功绩则是带领着在埃及过着奴隶生活的以色列人到达圣地迦南，过上幸福的生活。而摩西成为先知的重要前提就是他所经历的四十年孤寂、困苦的荒野生活……

先知摩西的那些充满了神秘意味的经历和数十年忍耐的生活与小说中

48

的柳摩西似乎有着很大的相似度。作为传说中的人物,柳摩西被大家看到的部分远小于被猜测的内容,而比先知更具神秘色彩的是,柳摩西人间蒸发了三十五年,这三十五年在小说中完全是一片飞白。

而不得不说的是,小说最大的高明之处就在于那种游离于实与虚之间的讲述,俭省的笔墨所留下的大量留白让小说呈现出别有意味的另一重叙述。小说看似在写一个简单又扑朔的现实故事,其实是把读者的思绪引入到了更为广阔的文本空间。成分不好又无技傍身的柳卫东如何把已经与工人订婚的马秀美娶回家门,他又是怎样乘着改革开放初期的东风积累大量的财富,在他消失的三十五年,他究竟经历了什么,又是什么支撑着马秀美无依无靠的生活?这些疑问随着叙述和点滴的流言、传说萦绕在读者的脑海之中,供人推测与演绎。可以说,小说家极大地调动了读者参与到故事的讲述中。

深谙小说之道的莫言看似随意地抛出了一些重要的时间节点,这些时间节点便成为了解这篇小说旨要的关键密钥。"我"几次回乡的时间分别为当兵的第二年(1976)年及两年后,改革开放刚开始的80年代初期和柳卫东失踪的1983年,听闻了柳卫东被害传闻和马秀美贴广告事件的2012年,以及追探柳摩西是否归来的2017年。这些时间节点分别对应着"文革"结束、改革开放初期、中国飞速发展的时期以及"新时代"。可以说,"文革"将柳摩西塑造为柳卫东,改革开放让柳卫东完成了发财的美梦,却又在经济腾飞的时代销声匿迹,归来已是充满神经质色彩的教徒柳摩西。实际上,作者已经借助叙述者与读者的参与,巧妙地使用叙事和留白完成了一个更为高级的讲述,即着力书写时代转换下,个人际遇的传奇性与荒诞色彩,以及个人在攀附时代巨轮时的无力与无常。其实,柳卫东这个人物指向的既是那个小说中的个体,同时还是在时代浪潮中无措的人们。由此可见,作为小说家的莫言,其关注点依旧是当代中国和处于变幻莫测的时代中苦苦挣扎的中国人。

不能忽视的是,小说有一处意义非凡的伏笔。叙述者"我"正在完成一部被其看作纪实的小说,小说因主人公柳卫东的失踪而不得不中断。但当"我"听闻他再次归来之际,便开始了续写,追探的过程实际上就是这部《等待摩西》。小说在这样的语境下再次变得虚实折叠,读者无法分清自己参与其中的究竟是故事套盒中的哪个层次,是作家莫言的笔下，还是叙述者"我"的小说中。我们更难以说清的是，柳摩西的归来究竟是这部纪实小说中的情节，还是《等待摩西》的尾声。

但是小说最后，"我"从柳摩西家院子里留下一句"一切都很正常，只有我不正常"之后便转身离开，则为故事拓开了最为重要的一重解读空间。主人公"我"为何视自己为不正常，那些正常的一切究竟指的是什么？如果大胆的推测，故事中的柳卫东根本就没有归来，他彻底地消失了，但是"我"却不愿就这样结束那部一直创作的纪实小说，因此不断通过只言片语进行探寻，甚至去幻想、去演绎故事。而那个在屋子里与教友谈话的柳摩西也根本不存在，那是一直等待着摩西的马秀美所幻想出来的救世者，精神的祐主。正是她精神矍铄的出现让"我"彻底意识到现实的存在，因而转身离去。小说就这样完成了套盒的最终折叠，也给读者留下了大量想象的素材，提供了探讨何为真实的有效蓝本。

再说回摩西吧。

如果没有摩西的带领，被奴役的以色列人难以逃离埃及。而摩西在荒原磨炼自身的四十年，也正是那些企待拯救的难民们焦灼等待的四十年。这被赋予了希望的四十年，无疑比几百年无望的被奴役更加漫长而痛苦。等待本身就是痛苦的极致。

小说中的马秀美是浓墨重彩的一个存在，她义无反顾地嫁给柳卫东，又以柳卫东妻子的身份承受了太多的苦难，尤其是那三十余年的找寻与等待。而这个苦难的女性也确如小说中所写，已经沦为了"他"的信徒，这里的"他"既是挂像中无所不能的神，也是她不断找寻着的渴望被其带出困苦的丈夫。她显然把那些苦难视为"他"的磨砺并心甘情愿。这位等待着的妇人形象完全可以看作是一个群体的代言，他们在时代的轮转中，在虚无缥缈的幻想中进行自我驯顺与皈依，成为荒诞的信徒，并在迷茫与忏悔中度过一生，就像那群等待摩西的难民。他们反映的同样不是他物，而是一个时代，以及一些更为高级的、虚无缥缈的"神谕"。

等待"摩西"的人们，实际上才是小说在虚实之外提供给读者的最为锥心的真实。（陈曦）

布影寒流

/叶兆言

一

1976年9月9日，毛主席他老人家离世了，厂里专门抽调几个人去布置灵堂。喊宋国佳去，他压低了嗓子，说我他妈才不去呢，我要磨刀子。庄师傅就教训他，说小宋你不要胡说八道，不去就不去，磨什么刀子。庄师傅问他磨刀子干什么，宋国佳冷笑，说还能干什么，磨刀子杀人，我要捅彭伟一刀，我要让他白刀子进，红刀子出。

那段时间，全厂都知道宋国佳要捅彭伟一刀。事闹得有点大，庄师傅是车间主任，宋是徒弟，师傅劝不住徒弟，便向厂长汇报，让张厂长过来说服。张厂长来了，还没开口，宋国佳说，你少废话，我师傅说我都不听，我会听你的？张厂长说，小宋，你不能总是耍横，总是蛮不讲理，人要讲道理。宋国佳说你给我死走，没你的屁事，随你说什么，我都饶不了他。说着打开身边工具箱，给张厂长展示刚磨好的三角刮刀，在空中挥舞了两下。庄师傅从后面绕过去，一把夺过刮刀，很生气地说，知道不知道这刀有多厉害。

宋国佳说怎么不知道，我都用麻袋试过了，装上一麻袋煤，一刀下去，乖乖隆里咚，一直捅到底，差点连刀把子都戳进去。张厂长听了哭笑不得，说你这什么意思，真想杀人，活腻了是不是。进行这番对话的时

51

候，我就在旁边站着。我们是一个车间的，都是搞维修的钳工。庄师傅和张厂长带着三角刮刀离开，宋国佳微笑着对我说，不就是一把刮刀吗，再做一把就是。我觉得不可思议，说宋师傅你真要杀人啊。宋国佳说杀什么人，也就捅他一刀，又不真弄死他。

说起来，宋国佳是我师兄，比我整整大十岁。按照厂里规矩，新进厂徒工，对已满师的工人，一律喊师傅。不只工厂这样，社会上也流行，称呼什么人都喊师傅。我进厂已一年多，宋国佳刚解除隔离审查，回到厂里上班不过三个月。在这小厂，他也算是大名鼎鼎，早在回来上班前，就听说过许多他的段子。

宋国佳是十八棵青松之一，我们厂是集体所有制，1970年曙光机械厂派了十八个工人过来，曙光厂是国营大厂，这十八个人带着全民所有制的身份，其中就包括宋国佳，是年龄最小的一个。我们厂工人互相调侃，最喜欢用一句话，就是不要自以为是，别搞得你好像是个全民的一样。"全民"身份高人一等，除了工资略有差别，关键是说起来好听。当然，宋国佳有名，不仅仅因为全民身份。张厂长跟我师傅是师兄弟，也来自曙光机械厂，一提起宋国佳，立刻没什么好话，立刻一肚子意见。

在张厂长眼里，宋国佳就是一个活闹鬼，天生不太平，不闹出点事来绝不罢休。"文化大革命"开始，年轻人造造反很正常，加入某组织也在情理中，宋国佳非要成立一个"独立大队"，就一个人，竖一面大旗，刻了公章，做了十几个红袖标，没有一个人愿意跟着玩。别人不跟他玩，他主动去逗别人玩，厂里造反派分成两大阵营，先斗嘴，大字报吵来吵去，大标语贴得到处都是，然后文攻武卫要约架。宋国佳自制了一把大砍刀，像关公一样堵在厂门口，说一个个有种别吵了，要打架，有本事先跟我干，我才是真正的无产阶级革命阵营，你们都是反动派的帮凶，都是打着红旗反红旗，都想破坏"文化大革命"，你们谁敢动真格的跟我打。

因为这事，宋国佳喜欢吹牛，说曙光机械厂的武斗是他亲自制止的。过了一段日子，派驻工宣队，对口单位是五十中，张厂长担任工宣队队长，宋是队员。到了学校，工宣队是无冕之王，宋国佳是王中王，根本不把队长放眼里，专门在公众场合捉弄师叔。他长得人高马大，相貌堂堂，有漂亮的青年女教师跟他眉来眼去，张厂长看出苗头不对，说学校是资产阶级染缸，我们无产阶级来了，一不小心，很可能红的进来，黑的出去，必须要"斗私批修"，必须要狠批私心一闪念。结果宋国佳被调了回去，为这事，他怒火万丈，卡着张厂长脖子吼，说你给我记着，你竟然诬蔑我，败坏我的光辉革命形象。

这以后，宋国佳成为支援我们厂的十八棵青松，来了不久，便把厂花于莉莉娶到手。再往后，"文化大革命"走向深入，开始深挖"五一六"分子，大家也弄不明白什么是"五一六"，反正曙光机械厂那边忽然有一个黑名单，就把宋国佳抓去隔离审查。这时候，于莉莉大儿子才一岁多，肚子里还有一个小儿子，就快要生了。一抓两年多，机械局系统的"五一六"都关在一起，关什么地方没人知道，只知道"五一六"的问题很严重，很多人畏罪自杀了。

印象中，宋国佳总是牢骚满腹。回来不久，便扬言要杀彭伟。三角刮刀被庄师傅没收，又开始加工另外一把。对于一个钳工来说，制作刮刀很容易，找把钢火说得过去的三角钢挫，用砂轮开出三道血槽，再在油石上打磨，一把锋利的三角刮刀又做好了。他得意扬扬地向我演示刮刀的威力，找了一个空麻袋，带着我一起去食堂。空地上有一堆碎煤，让我往麻袋里装煤，装满了，用绳子扎紧，将麻袋抬到墙角，竖在那，开始用刮刀往上面扎。三角刮刀非常顺手，几乎不需要用力，轻轻一捅，很容易就戳进去。

我试了试，确实是厉害，心里有些担心，说这玩意太可怕了，一刀下去，还不出人命。

宋国佳若有所思，想了想，说你说得有道理，是得算好地方，要不然，真会玩出人命来。

宋国佳又说，要玩出人命就不好玩了。

二

俗话说，十个女人九个肯，就怕男人嘴不稳。俗话又说，病从口入，祸从口出。彭伟做梦也没想到，因为自己说话不谨慎，便带来了杀身之祸。故事还要从于莉莉说起，那年头，还没厂花这一说，于莉莉无非年轻漂亮。我们厂60年代初期建立，最初是二三十号人的街道生产小组，生产标准件，我刚进工厂，不知道什么叫标准件，负责接待的彭伟介绍，说就是金属的螺丝螺母，说我们厂现在已经很不错了，生产水平有很大提高，过去生产标准件，常常是一夫一妻制，一个萝卜一个坑，一公一母，换一换就拧不到一起，一点不标准。说完不怀好意地笑起来，新进厂的青年徒工很天真，不知道他为什么要笑。

后来才明白其中的色情含义，彭伟不是一线工人，是政工组的，仍然还是工人编制，属于"以工代干"。我们进厂报到，他带着大家读报纸，学习毛主席语录，批"林"批"孔"。折腾了一个星期，再把我们送到车间，交给各自的师傅。庄师傅显然不太喜欢彭伟，看到他就觉得讨厌。彭伟跟他套近乎，说这个徒弟交给你了，你可要把你的技术都教给他。

庄师傅瞪他一眼，很不客气，说你他妈少来这套。

彭伟下不了台，赔着笑脸对我说，你这师傅技术非常好，要好好学习。

庄师傅不耐烦，对他说你死走吧，少在这油嘴滑舌，有多远给我走多远。

彭伟灰溜溜地走了，下到车间，我发现很多一线工人不喜欢彭伟。他有张讨人厌的大嘴，身为一名政工干部，给人感觉除了油嘴滑舌，就剩下游手好闲。坐办公室的每周下一次车间，他下车间就是跟女工耍嘴皮子，口若悬河天花乱坠。有些女人对他倒是不太反感，于莉莉就曾经跟他处过对象。街道小厂也没几个年轻人，很多原来是家庭妇女，都是结过婚的老阿姨。曙光机械厂增援了十八个人，情况立刻发生变化，宋国佳横刀夺爱，开始对于莉莉穷追不放。能说会道的彭伟败下阵来，据说宋国佳结婚，彭放过狠话，说君子报仇，十年不晚。话传到宋耳朵里，便守候在厂门口，当着众人面，狠狠扇了他三记耳光。彭伟矢口抵赖，流着眼泪说自己没说过这样的话，说没说过也没用，耳光已经扇了，扇了也就扇了，要说打架斗狠，他完全不是宋国佳的对手。

等到我们这批青年徒工进厂，小厂的规模扩大了许多，差不多有两百人。社会上开始抓"五一六"，有一天正上班，从外面来了几个人，穿着没有领章帽徽的绿军装，先去政工组找彭伟，然后由他领着，到车间把宋国佳抓走了。宋在大家眼皮底下被逮走，当时也不知道犯了什么错，看情形很严重，非常严重。人是由彭伟带人抓走的，都忍不住要向他打听情况。

他说这个事，我不能说，不能随便说。其实知道的也很少，市里统一抓了一批"五一六"，宋只是其中之一。宋国佳被抓，最吃苦的是于莉莉，想把大儿子交给婆婆带，婆婆不愿意，只能在宋国佳姐姐那里寄养一年，自己带着还在吃奶的小儿子上班。

彭伟对于莉莉深表同情，又按捺不住得意，说你当初非要嫁那姓宋的，真嫁给我，怎么会遭这份罪。于莉莉确实艰苦，天天抱着小儿子上班。我们厂地处郊区，离公共汽车站很长一段路。彭伟开始学雷锋，上下班经常用自行车驮她一段，两家住得不是很远，说起来也算顺路。他们过去处过对象，一来二去，便传出闲话。对别人的闲言碎语，彭伟应对自如，一直是模棱两可，不公开肯定，也不断然否定。于莉莉心里也有数，也忌惮，等小儿子稍大，能坐稳了，便把大儿子接回来，用自行车驮着两个孩子上班。彭伟呢，开始转移目标，开始追求小张。

小张1970年进厂，这届学生运气特别好，前后都要上山下乡，就她这届留在城里。小张一门心思想上大学，彭伟拍胸脯许诺，只要有工农兵大学生指标，一定帮助她成功。那年头大学生不用考，全靠单位推荐，彭伟口气很大，好像这事完全是他说了算。结果大学也没推荐上，大学没上成，反倒很轻易地让彭伟给上了。不上大学会情绪很失落，情绪一失落，容易让男人钻空子。小张出身一个知识分子家庭，姐妹三个，她最漂亮，父母看不上彭伟的出身，岁数相差也有些大，一开始坚决不同意，后来知道女儿与彭伟有了那种关系，生米煮成熟饭，只能捏鼻子。

小张原是车工，彭伟从中帮忙，将她转为仓库保管员。仓库已有一位中年妇女蒋勤，小张刚去，两人关系挺不错，好像十分融洽，渐渐便有矛盾，水火不相容，谁看谁都不顺眼。这个蒋勤得过小儿麻痹症，一条腿有点瘸，人长得挺好看。彭伟下车间劳动，不在车间干活，动不动跑仓库吹牛。那时候与小张的事还没最后敲定，正节骨眼上，彭伟这头明确表过态，上竿子死追，小张那边不急不慢，不肯最后松口。

一线工人三班倒，仓库有了两个人，开始两班轮转，一个白天，一个晚上。彭伟算是科室，做长白班，与蒋勤聊天，蒋勤便给他出主意，让他先上车再买票。这念头彭伟早就有了，让她一点拨，立刻付诸实行。轮到小张二班，下了班他赖着不走，留下来陪她。仓库设在厂区的角落，常常没人过来，正好是夏天，大家衣服都穿得少，一来二去，底线突破了。

蒋勤看出苗头，套彭伟说实话，是不是已得手。他有几分得意，先抵赖，不肯说，最后禁不住逼，说不能平白无故告诉你，你又不是我什么人。蒋勤问什么叫平白无故，彭伟盯着她的脸看，说平白无故就是不能白说。蒋勤笑了，说这话什么意思，说你干吗要这样看着我，眼睛不要这样色眯眯的好不好，难道还想吃老娘豆腐不成。彭伟一脸坏笑，继续盯着她看，心里想说，我就是想吃了，又怎么样，没敢说出来。蒋勤看出了他的心思，便板脸，说你们男人没一个好东西，想得倒美，我好歹比你大那么多岁，你也好意思。彭伟让她这么一说，真有些不好意思，不知道怎么往下接，继续坏笑，眼睛转向了别处。蒋勤咬了咬牙，说男人不用学坏，男人天生都坏，都是吃着碗里，看着锅里，跟我说老实话，不许再打马虎眼，你跟那于莉莉是不是真有过一腿。

三

多少年后，我们厂很多人仍然还能记得宋国佳当时的愤怒。就像当初被莫名其妙抓走一样，他的释放也是不清不楚。"五一六"分子究竟怎么一回事，没人说得清楚。风声最紧张的时候，有人说宋国佳畏罪自杀，也有人说他试图逃跑，被枪毙了。

早在宋国佳回来前，于莉莉与彭伟的绯闻已传得沸沸扬扬。这事自然要问个明白，夫妻三年没见面，荷尔蒙憋得太久，再次上床难免迫不及待。刚入港，忽然想到有话要问，劈头盖脸来了一句，说你跟彭伟究竟怎么回事，是不是做了对不起我的事。于莉莉大怒，奋力将他推开，说你这没良心的东西，也不想想这几年我过得多不容易，反倒是怀疑人家。宋国佳说我也就是问问，干吗发那么大火。于莉莉说我当然要发火，怎么能不发火，说完爬起来穿裤子。宋国佳急了，不让穿，说有话说话，事没完，这么急着穿裤子，半道上突然刹车，这算什么。于莉莉气鼓鼓继续穿衣服，说你说我跟谁有事，那我们就是真有事。

接下来两人都赌气，你不搭理我，我不搭理你。也不在一张床上睡，于莉莉带着两个儿子睡。宋国佳一肚子干火无处释放，在一开始也不相信与彭伟真有事，看她生气成那样，一肚子委屈，心也软了，气也消了，就等着找台阶下。于莉莉依然生气，只是在脸上摆着，心头怨气正渐渐消去，也在等台阶下。僵持了一个多星期，于莉莉母亲过来住了几天，老太太跟儿媳妇大吵一架，一肚子不痛快，跑到女儿家来诉苦，顺便跟女婿说说他不在时，于莉莉多么不容易。

老太太来，宋国佳与于莉莉恢复说话，算是和好了，表现得就跟什么事也没发生一样。家里就一间房子，老太太和女儿挤一张小床，女婿带两个儿子睡。好不容易熬到老太太走，那天正好是休息日，于莉莉买了一盘宋国佳爱吃的六合猪头肉，又买了瓶白酒，认认真真做了几样菜，大家一起吃饭。两个儿子与宋国佳一样，也爱吃猪头肉，不一会，一大盘猪头肉吃光。吃完猪头肉，于莉莉哄两个儿子睡午觉，小孩子不肯睡，在床上没完没了地闹，宋国佳欲火如焚，已经在老婆屁股上捏了无数次，一边喝酒，一边骂两个儿子，让他们快睡觉，不许再胡闹。两个儿子偏偏不睡，要睡也是假装，眼睛刚闭上，又很淘气地睁开了。

宋国佳忍不住骂娘，说小兔崽子，知道老子想干坏事，故意跟我作对是不是。他这话是说给老婆听的，于莉莉听了，狠狠地白了他一眼。大儿子已快六岁，问宋国佳想干什么坏事。宋国佳说，干什么坏事，我想打你们两个小兔崽子，狠狠地打，连你妈一起打，把你们都好好地打一顿。不知不觉，一瓶白酒下肚，结果两个小孩没睡午觉，他反倒是喝得酩酊大醉。等到再次清醒，已是第二天天亮，于莉莉与两个儿子都起床了，正准备去上班。

宋国佳连忙爬起来，不停地说该死，昨天喝得太多了。匆匆刷牙，吃了几口泡饭，送于莉莉和儿子去上班。回来以后，一家四口和和气气地一起去上班，这还是第一次。家里就一辆自行车，大儿子坐前面，于莉莉抱着小儿子坐后面。两个儿子都放在厂幼儿园，厂里照顾于莉莉，他不在，只让她做长白班。这天正好轮到宋国佳二班，要下午才去，送完于莉莉母子，还得回家，到下午上班，再把自行车交给于莉莉。

二班是下午四点半到晚上十二点，这时间下班，公交车没了，只能走回去。回到家一身臭汗，洗个澡上床，已一点多钟，于莉莉搂着两个儿子睡得正香。宋国佳过去把她弄醒，往小床上抱。于莉莉软绵绵的，任由摆布，他火烧火燎褪下了她的大裤衩，才发现来了例假。于莉莉完全醒了，有些同情他，说你早干什么了，磨磨蹭蹭非要拖到现在，昨天还非要喝醉了，你这不是活该吗。

宋国佳万分沮丧，有苦说不出。于莉莉说，我妈也莫名其妙，一住就是这么多天。于莉莉又说，我身上也是刚来，晚上洗澡还在想，过了今天就好了，没想到洗着洗着就来了，只能怪你运气不好。宋国佳叹气，说真是他妈的运气不好，真是倒霉，关在里面的时候，一直在想，回到家，一定要跟老婆先大干三天，没想到回来都半个月，到现在都没干成。于莉莉说你关在里面，是不是成天都在想女人。宋国佳说，我他妈不想女人还能想什么，我是想女人了，我想自己老婆又怎么了。于莉莉说谁知道你是不是真的想我，宋国佳说，我他妈不想你，还能想谁。

四

1976年的10月6日，"四人帮"粉碎了，到处都在庆祝游行。宋国佳却像疯子一样，整天还在念叨要捅彭伟一刀。他又做了一把很锋利的匕首，说要在彭伟腿上用三角刮刀先扎一下，让这家伙跑不了，再用匕首将干坏事的玩意给割了。

庄师傅看不下去，说不要一天到晚叽叽歪歪，这事你都闹腾几个月了，老是这么说有什么意思，你就有句实话，到底玩真的，还是吓唬吓唬人。宋国佳说，我吓唬人好不好，我说着玩玩好不好。大家都知道他是个难缠的刺头，都担心真会做出不理智的事，又都想看笑话。派出所来了两名便衣，进行了一番谈话，向他提出警告。便衣走了，宋国佳继续发狠话，说他也想放过彭伟，可惜他是个男人，这刀子都已经做好了，不见到血，有点说不过去。

宋国佳后来因为持刀伤人，被判了十二年徒刑。入狱后表现不好，赶上要清查"文革"中的三种人，又追判了五年。我印象最深的，不是他如何用三角刮刀捅人，而是有个人一直在扬言要这么做。虽然同一个车间，我们同一个小组，很少看见他在干活。钳工活计相对轻松，可是他上班总在发牢骚，没完没了地吹牛，说当年造反如何风光，被审查"五一六"如何英勇不屈。有时候连工作服都懒得换，除了庄师傅偶尔会教训他几句，大家好像都不怎么愿意招惹他。

有一天，工作间就我跟宋国佳两个人，他又在那拼命说狠话，吹嘘自己当年打架有多厉害，出手有多敏捷，说在被关押期间，那些负责看管他的人，见了他有多头疼。正说得兴高采烈，彭伟的老婆小张来了，脸涨得通红，说有话要跟宋师傅说。她来得突然，宋国佳很意外，挥挥手，示意我先离开，然而小张张开了胳膊，拦住了我，不让我走，她显然不愿意与宋国佳单独在一起。

小张气鼓鼓地说，宋师傅，我就这么跟你说吧，我跟你讲的都是真话，真的是真话，真话就是我们家彭伟，他跟你们家于莉莉，根本没什么事，你不要听别人乱讲。宋国佳冷笑着问了一句，我听谁乱讲了。小张说，真没有什么事。宋国佳很不屑地说，你说没事就没事了。小张拿他没办法，说也不能你说有事就有事。宋国佳说总不能你说没事就没事吧。两人像绕口令似的斗了一会嘴，都不肯认输，小张有些上火，说那好吧，就算是真有事，你又想怎么样。

宋国佳还是那几句，说你男人跟我老婆到底有没有事，不是你说了算，你说了不能算，要彭伟那个小狗日的过来，自己来说清楚才行。他必须亲自给老子赔礼道歉，对了，这种事光一个赔礼道歉也不行，你不能说一声对不起就算了，就没事了，这个事不是对得起对不起就能解决的。小张说那你说怎么办，宋国佳说怎么办，这个你要去好好地问问彭伟，他应该知道怎么办，他既然敢做，就他妈的应该敢做敢当。小张急了，说你就捅他一刀好了，有本事干脆把他杀了。宋国佳笑了，连声叫好，让在旁边看热闹的我为他作证，说这话可都是你小张说的，是你让我捅他一刀，是你让我干脆把他杀了。

宋国佳喊得最凶时，厂里甚至安排彭伟出过一次长差，让他去厦门躲了一个月，避避风头。有些事躲不过去，有些事也就是说说而已。厂里的吃瓜群众在背后议论，有人相信于莉莉是清白的，有人不相信。咬人的狗不叫，叫的狗不咬人，有人觉得宋国佳最终不会捅彭伟一刀，有人觉得话说到这份上，不捅一刀还真说不过去。

按惯例，庄师傅会安排在年初三加班，为机床做保养，替换磨损的齿轮。这活平时也可以干，为加班故意留着，算是一种福利，春节期间加班享受双薪。宋国佳也闹着要加班，加班有名额限制，就两部机床，他非要干，庄师傅只好自己不干，把名额让给他。这个厂刚创建时，机床设备很少，我们保养的这一款，只有一台，当时是重点保护，还用铁丝网围起来，后来就多了，一车间都是这样的机器。

做保养一共六个人，四个维修钳工，两名操作女工小王和小杨。小王负责递工具，小杨负责生火煮饭。大家各自带菜，平时在食堂蒸饭，今天只能自己煮。我跟宋国佳一组，说起来他是师叔，我是未满师的学徒，可是他技术实在不怎么样，先还抢着做，很快不干活了，干不下去，光说话聊天。到吃饭时，别人打开饭盒吃饭，他摸出一包大白兔软糖，靠吃几颗糖管饱。小王和小杨觉得神奇，宋国佳说糖是粮食的精华，和酒一样，都可以当饭吃。又说当年在曙光机械厂干学徒，没东西吃，大家打赌，就比谁糖吃得多，吃得少请客。说自己能一口气吃一斤糖，不费一点事，小王和小杨不相信，他便当场表演，一颗接一颗往嘴里扔大白兔糖，使劲咬，满嘴都是白沫。

很快一大包奶糖吃完，看得出，到最后已经不行了，已有些嚼不动，还在说吃糖不算什么，除了牙感到难受。又吹嘘当年，他们曾经三个人吃掉一个大猪头，说那才叫是真本事，煮熟了，沾点盐，三个年轻小伙子，活生生地把个大猪头给消灭了。

宋国佳手上做着比画，说这么大一个猪头，真是这么大，不是吓唬你们，就给我们三个人给干掉了。

五

过完春节，天气一天天暖和，厂里开始分房。这是我们厂的第一套宿舍，三层楼，每户面积不大，不到二十平方米，有公共厕所。分房布告贴厂门口，看的人不多，只要瞄上一眼，就知道与自己没关系。一共十八套房，当时不叫福利分房，有许多条条框框，没结婚不行，有私房不行，已结婚有房也不行，要用旧房交换。宋国佳家房子是祖上传下来的，分房和他没关系。大家忍不住在车间议论，说东道西，都觉得彭伟不该分房子。按照规矩，要房的人不能是分房小组成员，参加了分房小组，就不应该再享受分房。

宋国佳很愤怒，觉得这些话都有道理，说彭伟小狗日的凭什么分房，

60

老子马上就去把那个什么屌布告给撕了。大家已习惯他的狠话，都不当回事，也不接他的碴，他感到被冷落，更加愤怒，脸憋得通红，咬牙切齿，中午吃饭的时候，真去厂门口把分房布告给撕了。布告一撕，顿时有好多人围过去看。正在吃饭的彭伟听说有人撕布告，不知道是谁撕的，端着饭盒一边吃，一边过来看看怎么回事，挤进人群里，看到是宋国佳在那，要退回去已来不及。

宋国佳断喝一声，姓彭的你他妈不要跑，你小狗日的凭什么分房子，好事凭什么都让你占了。看热闹的人很多，彭伟不想和他纠缠，扭头想走，宋国佳追过去，拦在前面，一把拎住了衣领。众目睽睽之下，彭伟十分狼狈，支支吾吾说了一句，这事也不是我能决定的，你要问，就去问张厂长，我做不了主，反正事情也简单，该有我的，就有我的，不该有我的，就没有我的。宋国佳扬手一耳光，彭伟被打蒙了，憋半天，说你你打人。宋国佳说我就打了，怎么样。彭伟带着哭腔喊起来，说你不要以为"文化大革命"还没结束。围观者都乐了，没想到还会冒出这么一句话。有人上前拉架，宋国佳随手又是两记响亮的耳光。彭伟终于挣脱开，手上还拿着饭盒，趁乱踢了宋国佳一脚。接下来，宋国佳便回到车间，拉开工具箱，拿了三角刮刀和匕首，气势汹汹走出去。

宋国佳回车间拿凶器，我与庄师傅正在讨论两天前的一场空难，地点是加纳利群岛，两架飞机在机场发生碰撞，造成五百多人死亡。我们都不知道加纳利群岛在什么地方，也没坐过飞机，却一本正经在讨论，如果有机会坐，哪个部位更安全，坐前面好，还是坐后面保险。宋国佳走进来，拿刮刀和匕首，再次走出去，有几个看热闹的跟进跟出，谁也没料到接下来会发生什么事。庄师傅后来很懊悔，说自己当时如果站起来，拦住了徒弟，后面的悲剧也许就不会发生。

外面看热闹的越来越多，宋国佳前面走，后面跟了一大堆人。他一边走，嘴里一边嘀咕，说今天不让你姓彭的好看，我他妈就不姓宋。彭伟早已无影无踪，宋国佳也不吭声，东张西望，根据大家目光，就能判断出他往哪跑了，就知道他躲在哪里。彭伟肯定是回政工组了，宋国佳骂骂咧咧地向那边走去，路过厂长办公室，遇到正走出来的张厂长。张厂长一看他那架势，看了看跟在后面的群众，立刻气不打一处出，说又要搞什么名堂，你到底想干什么。

宋国佳说，我要让那个彭伟好看。

张厂长非常不屑，说你不要老是咋呼好不好，动不动就要捅人一刀，动不动就说叫谁好看。

宋国佳有点犹豫，看了看跟在自己后面的吃瓜群众，又有点忘乎所以，以商量的口吻向张厂长请求，说你不要拦我，我今天可是玩真的，谁拦我谁他妈会倒霉。张厂长根本不把他的威胁当回事，说我不管你玩真的玩假的，反正这事得有人管，不能你想干什么就干什么，我今天就是要拦着你。

宋国佳脸红得发紫，说你别拦我，别拦我。

张厂长还是不屑，说我就是不让你过去。

说着说着，所有的人大吃一惊，好像有一股奇异的吸引力，宋国佳不过轻轻地挥了一下手，三角刮刀便像小鸟一样飞出去，轻轻飞向张厂长的腰间，深深地钻了进去。结果就是，幸运的彭伟毫发未伤，受重伤的是张厂长，张厂长差一点送了命。

评鉴与感悟

异化的"表"与"里"
——评叶兆言《布影寒流》

在小说《布影寒流》中，主人公宋国佳无疑是一名异端。他不学无术、游手好闲，整日"磨刀霍霍"，他的在场就是厂中的不稳定因素。然而他又曾经"风头无两"，在乱离时期大有用"武"之地。就是这样一个明显被异化了的人物，成了小说最有波澜也最有映射意义的存在。而叶兆言的笔力不止于此，他的讲述从未离开当下，两个完全不同的时代在他的笔下进行了微妙又紧密的交叉，这便是这篇小说最大的意义与魅力所在。

因"文化大革命"，宋国佳可以说是"生逢其时"，他成立只有他一个人的"独立大队"后又成了工宣队中的"王中王"。然而他又是"英雄落寞"的，被批为莫名其妙的"五一六"分子，隔离审查，一抓就是两年多。被放回厂里之后，他又开始了对彭伟的报复行动，原因是他被隔离的时期，关于彭伟和他老婆于莉莉的传言四起，被愤怒裹挟的宋国佳在打了彭伟之后依旧意难平，每天磨着他的三角刮刀，要"白刀子进，红刀子出"，最终却因为意外捅了厂长而被判刑，在狱中他依旧表现不好，又被加刑五年。

显然，宋国佳是被异化了的人，在那个斗天斗地的时代，他找到了自己的舞台，将暴力和荒唐当成是"入世之道"，尽管被隔离审查两年之久，他依旧没有任何关于这荒诞时代的思考，而是继续发扬着自己习以为常的浑不吝。在大家眼中，他更是一名招惹不起的异端，让大家头疼，唯恐避之不及。

然而当我们将聚焦点由其异化的表象挪移到其本质上来观察，不难发现，他并不算是人性中的恶者，他的暴躁、无理取闹、大放厥词全部源于性格上的缺陷，甚至这些缺陷在其他人身上也并不少见。而他的异化更多的是由于时代大背景下的人们有意无意的排斥与放纵，那些性格缺陷被无限放大之后，最终成了异化的实证。与那些借助离乱时代而大行其恶的人对比，宋国佳的这些异化，无非只是由于无聊和渴望被关注所衍生的过激行为，他与那个时代大多数人一样，都是惶惑与空虚的结合体。真正的恶是造成他这些异化背后的不为人所知的畸形人际关系。

在这些畸形的人际关系中，小说中的看客群体尤为值得关注，可以说，如果没有这个群体，这篇小说的可读性与深刻性都将大大降低。幸好，叶兆言敏锐地捕捉到了一步步促成宋国佳走向异化和深渊的这群"正常人"，他们的只言片语，他们的所作所为被巧妙地"安置"在了小说的各处。无论是厂长的"大义凛然"还是师父的不屑调侃，以及叙述者"我"为代表的那群人的隔岸观火，都让宋国佳走向了"不得不"的境地。可以说，与被逮捕的经历相比，这种日积月累的情绪叠加让他的异化更加迅速。如果说把宋国佳整个人的异化及其异化行为当成是表层现象，那么小说所体现的更加本质的内容则是不自知的群体性异化。在所谓的时代潮流下，人们已经由沉默的大多数变为了那个残酷时代的集体注脚。小说中从未缺席的"流言蜚语"是无形的第一主角，是难以触摸又确实存在的"影"，更是让人凛冽生畏的"寒流"。

事实上，叶兆言一直是同代人中为数不多的跨过"伤痕"直接步入探讨人性和历史书写的作家。如果尝试将这篇小说的背景模糊化处理，我们会发现，这与我们所参与的社会生活和个人处境如出一辙，我们都有可能是那个爱吹嘘、爱表现、不甘心又神经质的宋国佳，也更有可能是那群以私生活为谈资，习惯于隔岸观火的看客。而最终，我们或许也会成为"引火烧身"的自认为充满了正义感和权威性的厂长。叶兆言借助小说试图告诉我们的是，我们永远不可能以排斥、训教"异端"的方式来确认自身的道德和神智的健全，我们依旧处于一个可能被异化的时代，谁都无法逃离，唯有警钟长鸣。（陈曦）

平板玻璃

/王手

一

去年底的时候，具体说是 11 月上旬，我应邀去上海参加一个会议。去上海的心情我有点复杂，既想去又不想去，我怕去上海，但又非常渴望去上海，我已经有将近四十年没有去上海了。当年我非常熟悉的那些地方，比如大柏树、五角场，现在肯定是面目全非了，我要是再置身在那里，肯定是两眼一抹黑，像傻瓜一样。还有一个我不想去的原因，是因为我生命中一件揪心的往事，就是从那里缘起的，我不知道会不会又触碰到了它。所以，尽管我这些年跑了很多地方，但上海我一直就拒绝踏入。这不怪上海，完全是我个人的原因。

我要去开的会叫"玻璃，一种新材料的重新命名"。会议由 ZD 大学建筑与设计学院召集，邀请的都是全国玻璃方面的专家，有研发和生产的专家，也有设计和使用的专家。这样说来大家也就知道了，我是一个和玻璃打交道的人。其实，我和上海的关系最初也就是和玻璃的关系，说得更具体一点，那个揪心就是和玻璃有关。这说法有点歧义，这里先按下不表。

我以前和上海的关系是比较特殊的，如果用一些符号去表示，就更特殊：南京路第一百货、浙江路第十百货、大光明电影院边上的友谊商店、亦游亦购的豫园商场、提篮桥监狱附近的浦东码头、购买温州船票的十六铺、登船下船的公平路码头，如果再选一个，那就是上海的"大世界"。这些地方，我走过，甚至还经常在那里活动，留下了抹不去的印象。现在如果向人介绍上海，我不知道他们会说些什么，东方明珠塔？野生动物园？迪士尼乐园？世博会主题公园？倾向性一下子就看出了时代印记，但我的那个年代跟生计有关。

我是坐G1357的高铁去的上海，从广州出发，估计六个小时能到。途中我带了许多吃的东西，我的包包里也有足够的钱，我说这些的意思是，我曾经有过非常拮据的尴尬，所以一直以来，只要我出差，我都有"穷家富路"的习惯。1979年的上海已经是非常的繁华了，是全国人民心目中的"花花世界"，但从温州到上海，交通极为不便，只能坐海船，而且要一天一夜，要三四天才开一趟。船票是八块钱一张，三等的，也有统舱和散席，也要五块钱。有一次我曾经被困在上海走不了了，只能等我母亲将钱汇到我住的旅馆。那些天，我身边只有几块钱，我把这些钱都分配在伙食上，一天就吃一碗面。其余的时间，我都躺在旅馆的床上保存体力。我睡觉，我不能让任何饿的念头冒出来。当十多天以后，我听到旅馆的门卫喊"某某某，汇款"，我激动得索索发抖，连裤子也穿不起来了。

ZD大学在五角场附近。印象里的五角场是个很冷清的地方，大柏树，怎么听都像是个农村；邯郸路又宽又长，连一辆车都没有，有一个部队医院，我没有走近过，但感觉它就是壁垒森严的。现在肯定不是这样了。我从地铁里出来，进入出口的通道，一路上被人撞来撞去，被弥漫的香气熏得头昏脑涨，都是各种各样的食物，咖啡、快餐、茶叶蛋、火腿肠。我匆忙走着，看到不同的出口标志，通往A路的、B路的、C路的、D路的，像一个蜘蛛网，我马上被弄晕了，不知道ZD大学应该往哪里去。现在，我走在昔日熟悉的邯郸路上，满眼的人流，满眼的车流，满眼的商铺和广告，远远望去，路上有坡度的趋势，我知道，那不是真的坡度，而是无限延伸的错觉。听路人讲，去ZD大学还要这样这样、那样那样，听口气，没有三十分钟走不下来，上海更大了。

宾馆是ZD大学自己办的，就在大学的对面。上海人很会动脑筋，知道大学里都是会，鉴定会、研讨会、评审会，一年到头，自己接待自己的会议，也可以吃一个大饱。我到宾馆的时候，在门口碰到几个熟人，都是搞玻璃的，有山东青岛的，也有四川自贡的，他们都在门口等人，说有朋友过来带他们出去吃饭。这会儿正值晚高峰，想必接客的人也都堵在路上。其实我也约了人，是我以前认识的一个老上海。上海熟人不少，但真正在记忆里存下的仅此一人。我们偶有联系，以前是写信，后来是电话，现在是短信，都是在非常的日子里，比如大的节日，或人生的转折点，虽然相隔的时间很长，但我们总能够联系得上。我来上海之前给她发了一个短信，说我对上海一点也没有概念了。她说那你会住在哪里呢，我去找你，我们一起吃个饭。我说吃饭不重要，就在附近坐一坐，认一认。她说真是，我们也有几十年没有见面了，古人说"见字如面"，我们听听声音看，能不能辨出来。是啊，沧海桑田，她这样说我就很期待。

房间还不错，虽然是个标间，但设计得还算合理，或者说人性化，有一个宽敞的客厅，有一个很大的沙发，有一内一外两个卫生间，这样，即便房间里住进了两个人，也不会为一些陋习和紧急而苦恼。我转了转房间，阳台上还有个吸烟室，放了咖啡和零食。时间还早，我就洗了个脸，泡了杯绿茶喝起来。

手机也是在这个时候响起来的，是约我的朋友，说已经在楼下大厅了。我说那我马上下来。她又说，你确信能一眼认出我来？我迟疑了一下，说，应该可以吧。她说，我穿小西装，里面翻白领，我干脆站小卖部门口吧。我一边应着一边心里面浮现出她的样子了。

我这朋友叫陈优犁，如果说年龄，应该和我差不多。我在电梯口老远就看见了她，我们相互笑了笑，走近了没有拥抱，也没有握手，虽然都觉得熟，但还是有一种距离感。这种距离感不仅仅因为我们是一对男女，不仅仅因为我们有几十年没有碰到了，而是因为彼此心中有那么点不可言说的微妙。她说，还是可以认出来的啊。我说，是啊，好像变化都不大。她说，那我们就走吧，就顾自在前面走起来，我也配合着在她后面跟着。我在后面悄悄地看着她，她还和从前一样，有相对正式的化妆，她以前是喜欢浓妆的，眉毛画得弯弯的，鼻侧刷了浅影，脸颊扑有腮红，嘴巴本来就小，但却嘟得很，她大概也觉得这就是所谓的"樱桃嘴"吧，属于好看的，所以也精致地描了口红。加上她一头鬈发，加上她整洁的衣服，我老是会想起旧上海那些月份牌上的女人。我们就在宾馆对面一个叫"遥握"

的咖啡馆里落座，这也是她事先订下的。这里显然是大学生们光顾的地方，简单的装潢，昏暗的光线，旁边有零星的几对男女，是那种散淡的、无所谓的、旁若无人的样子。我们都感觉到了自己的异样，暗想，我们一定是来过这个店里最老的一对男女。

1979年，我父亲死于非命。这话说起来有点耸人听闻，其实就是他自己把自己摔死了，不过是死得比较离奇罢了。他是个所谓的供销员，在当年，这个职业还是比较吃香的，很多人不知道它的具体内容和性质，只知道他们的样子很风光，骑一辆自行车，车前挂一个黑公文包，一路打铃，于是人们就觉得他们很精明，很能干。也是，他们无事不干，无所不能，总会有各种各样的钱财流进来。我父亲也有一辆自行车，他喜欢在回家的时候炫耀一下，我们家正好在院子的门口，进院子的地方有几级台阶，他进来的时候总是不好好拿车，都任由车在台阶上"咣当、咣当"，于是，散在院子里的那些人，摘菜的、洗衣的或是干其他杂务的，都会抬起头来看他，他就很得意。我父亲在外面的时候很少骑车，稍微远一点他就坐三轮车，再远一点他就坐手扶拖拉机。那个时候，我们温州的公交还不完善，那些手扶拖拉机就载着我父亲出入于近郊乡下，那些乡下人就把他当作大佬，都叫他什么老，其实他那年才四十六岁。他那时候一定是自我感觉良好的，有钱，有事情做，又身强力壮，所以他才会从飞驰的拖拉机上飞身跳下。那个司机后来说，我知道他要去的地方到了，我说到前面靠边停了再给他下。他不肯，根本不听话，脾气还爆得很，就直接跳下去了。他以为以他的身手一定也像铁道游击队一样，会像鸟儿那样落在地上。他根本不知道那个惯性的厉害，他的脚一着地，那个惯性就带飞了他，把他重重地摔在地上，摔了个嘴啃泥。据后来去收尸的我母亲说，他的头磕出了一个大洞，血蜿蜒地流在地上，比他身体的长度还要长，他的鞋也摔掉了，也许是被谁拿走了，不知去向了，他的黑公文包还在，足足摔出了一丈远，也许是这个包需要和身份匹配，没人要。这样，我们才在这包里发现了他的秘密，他原来是在外面接合同的，凭他的口才和能力，卖给一些作坊，他在这里面再抽取一点回扣。

我母亲对我父亲的死开始还是有些难过的，毕竟是太突然了，也太难看了。后来，有一个女人吵上门来，说有一辆自行车平时都放在她家，说我父亲答应送给她的；说我父亲就是小气，她陪了他四年，他就给过她一个戒指，她要求起码还要给一对"丁镶"。这件事立刻就把我母亲打倒了。父亲的抠，母亲是知道的，他本来就是个"铁蛀虫""石板刨""浙江省"，浙江就是他最省、吃蛇的人还会将鳗忘在锅里的，以为赚钱不易，但他在外面金屋藏娇，母亲没想到，她马上去信基督了。人们都说，人生有了重大的变故，只有在基督那里才会得到安宁。也许吧。不过，有心的人发现，我们家原来搁在屋外的东西都不见了，一个蓄水的小水缸、一只放垃圾的破畚箕、一盆长年没变化的仙人掌。还有更细心的人说，我们家原来生炉子都是在外面的，点了柴、放了煤，等烟散尽、等火头烧充分了，再拎到屋里来，现在一切都挪在屋里头了。我母亲是胆小了，怕别人找事。

我母亲信基督很认真，三祈五祷，礼拜天一定去福音堂。最最神奇的是，她原来不怎么识字的，现在居然能看懂繁体的《圣经》。每天下午四点，她必定是站在自己的桌前，桌上是摊开的《圣经》，她撑着手，语速平稳，一点点地朗读，有时候读不下来，她会反复几次，就这样一页页地读下去，从《旧约》读向《新约》。西窗边是越来越弱的光线，我每次看到她这个样子，都会觉得母亲很虔诚。她身形的轮廓非常漂亮，尤其是头发上，像镶了银边。后来我才知道，那不是银边，是她有一缕头发突然地白了。对于她的朗读，教内的兄弟姐妹们说，是受了神的指引，她有生命了，就像玛利亚的未婚先孕是神的意思一样。对于她的白发，有人说，是她某一条神经给伤着了，在这缕白发上逆袭了，就像有人受了刺激睡不着了、聋了耳了、生了癌了，母亲是白了发了。

母亲有基督，那我怎么办？我肯定在家里待不住了。我害怕和任何人接触，最难过的是看到别人在公判布告前议论，如果这一批中有强奸的、鸡奸的、流氓的，或乱搞男女关系的，我都会觉得他们一定在议论我的父亲。于是，我也只好离家，远走高飞。对于我的离家，我母亲并没有反对，她只是问我，你觉得在家里很难吗？我点点头。她说，其实我也觉得很难，我要是有个地洞可以钻，我早就钻进去了。我那年二十岁，没有书读，也没有像样的工作，有一份工作是在街道的合作社里削筷子，所以也没有什么好留恋的，就跑去上海了。我们温州的人有个传统，喜欢做一点小生意，其实我父亲也属于这种形式，心想，跑着总比待在家里好，做着总比没有事情做好，总会碰到几个钱的。

很多人都以为我跑上海有那么点子承父业的味道，其实不是，我父亲所做的和我在上海所做的有着天壤之别，他那个属于"空手套白狼"，我这个属于投机倒把。从难度上讲，他那个只需厚颜无耻，我这个则需要千辛万苦。在这之前，我父亲也没有给我半点启蒙，就连去上海要带介绍信都没有告诉我。倒是我母亲，也许是听过我父亲在牙缝里漏过，说上海人喜欢菜油，说你不嫌麻烦就带上两斤，也许还有用。事实证明我母亲说的千真万确。

我是坐"工农兵18号"的轮船去的，这艘船在我的成长记忆里就是豪华和奢侈的象征。那时候能坐一趟船到外面去，无异于后来的出国和现在的登南极北极。这艘船原来叫"民主18号"，后来改叫工农兵，再后来改叫瑞新和繁华，但我们一直都叫它"民主轮船"，这是一块牌子，也是一种情结。我坐的是五块钱一张的统铺，其实也叫散席，我不敢坐八块钱的三等舱，后来我知道了还有一等、二等，那是我无法想象的，因为八块钱已经相当于我削筷子的三分之一工资了，我这样去一趟上海，等于把我一星期的生活费都用掉了。统铺在船底的大舱，身边是许多运载的货物，也有牲口，有难闻的气味萦绕在周围，让人难以入睡。我的身上带了母亲给我的三十块钱和两斤菜油，这也许是我母亲所能给我的。说真的，那时候的母亲不会担心，我也不知道危险，我们都不会去想这样出去有什么不妥，都觉得这就是当时的唯一选择，并且是正确的选择。我就是这样待在这个闷舱里，守着身上的钱和那两斤菜油。我都不去想象外面是什么样的。其实，那个时候，我们的船正处在汪洋大海之中，我犹如一粒灰尘，如果我想到了沉没，那我一定会觉得奄奄一息了。我只能醒着，看身边他人的一举一动。我身边正好是一位苍南人，他挑了一担瓜子到上海去卖，同样，我也想象不出，这一担瓜子挑到上海能卖多少钱？在上海怎么卖？是摆路摊还是沿街吆喝？卖了以后他又会做啥？抑或他来上海本来就是有其他事的，这一担瓜子等于是他的盘缠，就像我要带上菜油。我们在一起瞎聊，我们都为临铺挨着而高兴。他老是叫我吃瓜子、吃瓜子，我当时听他的口音很有趣，我第一次听到温州口音以外的"外语"，他是说"西瓜子"，而不是"吃瓜子"，我觉得非常好听，它像音乐一样让我没有睡意。我在这船舱里待了一天一夜。

可以想象，第一次走出公平路码头，我就像一只家禽被逐放到了荒野上，心里慌乱无比。我不知道自己要到哪里去？要干什么？我唯一的本能就是随着那个卖瓜子的苍南人，他快我也快，他慢我也慢，有一下，我还下意识地拉住他的箩筐，生怕自己走丢了。后来，那个苍南人对我说，你不要老跟着我，你既然到了上海，就要撒开来跑。先找个地方住下来，去福州路那里登记，他们会排给你一个旅馆，要不你就会站路上了。我将信将疑，这是我第一次听说有这么回事，住宿、登记、派单、分配。苍南人显然是有经验的。

福州路那个住宿介绍所像一个大集市，每天，上海旅馆的床铺都会汇总到这里来，再由这里派单出去，把那些来上海出差的、像无头苍蝇一样的人们派送到下面去。那个像厅一样的房里挤满了各式各样的人，但仔细看看还是有队伍的，再看，才知道那些窗口是有要求的，写着"军人证""记者证""省介绍信""市介绍信""机关介绍信""企业介绍信"。看着这些"信"，我感觉到自己尿急了，肚子也一下子饿了，心也慌得不行。怎么办？我没有介绍信，我也不知道介绍信为何物，我身上只有一本居委会的票证簿，我本来是要带户口簿的，是母亲怕我丢了，说丢了就没命了，才给我这本票证簿的，里面有油票、肉票、豆腐票、肥皂票的存根，至少可以证明我是个有"身份"的人，不是"黑人"，但票证簿显然在这里是行不通的。我大脑空白，茫然四顾。后来，一个热心人告诉我，在上海，露宿街头是不会的，你可以去睡澡堂，不过不是现在，现在人家还在营业，你要等到晚上，等他们澡堂打烊，你再进去睡。这无异于在我兜兜里塞了一块钱。于是，我从福州路走出来，走入了一条宽阔而又冷清的大马路，后来我知道了它叫北京路。我无所事事地往前走，心里是空落落的。我无心观摩路旁的一切，也不知道要走往哪里去，我似乎有一个心愿，就是巴望着夜幕赶快落下来。后来，我无意中发现路边有一个平安澡堂，我的腿像突然失去了力气，像失散的士兵终于找到了部队，我停下来就再也不想走了。那个时候大概是下午五点钟。

那天晚上，我就住宿在平安澡堂，这是个人味、尿味、肥皂味混杂的地方，但我觉得它很温暖。我还在那里美美地洗了一个澡。我从来没有洗过这么奢侈和肆意的澡，泡在油腻的汤里，立刻就昏昏欲睡了。我在家的时候，洗澡是很简陋的，夏天在院子里冲一冲，冬天在屋里像磨墨一样，一盆水从头洗到脚。现在，一池的汤水让我的身心都放松开来，我把上辈子的油污都泡出来了，把元气和血液都泡出来了。我差点泡虚脱了，最后还是一位澡堂老司把我捞了上来，放在洗澡人休息的躺椅上。我就在躺椅上睡到了天亮。

醒来的时候，我身边坐着一位笑眯眯的老司，他说，你昨晚差点晕倒了。我说，啊，是吗，我一点也不记得了，只记得泡得很惬意，泡得灵魂出窍。老司说，这朋友，你要记住，以后在外面一定要警觉，不可忘乎所以，更不可肆意妄为，泡澡也一样，尤其是累了虚了，不宜泡烫，不宜泡久，那样容易被疲惫撂倒。这话可以举一反三，再后来在我浪迹天涯的经历中起了很大的作用。老司后来又说，我们做个交易怎么样？我警觉起来，什么交易？老司说，我昨天就闻到你身上的菜油味，真香啊，你带了菜油了？我说，那又怎么样？他说，你要是经常来上海，你带菜油给我，我帮你介绍旅馆，我一个侄女就在遵义旅社，你可以住她那里。这的确是个好消息，老司说的也不像在蒙我，我就分了一斤菜油给他，剩下的一斤，我说带给他侄女做见面礼，我想马上搬到遵义旅社去。

老司的侄女，就是我前面说到的陈优犁，她那时是遵义旅社的一个服务员。我带了老司的口信给她，再把剩下的菜油给她，她就很高兴，就马上让我住下了。上海人对于菜油的感情，就像温州人对于海鲜，不知是上海人特别喜欢吃菜油呢，还是温州的菜油特别香。当然后来，上海人不仅只喜欢温州的菜油，还爱上了温州的瓯柑、虾干、走私表。陈优犁是那种会精致打扮的女孩子，贴身的小西装，笔挺的"四条柱"裤子，方口皮鞋，走起来碎步，"的笃、的笃"的，小胸脯也一抖一抖，笑声仿佛从腰肢间发出来，铿锵有力。我从来没见过这样的女孩子，挺拔、蓬勃，和温州羸弱的女孩子不一样，立刻就把我吸引了。我还喜欢听旅社的工友在过道里喊她，陈优犁，陈优犁，上海话把这三个字叫起来很好听，特别的悠扬，特别有音乐感，我如果在房间里，都会忍不住探出头张望一下。我因此也迷恋上了上海话，很快就学会了"赤那""杠头""小赤佬""侬哪能"，还成了口头禅。后来，我到上海的时候都是直接去找陈优犁，每一次

72

都会带上上海人喜欢的东西，而她，无论我去得早还是晚，无论她在不在上班，她都会把我安排下来，使我从码头出来就不再那么慌乱，可以径直奔向栖身的地方，这个感觉非常好。

陈优犁最早是在遵义旅社，后来调到了九江路，后来又调到了浙江路，最后落实在江西中路，也就是黄浦旅馆，那是我待得最久的地方，像家一样。那个时候，我和陈优犁已经非常熟了，没事的时候，我都会靠在服务台前和她聊天。从外面回来，我也会记着给她带一点零食，上海的女孩子都喜欢零食，上海女孩子吃零食也是一道风景。而她也利用她的资源在给我提供便利，比如我入住的时候要是没有床铺，她就会在洗衣房里给我搭个铺，第二天再把我转出来。后来，待得久了，我对房间的要求也高了，觉得那些统间杂乱，不便，不仅睡觉不便，放东西、换衣服都不便，她过来说话也不便，她就把我换到了屋顶阳台的一个小阁楼。那个阁楼很小，勉强住一个人，门和窗都开在阳台上，实际上也并不隐蔽。旅馆里喜欢把洗好的床单、被套晾在屋顶上，风吹得它们啦啦作响，也经常会有人在那里走来走去，但对于我来说，那无疑就是豪华的单间了。我在的时候，陈优犁也会过来看一看，我不在的时候，她也会避开领导躲到这里来午休，我的枕头上总会留下她好闻的雪花膏香味。她也会借我这里来换衣服，我怎么知道呢，有一次，她那条白色的"的确良"假领就落在了我的床铺上。不知是她故意的还是疏忽的，但我觉得那特别的不一样，老想破译出这假领上承载了怎样的"密码"。我很快乐，在枯燥的外地，在疲惫之余，能有这样一份温暖的内容，实属难得。当然，我也知道，我们不是在谈恋爱，两地的差异和两人的角色，都使得我们没办法往这上面想。

后来有一天，陈优犁来阁楼里找我，叫我以后不要住在黄浦了。我不解，问为什么。她说没有为什么，说你在上海时间也不短了，其他旅馆也熟，你可以寻求别人去。我觉得这个理由站不住脚，找别人找你不是一样吗？陈优犁就换了一个话题，说，你认识小李吧？我说知道啊，怎么啦？小李是黄浦旅馆的班长，他喜欢管人，有时候我入住迟了，还要经他批准才行。陈优犁说，他让你下次到福州路排队去。我无奈，呜呜。

再次来上海，我就不住在黄浦了。但我一直在想着陈优犁的意思，什么意思嘛，没头没脑的！突然有一天就想明白了，是陈优犁和小李在谈恋爱！上海人是很讲究清爽的，不希望事情纠结和缠绕。小李一定在猜揣陈优犁，一定对陈优犁提要求了。这样想，这件事也就解释通了。

但是后来，陈优犁又让我去住黄浦了，也就是说，陈优犁和小李不处朋友了，或者说，陈优犁不理会小李的意见了。

现在，三四十年过去，我和陈优犁又坐在一个叫作"遥握"的咖啡馆里，我们有一下没一下地回忆着过去。陈优犁说着说着漏出一句话，我现在还没有结婚呢，呵呵。我诧异，问为什么。她说，原因很简单，感觉不好，感觉不好就觉得很没劲，后来又说了几个，都这样，就不再说了。我说，这么脆弱啊。陈优犁说，我这是脆弱吗，我这是坚持哪。我说，是啊，生活里不测的东西太多了，坚持也是一种考验。

二

昨晚睡得很好。我睡眠本来就好，长期在外面跑，基本上没有那些娇生惯养的毛病，吃住行，只要是心理上有所准备的，再苦再差的环境，我都能自如地对付。曾经有一次和同事出差，同事悄悄跟我说，我发现一个秘密，你的睡姿一夜都不会变，睡下时什么样子，醒来还是这个样子。我告诉他，这都是苦难留下的毛病。他说，怎么是毛病呢，这话怎么讲？我说我小时候和母亲一起睡，一条薄被，像帐篷一样，我们就像是缩在帐篷下躲雨，轻易不敢乱动，这就养成了睡觉一动不动的毛病。所以，当昨晚会务组又安排了一个人进来，我睡着了，一点也不知道。好在来人也特别的善解人意，好在房间的设计还特别的人性化，见我睡了，那客人就抱了被子宿在客厅了。

上午是见面会兼论坛，下午还有。会议就安排在 ZD 大学的主楼二十层，我们走出宾馆，横过马路，对面就是。会议室其实就是建筑与设计学院的，所以只能开一些小规模的会议，位置摆了两圈，席签重重叠叠，因此也就显得拥挤紧张，这样的效果反而很好，给人一种务实、纯粹的感觉。因为是学院邀请，来人倒都是一些大牌，但我不是，我只是一个做玻璃物件的，要不是在上海，我来都不会来。主持人是学院的教授，没有客套，语速非常快，搞学术的人都这样。他先是报了一个名单，要大家按照顺序发言，倒也干脆，不用推三阻四的。先是轻工部的一个副部长，再是行业协会的秘书长，再接下都是国内做玻璃的龙头企业，台玻、福耀、耀皮、南玻、信义、金晶、洛阳浮法、沙玻、威海蓝星、株洲旗滨，还有德国和英国公司的代表。我的企业不算大，所以，轮到我发言是下午了。大家的话题主要围绕着玻璃产品的研制和开发，涉及飞机玻璃、汽车玻璃、低辐射镀膜玻璃、太阳能电池面板、平板玻璃、颜色玻璃、超白玻璃、玻璃家具、幕墙、灯具、仿水晶、精密电子、光学仪器、特种镜板，如果不是相关行业，肯定要听得一头雾水。在这个过程里，大家都提到了一个关键词——"浮法玻璃"。顺便也普及一下，其实玻璃的一切关键都取决于这个浮法工艺。玻璃工艺的形成应该也有近两百年的历史了，但玻璃如何真正地运用，在过去的一百多年间是非常有限的，仅仅是一般的器皿和一般的装饰，而且利用的价值就像它的质地一样非常脆弱。确实也是，当玻璃像岩浆一样流出来的时候，它的随意性和不稳定性是可想而知的。20世纪早期，英国人首先想到了要在玻璃的"改性"上做文章，这个工业革命的意义，无异于我们现在的火箭和卫星的利用，皮尔金顿公司就是通过保护气体在锡槽里的作用，解决了玻璃的成型问题和稳定问题。我们现在谈到的玻璃，确实，它的作用已经和其他新型材料、复合材料差不多了，比如没有波筋、厚度均匀、上下平整、更加光滑、更加牢固、更加透明，且能耗低、成品率高，那它不是比其他材料更漂亮，更有优势吗？这话说得远了。

下午还是这个会议室。门口摆着茶点和水果，我泡了一杯咖啡进来，而且是加浓的，目的也是为了自己不出现突兀的哈欠。经过一个上午的认真，下午的发言相对松弛下来，没有排名，我就主动和主持人申请，让我第一个讲，说自己还有个要紧的商谈，说得冠冕堂皇的，主持人就同意了。

我这人说话向来没谱，没有轻重，也不分场合，这和我的出身、教养有关。我说我说点题外话吧，我是感慨于两点才来这里开这个会的，一是在将近四十年之前，我差不多就在上海浪迹。我从来也没有想过自己哪一天会和知识沾点边儿，所以现在，在这个著名的ZD学府里开会，我是很惶恐的，同时也是很欣慰的。二是那个时候我在上海买过玻璃，那个时候的玻璃不像现在的玻璃那么贱，那个时候的玻璃是奢侈品，在我们那个地方，玻璃茶盆、玻璃杯子、玻璃鱼缸，那都是可以直接俘获姑娘芳心的，而平板玻璃，则可以决定一个婚姻的品质。我的生命里与平板玻璃有过一些交集，而这个交集又改变我的命运，鉴于此，我才乐意过来开这个会。从感恩的角度讲，我是感谢玻璃的；从抱怨的角度说，它又陷我于要命的困境。我不知道我到底讲清楚了没有，或你们听懂了没有。不懂也没有关系，这不能怪你们。我一个死去的朋友说过这样一句话，如果你在两分钟之内还讲不清楚你的意思，那你就永远不要讲了，再讲也肯定都是废话。

我说完这段话就走了。主持人在解释我的离席原因，我相信其他那些老师也一定是诧异的，甚至是鄙夷的，他们面面相觑，心里一定会觉得怎么会让这样一个人过来开会，一点也不靠谱。都无所谓。倒是一个年轻的老师主动出来送我，边走边说你讲得还是挺有意思的，有许多别样的信号，你说的是什么年代的事情呢，我相信这里面一定有故事。我谢谢他的热情，我告诉他，那都是20世纪70年代的事情。老师说，噢，怪不得我们听起来会有些距离，那你今年有这么大了吗？我说我六十多了。老师兴奋地说，你说的那时候我才刚出生呢。我看看他的样子，说有可能。

我下午其实没什么商谈，是又约了陈优犁，这时候她已经在宾馆里面等了。我们说好一起去看看一些老地方，没有她这个老上海，我可能都无从找起。现在，我坐在陈优犁的车里。她是个有享受倾向的人，很早以前就是这样。所以，她尽管现在独身，但还是开了一辆宝马Z4，很精致，配置也不错，我坐在里面有点恍惚和幻觉。这种感觉非常微妙，我想，也许是因为身处上海、也许还有在陈优犁身边的缘故。陈优犁的车载着我朝浦东的方向驶去，这是我们下午的目的地，按照她的说法，我们不走延安路隧道的捷径，我们先重温一下多年前我在上海的岁月。我们从北京路上过来，一路走一路说，说九江路、浙江路、福建中路、黄浦旅馆；有一些在南城，像遵义旅社、十六铺码头；我那时候也看新闻，南京路、江西路的拐角处就有一面报墙，那个时候，中国正在打对越自卫反击战，我关心着它的每个进程；还有福州路的旅馆介绍所，每个人到上海的第一个落脚点，再由这里被一点点地分派下去，现在想起来还是有点不可思议，这是多大的一个工程啊。我们沿着外滩往左走，上了外白渡桥，这座著名的铁桥以及边上的石头房实际上就是上海当年的地标。陈优犁问我，去浦东那时候有两条路，你一般会走哪一条？我说，我只知道一条，就是提篮桥监狱边上的那条。在都市里面能看到一座国际监狱，那是很罕见的，高房子、小窗户、铁丝网、什么人关在这里，这些都是我当时的兴奋点。陈优犁说，走陆家嘴也行，近一点。我说，这个我不知道，外地人在上海不敢乱窜。

上海那时候的生活已经是很方便了，公交很发达，那些老电影里看到的电车都还有，无轨的有，有轨的也有，走在路上，身旁有哐当哐当的声音，让人恍如隔世。我买了月票，可以从这个车里下，也可以从那个车里上，像自己的车一样方便。上海的吃饭以前是一大奇观，到处排队，你坐在那里吃，后面是等着的人，虎视眈眈的，像拿着枪一样顶着你，再好的胃口也索然无味了。旅馆里也没有食堂，但社区里有，我们这些长期驻扎在上海的人，一般都会在社区办一张饭卡，社区食堂的狮子头很好吃，是无锡一带正宗的烧法，但蚕豆和豌豆叫不清楚，这两种豆的叫法，上海和温州的正相反。

我前面说过，我是在温州待不住了，在家里芒刺在背，如坐针毡，我母亲都去信基督了，把门口的家什都搬进屋了，我这样"稻草都捡了走"的生活还有什么意思呢，就跑到上海去了。我一直以为过去说的"跑码头"就是这样，这不是我发明的，过去生活艰难的人都这样。

经过几天的熟悉和摸索，我基本知道自己可以干什么了，投机倒把，那时候没有这么一说，后来"割资本主义尾巴"了，才把这个词也带了出来。那时候的黄浦区，就像是我的根据地，南京西路下来的静安区偶尔我也会去一下，徐家汇也是，主要看有什么东西。南京路这边的东西很多，"一百""十百"、友谊商店，都是我经常要去的地方，去排队买搪瓷脸盆、高脚痰盂、绣花被面、铁壳热水瓶、大白兔奶糖和印花玻璃杯，上海是全中国物资最丰沛的地方，只要去排队，只要摸准了行情，都可以买得到。这些紧俏的东西被我源源不断地带回温州，加上市场的紧俏度，加上我的心理价位，很快就出手了。等东西走得差不多了，我又准备起来到上海了。

我后来才知道这不叫"跑码头"，跑码头还是有点江湖意味的，还是有点危险的，要有侠肝义胆，要有势力和地位，要受人尊重，被人看得起。我这算什么呢？后来在样板戏《沙家浜》里体会出一句话，胡传魁问阿庆嫂，阿庆呢？阿庆嫂鄙夷地说，他呀，还是在上海跑单帮哪。言下之意是没有什么名堂，都不在阿庆嫂眼里。跑单帮就是我这样的营生，靠辛苦赚一点不怎么干净的钱。

　　那时候在上海带香烟最多。温州香烟凭票，而温州人又喜欢上海烟，尤其是婚宴上，那是一定要"大前门"和"牡丹"的。牡丹分蓝牡丹和红牡丹，一个四毛六，一个四毛九，都属于罕见的奢侈品。碰到有人结婚急用，红牡丹都可以翻上一倍。每天早上，我饭也不吃就去"一百"排队，一人限购两包，如果队不长，我可以回头再排一次。我们现在有一句话说，在北京四天办一件事情，在温州一天办四件。说的是北京地大，程序多，不好走。上海稍稍好一点，我又有公交卡，我可以一天办两件事情。

　　有一年，温州流行针织尼龙，而且就兴那种蟑螂色的，有人找到我说，有多少吃多少，这样的诱惑就像鼓风机一样推搡着我。后来我在豫园商场里找到一匹。剪布师傅说，八块钱一尺，两尺八一条裤子。我说，这一匹还可以剪几条？剪布师傅说，大概有十条。我说，那都给我吧。剪布师傅愣了愣，说，哪里有这样买东西的？

　　还有一次，凌晨三点，我到上海钟表厂排石英表，那是那个时期的新货，二十块钱一只。那一趟回温州，我兜里只剩下四毛钱，但我心里高兴，破例在轮船上喝了一瓶天鹅牌啤酒，吃了一碗盖浇饭。后来在调剂市场，石英表换了一辆凤凰二十八寸的锰钢自行车。

　　回忆间，陈优犁的车已经进入了浦东，这已经是一个完全陌生的地方了。我们盲目地开着，都是通衢大道，但我们不知道往哪里开，不知道我要找的地方在哪里。那个时候的浦东，是一个冷清的代名词，只有一些高耗能高污染的企业。在这里，卷烟厂、玻璃厂、污水处理厂，不是哗哗响，就是滚滚冒烟。还有一个传染病医院，据说，上海人口密度大，肝炎的发病率高，转氨酶指标控制在38，所以，那些人都关在这里。现在，这些厂，这些医院，连个影子也没有了，抬头望去，只有世贸大厦、东方明珠塔、金融中心大厦和一个类似于啤酒起瓶器一样的大厦。

噢，我不是来浦东看热闹的，不是来测量它的变迁的，我是来寻找一个我心底的符号，一个难以弥合的错节，它改变了我的生活以及生命的走向，上海玻璃厂，我曾经在这里进进出出，在这里买过平板玻璃。

平板玻璃是我在上海跑单帮的"重器"。温州人结婚，你可以有搪瓷脸盆、高脚痰盂、印花玻璃杯、铁壳热水瓶，但平板玻璃就不一定有。平板玻璃是铺在洞房里面的书桌上的，有和没有，档次就差很多。没有，它就是一张普通的书桌，有了，它就平添了许多色彩、许多话题，它可以压一些照片，可以压全国粮票，可以压崭新的人民币，既增加了情趣，又体现了富有。所以，搞一块60厘米×120厘米的平板玻璃，成了新婚家庭迫切的追求。

温州那时候也有玻璃厂，还是国营的，看起来规模也不小，但只能做那种咳嗽糖浆用的黄瓶。他们也曾想克服困难做那种透明的盐水瓶，我记得当年的《温州日报》还登过他们会战一百天的消息，但最终还是以失败而告终。我说这话的意思是，玻璃虽然是以石英材质为主，但它的活性能量很大，高温熔化后，谁也不确定它的最终走向，以及冷却后发生的质的变化。

平板玻璃那时候只有上海才有，因为难得，因为难运，相比于其他东西，我更愿意带平板玻璃；因为婚礼必需，因为意义重大，我开价也相对更高一点。每一次，我会用几斤菜油换供销科长的一张计划票。那时候没有快递，没有出租车，没有小四轮，没有高速公路，我接受了平板玻璃的业务，也就接受了辛苦。但是我不怕，我血气方刚，有的是力气，我把这个过程的复杂和难度都想到了，一步步去完成。我把玻璃用厚纸板包扎好，用带子把它捆结实，做成双肩包形式的模样。我就这样将平板玻璃背上了浦东渡轮，渡轮突突突地横过黄浦江，这是一段黄浦江最宽的江面，好多的船都要从这里出去，走到汪洋大海里去，所以从这里把平板玻璃背出来，也是有象征意义的。我背着平板玻璃缓缓地从渡轮上下来，因为我背的是"重器"，所以我把自己落在了最后，怕人推搡，怕人碰撞，这个时候，我就是一个搬运工，要负责货物的安全。

我背着平板玻璃踏上了76路公交，那是在市区边上开的，还开不到市区里面去，进市区还得换一个6路有轨，那也不能到达我住的旅馆，要到达我的目的地，还需要倒一个无轨。那时候，公交是普通人唯一的交通工具，挤得很，每一辆车都是满满登登的。为了把平板玻璃安全地运到，我一般都要挨到中午，就算时间上没那么凑巧，我也要在公园里挨到我要的那个时间。在车上，我一般都会挪到最后面，把平板玻璃搁置好，用身体护卫住。因此，我在车厢的最后就可以居高临下地看到许多"风景"。我看到礼貌的上海姑娘给老人让座，看到文质彬彬的上海后生为姑娘争座，看到紧张又脸色煞白的行窃者，看到站在姑娘身后装模作样而实则想猥亵的病态者。我就这样把平板玻璃弄到了我住的旅馆。

在旅馆，因为有了平板玻璃，我几乎是寸步难行了，一刻也不敢松懈，像狗狗守着肉骨头，顽强而专注。上海回温州的轮船要三四天才开一趟，这样，我就要提心吊胆地守护好几天。到了那天，我怎样把玻璃从厂里弄到旅馆的，就怎样把玻璃从旅馆弄到船上，船还是那艘"工农兵18号"，为了安全起见，也为了犒劳自己，我给自己买了张三等舱，毕竟船舱里人会少一点。船外的风景，我无心去欣赏，我知道，船头和船尾的浪花是很好看的，没有坐过大船的人，没有亲历过海洋的人，是很难想象乘风破浪的壮观的，那么的勇往直前，那么的激情澎湃，那么的顽强，那么的有生命力。但我只能忍着，安分地坐在船舱里，守着平板玻璃，听汽笛一声声巨响，就权当它在为我的成功而欢呼、而庆祝。

回到温州，我直接把平板玻璃背到新郎家，这是一块结婚用的玻璃，是要压在洞房的书桌上的，相信主人在盼望婚期到来的同时也在盼望这块玻璃的到来，也许他们准备了欢呼雀跃的心情，也许他们还准备了钱，因为是喜事，他们也许还会多加几块钱，以讨个头彩，我当然也乐意多说几句好话，漂亮的话。我记得新郎家是一座两层楼房，楼下是厨房和饭堂，楼上是前后两间，一间给长辈居住，一间做新婚的洞房。为了安全起见，我坚持要一个人把玻璃背到楼上去，我有的是力气，我都从上海背到这里了，还怕这几步吗？我背着玻璃，一步步地往楼上走，楼梯的拐弯抹角我要当心，上下高矮我要注意，千万不要磕碰，要像演杂技一样稳住脚跟，把身体和玻璃都侧进去，这难不倒我。新郎新娘，一屋的人都在等这块玻璃，他们的眼睛闪闪发亮，他们寄予这块玻璃很多的期望，婚姻的档次、洞房的热闹、众人的羡慕，等等等等，他们见我进来都不由自主地让开地方，都退了一步，生怕碰到我。也有人想伸手帮我一把，要抚一抚，但马上就被人阻止了；说当心当心，由他自己的意思是最舒服的。我真的是如释重负地把玻璃放了下来。现在，书桌上已摆好了许多照片，是新郎新娘杭州游玩时拍的，有六和塔、钱塘桥、三潭印月、白堤、苏堤，还都是那些照相点拍的，也就是说，他们家的条件还是比较殷实的，是配得上这块平板玻璃的。

玻璃的包扎被一点点打开了。这个物件太重要了，所以我包扎得也特别好。我一点点地解开绳子，一点点地剥开纸板，那段时间，他们家帮忙的人也都在现场，除了新郎新娘、阿爸阿妈、舅舅舅妈、几个姐妹，有些本来在楼下帮忙的，这时候也都跑到楼上来了，楼下还有一些人，帮忙洗菜的邻居，搭台做菜的厨师，做菜的过程要准备三天，这个气氛也把平板玻璃的呈现推向了高潮。

但是，但是，我解开玻璃后自己也傻掉了。这块好好的玻璃、感觉又厚又重的玻璃、包扎得结结实实的玻璃，什么时候在里面不声不响地裂掉了，看起来不觉得，其实里面已经像蜘蛛网一样了，就差喇的一声碎开来。是新郎第一个叫出声来，说怎么是块裂的！这无疑像一声炸雷，大家拼命地钻了头看，这个说，就是玻璃裂了没有用。那个说，这个时候，玻璃裂了，彩头就不好了。是啊，婚姻是最讲究彩头的，裂，即是破碎，即是分离，这些话放在婚姻里，无论如何是通不过的。新娘马上就瘫坐在地上，呜呜地哭起来。本来喜气洋洋的气氛，一下子变得凝重起来，像黑了天一样。要是人少，这件事兴许还能够隐瞒一下，这么多人，人群马上也像炸开了锅，等于这个不幸立刻就藏不住了。大家都知道了，就会推着这些情绪往反方向走，七嘴八舌的。我一看情况不妙，就脚底抹油，还没等他们家人反应过来，我已经溜到楼梯下了，屁滚尿流地跑回家里。

我气喘吁吁地对母亲说，闯祸了闯祸了。我母亲信基督以后人完全变傻了，还说，他们要是信基督就好了，就没有那么多讲究了，信基督，人在世间就是一个过客，这又有什么要紧的。我也不和她废话，拼命整理衣物，我现在还不知道他们会拿这事做什么文章，但我得先躲出去。母亲莫名其妙地看着我，她一定觉得我在小题大做，还真不是，我知道的。我当天就没敢在家露过面，过了三天，我托人买到了去上海的票，又匆忙跑到上海去了。

　　我和陈优犁说着这些的时候，我们还在浦东的路上转悠，我们找不到一丁点上海玻璃厂的影子，连个裁玻璃的店铺都没有。有些地方搞得好的，会在原来的遗址上弄个什么碑，记录一下当年的历史。但浦东改造得太彻底了，规划上根本就没有这么想，这就没有办法了。这时候，天上下起了大雨，且还没有想停的意思，一下子，路面就积水了，看上去像铺了玻璃一样。路上撑雨伞的人多了起来，一会儿穿花绿雨衣的骑车人也多了起来，在十字路口，在商店门口，在人多的地方，这种颜色的交错非常有美感，看上去层层叠叠的，加上雨中的仓促，加上地上的倒影，远远望去，像一块厚厚的油画板。这种景象也告诉我们，这里已不是过去的浦东，也不是上海的浦东，这里聚集着众多的外来务工者，已经成了他们的宜居之地，今非昔比，旧貌变新颜了。高峰说到就到，车子也难走起来，我们被堵在路上了。

　　三

　　陈优犁告诉我，这个故事，一听就觉得还没完。我说，是的，没有完，现在还没有完。

　　第二天没会，但有一个座谈，说大家议一议，搞一个论文集。主办方的理由非常牵强，说本来是要给各位发放出场费的，可"八项规定"以后，财务的手续几近苛刻，支出更难了。想借论文集这一招，给大家发点稿费，弥补一下。当然也未尝不可，但这样简单的会，能出什么成果，我是持怀疑态度的。反正我是谈不出什么观点的，也不愿意再耗，一大早就买了票回广州了。我现在有经验了，从ZD大学到虹桥车站，地铁就要一小时。昨晚和同屋的说好，我睡客厅，目的就是为了今天的早走。于是，悄悄地收拾好，蹑手蹑脚地出门，连关门的声音我自己都没有听到。

　　上面陈优犁的话，是我上动车之后她发给我的短信，看来，我们的交谈还得在动车里继续。动车在上海平原开得还算畅快，到了浙江境内，尤其是过了宁波、绍兴，山洞隧道就渐渐地多了起来。于是，我们的发信也变得断断续续起来。

　　那天之后的事，我都是听别人说的。我其实至今都没有回到温州去，自从那天从新郎的洞房里逃出来，我就躲出去了，我怕回家会带来更大的麻烦，我不在，也许这件事就没有结果了，至少我觉得会很快结束的。但听说，这件事还远远没有结束。玻璃被拆开后，发现了裂痕，新郎家就拿这个说事了，说倒了彩头，冲了喜气，甚至带来了晦气，一拨人围着我家闹了三天，要我赔偿损失。我不在家，吵也罢，赔也罢，终究会过去的。我母亲倒是不怕这些的，自从她信奉了基督，她的心变得格外的坚硬，任凭对方如何谩骂，她都不争不回，按照《圣经》的说法，"你打了她的右脸她连左脸也一起让你打了"，她自顾自沉浸在自己的世界里，在那里寻找自己的安宁。只是那新娘让她难过。那其实是我的邻居，我们家的楼下和她家挨着，她家的楼上有一半也嵌镶在我们家。据说平板玻璃裂后，这个婚就没有结成，她回到了自己家里。1979年，这样的事是可以毁人一辈子的，她要再嫁，可以说比登天还难，任何舆论都不会去支持她。更糟糕的是，她那时已怀有身孕，这个后果更加不堪。越是这样，我就越没有办法回去了。

那时候，我在外面每月都寄钱给我母亲，我寄十三块钱，是我母亲工资的一半，我用这样的方式保持着与家里的联系，与我母亲的关系。现在想来，过去的一些事真叫好，事简单，时间慢，就像那首歌里唱的，车马都走得慢，一生只够爱一个人。汇款要半个月才到，写信也要一星期，电话没办法打，因为大家都没有；每一件事操作起来都很花工夫，也就愈发觉得这些事情的巨大，回家也就成了非常奢侈和隆重的行为，正因为这样，才有惦记，才有纠结，才有乡愁。如果没有这些，没有这么难，我们的一切关系也许都不会发生，一切都变得容易和微不足道。

我和我朋友说好，我每个月1号汇钱，半个月后你到我家去看看，看看我母亲怎么样，问问她钱收到没有。我朋友告诉我，我母亲都不在家，早中晚都候不着。这使得我联想很多，她是不是也像我这样在躲避麻烦？我问朋友，有没有发现我们家门口什么异常？朋友问，什么异常？我说，比如门口摆了花圈，屋角被人扒了？朋友说，那倒没有。温州有很多下三烂的报复伎俩，比如大粪泼门、玻璃涂漆、胶水冻锁眼、下水道堵塞等等。这些都没有，那我母亲去哪里了，不会也被我的平板玻璃给气疯了，背井离乡了？

后来知道，我母亲是去信基督了，她比起原先更上瘾了。她原来的功课只是三祈五祷和通读《圣经》，现在，她的业绩大有进步，已经能在一些弄堂的聚会点里布道了。母亲由挫败而信基督或寄托于基督，我是理解的，但进步那么快，我是没有想到的。那时候，社会动荡，心无安宁，没有目标的人很多，愿意麻醉自己的人也很多，这些人都是那些聚会点的常客。晚饭后，他们在路上闲逛，走着走着，被那些隐约传出的歌声吸引了，他们或自觉，或被动，或好奇，或疑惑，都想探个究竟，这就来到了这些聚会点。那时候，我母亲会和他们讲《新约·约翰福音》第十二章的故事——"那时，上来过礼拜的人中有几个希利尼人，他们来见加利利伯赛大的腓力，求他说："先生，我们愿意见耶稣。'"母亲把主题落在了"愿意"上，就像她那样真心真意地愿意，这个愿意没有条件，是人心底自觉的生发，是今后虔诚的开始。而不是经过劝导后被动产生的，有条件甚至有功利的。

　　当人们心存疑惑左右摇摆时，母亲又会和他们讲讲另外的故事，《圣经》的好处就是通俗易懂，深入浅出，寓意丰富，老少皆宜。"耶稣和门徒渡海，遇风浪。那时，主已经睡了。门徒惊惧，催主醒。主斥了风浪，海便静了。加利利海自主斥了那番风浪后，至今都没有起过风浪吗？不是的。当主斥风浪时，海面正待要平复下来。以后海面照样是常有风浪，所谓一波未平一波又起。信徒的心啊，也犹如这海面一般，当其不宁时，一经主的管教，就觉得有了安宁。然而，到了时过境迁，在另一光景下，或正好在病痛中，他的心里却又要起风浪了。故，被主斥责而得来的安宁是短暂的，心里没有主，风浪照样要出没无常。而这些已有的安宁又从哪里来呢，自然是从耶稣的生命中来的，而生命中有了耶稣，也就有了能量，自然再大的风浪也不惧怕了。"我真不知道母亲有这样的水平、这样的口才，看来艰难困苦的确是磨炼了她。

　　那个新娘，我们都叫她阿芬的，她也真是命苦。年少的时候，母亲就莫名其妙地爬到河里去了，什么病也没有，也没有什么想不开的，大家都说她是被鬼跟住了，鬼叫她到河里来，她就乖乖地去了。她父亲受了刺激就开始酗酒，晚上喝，早上也喝，有一天喝了两斤白酒，身体烫得躺在水泥地上降温，我们还帮她用水浇她父亲，那些水浇在他身上都没有一点反应，就像死猪一样。还没完，那天晚上，趁我们不注意，她父亲自己把自己颈上抓了个洞，大家都以为他睡着了，早上才发现，他流血过多，已经死了。阿芬的媒还是我母亲做的，母亲可怜她，还和我私下里说，那块平板玻璃就算白白给她带吧，不要收她的钱，就当送给她，让她高兴。没想到，是这块平板玻璃把她的婚姻搅了，我真是该死。这种事，又没有其他办法弥补，我只得躲出去，不让他们看见。

阿芬后来生了一个小孩，这个小孩没有留住她的婚姻，新郎家宁愿看重彩头而不要这个小孩，这就不是决绝的问题了。这小孩也怪，是个"鱼人"。鱼人是我们温州的说法，别的地方不知道怎么叫。这种人有个很大的优势，就是长得都不像父母，就是像自己，甚至全世界鱼人都长得一样，无论中国的或是外国的。按理说，小孩不管出身怎样，有没有病，应该都会像父母的，但鱼人就不是这样。他们都长着圆圆的脑袋，眼睛都靠在两边，一股很憨厚的样子，生气的时候也是笑眯眯的。开始的时候大家都说阿芬的小孩漂亮，白白净净的，还丹凤眼。后来才搞明白，这是"唐氏综合征"，也不知道是染色体里面什么多了、什么少了。这就更苦了阿芬，这又让我产生了联想，我就更回不去了，我要是回去了，大家一定会怪罪于我，就是大家不这么想，我自己也会这么想，我看见那个鱼人也会愧疚。还据说，那段时间，都是我母亲帮她一起带小孩，这也多少减轻了一些我的罪过。

我也是自那以后就不再跑单帮了，基本上就断了温州的路子，以及回家的路子。心里有愧，赚钱也没有什么意思。我后来就不光是待在上海了，我全国各地到处跑。当然，从上述事情上可以得出结论，我也是一个"一根筋"的人。我还做玻璃，从玻璃上跌倒，也从玻璃上爬起来。我开始就是开玻璃店，代理上海玻璃厂的平板玻璃，或替人裁玻璃、配玻璃。我有玻璃的资源，也有玻璃的情结，更有做生意的头脑和经验，我们的玻璃店开遍了上海郊区，市区一时还进不去，吴淞、崇明、闵行、嘉定，都有。我从单纯的卖玻璃到定制玻璃、从客户有需求到我自己推出玻璃产品，这是1992年，玻璃的使用已经相当的普遍了，而最早一轮的房地产热也带动了玻璃的大发展、大繁荣。但是，也有一些玻璃企业，因为机制的局限，因为设备的落后，因为产品的滞后，开始面临困境，我就是在这时候接管并买下了广州玻璃器具厂的。这个厂原来是吹玻璃花瓶的，另外还做玻璃工艺品，如果和当年的温州玻璃厂相比，那他们的技术还是可以的，外行人一看就觉得他们的技术了不起。但这种花瓶之类的东西又有什么用呢，又不高端，又不赚钱，淘汰是自然而然的。

我说过我是"一根筋"，我就想在家居玻璃上有所建树，有所突破，那个平板玻璃的裂，是我的心头之痛，甚至是永恒的痛。我开始解决玻璃的钢化问题，这个时候，钢化不是什么难题，只是看你运用在什么地方。就像一百年前人类就发明了烧不坏的灯泡，但为了不致工厂倒闭，不致工人失业，这项发明还是被人为地搁置了起来。我的产品涉及家居的一切可能，这个里面的技术一般人想不到，甚至容易"误入歧途"。有一次在机场，在等起飞的时候，边上一位听说我是搞玻璃的，就拿出一个日本的保温杯问我，杯体是双层的，但吹拉出来后怎么会没有看见封口？我说，你的思路还停留在过去的热水瓶时代，为什么过去的热水瓶都有一只脚？但是我告诉你，这个问题20世纪七八十年代就解决了。现在的难度不是封口，像我们厂，难度不在于防止变形而在于造型够大，比如长200厘米、高100厘米、宽50厘米的鱼缸，你怎么样把它拉出来，就是换了铁的，都是一个难度，更何况玻璃。再比如玻璃圆桌、玻璃椅子，它要成型得规整，成型得平衡，在活性程度很大的玻璃上，掌控是非常非常难的。这也是我们企业现在的名声，是独一无二做玻璃家居的。一切都源于过去那块裂掉的平板玻璃。

我对母亲是放心的，信基督的人，"星辰"是很大的，不怕病，不畏难，什么地方都进得去，什么地方都出得来。帮忙把隔壁的鱼人带大之后，她后来都在外面做善事，她觉得做善事不仅在建设自己，更重要的是在造福后人，具体到造福于我。她去医院给人做祷告，去殡仪馆给人做祷告，后来索性去伺候病人了。一个患肠癌的老太太，说起来也是教会派遣的，说有个姐妹被"撒旦"跟住了，要去帮她。这也是教会的微妙之处，把同道说成是兄弟姐妹，这还不去的？这肯定都是义无反顾。母亲就带了神圣的使命去了，吃住在姐妹家，陪说话、端屎端尿，负责她的起居。到最后姐妹的弥留之际，她还陪着她睡。毋庸置疑，母亲自己一定是充实的，美好的，自然也是忘记了我了，或者说我反正也像地上的草，卑贱得很，不看他，他自己也会茁壮成长的。

这些都是我和陈优犁在动车上短信互动的内容。在短信上，我只涉及了母亲和阿芬，涉及了我的玻璃事业，却没有涉及我的个人生活。其实，我是没有成家的，至今独身一人。陈优犁说，你不是挺能干的吗，你干吗？我笑笑，我的比你的复杂，你看我父母的婚姻，你看阿芬的婚姻，我对这个东西不相信了，我是复杂和矛盾的结合体。

在和陈优犁的短信中，我们也谈到了回家。我前面也说过，物质条件的局限，使我们的乡愁变得很浓郁，变得心安理得，同时又使我们的不回家变得合情合理。我后来在央视那档《找人》的节目里看那些不回家的人，有些就是一个很小的原因，一个疏忽、一句重话、一点小小的怨恨、一次信息的丢失，就再也回不去了，也找不到了。我也是这样。

我后来回家也是一件很突然的事情。我以为我和家里的关系就这样了，和母亲的关系就这样了。母亲是主的人，她心系大众，她早已习惯了没有我的生活和日子，信基督的人好像都有这样的情怀。有一天，我们温州的电视台找到我，说想邀请我参加一档认亲节目，节目名叫《咫尺天涯》，顾名思义就是近起来很近，远起来很远。我说我没有这个意愿啊。节目导演说，你没有家？我说我的家只停留在我二十岁之前，我今年都已经六十多了，我一直就客居外地。导演说，那你没有家人？我说家人本来是有的，我母亲，但我也已经三四十年没见过她了，要说起来她今年也有八十六岁了，以她生活的坎坷，我觉得她活不到现在。导演说，那你也没有姐姐妹妹？我说没有，有的话我还会这么轻松地待在外面？导演说，那你更应该参加我们的节目了，有一个女人，通过各种渠道各种手段，一直在找你。我说不可能，还渠道手段。导演说，你看，我们不是这样找到你了吗，这个渠道和手段就很特别。于是，导演就讲了这样一段类似于侦破一样的故事。说一个叫阿芬的女人，要找四十年前曾帮她捎过一块平板玻璃的后生。她是受邻居大妈的委托，大妈生前不知道儿子在哪里，手头也没有儿子的半点线索，大妈的DNA倒是好弄，但儿子不上数据库也白搭，现在唯一有希望作为凭证的就是大妈的一缕白头发，因为在许多年以前，白头发是大妈一瞬间留下的一个标志，还有就是一个平板玻璃的故事，因为就是这块玻璃，导致了后生的离家出走，直到现在。节目组还真有心，分析来分析去，根据人的创伤心理以及偏执个性的行为走向，在玻璃行业寻求帮助，找许多年以前背井离乡的、专注于一个行业的、有有关玻璃特殊经历的，以及性格有奇异缺陷的、又对白头发有意外敏感的人，还真的找到了我。当然，这个途径也是非常典型的，稍稍有一点点偏差，也许就找不到了。

这个节目我当然不会上，我不喜欢这类秀场，我会不自然的。再说了，不回家，无论什么理由，都是说不响的，很容易现场被人吐槽。况且，面对阿芬，我一辈子都是有愧疚的，可以想象，那个场合，阿芬一想起身世，一定会情绪失控，而我也一定会无地自容。但节目组的努力，我还是要感谢的，我给了他们一年的广告植入。阿芬我也碰到了，她应该和我差不多的年龄，但明显老多了，这是命运落下的，也是辛苦落下的。我随她一起回了一趟温州，按照她的话讲，你自己去，东南西北也不知道了。我们老家那片地方，2000年就拆迁了，拉了马路，建了商场，政府有规定，原房四十平方米以上的，可在附近安置，但房子也是很差的，其他的小面积住户，都动迁到很远的地方去了。我心想，我就算早几年过来，也一定是路也找不着了。我和阿芬家本来就很小，还像个凹凸一样嵌着，合起来才五十多平方米，就只能搬到很远的地方去了。阿芬说，早年鱼人还小，都是我母亲帮忙一起带的，那时候真是太难了。后来，我的母亲，大概是在外面跑辛苦了，脑梗中风了，都是阿芬来照顾她，直至她死。为了感谢阿芬，同时也洗刷自己内心的歉疚，那些天，我陪着她跑指挥部、开发商、公证处，我把我母亲名下的房子写给了阿芬，也了了一件大事。

阿芬后来也一直没嫁，她带着个鱼人怎么嫁，就没有这个念头了，这是其一；我觉得，更多的原因还是她不相信婚姻了，更不相信感情了，说变就变，什么也没用。鱼人倒是活得无忧无虑的，他肯定无忧无虑。据说，年少时对乐谱有感觉，还在少年宫乐团里当过指挥，鱼人开发得好，好像是有特异功能的。后来画画，现在热爱广场舞，广场里有他，他就是焦点，据说还跳得不错，尤其是转身微微翘首四十五度，比那些大妈做得好，大家看了都会笑。这也是一个有福的人，把他母亲的福也都享掉了。不再赘述。

四

我后来又去了一趟上海，不是去参加什么会议，而纯粹是为了去会陈优犁。我要对她说，生活就是生活，强调那么多意气干什么。很多时候，都是因为意气，我们把生活给耽搁了，把自己的年龄给耽搁了。

我们还是坐在 ZD 大学附近那个"遥握"的咖啡馆里，她感觉到了我的心思，人真有趣，心思不对了，语言和动作也就僵硬起来，不像前面那样松弛了。她斜眼看着我，板着面孔说，我们其实也是可以的，不要说过去那点感觉，就是现在说起来，也是挺轻松的，也有情趣和愉悦。但我不能，我要是答应了你，好像我对婚姻就没有原则了，好像是为了婚姻而婚姻，我向来厌恶凑合。我要是现在答应你，那我以前的坚持就白费了，我的坚持就变成了作秀，还会被以前那谁谁笑话，说你看，我的感觉是很准确的，我以前就感觉他们有名堂，是不是掉到我嘴里了。我讨厌被流言击中，那样多俗套啊。我看还是算了。

我看着陈优犁，突然觉得没话说了，心想，这个可怜的人，我以前还以为她挺勇敢的，其实是被那个自我害了，变得可悲起来。我忍着时间，把眼前的咖啡喝完。我们往外走的时候都客气地说，常联系啊，现在电话方便，交通也方便，如果有空，抬抬脚就可以过来。其实，那之后，我们就再也没有联系了，觉得被一种莫名其妙的东西困顿着，有时候在微信里看到了，也懒得吱一声。

选自《花城》2018 年第 1 期

评鉴与感悟

用"一手经验"追忆逝水年华
——评王手《平板玻璃》

作家弋舟曾经提出过"一手作家"与"二手作家"的概念。所谓"一手作家"是指"继承经验"的作家，这一类型的作家在写作时是继承了自己与他人亲身经历并总结的经验；"二手作家"的经验生产方式则是"创造经验"，在没有亲身经历的前提下，通过阅读与想象来创造出经验。观察王手的生活经历与创作轨迹，则可以很明确地将他划入"一手作家"的行列。

《平板玻璃》便是王手进行"一手创作"的鲜明体现。小说运用回忆的视角回溯了"我"过往的种种，追忆了"我"和上海、和玻璃的渊源，对由此发生的一系列改变"我"命运的事件进行了追述。在回忆的同时，作者对20世纪80年代那个"黄金年代"的上海城市风貌与普通人的情感图景进行了细致入微的展示。王手曾经在一篇创作谈中谈到了他年轻时的人生经历，与《平板玻璃》中所讲述的故事有很大的相似性。这可以见得，这篇文本的创作是建立在王手的"一手经验"之上的，甚至具有自传的性质。

小说建立在"一手经验"的基础上，其呈现出的最大特质就是真实。一种令人动情的真实。《平板玻璃》中所讲述的一切人生经历都是那么扎实、有根据，让人丝毫看不出作家在虚构情节时所不可避免地透漏出的"机巧"。即使故事有些许传奇与偶然之感，也是具有逻辑基础的。此外，文本还对当时的上海城市风貌进行了细致入微的描写。城市的布局、街道的名称，甚至店铺的位置都描绘得那么精细。如此详细的上海景象描写，为文本的叙事建立了一个真实的舞台，令故事的发生有了一个坚实的基础。最后，文本的真实更加体现在对于人与人之间的感情关系的精微描写。小说中"我"与母亲、陈优犁焦灼复杂的情感关系，精妙地表现出了从20世纪80年代开始，随着社会的巨大变迁所发生的人的情感图谱变迁。

但是，《平板玻璃》中"一手经验"所产生的作用绝不仅仅是增强文本的真实性，更重要的是为小说建立了追忆的情感共鸣。《平板玻璃》中的"一手经验"是建立在回忆上的经验，那就必然会使得作品产生"怀旧"之感。对于与小说中所讲述的年代与生活有相似经历的读者来讲，这些故事会引起读者联想起自身的经历，使得读者与文本建立了具有强大代入感的情感共鸣。而对于与文本中所讲述故事没有相似经历的读者来讲，则会与作者在文本真实中所建立的伤感建立联系，虽没有亲历之感，但也会对小说中的感伤情怀产生共鸣。

对于逝去时代的最好诠释，应当就是追忆。作家王手就在《平板玻璃》中用自己的"一手经验"动情地再现了那个最美的逝水年华。

（李嘉桐）

天上的后窗口

/秦岭

一

看天，是看云哩；看云，是看水哩；看水，那才真个是看自个儿的日子哩。你可以不懂天，但不能不懂后窗口。"天上的后窗口。"村里的老话了。

天不会告诉你啥时来云下雨，但后窗口能让你晓得水在哪里。从后窗口不光能俯瞰到不远处的水爷庙，还能眺望到咱尖山村所有的边边角角。同样，你无论在村前还是村后，无论在自家屋檐下还是巷道里，只要一仰脖，首先看到的是天，然后是后窗口。据我大讲，当年我祖爷爷盖土坯楼时专门开了这个后窗口，那想法如今听起来有点像遥远的传说：看水。哪条路上有人找水挑水，哪条路上没人找水挑水，一览无余。说是找水，和游击队打仗一个路数。你要找水，只能选择没人挑水的路，这样才有可能知己知彼，百战不殆。真个慢不得的，慢半拍，娃屁蛋大的几碗水就会被先期到达的人掏个精光，更何况，满山饥渴的黄羊、狐狸、野狼也要靠水过日子呢。鸡叫头遍那阵，我大就早早守在后窗口，居高临下，眼睛像雷达一样扫描通往前梁后坡、左沟右壑的羊肠小道。明明是肉眼凡胎，身子却像是泥塑了，雷打不动，稳稳当当。你若从院外回望后窗口，我大又活像镶嵌在镜框里的一张老照片。窗里窗外、一上一下的对话——不！是对喊，开始了：

"娃他伯哎——麻烦你看看，我该走哪条路？"

"走野雀弯那条吧——"我大回应。

"老哥哎——我该走哪条路？"

"走苦水沟那条吧。……不！苦水沟那边有人了——走牛背梁吧——"

"兄弟哎——我该走哪条路？"

"唉！哪条都不能走啊——挑担拎壶的，都有人呢。"

如今回想，当年的我大一定比天水城里守在十字路口的交警还要神气。交警那是在地面上指挥交通，可我大被认为是站在天上的，他不光指挥人，还指挥水。高高的后窗口聚拢了村里所有人的目光，目光的焦点集中在我大的脸上，脸上，有一双干燥的眼睛和一张同样干燥的大嘴。一双加一张，像天上的三个泉眼儿。

找水的日子，我从来不敢拿我家的后窗口显摆，后窗口分明超过水爷庙的意思了，你能说水爷庙是你家的吗？除非啃错了草，变驴了。

水爷庙，顾名思义便是祭祀水神的庙，这也算咱尖山的一奇呢。四邻八乡供奉的都是四海龙王，唯独咱尖山供奉的是水爷。常言道："飞禽走兽龙王身。"一条龙，角是鹿角，颈是蛇颈，眼是龟眼，鳞是鱼鳞，掌是虎掌，爪是鹰爪，耳是牛耳，可水爷和土地爷张福德、门神爷秦琼尉迟恭、文财神爷比干、武财神关羽一样也是一张人脸。都传，水爷的模样儿源自唐代天宝年间咱尖山一位德高望重的求雨师。近些年水爷庙墙体开裂，房顶塌陷，门扇洞开，裹在水爷泥身子上的衣饰早被山风卷走，裸露的泥体千疮百孔，面目全非，沾满鸟屎。"要不是你大，水爷庙恐怕早就没了。"有人曾对我感慨。

当儿子的，我当然亮清这一点。印象最深的是两年前那次，有人看好水爷庙独一无二的位置优势，想拆掉建一个漂亮气派的加油站，我大横身子一挡，大骂："你们一帮不肖子孙，早先缺水时，把水爷当你家亲爷爷哩，如今家家户户有自来水了，就翻脸不认账了。谁想拆水爷庙，先把我这活身子抬进坟里去。"近些日子，水爷庙正在迎来迟到的热情，用城里技术员的话讲："重修水爷庙，那是千年文物，可以让人们不忘过去干旱缺水的历史，还可以发展成为一个旅游景点。"话是这么说，但令人意想不到的难题接踵而来，要恢复水爷庙，首先得恢复对水爷庙完整的记忆：人们这才发现，恢复记忆比大动土木要麻缠多了。记忆，让工匠们在许多要命环节上一筹莫展，比如，早先庙门上的对联写的是啥？忘了。

可我大这个地地道道的大文盲竟能随口吟来："春耕夏耘秋收冬藏万物育焉鬼神之为德，雷出地奋云行雨施百室盈止膏泽下于民。"

惊着了大家不是！大吃的可不是一惊，二惊三惊都有了，大吃几惊也包括我这个当儿子的。咋会呢？人们窃窃私语："这老秦，还是人吗？"还有哩，工匠们用铁丝、竹片重新扎绑的水爷骨架初步成形，却在塑头像时犯了难。水爷当年啥模样儿？工匠们急得抓耳挠腮。

又是我大。我大给工匠们比比画画了好几天："眉眼，嗯，这样；嘴鼻，嗯，那样；耳朵，嗯，不是这样，是那样……"到底这样是哪样？那样又是哪样？工匠们大眼瞪小眼，谁也没能耐把我大的比画变成水爷的一张脸。我大憋得一脸通红，最后空留一声叹息："我自个儿如果是个匠人，就好了。"

在咱尖山，我大这个水保员的话从来都是一言九鼎的，唯独在水爷模样儿的事情上，说一千道一万，别说九鼎，不如一片木渣儿。

水爷到底显没显过灵，谁也没亲眼见过。但水爷就像流在全村人身体里的血，谁也不敢说它就不在日子里。缺水的年份，杀猪宰羊、高举火把祭水爷的事，谁家落下过？印象最深的要算这么一件事——添水。水是往两只木桶里添，木桶就安放在水爷庙内水爷塑像脚下的香案前。记忆中，前往水爷庙添水的男女老少一年到头络绎不绝，有端碗的、掌杯的、拎壶的，无论天旱到啥地步，也要把一口水送到水爷庙里去。即便家家户户的水缸里、木桶里干成了底朝天，可水爷庙里的木桶总是满着水的。我自个儿到底添过多少次水，我家祖祖辈辈到底添过多少次水，那肯定像麦场上的麦粒儿一样数不清。小时候，我问过我大："咱自家的水都不够用，为啥要孝敬水爷哩？"我大说："孝敬水爷，就是孝敬水。"他还不忘补充："你以为你喝的是啥？喝的是命！"在村里，人们有两怕，一怕水爷，二怕我大。这事是有说头的，说是早些年"破四旧"那阵子，咱村的年轻木匠牛岁年当了"造反派"头头，摩拳擦掌要砸水爷庙，当晚他家的两只木桶就不见了踪影，害得牛岁年一家断水三日，有米难下锅，有锅不见火。气急败坏的牛岁年领着一帮人挨家挨户搜，最后就搜到了我家。我大泰然自若，圪蹴在门槛上吸旱烟。牛岁年说："老哥，对不住了，我家的木桶……"我大把旱烟锅在门槛上"笃笃笃"地磕了几下，烟灰四溅。"老弟，你再琢磨着砸水爷庙，保不准连扁担也没了。"牛岁年折回家一瞅，扁担果然不翼而飞。牛岁年第二次是偷偷摸进我家的。脸色蜡黄，结结巴巴："老哥，你……你……咋晓得的?"

"你先别急问这个，三天没见水了吧，先喝一口。"我大递上一个大瓷碗。

牛岁年接碗，一仰脖。"……我懂了。"

"解渴吗?"

"……嗯，解。"

"那好! 就看你敢不敢给水爷磕头。"

"……敢。"

第二天牛岁年就放了话，原计划改了路数："水爷庙不能拆，留着，当反面教材……"

至今没几个人晓得，我大递给牛岁年的大瓷碗，是空的。

一个人的立场是不会轻易掉个儿的，何况像牛岁年这种抢过斧子、攥过凿子、拉过锯子的犟牛。没人晓得牛岁年肚囊里转了些啥道道，反正传言多了。最神的说法是当晚我大领着牛岁年到水爷庙磕了头，这才开腔："跟我走，莫回头。"出村五里的北洼里，牛岁年果然找到了扁担和木桶。两个木桶里盛满了清亮亮的水，扁担横搭在木桶上，分明在期待它的主人。也有另外一种说法，比如有人怀疑扁担和木桶一定是我大事先耍的把戏，但谁也不敢明着比画，你的嘴要犯贱，那就不是找人的碴儿了，是找水的碴儿。你敢找水的碴儿?

"桑木扁担椿木桶"，这是挑水人引以为豪的搭配，其他材质的扁担和桶子都不如桑木扁担和椿木桶结实耐用、漂亮大气。木桶尽管比铁桶笨重、笨拙，却要比铁桶经摔、经磕、经用，更重要的是成本低，只要找个三流木匠，"咔嚓咔嚓"一阵斧头、锯子加凿子，一天就可以出手好几个上等的木桶来。咱那里把制作木桶叫打木桶。大凡挑水、找水的汉子和媳妇，扁担的两头晃悠的多是牛岁年的手艺。木桶的命运掉个儿，完全和自来水进村有关。自来水是十几年前从二十里开外的前川里一站一站又一站引上山的，那是千年等一回的事儿，千年等一回的还有被誉为"一水定乾坤"带来的变化，至于咋变的，我咋表述也比不过报纸上的说道，比如土路变沥青路、农民工返乡发展养殖业种植业、"农家乐"吸引城里人什么的。尖山人的钱多了，谁能想到火气也会跟着来呢？先是水爷庙断了香火和供奉，进庙添水的人越来越少，木桶没几天就耗成了瞎子。人是不进了，猪呀鸡呀狗呀的倒是进了，又是拱又是屙的。后来，人们的愤怒转移得更加具体，开始无比夸张地斧劈自家扁担，然后塞进灶火门儿。泛潮的木桶不能当柴烧，就大卸八块，塞进炕洞化成了炭。烧，烧，烧，往死里烧，分明想让不堪的记忆灰飞烟灭。

不记得哪年的事儿，水爷庙的木桶不翼而飞。谁还愿意记得呢？你不下手，自有人下手。你不当这个贼，有人当。不！不是当贼，是为民除害。

谁说我就不是省油的灯哩？可我刚刚对着我家的木桶举起斧头。我大却疯子一样扑过来："你敢？"我大夺过木桶，一声不吭，径直拎着木桶往院外走，到了门口却锁住了脚步，一脚门里，一脚门外。他朝水爷庙方向瞅了瞅，一时六神无主，举棋不定，像被一种史无前例的抉择拦住了去路。最后瞅了水爷庙一眼，猛回头，朝我一瞪，转身回来，登梯子上楼。原以为我大要把木桶像杂物一样储存起来，可他偏偏把木桶恭恭敬敬地摆在了后窗台。

"大，你这不是让全村看笑话嘛。"我这是吼出来的。我不能不吼，这不是我平时对待长辈的态度。我不止一次听到人们背地里咬牙切齿的诅咒："老秦家的土坯楼，啥时候倒了就好了，倒了，后窗口就没了，没了，就剩天了。"

"笑话？我就要让全村人天天看。"

还不光是个这，他从此天天都给木桶添水，完全是给水爷庙里的木桶添水的那一套，唯一的区别是：当年是集体行为，如今是个人主张。我大添水的全过程既大方又夸张，像戏台上的某个角儿，一举一动都是亮相的意思，毫不保留地展示在观众的视野里。窗外的人喊："娃他伯，你这是干啥哩？"

"添水哩。"我大的回应大言不惭。

"这如今……添水干啥哩？"

"老先人咋添的，我就咋添。"

"你是不是把你家土坯楼当水爷庙了？"

"当就当，你小子要咋的？"

添就添吧，有时还把我也捎带了，不忘提醒："上去瞅瞅，木桶里的水耗下去多少？"天，一如既往地旱着，日头像傻子一样放火，木桶里的水不到一天就能耗下去两寸。他用大瓷碗对着水龙头接了水，就开始使唤："快！端上，添！"

还是当年的那个大瓷碗。流行不锈钢的时代，全村恐怕找不到第二个像这种既笨重又不实用的大瓷碗了。只是，当年我大递给牛岁年的是空碗，如今给我的，装满了自来水。我每次现身后窗口添水，就像被活活架到众人目光的高压电网上，火烧火燎的感觉，分明是烤全羊的意思，皮焦了，骨酥了，肉散了，血干了。摊上这样的大，当后人的亏死都没地方去验伤。

好在我儿子远在镇子读初中，住校，一周才回家一次。我和我女人给牛岁年的"农家乐"打工跑腿，隔三岔五才回家一趟。牛老板的"农家乐"越火，我和女人回家的次数就越少。我要说的是，如果女人娃娃天天在家，可不天天被我大"捎带"了。儿子一句气话，我至今忘不了："啥叫阻碍社会发展的旧势力，就是个这，我爷。"

中学生这样感慨的时候，端着大瓷碗的手，在抖。

二

我大的身架子比实际年龄要老得快，不像大，像爷了。他早就成了高血压的俘虏，走平路一摇三晃，爬梯子头晕目眩。用他自个儿的话说，都是"长年累月挑水、找水累的"。他几乎每天都要颤巍巍爬几趟阁楼，我原以为是为了瞅木桶，后来发现他的目光常常穿过木桶之间，俯瞰整个村子。嘴里念念有词："好！张长球家的砖楼盖到了三层，还建了个车棚。"

"哇！刘锤子家新楼打地基了，看来是搞'农家乐'的架势。"

"我天！牛岁年家的'农家乐'门口停了那么多城里人的小轿车，看来昨夜都没有走。"

"啊哟……"

听得我耳垂子直发烫，像被拖家带口的饿蚊子叮了。多数人家都在大拆大建，买车买电脑，可我家的土坏楼至今纹丝不动，够丢脸的了。早些年咱村像我这样一茬人都外出打工挣钱，只有我围着承包地转圈圈，说穿了在等我大的水保员位子。将来当上水保员，有多没少，日子该是全村最滋润的了吧。可我万万没有想到，自来水如此之快地让尖山人有了新活法儿，家家户户的日子齐刷刷从我头顶跨了过去，我就像我家的土楼，寒碜得像凤凰群里的一只鸡，鸡是要打鸣的，你敢打吗？一打，无非证明你就是一只鸡。尖山有老话："鸡是刨食吃的。"如今我和我女人在牛岁年那里"刨食"，够贱！贱就贱吧，再贱，也贱不过添水的贱。

我大每次选择上楼的时辰，要数鸡叫头遍那阵最多，谁不晓得那个要命的时辰呢？其实不叫选择，倒像定了时的闹钟。时间到了，不由得不闹。

和早先唯一的区别是，窗里窗外没有了一问一答，这使我大独守后窗口的模样儿活像一个背气的孤鬼。前些日子吧，楼上突然传来一声喊："走野雀弯那条吧——"我从梦中惊醒，上楼一看，我大倒卧在后窗口下，鼾声如雷，当他又一次喊出"走苦水沟那条吧——"时，我叫醒了他。

我大后来爬阁楼费劲，每逢山风呼啸，就指使我上去瞅瞅木桶还在不。有时不信，非得让我扶他亲自上去验证。简直把木桶当他大了。他大——我爷爷死得很早，据说只身一人进苦水沟挑水时，被几只口干舌燥的狼当血桶子饮了。人们大呼小叫拎赶去的时候，我爷爷只剩下一身空空瘪瘪的皮囊。狼他妈的真比人有福。人又渴又饿，狼哩？不饿，只是渴。

我大倒是和我对上话了：

"木桶好着哩吗？"

"好着哩。"

"真的好着哩吗？"

"真的好着哩。"

"那好，不要忘了添水。"

像极了秦腔戏中一老一小之间的对白，这样的对白隔三岔五就来一次，我大郑重其事地问，我敷衍着回答。我早已火冒三丈，那三丈的高度全窝在心里，比后窗口还要高，窝得我心里一片旱象，天地龟裂。

"你够能忍的了。"这是邻居对我的评价。

"是不是……老年痴呆症的兆头呢？"

"……"

在全村人的冷嘲热讽中，我大在日子里的老相像大滑坡似的，唰唰唰地老，像六十瓦的灯泡变成了四十瓦，四十瓦的灯泡变成了十五瓦……没人愿意当面招惹我大，他好歹是村里的水保员，收水费、修水管的活儿都在他手上捏着呢。何况我大身上还有些说不清道不明的东西，就拿全村人用水来说吧，早先是一水多用的，半盆水，先是洗菜淘米，沉淀后再洗锅刷碗，再再沉淀后洗衣裳，再再再沉淀后洗脸，再再再再沉淀后饮牲口……消灭了扁担木桶之后，很多人家索性在水龙头上接了管子：洗车、冲院子、搞喷泉……那简直就是报复性的，反正不差那点水费。比如洗车吧，你城里人能洗一次，我他妈的就洗三次。

我大终于放话了："就不怕水爷降罪。"

"老哥的话，大家得信。"附和我大的，只有牛老板。

二月二龙抬头的先一天，全村突然停水。停水给习惯了自来水的全村造成了怎样的影响和损失，那简直是无法形容的。据说城里停一个小时的自来水，居民就急得像热锅上的蚂蚁，非得讨个说法维个权什么的，够矫情的了。尖山的自来水一停，仿佛一眨眼工夫回到了十几年前，所有的日子、产业像是瞬间断了气，那真个是时光倒流、地球停止运转的意思。一小时、两小时、半天、一天……全村几百个水龙头仍然是干窟窿。为了查明原因，村长和牛老板亲自到乡上请来了技术员，从水泵机房到地下管网查了个底朝天，愣是找不到原因。

"去，上楼，添水。"我大把大瓷碗递给我。

我大给我的是空碗。

"你这啥意思嘛！大，我又不是当年的牛岁年。"

"你当然不是牛岁年。"

"没水，你让我咋添？"

"上去，添！"

我只好硬着头皮，端空碗上楼。站在后窗口，我发现了多年来难得一见的场景，许多村民都不约而同地朝我这边——不！朝后窗口眺望，他们有的圪蹴在自家小楼的露台上，有的在街心花园那边驻足不动，有的把脑袋伸出文化站的窗口……那眼神既熟悉又陌生，像久违的回眸。木桶像两只安详而硕大的眼睛，对接着人们无所适从的目光，木桶里的水已经耗下去足有一寸半，水面在日头的照射下，浮泛着一层莫名其妙的、如纱似雾的水汽。尖山的水，仿佛都在这里了。

木桶像刚刚白天而降似的，吸引着越来越多的目光。其实，这对冤家，一直在的。

我一时手足无措，逃离似的从楼上溜下来。空碗忘了带，留在了后窗口。

龙抬头的当天，我大给村民们说："给水爷跪一次吧！"

还用跪……可真的齐刷刷跪了。这是多年来全村人面对水爷庙的第一次下跪。这一跪，当天半夜就来水了；这一跪，跪出了一个节约用水的文明示范村。

这事够诡异的。下跪的当天晚上，有人曾亲眼瞅见牛老板扛着只有我大才使用的工具包，像一只狡猾的老狐狸一样在玉米地里出没。是不是贼喊捉贼，没人敢去证实。龙抬头，千百年的风俗了，你敢证实个啥？

"天上的后窗口……"喃喃自语的是我儿子他突然问我，"大，这叫法，多少年了？"

三

木桶是我亲手扔掉的，我选择夜色做掩护，不光防我大，也有遮羞的意思。

我至今清晰记得扔掉木桶的过程。那天吃过晚饭，我就悄悄摸上阁楼，拎桶，下楼，倒水，出村，大步流星。我像手里攥着两个瘟疫的钟馗。两个瘟神，终于被我从天上抓到了地上。月亮走，我也走，我送瘟神出村口。村子已被甩出老远，我还在走。月亮在云层里时隐时现，我长长的影子时有时无。我和月亮一上一下，像两个心照不宣的贼人，不，是英雄！晚归的麻雀聚满树头，一片聒噪，也不晓得是往死里看笑话哩，还是为我歌唱？

影影绰绰中，撞上一个村里人，狡黠的目光逡巡着木桶："咋了？这是去找水吗？"简直是调戏女人的口气。

"是找水，咋了？"我以牙还牙。

走更远，碰上的就是外村人。"我天！这年头，还有木桶啊？你拎着去干啥？"

哪里扔都是扔。当我登上高高的鸡咀崖时，才意识到是奔崖下的苦水沟来的。真是要命了，咋就偏偏选择了苦水沟呢？苦水沟太深太长了，当年沟底还有一条弯弯曲曲的小路，像一条历经磨难的蚯蚓，盘曲在沟底的荆棘和乱石之中。小路是祖祖辈辈的村里人挑水踩出来的，从早到晚都有人挑担爬行。从鸡咀崖往下看，挑担子的人像一只只饥渴的蚂蚁。这条沟，我爷进过，我大进过，我进过，我娃也是进过的，只是，我娃这代人恐怕早就忘记了。我当年进沟挑水时，我娃就在我屁股后边跟着，沟里野物多，我娃手里攥着一根打狼棍，跟得很紧，就像我小时候跟我大，就像我大小时候跟我爷，就像我爷小时候跟我祖爷。几代人，小的跟大的，大的带小的，家家户户都这么过来的。跟着跟着，就自己挑，挑着挑着，就长大了，长大了就有力量了，学会使力气的第一件事既不是割麦碾场，也不是坡上放羊，而是挑水。那些年，全村人像呵护血管一样呵护着那条路，无论刮风下雨，总有人进沟修修补补。自来水进村后，泉眼儿先是荒了几天，后来一场雨，就冲没了。路呢，早被山洪冲得七零八落，影儿都没了。嶙峋的怪石张牙舞爪，足以割破最坚硬的牛皮，深沟恢复了原始的野性和样貌。缺水的日子，到我娃这辈，截了，止了，没了。我娃曾撂过一句话，让我伤心了好几天，你猜他咋说的："自来水不挺好嘛！当年为啥找水哩？"这代人啊，有知识有文化，可偏偏就把日月给颠倒了！

夜幕下，我伫立了好久。两只木桶——这全村最后的扫帚星，此刻桶口张得溜圆，一看就是大口大口咽气的货色。为了扔得远一些，我扒拉了一些黄土装进木桶，做了一个深呼吸，憋足劲儿，抡圆胳膊。"嗖——嗖——"两个木桶在夜空里划出悲壮而阴暗的弧线，飞了出去。

"哐——哗啦啦——哗啦啦——"深沟里传来一连串沉闷而尖锐的撞击声和碎裂声，这是木桶与沟底的石崖、树杈、土坎连续冲撞的惨叫。

那一刻的感觉，咋说呢？我居然想到拧了把儿的水龙头，自来水在心房里"哗哗哗"地流淌，然后向周身的血管里奔涌。一个紧锁、尘封多年的无形中的大门被打开，一种积郁多年的沉重和压抑，在释放，在泄洪……整个大山、整个世界、整个人间像是被洗刷一新。我大吼一声。我一没吼秦腔，二没吼秧歌，三没吼天吼地，我吼出的一句话居然是："我家早就有自来水了！"

可我万万没有想到，我这自认为天衣无缝的勾当，第二天就被我大察觉了。

"木桶，该添水了吧。"我大的目光，像老狼的眼睛里发射出来的。

本来想装聋作哑的，我浑身一哆嗦，只好吐了实话："扔进苦水沟了。"

"你个混蛋，去！给我找回来。"我大用拐棍指着我的鼻子，一声大吼。

"大，都自来水时代了……"

"啪——"回应我的是拐棍，挨打的是屁股。

好歹也是三十好几的大男人了，我当场就有些蒙。"大，你疯啦。"

我大又一次用拐棍回应。拐棍刚刚举过头顶，我大的身子晃了晃，就要倒下了。这是高血压犯了的征兆，一急一气，就倒。他在修水泵、查管网、收水费期间跌倒过多少回，我早已记不清。有那么几次，他是被村里人背回家的，不是脑袋上被摔了个大包，就是把身子磕破了皮。我赶紧上前扶住，连声保证："放心，我马上找回来。"

给我大配好了药，我立即出门。那时日头已经老高。晚上，我空手而归。"大，我进沟里找了好几遍，木桶早就不见了。"我准备了十足的理由，"保不准被野物叼去垫窝了。"

我大瞅了我一眼，一言不发。我大又瞅了我第二眼，仍然没有吭声。这样的态度到底是妥协呢，还是就此罢了，我说不准。尽管我大不再搭理我，可我记着他常说的一句话"过去的事就过去了"，这是他为人处世的法则，这样的法则也深深影响了我，该过去的不该过去的，总该都得过去吧。

只有鬼才进沟哩。我那天只是到村里绕了一圈，就去牛岁年的"农家乐"忙乎了。有捡木桶的工夫，还不如使劲儿挣钱呢。我大也说过："你再不跟牛岁年学着点，咱这个家就永世翻不过来了。"每次拖着一身的劳累回家，正睡得香呢，我大就催："鸡都叫了，快！快去挑……啊啊！不，快去牛岁年家。"有时，我常瞅见他呆呆地盯着水龙头，自思自叹："你早来就好了，早来就好了。"我亮清他的雄心壮志，自来水如果早来，他岂止搞"农家乐"，他想用水打天下。反过来的意思似乎是：小的不行，老的行。

"后窗台的木桶咋不见了？"提出这个问题的居然是牛老板。

"……"

窘得我面红耳赤。我赶紧换了话题："牛伯，您做'农家乐'，咋就那么有路数哩？"

"因为，每天能看到天上的后窗口。"

"……您不也把木桶塞进炕洞子里了吗？"

"这就是我不如你大的地方。"

"……"

答非所问。牛老板到底是戏耍我大一根筋的脑瓜呢，还是埋汰我这个打工仔呢？人在屋檐下，我宁可不再接他的话荏儿。

几天后回家，我大不但没有表现出啥地方不一样，反而像早先那样挂着拐棍早出晚归，这使我心里踏实了许多。一把年纪的人，真是娃娃脾气。就像咱山里的天气，阴时，晴得快；晴时，云却来了，尽管尚未多云转晴，却也比没有一丝云彩要好些。

高高的后窗口变得空空荡荡，敞亮了许多。朝外望去，水爷庙重修工程有了新进展，最热闹的仍然要数那几家"农家乐"，楼上楼下，亭里亭外，一些衣着时尚的男男女女有说有笑，歌声不断。我习惯了这样的场合，可这一切从后窗口望下去，却让我坐卧不宁。

——把后窗口给封了，这个想法来得突然，也来得结实，眼不见，心不烦。可如今连用得上的土坯都不好找了，如果用马赛克，那分明是金鞍配毛驴，太扎眼。我想到了后院的土坯老墙。用几块，我拆它几块。后窗口有三尺高两尺宽，用五十多块土坯，就可以封得密不透风，把外边的世界挡回去。

我如饥似渴地期待着某个雨天，利用这样的天气拆掉老墙的土坯，再用草泥扢上，天晴后，我大体想看得出来。

四

我大却躺倒在了炕上。昏暗的灯光下——我大习惯了低瓦数的灯泡，他用被子死死地封了身子。我还没来得及封后窗口呢，他倒从头到脚把身子给封了。"你咋了？大。"我试探了一下。"没事没事，老毛病，你不是

102

不晓得。"话是从被子里冒出来的。我试图掀开被子，我大却从里面牢牢揪着被角。

"大，您如果不让我看，我就不走了，那边的活儿还多着呢。"

我大这才把脑袋搬出来。我的天！我看亮清了。我大的脸上多处紫一块，青一块。第一时间，我想到了村里的宠物狗，如果是检查管网，磕碰不到这种成色。早些年，村里人养的多是看家护院的土柴狗，人熟狗，狗熟人，人狗一村亲。可这些年，土柴狗慢慢不见了，倒是城里人家常见的那种宠物狗多了起来，这些家伙娇贵得根本不把自个儿当狗，当人了，当皇上家的公主了，当员外家的小姐了，每天只晓得围着主家摇头摆尾那点事儿，一点儿乡村观念都没有，一出院门，习惯了追老人，像追孙子似的。我大一定是被谁家的宠物狗玩上了。

"这宠物狗在大山里不习惯，远不如土柴狗实在。"我安慰我大。

我大长叹一声："这狗日的狗啊！"

"谁家的狗？我找主家去。"

"不用，只是狗追疯了，我以后躲着就是了。"我大吃力地摆摆头，这是打发我的意思。

给我大买来了药膏，他非得自己擦抹，死活不让别人插手。前半夜，我不敢合眼，隔墙窥听那边的动静。后半夜还是迷迷瞪瞪睡着了，可一个噩梦又把我吓醒，我梦见全村的自来水突然就没了，一个个水龙头像干巴巴的柴火棍儿，蜘蛛网一样的地下管网像干巴巴的血管裸露在大地上。过去常见的那种旱象又来了，日头毒花花的，满山满洼晒秃了，山洼里好不容易发现一个小小的泉眼儿，人、牲口、狼、狐狸、黄羊一拥而上，厮打、撕咬在一起……苦水沟里的那点稠泥水，又成了比油还金贵的宝贝。沟底有个遍体鳞伤的青年人，一手扶着肩头的担子，一手挥舞着镰刀左右开弓，披荆斩棘，艰难摸索，两个木桶晃悠着，钩链发出"吱吱"的叫声。青年人后边跟着一个光屁股娃娃，那个娃娃……

哦哦……娃娃原来就是我。真是哪壶不开提哪壶，咋就倒退着梦呢？一梦就退到了三十几年前。说啥也得往前梦啊！比如将来的苦水沟。牛老板早就说了，他要打造什么田园一体化，苦水沟将成为生态旅游开发的重点。将来的苦水沟是啥样子，我想象不到，想不到难道梦不到吗？

梦醒时分，起身去堂屋探望究竟，发现我大呼噜声声，他的梦话仍然是老一套："走苦水沟那条路吧！不，那条路有人哩，你看那扁担闪的，你看那木桶晃的……"也是绝了，两代人，梦啥不好，偏偏就同时梦到了苦水沟。

一不做，二不休，我加快了实施封堵后窗口的战略计划。那个夜深人静的夜晚，我开始悄悄往阁楼上扛土坯……

我的天哪！天哪！！后窗台，早已被两小堆红椿木碎片捷足先登，强行占领。

月光下，木片被铁圈儿箍出的印痕清晰可见，锈迹斑斑的铁圈儿断裂成段，其中有个铆钉的钉帽上刻有"牛"字样，那代表尖山首富牛岁年早先的身份。

当我确信眼前的一切不是做梦，立马惊得肠子拧了几拧，像是打嗓子眼儿里伸进了几根井绳，绞在肚子里了。扛着土坯的肩膀像快要塌陷的地埂，软得玄乎，身子仿佛变成了稀松的泥石流，那真个是魂飞了魄散了气断了的感觉。木木的我和后窗口之间像有一根缰绳，死拽，我哪是呆若木鸡，木驴了。

木桶，才是碎木片的前世，如今像两堆生命的废墟。碎木片，一片不多，一片不少，刚够两只木桶。

后窗口完全是一副事不关己高高挂起的样子，挂到啥成色？分明是离地了，过树梢了，破云层了，上天了。我有一种被绑架到苍天之上的感觉，看不到彩云追月，脑子里一片混沌。后窗口全然不顾我木驴的模样儿，忘乎所以地敞开怀抱，接纳着从村东村西"农家乐"奔来的光亮。夜晚的"农家乐"灯火通明，像一群群扭动着秧歌的火凤凰，表情亢奋，光线扇动着翅膀直扑后窗口，给堆放的杂物罩上了一层光怪陆离的碎影。

从木片非常明显的干湿反差看，不像一次性堆放到后窗台的，至少三四次或者五六次了吧。话说到这里，我真的无须赘言什么谜底了。碎木片，是我大从苦水沟捡回来的。他咋进去的，咋出来的，我已无从得知，因为我大没几天就……就走了。当时他的一双眼睛并没合上，像两只低瓦数的小灯泡，钨丝，从里面断了。给他老人家套寿衣时，我们才发现他遍体鳞伤，没有一块像样的皮肉……

他临终前最关键的遗言却是说给牛老板的："水……水……水保员这个差事，还是你捎带上干……"

"我懂，我还想要老哥一样东西，留个念想。"

"那个……不能给你。"

那个到底是哪个？现场的人一头雾水，包括我自己。

日子里，后窗口仍然是后窗口，木桶仍然是木桶，一如既往的样子，仿佛啥事情都没发生过。让木桶恢复原貌依然是牛岁年的手艺，当时我主动提出给他当下手，他却说："还是加上你儿子吧，咱三代人，一起……"

说这话的时候，我儿子紧紧地把大瓷碗抱在怀里，一动不动，生怕不留神被谁抢走似的。我当时就想，牛老板的所谓念想，是不是大瓷碗呢？我突然意识到，我既无法理解牛老板，也无法理解自己的儿子。儿子像一棵倔强的树苗，他好像蹿高了不少。

天照样是旱天，可木桶里的水从来没有断过。添水的除了我和我女人，还有儿子。儿子每当周末回家，第一要务就是爬上阁楼添水。牛岁年有时来我家串门，也会端水上楼。每次不忘提醒："大瓷碗在哪里？我要用它添水。"

那天——我指水爷的塑像即将完工那天，所有人的眼神都慢慢变得错愕起来，连工匠们也歇了手，面面相觑。大家的目光时而聚焦在水爷塑像的脸上，时而又眺望我家的后窗口。苍天旷远，万里无云。后窗口就像真的在天上一样，那里的两只木桶，平静而安详。尽管望不到木桶里的水，但水被阳光折射出的两道五彩斑斓的光芒，摇曳多姿，生机盎然，把镜框一样的后窗口装点得像一个空中花园。只是，后窗口曾经常常有一张脸的，如今那张脸不见了，可是……

我也惊得目瞪口呆，水爷的那张脸，咋那么像我大哩。

时至今日，没人敢用自个儿的嘴说出这个真相。

选自《芙蓉》2018年第3期

"承"与"弃"：乡村文明进程的新观察

——评秦岭《天上的后窗口》

秦岭的短篇新作《天上的后窗口》自觉跳出当下颇为流行的乡村底层叙事模式，大胆聚焦乡村文明进程中放弃、抛弃与秉承、传承之间的尖锐对立与磨合，让我们看到了中国几千年农耕文化与时代文明交汇处的新矛盾和人性温度，为我们提供了观察乡民内心世界的"后窗口"。

小说以尖山村摆脱缺水困境实现富余这一历史性变化为背景，深刻揭示了乡民们内心更为复杂的纠结与困惑，一个振聋发聩的社会命题摆到了我们面前：富余，是否意味着乡村文明的全面进步？"民以食为天，食以水为先。"这是中国农民生存与命运的根本现实。缺水时代的"我"祖爷爷为了给村民们提供一个可供找水的"瞭望塔"，不惜在"高如天上"的阁楼上开了一个后窗口，由"我大"守在后窗口引导村民找水。这个后窗口既和村口象征着农耕文化的水爷庙遥相呼应，同时也承载了水爷庙无法替代的现实功能，它的象征性、寓言性和神秘性深入乡民骨髓，几近成为乡民对水、对命运、对日子的精神图腾。但是，当"自来水进村"给乡村带来"千年等一回"的巨变之后，"后窗口"再也无人问津，祖祖辈辈给水爷庙"添水"祭祀的传统风俗被置之脑后，那些代表着苦难印记的扁担、木桶全被抛弃甚至付之一炬。只有"我大"一以贯之地坚守在后窗口，他在冷静地观察着全村"农家乐"的兴起，同时坚持给木桶"添水"。他昔日"水爷"般的光环如今一文不值，他对水的祭祀、守候被讥笑为迂腐、陈旧、保守、落后。不堪其辱的"我"也无法理解"我大"，享受现代教育的"我儿子"认为爷爷是社会进步的阻力。我甚至偷偷把"我大"当作"祭器"的木桶扔进了苦水沟。只有一个人受"我大"的启蒙而对"水"保持着敬畏和警觉，那就是当年"破四旧"想砸掉水爷庙后来又成为全村建设"农家乐"第一人的牛岁年，他思想深处的变化始终与历史、时代纠结在一起，这使他甘愿心照不宣地配合"我大"，以"自残"的方式选择在"二月二龙抬头"的日子故意"破坏水利设施"，一次次把高枕无忧的乡民们从美梦中唤醒。在"承"与"弃"的博弈中，人们最终回归到"承"。水，重新成为乡民的精神图腾和时代文明的象征，乃至于人们重修水爷庙时，工匠们把早已忘却的"水爷"形象，集体无意识地塑造成了"我大"的模样。应该说，"天上的后窗口"和水爷庙，二者具有对等功能，"我大"是"人间神"，水爷是"天上人"。至此，作者完成了水与历史、水与时代、水与日子、水与神灵、水与人的全部思考，而乡村文明进程这一客观主题，由此得到奇妙的反思和升华。

中国农耕文明的衰与兴、败与荣、旧与新，构成了中国乡村历史的丰富性，但当下许多作家喜好揪住乡村表面的底层叙事不放，这是很多乡土叙事在内涵与精神层面不够饱满的主要原因。《天上的后窗口》之所以独树一帜，不光因为作者写了底层与改变、落后与发展，更因为作者用开阔的、成熟的历史观解密了乡村文明进程。"我大"属于鲁迅所说的"中华民族的脊梁"式的人物，他身上聚集着中国传统农民可贵的道德标识、灵魂底色和社会经验，他代表了中国农耕文明和传统文化的温度、厚度和深度，他用自己的坚韧和坚持战胜了发展时代的狂妄、浮躁、遗忘和堕落，入木三分地反映了这个时代中国乡村的迷茫、渴望与愿景。《天上的后窗口》显然和秦岭早先的《女人和狐狸的一个上午》《吼水》《借命时代的家乡》同属他的"水系列"小说，如果说后者通过人与狐狸、人与牲口的荣辱与共，揭示了发展与生态背景下的人性世界，那么，前者通过"我大"由人变"神"，由"神"变人，最终又被人们送上"神坛"的过程，直接进入乡村文明进程的反思空间，为我们全面认识农民的精神世界提供了新文本。

在《天上的后窗口》中，我们始终能感受到富有个性的"土"味儿，这种纯正的乡土气息不留痕迹地融入乡村文化、风俗、人情和叙事语言之中，为人与"神"的角色变幻，提供了强大而丰厚的民间文化"土壤"。（周宝东）

兄　弟

/徐则臣

　　寻找孪生兄弟的少年从两军对垒的中间地带走过，在杀声震天之前，对左右两队人马各看了一眼。月光正好，我躲在人群里，看见他转向我们一边时，梦幻般地笑了一下。

　　一个星期以前，他从南方某个城市来到北京，下火车，背着双肩包，走走停停，最终落脚到我们隔壁的院子，和几个江西来的卖盗版光盘的住在了一起。本来他想跟我们合租。宝来被打成傻子回了花街，两张高低床就空出一个床位，但行健和米萝借口最近有老乡要来，没答应。哪有什么老乡，他俩就是看他不放心，聊完后就把人家打发走了。

　　"你看他那眼神，"行健对着我半眯一双眼，"迷离吗？"我点点头。"像个神经病吗？"米萝问我。我也点头。必须承认，行健学得很像，他的大眼睛合上一半，立马山远水远，恍恍惚惚如在梦中。

　　他们断定这家伙有毛病。想想也是，正常人谁会到北京来找另一个自己。开始他跟我们说，还有一个叫戴山川的人活在这世上，就在北京。我们说，当然，只要不是稀奇古怪的名字，两千多万人里肯定能抓到几个同名的。不，戴山川纠正我们，不仅同名同姓，他跟我是同一个人。我、行健和米萝三人后背上的寒毛瞬间竖了起来。同一个人！戴山川眯起了眼，目光幽幽地放出去，像只翅膀无限延长的乌鸦飞过城市的上空，从北京西郊一直飞到了朝阳区，再往前，飞到了通州。当时我们坐在屋顶上，这是我们能够给客人提供的最高礼遇。我们希望他能睡到宝来的那张空床上，这样就可以把每个人的房租从三分之一降低到四分之一。

"看，这就是北京。"行健在屋顶上对着浩瀚的城市宏伟地一挥手，"在这一带，你找不到比这更好的房子了。爬上屋顶，你可以看见整个首都。"

戴山川慢悠悠地点头："嗯，我一定能在这里找到戴山川。"

"你确定要找的是戴山川?"我问。

"不是戴山河?"行健问。

"或者戴山水?"米萝说。

"不是。"戴山川自信地笑了笑。后来我们一致认为，不管从哪个角度看，他笑得都有点诡异阴森。戴山川一边笑一边说，"我要找的就是另一个自己。"

接下来他坐在屋顶上我们唯一的一把竹椅子里，跟我们讲他要找的那个戴山川。他是看着那个戴山川的照片长大的。他从口袋摸出一张揉皱了的五寸照片，一个白白胖胖的男孩咧着嘴傻笑，可能一岁都不到，顶着一头稀疏柔软的黄毛。"戴山川。"他说。然后从另一个口袋又摸出一张照片，十岁左右的男孩，人五人六地穿着一身花格子小西装，双手掐腰继续傻笑，为拍照临时梳了一个三七开的分头。他说："我。"

"戴山川。"我说。那个不到一岁的小东西八九年后变成了花格子西装，又过了六七年，小西装和我们一起坐在了黄昏时分北京的屋顶上。不会错，看得出来的。

"我。"

"你就是戴山川。"行健说。

"他是他，我是我。"

"戴山川就是你。"米萝说。

"我是另一个他，他是另一个我。"

有点乱。

行健先觉得问题不对的，他指着飞过头顶的一群鸽子说："狗日的打下来一只吃吃。"

我和米萝一起追着鸽子看。但戴山川的目光依然像乌鸦一样宽阔地滑翔，鸽群不在他眼里。他坚持要跟我们说说另一个戴山川的事。

事情其实很简单，我们可能都经历过。小时候不听话，父母就会说，早知道不要你了，要另外一个了。另外哪一个呢？另外一个"我"，或者我的"兄弟"或"姐妹"。在父母的叙述中，那个"我"或者我的"兄弟姐妹"，因为养不起，因为不听话，因为某些其他原因，送人了。现在他们后悔了，因为我们让他们很头疼。必须承认，这一招挺好使，年少时我们的小神经都绷不住，担心真有个谁掉头杀回来，穿上我们的衣服，戴上我们的帽子和手套，端了我们的茶杯和饭碗，抢了父母给我们的爱，代替我们活在这世上，于是乖乖地做回个好孩子。这种玩笑式的骗局也就管用那么几年，大一点再怎么编排我们都不信了。大人肯定也觉得编下去很无聊，又转回到最好使的方法上：简单粗暴型责骂。但是戴山川跟我们不一样，他是家里独子，爷爷奶奶、外公外婆、爸爸妈妈、叔叔阿姨、舅舅姑妈，一大群人供着这么一个宝贝疙瘩，哪舍得动粗的，连假想敌都舍不得给他树立成别人。这个世界上，能与他竞争的只有他自己。一岁不到，他不好好吃饭，爷爷奶奶指着一张镶在精美相框里的大照片（就是他掏给我们看的五寸照片的放大版）说：

"认识吗，这是谁？"

戴山川指指自己。

爷爷奶奶摇摇头，"不是这里的你，是在北京的你。"

戴山川晃晃悠悠走到穿衣镜前，要钻进镜子里把自己找出来。

他不好好睡觉，爸爸妈妈也指那张大照片给他看。"再不睡，咱们换了那个戴山川回来吧。"

戴山川赶紧闭上眼。

只要家里人往相框里一指，戴山川立马老实。戴山川说，很多年里，他最怕的人不是父母，不是老师，也不是班上抽烟打架的男同学和马路上游手好闲的流氓阿飞，而是墙上的那个自己。他怕到了恨的程度。那个远在北京的自己，他是他最大的敌人。那张照片拍得很立体，不管从哪个角度看，两只眼睛都在盯着你。小小的戴山川用眼睛余光扫一下相框，在北京的那个自己就警醒地注意到了，搞得年幼的戴山川被迫成了整个小区最听话的孩子。进了学校，他也是好学生典型，老师一次次要求大家向他看齐。他想过把照片给毁掉，不敢明目张胆地下手，装作不小心碰掉了相框，玻璃碎了。母亲倒没怎么批评他，拿去装潢店重新镶了一个更漂亮的相框，还挂在原处。父亲说，别再乱碰了啊。

后来，他终于长大到明白镜框里的那个小孩不过是父母管教和要挟他的借口，因为那个戴山川一直停留在不到一岁的模样，而他一天天长大了。但他发现自己已经离不开他了。这么多年，他只有他自己这一个朋友。没有兄弟姐妹，从学校回家，同龄的玩伴都没有，家里人怕他被人欺负，怕他出去跟孩子们疯玩影响学习，怕跑步摔倒了，怕他跟别人争执时打架。他只能跟墙上的自己玩。他跟相框里的戴山川说：

"戴山川，你好。"

他又代戴山川回答："你也好，戴山川。"

"戴山川你吃了吗?"

他再自己答："我吃了，戴山川。你呢?"

"我也吃了。你知道《登鹳雀楼》这首诗吗?"

我还会背呢。白日依山尽，黄河入海流。欲穷千里目，更上一层楼。"

"爸妈今天早上吵架了，你知道为什么吗?"

"天热了呗。"

"晚上又吵了。"

"因为空调没修好。"

"老师下午批评我了，说我不团结同学。"

"那是因为你有我这样的朋友。"

"没错，你说得对。"

没错，相框里的戴山川成了戴山川的朋友。他喜欢跟他说话，他也习惯了想象一个也叫戴山川的自己，如何在一个陌生但十分有名的城市生活。他是最好的朋友，也是唯一的朋友。他一个人在家，从不觉得孤独；或者说，学会和另一个自己交流以后，就不再觉得孤独了。

"没准你真有个双胞胎兄弟呢?"我提醒他。

要是有个双胞胎兄弟，"行健说，"这事我倒还能理解一点。但另一个自己，咳咳，听着都瘆得慌。"

"除非你有精神分裂症。"米萝说。

"我也想过，"戴山川坐在我们的屋顶上，把那张五寸旧照片翻来覆去地看，"但我爸妈说，他们只生了我一个孩子。一个人在世上，会不会真有自己的分身呢？"他从兜里又掏出一张照片，显然是他刚拍的，"比如，你们在北京见过一个长得像这样的人吗？"

行健打了个哆嗦，撇撇嘴。"不行了，憋得不行。我得上厕所了。"

他要从屋顶上下来。米萝也跟着下，我也站起来。北京是个大地方，的确什么稀奇古怪的事都可能发生，但这事可能性很小。

"我还没说完呢。"戴山川说。

"不用说完了。"行健已经下到了地上，"空床位暂时不租了，这几天我们老乡要来借住，是不是啊你们俩？"

我和米萝说："嗯，是。"

事情就这么结束了。我把戴山川送出门，朝隔壁努努嘴，"那边应该还有空床位，你去试试？"

第二天早上我头疼病犯了，在街巷里跑步，经过隔壁敞开的院门，听见有人含混地嗨了一声。我停下，伸头往里看，戴山川蹲在水龙头边刷牙、满嘴泡沫地对我摆摆手。

那段时间我们的活儿都停了，小广告不能再贴了。那是"城市牛皮癣"，警察见了抓，城管见了也抓，环卫工人见了也要追着你跑。其他游街串巷的小商贩，开三轮车卖水果的，摆摊卖盗版光盘的，办假证的，地铁口卖唱的，推小车街头巷口摊煎饼果子、炸火腿肠、卖切糕、卖豆浆稀饭包子盒饭的，四处游荡卖笛子、二胡、葫芦丝的，也都老老实实地蹲在出租屋里了。没有人说不许出去，但你要出去那就是找死。全北京都在整顿。听说要开重要会议。

忙着挣钱时，大家相安无事，有矛盾有竞争也没时间掰扯；现在闲下来，有问题解决问题，没事的也相互找个碴，吵嘴的吵嘴，打架的打架，反正都不能让光阴虚度了。开始还是单挑，谁有矛盾谁解决，文的武的都行；后来就乱了，以武为主，谁有矛盾一大群人都上。一个篱笆三个桩，谁还没有几个哥们朋友。当然，事情开始也可能只是起因于一两个人间的冲突，后来雪球越滚越大，逐渐分出了派别。反正我差不多看明白的时候，已经每天都有一两场群架了。一个地方的老乡结成伙，职业相近的一群也拉成帮；今天上午我找你的事，晚上就变成了你寻我的麻烦。刚开始都还节制，只用拳头和身体，后来逐渐抄上了家伙，棍棒、铲煤的铁锹、通炉子的火钳，还有年轻人防身的匕首和九节鞭，有的菜刀和炒菜铲子也拿出来了。家伙都挺亮眼，在月亮地里闪闪发光，但真打起来，大家还是知道深浅的。开战之前，双方的带头大哥都提醒自己的队伍：出门在外，都悠着点，一家老小都眼巴巴地看着咱们呢。所以，尽管西郊那段时间事情不断，也伤了几个，但基本都没走原则，打群架更像是个集体游戏，成了清闲无聊时日里的调剂。不得不承认，打架还是挺激动人心的，每天早上醒来，我们一帮游手好闲的家伙都像打了鸡血。

行健和米萝块头大，一身的火气都憋成了脸上紫红的青春痘，这种事肯定不会错过。每天他俩出征前，轮番把房东家里的各种能充当武器的家伙都操练一遍，然后像打虎的武松那样提着出门。我胆小，偶尔跟在江浙一派的队伍里起起哄，充其量是个啦啦队员；真打起来，很惭愧，我就躲到墙角和树根下了，整个人哆嗦成一团。关键是那时候头疼。神经衰弱面对那种场面会突然爆发，我跟自己的脑袋做斗争的精力都跟不上。这种时候，我最常干的就是撒开腿就跑。不是逃跑，是长跑，只有跑步才能振奋我衰弱的神经。

那天晚上，戴山川从两军对垒之间梦游般地穿过，我躲在老乡们的后面。战斗一触即发，我听见脑袋里有一种明晃晃的声音从远处蛇行而至，头疼马上要开始。我拍着脑袋对行健说：

"不行了，我得跑。"

"跑吧跑吧，"行健握着房东留下来的一根油漆剥落的棒球棍，已然进入一级战备状态。"就没指望过你。"

我敲打着太阳穴，后退，像个逃兵，跑步穿过月光下的巷子。跑到"花川广场"咖啡馆那条巷子，遇上戴山川。他借着月光和路灯光看每一家店铺的橱窗和广告牌。我停下来，我都听得出来自己声音里的嘲讽：

"还在找你自己？"

"我就转转。"戴山川一点都不像在开玩笑，如果真有另一个我生活在北京，那我得把这个城市好好看清楚。

还不在频道上。"你就没想过你爸妈从小就在骗你？"

"我知道。那又有什么关系？"他笑眯眯地把盯着橱窗的目光转向我，"我们需要另外一个自己。你想想，如果还有另一个你，想象出他的一整套完整的生活，多有意思！我从小就想，那一个我，我一定要看看他是怎么生活的。"

不在一个频道上。我又问："你不是瞒着家人逃学来北京的吧？

我爸妈知道。他们说，好吧，出门看看也好。

好吧。这一家人都不在频道上。

"你就没想过，这世界上还会有另一个自己？或者，你还有一个孪生兄弟？而你和你的孪生兄弟正好被互换了名字，你其实是作为你的孪生兄弟生活在这里，而你，现在正由你的孪生兄弟代替着生活在另外一个地方。"

有点绕。跑了两条街刚刚缓解一点的头疼又加重了。我脑子有问题，他比我的还严重。"我没兄弟，只有一个姐姐。"

"如果有呢？"他很认真地提醒我，"再想想。"

"没有如果。"我对他摆摆手。跑步是治疗神经衰弱的唯一方法，别的只能加重病情。他还要提醒，我已经跑到了"花川广场"的另一边。

"如果有呢？"他提醒鸭蛋，"再想想，你爸妈没说过？"

鸭蛋抱着小腮帮子歪着头想。"有！"他开心地拍着巴掌，"我妈妈说，我要再哭，她就把所有好吃的都给我弟弟。"

你妈妈说过你弟弟在哪儿了吗？

鸭蛋撇撇嘴，"没有，我妈妈就说，长得跟我差不多。"

他把鸭蛋从小板凳上拉起来，"走，我带你去看看你弟弟长什么样。"

我站在屋顶上，看见戴山川牵着鸭蛋的小手出了隔壁的院子。

鸭蛋四岁，河南人老乔的儿子。乔什么不知道，他和老婆带着鸭蛋在北京卖鸡蛋灌饼，每天一大早推着车子到地铁口或者公交站台边，一个鸡蛋灌饼两块五毛钱，多要一个鸡蛋就再加一块。上班的年轻人来来往往，一个早上能卖几百个灌饼。顺带还卖杯装的稀饭和豆浆。两口子一个在平底锅上加热头一天晚上做好的饼、煎出一个个焦黄的鸡蛋，一个卖豆浆、稀饭连带收钱。鸭蛋早上起不来，被锁在家里，不必早早出门的房客顺便帮着照应一下。

老乔一家住在戴山川租住的院子里。区别在于，戴山川和几个卖盗版碟的挤在正房里，老乔家租住的是院子里单盖的一间屋。西郊租户多，是个房子就走俏，很多房东都在院子里搭建简易房。单砖跑到顶，楼板封盖，再苫上石棉瓦，风雨不怕，就是冬冷夏热。就这样也抢手，便宜，一家人单独租一间，倒也清静。老乔就租了隔壁院子里唯一的一间简易房。

鸭蛋不叫鸭蛋，因为脑袋长出了鸭蛋形，老乔两口子又卖鸡蛋灌饼，大家就叫他鸭蛋。叫多了，老乔两口子也跟着叫鸭蛋，本来的名字大家就给忘了。鸭蛋肯定是独生子，这我敢肯定。老乔说过，能养活一个就不错了，再超生二胎，这几年的鸡蛋灌饼就白卖了，也凑不上那罚款。

老乔带老婆一早推着车子出门了，想找个安全的地方。远点无所谓，整天闲着做不了生意，他们心里急。鸭蛋留在家里跟一帮闲人玩。现在，戴山川把鸭蛋带出了院子。

我在屋顶的太阳底下打了个瞌睡，也就二十分钟，戴山川和鸭蛋回来了。鸭蛋手里举着一张大照片对我喊：

"木鱼哥哥，你看，我弟弟！"

什么弟弟，就是鸭蛋自己。这个戴山川是真能忽悠，带鸭蛋去了趟照相馆，就给他捡来个弟弟。那张照片拍得还算讲究，摄影师给鸭蛋换了身时髦的小衣服，衬衫、领结，还有件挂着怀表的小马甲，鸭蛋装成弟弟，两只手有模有样地插在裤兜里。

我走到屋顶边缘，跟戴山川说："你这不是祸害鸭蛋吗？"

"怎么是祸害？"戴山川说，"鸭蛋多孤单，整天一个人锁家里，咱们得给他找个伴儿。"

听得我倒是心头一热。小时候我出疹子，不能见风，又怕传染别人，父母就把我锁在屋里，无聊的我跟闹钟和暖水瓶都聊起了天。我就问鸭蛋：

"鸭蛋，那你告诉哥哥，你弟弟叫什么名字？"

"鸡蛋！"鸭蛋自豪地说，"我叫鸭蛋，我弟叫鸡蛋！"

好吧。千万别再给他找个哥哥，要不鸡鸭鹅齐了。"鸭蛋，你弟弟跟你长得真像啊。"

"那当然，"鸭蛋举着照片对我挥动，"鸡蛋是我弟弟嘛。"

必须说，鸡蛋对鸭蛋起到了效果。这是戴山川跟我说的，老乔两口子请他吃了两个鸡蛋灌饼，外加一杯绿豆粥。那段时间绿豆粥价钱上去了。有专家说，绿豆包治百病，超市里的绿豆价翻了三番还是供不应求。老乔说，鸡蛋太好使了，只要一指贴在墙上的鸡蛋，鸭蛋立马听话，该吃时吃，该喝时喝，该睡觉睡觉。一个人待着也不吵不闹，脸对脸跟鸡蛋说话，弟弟长弟弟短，那个亲热劲儿，搞得他老婆都想再生一个娃了。

此言应该不虚，那段时间老乔和他老婆的确没找我帮过忙，要在过去，隔三岔五早上我都得跑过去，看看鸭蛋睡醒了没有。

出大事了。没擦枪也会走火，出了人命。周六下午又有一场大战，双方人数都过了三十，抄着家伙，那场面有点壮观。械斗之前照例是舌战。两边对骂时，一辆货车开过来，嘀嘀嘀喇叭声摁得急，大家本能地就紧急往后退。前面的挤后面，后面的继续往后挤。有人被推倒了，侧身倒在一把锄头上。锄头是房东过去在院子里开荒种菜时用的，房子租出去后，锄头就放在杂物间里，被打群架的搜了出来。为了让武器更具有威慑力，持锄头的家伙特地把锄头打磨了一番，明晃晃亮闪闪，能当镜子照，锋利自不必说。寸就寸在，当时持锄人拄着锄柄，锄刃自然就朝上，倒下的胖崔脖子直直就撞了上去，动脉和气管一起切断了。一群人围上来，眼见着胖崔像上了岸的鱼一挺再挺，脖子底下直往外冒血泡，呼噜呼噜只有出气没有进气的声音把大家吓坏了，搓着手干着急。有胆大的上来捂住他伤口，旁边的人赶紧打120。120到时，胖崔已经死了。

那天我没在现场。戴山川带着鸭蛋爬上了我们的屋顶，一个跟我讲另一个戴山川，一个跟我讲鸡蛋。戴山川说，他游走在人群里，看着一张张千差万别的脸，觉得这世界真是神奇。既然有那么多不同的脸，一定也会有一张跟他一样的脸，他相信长着那张脸的戴山川一定也会在茫茫人海里寻找他。这么一想，他就觉得他跟这个世界有了无穷多的联系，对面走过来的每一个人，都可能是另一个自己。他觉得自己像一环不可或缺的扣，被织进了张大网里。

"确信真有另一个自己？"

"这样的感觉不好吗？"他说，"鸭蛋都喜欢上了他的弟弟。"

"嗯，我天天跟弟弟说话。"鸭蛋真是给戴山川长脸，他手舞足蹈地说，"我弟弟可乖了，给他糖都不吃，还要给我大白兔。"

我对戴山川说："恭喜你，这么快就找到传人了。"

戴山川对我挤着眼笑。这时候行健和米萝跌跌撞撞跑回来了。进了门米萝就朝屋顶上喊：

"你崔哥去了——"

"哪个崔哥？"我问。

"胖崔！"行健喊起来。

"去做臭鳜鱼了？"我真没想到米萝还能这么文雅地称呼死亡。我能想到的崔哥就是那个安徽来的胖厨子，做一手好菜，尤其臭鳜鱼。自备的料，在他的出租屋里做，吃得我舌头差点咽进肚子里。

"死啦！"行健的声音都变了。他亲眼看见崔哥血尽气绝，他被吓着了。

在人海里找到一个跟自己长得一模一样的人不容易，一个人说死就死也同样不容易啊，但胖崔的确死了。行健和米萝一屁股坐在院子里，我坐在屋顶上一时半会儿也站不起来。我们都吃过崔哥的臭鳜鱼，喝过他熬的母鸡汤。他说，徽菜的特点就七个字：盐重，腐败，有点黄。"腐败"的是臭鳜鱼，"有点黄"的是老母鸡汤。他那么认真的一个人，说到"有点黄"脸都红了。

问题是，胖崔跟谁都没有过节，他只是碰巧那天休息，被同宿舍练摊儿给手机贴膜的老乡拉过来凑数的。

出了人命大家就清醒了，原来这么玩下去也很危险，几支队伍没人招呼就自动解散了。但事情才刚刚开始。一直想整顿城乡接合部的社会治安和闲杂人等，这回逮到了机会。先是半夜三更突击检查暂住证，无证游民一律遣送回老家；接着清查周边的旧房危房和违章建筑，安全设施不达标者一律不得出租，限期加固整改或拆除。以安全的名义，又解决了一部分不安定因素，因为外来者的租住环境多半都有问题。真有深仇大恨的人也打不起来了，没那个心思：被遣送的遣送，被驱赶的驱赶，想留下的赶紧找门路，剩下的烧香拜佛，自求多福。

我们三个半夜被砸开门，手电筒直接照到被窝里。我穿着背心裤衩从箱子里摸出暂住证。米萝记错了地方，箱子里找不到翻包，包里没摸着又去掏衣服口袋，最后在床头柜里翻出来，找到了还被踹了一脚，说他浪费时间太多。

在我们找暂住证的同时，隔壁院子里鸭蛋在哭。另一拨人进了老乔的门，鸭蛋被半夜三更闯进来的陌生人吓哭了。老乔应该是和他们发生了争执，为此还得罪了那些人。我们听见老乔老婆穿着拖鞋噼里啪啦地往外跑，跟在他们后面说：

"你们千万别生气，他真不是那个意思。"

"哪个意思也没用！"一个硬邦邦的男声说，"跟房东说，最迟后天中午。没得商量。"

这个最后通牒指的啥，我们都没深究，没时间。天不亮周围就乱了，收拾的收拾，搬家的搬家，有门路的赶紧投亲靠友。那两天不断有人过来告别。听那些资深的北漂前辈说，好几年没见过这么大规模的清查了。到了"后天"，推土机轰隆隆开到西郊，我们才明白通牒要干什么：强行拆除违建房。从西边的巷子一家家往这边推。每一间违建房都推倒，他们知道指不上房东，谁舍得对自己的摇钱树下手。老乔第二天一早就跟房东打电话，房东咬着舌头说，雷声大雨点儿小，哥们啥场面没见过，小 case（小事）啦，放一万个心住。但推土机开进了路西的巷子，老乔两口子扛不住了，开始收拾家当。还没收拾完，推土机就从宽阔的院门开进来了。

推房子是大事，我们都去看热闹。戴山川和那群卖盗版碟的也都在，没事干，都猫在家里。那天晚上戴山川差点挨了揍，他算一个刚来不久的观光客，火车票可以作证，但他跟纠察队说明来京理由时，把一个队员给惹毛了。我是纠察队我也毛，什么叫"找另一个自己"？这小子分明在要他，那队员警棍都举起来了。戴山川发现跟他们讲不清，只好说，来北京是找一个失散多年的兄弟。纠察队说，早他妈这么说不就结了？还找"另一个自己"，跟老子拽什么鸟文。拆房队的队长一挥手，推土机直接开到老乔的东山墙下。老乔老婆说，还有几样东西，再给五分钟。队长竖起右手食指和中指：两分钟。然后盯着手表看。

老乔两口子这才真正慌起来，穿着拖鞋往房间里跑，出来的时候拖拖拉拉抱了一大堆，抓到手里的全往外扔，恨不得把床也抢救出来。队长弯下食指和中指，对推土机的司机示意，时间到，开始。

推土机司机加了一下油门。鸭蛋突然大叫：

"鸡蛋！鸡蛋！"

在场的都蒙了，鸭蛋叫唤什么鸡蛋？反正我是一下子没反应过来。

鸭蛋哭喊起来："鸡蛋！我要鸡蛋！我要鸡蛋弟弟！"

他说的悬贴在床头的照片。我想冲进去，但推土机的黑烟已经冒出来，开始怒吼着往前推了，我赶紧收住脚。一个人冲进房间，是戴山川。滞后没超过三秒，推土机已经杵到墙上。司机没看见有人进去，因为嘭嘭嘭嘭巨大的机器噪音，他听清楚我们大喊停下和有人时，踩刹车已经来不及了。我们看见老乔一家住的简易房子在左右晃动几秒之后，轰隆隆倒塌了。

连司机都傻眼了。除了鸭蛋还在哭叫他的弟弟鸡蛋，所有人都呆若木鸡。戴山川没出来。

那一段时间的确很长，相当之长。尘烟拔地而起。很多人的下巴都挂在胸前，迟迟没能合上。我们就看着那一堆废墟。一间简陋的房子，连废墟都单薄，石棉瓦、楼板和碎砖头纠缠堆积在一起。司机吓得推土机也憋熄了火。院子里只剩下鸭蛋的哭喊和风声。我确信时间是有声音的，我几乎能够听见时间正以秒针的速度咔嚓咔嚓在走。废墟寂静。然后，寂静的废墟突然发出了一点声响，我们中间谁叫了一声。尘烟稀薄，我们都看见碎砖头哗啦又响一声，一只手从砖头缝里一点点拱出来，一张皱巴巴的照片出现在废墟上。

鸭蛋挣脱母亲，边跑边喊："弟弟！"

选自《大家》2018年第3期

"北漂一族"的新故事
——评徐则臣《兄弟》

短篇小说《兄弟》写的依旧是徐则臣持续关注的"北漂"小人物的生活。作家在旧有的"北漂"题材中植入了小人物对生命新的认识与思考，并隐秘地观照到异乡客在北京难以生存的社会现实，使小说焕发出新的生机。

小说写的是一个名叫戴山川的乡下少年到北京寻找"另一个自己"的故事。"另一个自己"是家人为小时候的戴山川创造出来的，他始终确信在这个世界上存在另一个更好的自己，那个照片里的"戴山川"一直生活在北京，他们早已成为朋友。为了寻找"另一个自己"，戴山川来到了北京。故事就此开始。

徐则臣的这一类小说中，有一个"新北漂"人物群，那些乡下少年怀揣着对北京的憧憬，蜗居在北京西郊的出租屋里，却搞不清楚自己能在北京找到什么。《兄弟》里的"新北漂"少年戴山川，想要找寻的是比北京更具体的"另一个自己"。"另一个自己"？这听上去玄之又玄，荒诞可笑。但戴山川相信了，他不仅自己相信，而且让四岁的鸭蛋也相信了。鸭蛋跟随卖灌饼的父母来到北京，父母早出晚归，鸭蛋感到十分孤独。戴山川为鸭蛋创造了一个弟弟，名叫"鸡蛋"，这个弟弟其实只是戴山川帮鸭蛋拍的一张照片。跟戴山川相信存在"另一个自己"一样，鸭蛋坚信这个世界上存在一个叫鸡蛋的弟弟。最后，当戴山川还没来得及找到另一个"戴山川"、鸭蛋还沉浸在获得鸡蛋的喜悦中时，整顿城乡接合部社会治安和闲杂人等的运动如风卷残云般袭来，鸭蛋家的简易房被推倒，戴山川能做的，只是在废墟中成功抢救了"鸡蛋"。

小说中的叙事者"我"并不是以旁观者的姿态伫立，而是尽可能参与其中。"我"作为"北漂一族"中的一员，同样蜗居在北京西郊，从事着不那么体面的工作，作为戴山川的邻居，"我"与戴山川平等地对话，帮老乔夫妇照顾过鸭蛋，见证了戴山川寻找"另一个自己"和"鸡蛋"的诞生，更目睹了北京西郊的简易房被推土机夷平。"我"与米萝、行健、戴山川、老乔夫妇一样，身处北京，却卑微地在这个不属于我们的"北京"相依相偎，共同保持着对生活、生命的期待。"我"就是"北漂"群体中的一分子，这样的叙事姿态没有袖手旁观的陌生感，也没有居高临下的优越感，使得小说和现实贴得那么近，所讲述的人和事都活生生地出现在北京西郊的某间平房里，真实而又残酷。

徐则臣的小说，往往有一个读者共同期待的温暖结局。《兄弟》这篇小说的最后，当戴山川的手"从砖头缝里一点点拱出来，一张皱巴巴的照片出现在废墟上"，当"鸭蛋挣脱母亲，边跑边喊：'弟弟！'"时，相信大多数读者的心都会瞬间柔软下来。正如我们希望的那样，在最后的五十个文字中，戴山川和"鸡蛋"获得了生机。这个结局突如其来，却又是众望所归。这一刻，再回看小说开头"寻找孪生兄弟的少年从两军对垒的中间地带走过，在杀声震天之前，对左右两队的人马各看了一眼。月光正好，我躲在人群里，看见他转向我们一边时，梦幻般地笑了一下"，小说中那种平淡而真实的荒凉感、温柔而朴实的细腻感自然流露出来。

小说最后的落款是2017年12月10日，作家写下这个故事时，北京西郊是否还有米萝、行健、戴山川、鸭蛋……我们不得而知。（杨艳坤）

女 儿

/双雪涛

　　从书店走出来时，我并没有注意到那个男孩儿，直到我过了两个路口，正穿过熙熙攘攘的人行道，他突然一跳跳到我面前，我才发觉自己不是一个人走过来的。我刚才把陀思妥耶夫斯基的死亡时间说错了。在他和托尔斯泰之间，我从来没觉得长陀更好，短托才是我一直会偷偷反复阅读的作家，不过每次讲座，我都会大讲长陀，短托绝口不提。一是可以扯的东西多，临刑前特赦，屡败屡起的超人，晚年有个死心塌地的女人陪伴左右，永远要跟上帝交谈，永远负债。二是这样不累，因为不用真正地思考，随便采摘一点别人的观点即可。纪德有七讲，后来人演绎得更多。托尔斯泰就需要多少准备一下，因为其几乎没有风格，老鼠吃象，无处下嘴，而陀氏如同小岛，四周之海水多矣，延展他，保护他，稀释他，囚禁他，放一叶舟在海上走，时间一会儿就过去了。北京的人行道经常有丛林之相，灯闪过后，转弯的汽车先甩过车头，然后一辆挨着一辆通过，紧接着摩托车电动车残疾人代步车蜂拥而至，行人掩映其中，先要自保，才是走路。男孩跳出之前，我正一边想着长陀的确切死亡日期，11月？不，是2月，一个雪下得不停的冬天（啊对，是一个笔筒，笔筒掉在地上，他去挪胡桃木的柜子，导致血管破裂，到底是一只什么样的笔筒），一边躲过一辆几乎从我腋下钻出的小摩托。我有个疑问，他开口说。我说，你一直跟着我？他说，我没有一直跟着你，我是从你做完活动开始跟着你的。你抽中南海，随地吐痰，而且你走路姿势不太自然，一肩高一肩低，这样久了鞋坏得快。眼看着指示灯又要变了，我快步向前走，他一看我动，就倒退着走，好像我的一架手推车。我说，你有什么问题？刚才在书店可以问，我认人一向准，没见你举手。他说，我没进书店，我一直在书店外面等你。你在书店里说的都是假话。我停在路边端详他，二十岁出头，一米七五左右，极瘦，头发挺长，黝黑黝黑，散在额头上。背着一只白色的布包，上面画着一只手风琴，仔细一看不是，是两扇肋骨。脚上一双白色的帆布鞋，虽然已是深秋十月，还挽着裤腿，两只脚踝瘦得像两只鼓槌。

我说，说吧，你有什么疑问？他说，为什么这么多次活动你都没有提到我？我说，我为什么要提到你？他说，因为我是比你更好的作家。我说，你尊姓大名？他说，说了你也不知道。一阵大风从我们中间吹过。我说，恕我直言，像你这样的人我不是第一次遇到，当然也许你是特殊的那一个，不是另一个病人，即便如此，你想证明你是比我更好的作家也不需要通过我。陀思妥耶夫斯基的伟大不是某个人说了算的。他说，你学的是托尔斯泰，虽然只是皮毛。我再说一遍，我不是那些想要你签名的人，我也不是无聊透顶的读书会的会员，为了泡到某个读书把脑子读傻了的女人而到书店点一杯咖啡消磨一个晚上。我是比你更好的作家，希望你能承认这一点。我说，你发表过什么作品没有？他说，没有，因为我还没写。我说，帅呆了，我现在要回家吃饭，如你所见，我是个作家，吃完饭我需要工作，如果你也同意这一点，那就请你也回家把你比我更好的作品写出来，我们分头行动如何？他从包里掏出一个本子说，一言为定，你给我留一个邮箱，我写完发给你看，切记，如果服气，要告诉我。本子上密密麻麻都是字，还有图画，我在空白处照例写了自己的一个不常用的邮箱。我留心看了一眼，文字应该是康拉德的《黑暗的心》，用很小的楷书抄写，不知是哪里的译本：

这家伙负责的业务为制砖——我是这么听说，不过整个贸易站连一块砖都没有，而他在那已经整整一年多了——光在等。他好像缺什么，所以才无法造砖——可能是缺干稻草吧。不管怎样，缺的东西这里没有，也不可能从欧洲运来，真搞不懂他到底在等什么……

图画有点画不对题，好像画的是希腊神话或者是哪一个我不知道的远古史诗，有双头女人和温柔看着婴儿的巨龙。我把本子还给他说，你为什么找到我？比我牛逼的作家多的是，你用一下百度就行。他说，舍伍德·安德森和福克纳谁更伟大？我说，应该是福克纳。他说，但是安德森启发了福克纳。同理，你的有些东西启发了我，虽然你写得不如我，这就是我找你的原因。另外，你有一个分析作品的专栏，所以你也写点批评，算个批评家，我希望你能在专栏上分析我的小说。我说，想得周到，回见了。他说，明早之前，注意查收。我没有回头看他，因为他提醒了我，我还有一个专栏要写，明天就要交稿，专栏不同于活动上的瞎吹，我爱写专栏也在于此，有人逼着，能静下来想点事情，不以陈词滥调敷衍，虽然也是某种程度地说假话。不远处有一个乞丐躺在路边睡觉，盖着厚厚的被子，过大的黑脑壳上生着红瘤，黄色的叶子落在他身边，好像有人给他献花。我走过放下一块钱硬币。乞丐无动于衷睡得很实，不知道是不是点着电褥子。我的腿确实有点跛，是因为我小时候有一次踢球被铲伤，脚踝坏了，为了掩饰，我努力让另一条腿也如此走路，以至于经常两个鞋帮着地。另外每当我想写出点东西的时候，我都想办法做一点善事，这是不为人知的秘诀。

我家楼下有家时髦的超市，专卖外国人吃的食品，主要是中国人买。我买了两瓶韩国牛奶，一盒美国饼干，一打德国啤酒。在房门口我就闻到了猫屎味，我养了一只公猫，叫作武松。说是养的，不如说是接待的，因为是朋友出国之前强送给我的。我过去养过一只狗，养了一个月，因为我不爱出门，所以狗憋得乱转，得了窝咳，治了一个月之后送给了一位户外运动教练。后来小区的一只野猫老跟着我，毛又黑又亮，胖墩墩的，我就请它来家里住了一阵，没想到竟有跳蚤，咬得我生不如死，只好把它扫地出门。这只武松原来不叫武松，叫作亨利二世，朋友心血来潮从宠物店买的，品种是加菲，四个月，一身黄毛，眼大脸扁，酷爱打喷嚏，一天要打几十个。能吃能拉，且总是拉在沙发上，殴打恐吓喷药都无效果，我上网查了一下到底是怎么回事，一个靠谱的答案是此猫是白痴。也就是智商有问题。我才想起来自从这只猫来了我的寓所，就从没叫过。打也不叫，打得狠了，龇牙咧嘴，浑身一抖拉出一坨屎来。原来是个哑巴啊，我心想，不过也好，倒是不闹，与我相宜。

进屋之后我收拾了猫屎，添了猫粮，沏了茶水，撕开饼干，开始弄专栏。弄了三个钟头，茶水喝了五六杯，饼干吃得一干二净。一个字也没写出来。

实话说我常感到孤独，也因此觉得愉快。多年以来我都想钻入人堆里，与人发生紧密的联系，可是就像我养过的宠物一样，我无法改变自己，他们也无法改变他们，我不爱动弹，他们就会咳嗽，他们有跳蚤，我就会烦恼，所以终于还是分散。写小说这件事情就是另一码事，我的人物也许讨厌我，觉得我难相处，但是毕竟他们由我创造，所以只能认命。我造世界，铺设血管，种上毛发，把这个世界奉上，别人因此而知道我，觉得了解我一点儿，其实也可能离我更远，具体分寸的拿捏都在我这里，我愿意以囚徒的境地交换，什么事情都是有代价的，怎么弄都是耗尽这一生。叔本华说，活着为了避免死亡，走路为了避免跌倒，大概是这个意思。

我又抽了几支烟，想起傍晚的男孩。世上多有自命不凡者，有的可爱，有的招人烦，那个男孩不算招人烦的，而且字写得不错，品位也不很烂。他生在这个时代，活在北京，养出了自恋的毛病，也没什么奇怪。我在他那个年纪还在浑浑噩噩地想要过正常人的生活，还在带着我的狗到处看病，急切地想要证明自己有同情心，是个善良的人，骗自己无论如何不会抛弃它，告诉它第二天我可以遛它，其实第二天还是早起不来。我打开那个邮箱，费了半天劲找回了密码，原来是多年以前我妈妈的座机号。上一封邮件还是一个大学女生发给我的，说她要来S市出差，让我请她吃饭，时间是三年前。我当然没有看到，她也没有饿死，谁也没有错过什么。最新的邮件是五分钟之前发过来的，没有寒暄，只是一个小说的开头。

　　亲爱的旅人啊，这是我唱给你的一支歌谣，歌词早已零落，曲调却是来自上古，那我就把它随便填个词唱给你，权当解闷。
　　我是一个木匠啊我有三把斧子
　　除了三把斧子我还有一个孩子
　　孩子的妈妈死在早年

125

每年我都把鲜花放在坟前

孩子现在已经是少女

头发弯曲个子到了我的膀子

谁有心思与她相爱不用经过我的允许

只需要歌子唱得跟我一样动听

斧子耍得比我更熟悉

或者你给我倒一碗上好的烧酒

我就把女孩的心思全部告诉与你

杀手听了把刀子放回怀里说，那我可以见见你的女儿。男人说，我的女儿因为着了风寒，落后于我，大概今天午夜才能赶到驿站。杀手说，我怎么知道赶来的是不是帮手？男人说，我已逃了十几年，身边早没有朋友。朋友需要待在一块儿，而不是一直走在路上。杀手说，我为什么不现在杀了你，然后等你女儿来了我把她带走？男人说，等她来了，我写一纸文书把她托付给你，名正言顺，这样你一辈子都会舒服。杀手说，那我什么时候杀你？当着你的女儿？这样她岂不是会永远恨我？男人说，我会自杀，毒药已经备好，就在面前的这碗烧酒里。到时你把我葬在路边，不要写我的名字，回到驿站来用清水洗干净双手，把她领走。杀手双手交叉，放在膝头说，你女儿长什么样？是胖是瘦？大眼睛还是小眼睛？男人说，蓝眼睛。杀手说，怎么会是蓝眼睛？她妈妈眼睛是什么颜色？男人说，她妈妈和我一样是黑眼睛。你没见过她吗？杀手说，没有见过。男人说，她有一双黑眼睛，像煤一样黑，像星星一样亮，每当想事情的时候黑眼仁就在眼白里转呀转，像骰子。杀手说，那你女儿的眼睛为什么是蓝色的？男人说，我也不知道，她生下来就是蓝眼睛，而且她的皮肤像牛奶一样白，头发满是细卷，随着她一岁一岁长大，眼睛越来越蓝，皮肤越来越白，头发也越来越卷。寒风摇动着驿站的破木门，驿站长早已逃走，门口拴着一肥一瘦两匹雄马。男人添了几块木柴在火盆，杀手站起身来推了块石头把房门顶住。从门缝里他看到外面下起雪来，他的马哒哒地跺着脚。

126

只有这么一小段，字打得很整齐，手写的一样整齐，没有错别字，也没有题目。我站起来在书房走了一圈，然后打开书房的门出去倒水，武松趁机钻进来，两跳跳上书桌，趴在电脑前面看我的屏幕。这是它的习惯，只要我不防备，逮到机会就上书桌来看电脑，有时还伸爪子捣乱，按出一个突兀的标点符号。我略微盘算了一下，回了一封邮件。

　　你好，小说看了，写得很有意思，虽然情节上多有不通之处，但是如果硬想，也可以说通。语言简明，不像没写过小说的人。今天见面有点失礼，准确地说是有点势利眼了，没想到你确实是个高手。如果你确实是刚才写的，那更让人佩服，只是不知道你是否已经全盘想好，因为写一篇小说就像放风筝，起手也许不错，到底能飞多高还要看后面的技术。杀手为什么要杀男人当然不那么重要，但是女儿还是关键，来还是不来，若是来了，怎么收场，是我好奇的。你说受过我的影响，我不敢妄自揣测，但是也许是和我早期写过的一篇关于杀手追杀木匠的小说有关，只不过那篇小说我把逻辑裹得太紧，木匠是造了一个狠毒的刑具才遭人追杀，不如你这个灵逸。实话说，你这个开头让我爱不释手。热望后续，祝好。

　　武松安静地趴在旁边，没有捣乱。马上我就收到了回信，只有三个字。

　　正在写。

　　我又给自己泡了一杯茶，泡完之后发现自己已经喝不下去了。房间虽然每天都收拾的，但是不知为什么看上去还是乱七八糟。这就是一个人生活的弊端，收拾的过程中不知道又把什么搞乱了。我曾经有一段亲密关系，她是一名出色的意大利语翻译，意大利语极为出色，而且能写出更加出色的中文。她翻译了几本很难的文论，我都很喜欢。在一次活动中我见到了她，很普通，没有化妆，短短的卷发，胸口搂着书，穿着质地一般的长裙，压的都是褶子。脚趾露在凉鞋外面，红色的指甲油掉落了大半。我走过去向她表达我的敬意，她冲我点点头说，我知道你，你能写很长的句子。我说，可能是我看了太多外国小说。她说，但是你长得像短句子。我说，什么意思？她说，你的下巴像一个很短的句子，里头只有一个动词。我说，什么动词？她说，削减的削。我说，也许我可以试试。她说，有个意大利作家叫作维尔加，你知道吗？我说，我并不知道。她说，他说过一句话叫作，东西长了都像蛇。我说，有意思。但是你的译文里都是蛇。她说，原文是蛇，我只能舞蛇。你应该创造你的文体，你比我大，我说这个挺傻的，你是不是不想再跟我说话了？我说，相反。我稍微酝酿了一下，相反的应该是什么呢？最后我说，我想跟你说很多话。其实还有十五分钟我就要上台了，但是我那天没有上台，我的编辑代我领了奖，授予我写的长句子。她照顾我，给我买了尺码刚好的衬衣，她订正我思维上的误区，指出我文体中的马脚，我学会了做沙拉，使用动词和用吹风筒吹干她的头发。分手时我说，我只能走到这儿了，因为我只能过一种生活，只能成为一种人。她说，你为什么不能更幸福，成为更好的人呢？我说，我的悲剧是我的能量，我的差劲是我精神上的鸦片，你知道和你在一起，我什么也不想做，就像酗酒的人一样。她说，那你觉得你临死前会不会想到我？我说，有可能，也可能我会想起我没有写完的一个句子。她说，明天早晨八点，我在我家的那个路口等你，等你到晚上八点，如果你不来，我就把你忘记了。我说，明天可能有雨，我们就在今天了结吧。她说，晚上八点。然后把我家的钥匙放在了我的书桌上。第二天从早到晚艳阳高照，没有下雨，傍晚刮起了风，那也是一个秋天，我窗前的一棵银杏树叶子掉光了，树枝战栗。我穿戴整齐坐在家里，坐了一天，终于没有走出门去。七点多点儿有人敲门，我跑过去打开门，是住在隔壁的六岁男孩过生日，捧着一块三角形的蛋糕。他的父亲离她们而去，留给她们一套大房子。男孩脚蹬拖鞋，头上戴着王冠说，你记得吗？有一次上电梯，我绊在了脚踏车上，你扶住了我。我说，没什么，顺手的事儿。他说，现在我们扯平了。他妈妈扒着门缝看他，他把蛋糕递到我手上，独自一人走回了属于他的房子里。

我吃了蛋糕，喝了一点酒，坐下抄了一会儿书，睡了。

一个小时之后，第二封邮件来了。

男人把靴子脱下来，把脚举在火盆边上，烤他的脚心。火把袜子烤得又皱又紧绷，好像红薯。男人说，自从我感觉到你在追我，我就没脱过靴子。杀手说，外面的雪越下越大了，你女儿怎么来？男人说，放心吧，我约她在这里，今晚她一定会来。你喝一点酒暖一暖，你的酒没问题，我可以先尝一口。杀手说，好，你尝一口。男人举起酒碗喝了一大口，递给杀手。杀手喝了一小口。男人说，我未来的女婿啊，你太紧张了，你的眼睛看一个地方不会超过三秒钟。杀手说，你杀过人吗？男人说，我没杀过，我看过很多人死，但是我没杀过人。杀手说，我杀过十七个人，十二个男人，三个女人，两个孩子。每个人死前的样子都不一样，我都记得，记得时间，他们的穿着，表情，最后的话。我就是记性太好了，我不适合做杀手。但是我使一把好刀，无亲无故，想买地盖房子，我只能干这个。男人说，他们死前都说什么？杀手说，一个五岁的孩子说他有一个糖人，我进屋时他藏在枕头底下了，我杀完他就把它吃了吧，要不然就化了。男人说，你吃了吗？杀手说，吃了。是个孙悟空，脑袋化了，粘在枕头上。男人说，甜吗？杀手说，很甜，我吃过最甜的东西，吃完之后心情好了许多，出去找了口井喝了不少水。你女儿骑马来？男人说，对，骑马，我的所有积蓄都买了这匹马给她骑。对了，我忘了告诉你，她有病。杀手紧张起来，什么病？男人说，她蜕皮。杀手说，怎么蜕皮？男人说，从二十岁开始，她每到十二月就蜕一次皮，然后又变成年初的样子。杀手说，那不是不会老？男人说，不老，喜欢还是不喜欢？杀手说，喜欢。这烧酒好喝，你再喝一点。你看，我干了这么多年的杀手，终于迎来了好运气。男人说，贵在坚持，一个事情做久了，总会迎来好运气。

就这么多。读完之后我马上开始写回信。

朋友你好，你会写细节，这很好，你敢于停滞，这也很好。我写了很久，才悟到这个道理，小说不是现实的峻急的简笔画，小说是精神的蛋，你得慢慢孵它。人的精神是混乱的，漫无目的的，充满细节的，在一个不起眼的地方盘旋的。狄金森怎么说的来着，一封信总给我不死之感，因为它像是没有肉体的纯心灵。你写的是我要写的小说，或者说，我认定的小说，这让我感到欣悦。我在写作之初四处碰壁，无门无派，无所依仗，只能硬写，一次次投稿。后来有个编辑赏识我，给我回了信，提了修改意见，我一夜没睡，按她的意见修改，第二天一早，我绞尽脑汁想写一封漂亮的邮件给她，甚至比我修改小说花费的精力还要多。就在邮件发出之前，她告诉我，她的上司看了我的初稿，说没有修改的必要，所以这次算了。临了她说，你可以写别的，到时再给她看。我哭了一场，然后另外开始了一个小说。我给你讲这个故事并不是要说明自己的坚韧，相反我是一个经常要放弃的人，但是我除此之外找不到适合自己做的事情，或者说有热情去花费时间度过生命的事情。这是一种消极的选择，就是别人先挑了自己的行当去做，我只能挑这唯一一个剩下的。我现在忆起了你的脸，你的脸狭小，闪烁着自命不凡和不择手段的神情，虽然我厌恶你的脸，但是不得不说这是一个小说家应有的脸型。你比我的运气好，你遇到了我，因为你的粗鲁和胆大妄为，恰巧我今晚无所事事，读了你的东西。目前事情令人满意，如果你的结尾精彩，我会把你推荐给我所有认识的编辑，竭尽所能地帮助你，不过如果你是和我一样的可怜虫，对你的帮助也许是残酷的捕鼠器，我提醒你要慎重地思考自己的人生，到底要为这个事情献出多少东西，到底可以耐受何种程度的自私和孤独。当然这不是你现在应该费心琢磨的事情，希望你小说的余下部分能够不要让我失望，我倒不是多么关心你的前途，只是不想白白浪费一晚上的时间。祝好。

我等了一会儿，没有得到回信。我用这个空儿处理了一点琐事，回了几个微信，敲定了几个需要见面的事情。回头我又查看邮箱，还是没有回信。我把地板拖了一遍，用吸尘器吸了猫毛。我忽然想起我妈的老房子应该要开始供暖了，北方的这个时节已经相当寒冷，夜晚在路上走路的人开始稀寥。我给我妈打了个电话，想问问采暖费她准备了没，如果没有我就把钱给她打过去。她并没有接电话，这个时间她应该在看电视剧，每次看电视剧她都把手机静音，坐在离电视机两步远的床脚，认真地看。我有时候会梦见她，她曾经非常强壮，自行车前面装满了菜，后面驮着我，在寒风中骑行一个小时，到了家面色红润，神采奕奕，马上脱下外套开始做饭。现在则眼角下垂，整天裹着厚厚的衣服坐在家里不动。我的梦里老是出现熟人，都是我十几岁就认识的人，我们因为一场先赢后输的球赛而号啕大哭，三十岁之后的朋友几乎不会梦见。那几个熟人全都已经断了联系，但是他们就像我心爱的古董一样，总是在我梦中出现，被我擦拭，端详。有一次我罕见地梦见了那个意大利翻译，她在译一本薄薄的册子，可是怎么译都译不完，以至于头发都白了，我在她身边高叫，停下来吧，停下来吧。她没有听见我的话，手中的钢笔像是装了电池一样不停地动来动去，我伸手去推她，她拿起册子贴到我脸上，说，你看好了，这可是你的书。你的狗屁玩意儿，你的想被理解，想逃遁其中的狗屁玩意儿，我累得脖子都细了，可是你一点不领情。我一下醒了，摸了摸枕头，床上只有我一个人。

武松睡着了，尾巴落在我的键盘上。我给它挪了一挪，它并没有像其他猫一样，别人一碰它的尾巴就跳起来。它还在沉沉睡着，三角形的嘴微张啊，脖子蜷在身体里，好像已经昏迷。我又查了一遍邮件，发现有了新的信。

　　寒气从门板的底下渗进来，火是旺的，杀手说，我想跟你换个位置，这样门开了我能看见，而不是有人突然走到我的背后来。男人的烧酒喝得有点多，有些醉了，双眼变长，面带微笑。好啊，他说，还是你想得周到。两人相对无言，杀手不喝了，等着午夜到来。男人兀自喝着酒，时不时笑着摇摇头。男人忽然说，我刚才骗了你。杀手再一次紧张起来，说，什么事骗了我？男人说，我杀过一个人。杀手说，什么人？男人说，第一个来杀我的人，她追了我两年。终于有一天夜里，在一个驿站，跟这个差不多，追上了我。杀手说，然后呢？男人说，我稳住了她。那是一个女杀手，善使两把长锥。那时我比现在年轻，风霜还没有把我磨成老人，我哀求她，她知道我没有跟她对抗的本事，就放下心来陪我聊了一会儿。杀手说，然后呢？你毒死了她？男人说，没有。我想办法让她爱上了我，或者可以说，她追了我这么久，对我了如指掌，已经具备了爱我的基础。我轻轻一推，她就爱上了我。杀手说，她犯了杀手最大的忌讳。男人说，也可以说，她犯了每个杀手都会犯的错误。对一个目标追了太久，已经没法下手把他清除了。杀手说，然后呢？男人说，我请求她和我一起走，她答应了，我们就一起逃跑。跑了两年。我一直想趁机杀她，可是她能耐太大，睡觉又太轻，不生病，我没有机会。杀手说，你为什么要杀她？她已经跟了你了，付出巨大的代价。男人说，可是她还是来杀我的人啊。终于她怀孕了，她生下孩子之后，我听见孩子的哭声，从她的身边接过孩子，就把她杀了。杀手不说话，手摩挲着刀柄。男人说，我杀她时，她还笑着，真是个傻女人啊。我女儿快到了，你用不用洗个头发？杀手说，不用。男人晃着脑袋轻声哼着小曲：

我是一个木匠啊我有三把斧子
除了三把斧子我还有一个孩子
孩子的妈妈死在早年
每年我都把鲜花放在坟前
孩子现在已经是少女
头发弯曲个子到了我的膀子
……

又过了一会儿，柴火要尽了，火苗微小下去。男人几乎睡着了，手拽着衣角，嘴偶尔动动，声音含糊。门外传来马蹄声，马蹄踩在雪上，发出笃笃的闷响。马停住了，打了个响鼻，隔了半晌，有人推了一下木门，然后敲了三下。杀手把刀拿在手里，火光照在他的脸上，照见了他脸上的皱纹，照见了皱纹缝隙里的尘土，照见了他油腻腻的领子，照见了他无人浆洗的衣裳。刀刃明亮，那是他从头到脚唯一干净的地方。

我没有第一时间回信，点了一支烟抽。我担心他结尾写得太好，我预

132

料他写得不会太差，不要太好就行。已经凌晨，毫无睡意，园区里有老人开始遛狗，边遛边高踢腿。我坐了一个小时，盯着邮箱，没有来信。

请尽快把结尾发来，故事到了这里，结尾不需要太长。编辑快要上班了。

没有回信。

目前情况发展，有几种可能。A，男人和女儿合力杀死杀手，逃走。B，杀手杀死男人，带走女儿。C，杀手杀死男人，女儿宁死不从，也被杀死，杀手失落而走。D，来的不是女儿。这几种情况都说得通，都不差，请速速写完发我。

没有回信。

两天已经过去，我不相信你没有写完，我不知道你如此行事到底是何用意。我花了许多时间与你探讨，给你鼓励，也和编辑打了招呼，我们都在等待你的结尾。我不奢望你尊重我的劳动，我只希望你尊重自己的劳动，一篇小说无论好坏，最重要的是完成。我已两天没睡，这不是你的责任，我本来睡觉就轻，我很想知道故事的结局，即使它是一坨狗屎。没有结局之前我无法入睡。如果你是太累了，我相信你现在已经睡好吃好，请务必写完发我。我坐在这里等。

我吃了点东西，但是我已经四天没有打扫屋子了，我也睡了一会儿，睡十几分钟就会醒，好像身边躺着一个充满性欲的陌生女人。近十年我都在写作，都在等待写完，世界上的其他人也都在做着自己的事情，等待把它做完。如果你心脏病突发死掉了，请你给我一个暗示，比如台灯闪动一下，或者下一秒窗外就开始下雪。如果你还活着，请你跟我说话，即使你不发给我结尾，请你跟我说话，随便说点什么都行。我想念你，我的朋友，就像想念一个已经早已把我忘记的人。你还活着吗？还像一个正常人一样，怀着无数无法满足的欲望活着吗？那样最好，不要太认真。如果有人来杀你，请你告诉我，我一匹马存在保险柜，我可以现在骑着它去救你。

我又一次醒了，窗外刮着大风，枯枝战栗，天已经黑了，远方闪烁着磷火一样的车灯。我看了看电子表，睡眠持续了半个小时，武松睡在我旁边，还是一副昏迷的样子，好像比过去瘦了一圈。看我醒了，它也睁开眼睛，喉咙里咕噜了一声。我感到饥饿，也感觉极度的疲惫，好像拉着一块磨盘走了好几年，身上还有绳印。我忽然坐起来，又把电子表看了看，距离晚上八点还有十五分钟。我滚下床穿上外套跑出门去，我的脚还是有点跛，也没有来得及系鞋带，但是我跑得飞快。幸福，像洗澡水一样把我浸没，有一个人在等我，她等了我很久，现在已经绝望，炉火要灭了，但是以我对她的了解，时间没有走完之前，她不会放弃，而我，马上就要到了。

选自《作家》2018年第4期

评鉴与感悟

三重文本空间的"互训"
——评双雪涛《女儿》

近年来，双雪涛的文学创作呈现出一种喷薄的状态。2010年开始写作，之后迅速获得了多项大奖，双雪涛成了国内主流文学杂志的常客，被称为"迟到的大师"。他在自己的文学营地中进行着多种实验，这使得他的创作图景显得尤为多彩与复杂。《女儿》便是他对于文本形式探索的又一新方向。

作品采用了"作家写作家"的叙述模式。一方面出于身份认同，双雪涛对于这一位虚构作家的书写会更贴近于自身对于作家的体认；另一方面，作为对于写作具有反思精神的作家，双雪涛在书写这位虚构作家时，势必会对其身份特质进行更深层面的反思、矫正和总结。这一叙述模式使得文本内外两位作家的关系显得尤为复杂。

小说最为精彩的地方在于，构造了三重既独立又相互关联的文本空间，即作家的生活，年轻人的小说与作家的回信。作家生活的叙述，构成了第一层文本空间，它呈现出了一位作家孤独且游离的生存状态，他在自己的生活中找不到任何的意义支点，他心中有等待的欲望，但不知道要等待什么，他的精神世界在这种虚妄的等待中显得更加虚无；年轻人的小说作品构成了第二层文本空间，这篇小说中的小说是一篇具有先锋意味的荒诞小说。其中情节设置上存在着多处空缺，杀手为什么追杀男人？男人为什么要将杀手认作女婿？而最大的空缺，就是作品的结尾。这样的文本建构手法，能使读者产生新奇感；作家的回信又构成了第三层文本空间。在回信中，作家表现出了对于这位年轻人作品的极大欣喜，他毫不掩饰地透露出自己对于这篇作品与这位年轻人的期盼，同时也表现出了作家对于文学本身与文学视野的理解，例如他对细节与灵逸的重视。

这三层文本空间在作品整体上形成了"互训"关系。互训，本为训诂学术语，意为"以意义相同之字，相互训释"。文本中的三层文本空间，就形成了一组立体的相互解释关系。第一层文本构成了基础的文本空间。在作家虚无的生活之上，小说从另外两层展开了对于作家生活的解释。年轻人的小说中充满了荒诞与未知，但是叙述一直在同一个基调下进行——等待。男人和杀手都在等待着女儿的到来，这和作家的生活是一致的，他始终在等待着什么，却始终又不知道要等待什么。在年轻人的小说最后，也没有说明是否等来了女儿，但是对于作家而言，他在这部作品中找到了等待的目标与意义，最终去赴情人之约。作家的回信补足了通过日常叙事所不能展现的人物精神的内核，他在年轻人的作品中发现了他们之间共同拥有的虚无感，即使对写作抱有执念，也无法找到生活的意义、写作的意义，实际上也丧失了追求幸福的能力。结尾处的赴约，事实上只是一个象征性的行为，因为约会早已过期，但是人物所表现出的热情与行动力，证明他已经部分地恢复了爱的能力，对于幸福和意义的内涵有了新的体认。

这三个叙事空间的运用，使得作品在横纵两方面都体现出了动人的空间感，也体现出了双雪涛对于人性、社会、文学与自我的幽微探视。

（李嘉桐）

中年妇女恋爱史

/张楚

1992年

无疑，茉莉是班上最细的女生，也是最白的女生。她是从清河镇考到县城来的，可一点不像个乡下姑娘。冬天裹件细腰桃红假羊绒大衣，袖口磨起了球，在一群灰头土脸的学生当中晃着，像株没发育好的樱花树。

高宝宝对茉莉说，你有些驼背呢。茉莉哼了声，用手捂住他的嘴。他身上总有种雪花膏的味道，如果没猜错，大抵偷偷搽了他母亲的"郁美净"。

不过高宝宝委实长得好，桃花眼，希腊鼻，还是商品粮。他父亲在粮食局当主任，母亲是中医院的针灸师。茉莉倒也没想过太多，只觉得他漂亮，这就够了。茉莉喜欢一切漂亮的东西，比如家里那一大丛蔷薇，盛夏了铺天覆地，恨不得淹吞了整个庭院；比如邻家的那只鹿犬，吊眼细腰，看人时总晃着短尾；还比如村里张家的那个傻子，傻是傻，不言语时浓眉朗目，宛若戏台上的评剧小生。当然，她觉得自己也是美的，但美得不够，头小，比巴掌宽些，笑起来眼角附条细纹，另外，就是平胸。可在高宝宝眼里，大抵再无茉莉这么美的女孩。他每天清晨给她带个富士苹果，晚上会扒着茉莉他们班的窗户不停招手。茉莉通常装作看不见。同桌甜甜用胳膊肘怼她，她也装作毫无知觉。直到高宝宝用手指急叩着玻璃窗，音

136

儿脆脆的，她才朝那边不经意地瞅一瞅，顺势笑一笑。

能去哪里？冬天了，可好表不穿棉，高宝宝只套条牛仔单裤，皮夹克里裹件跨栏背心。两个人只得沿着学校的那堵外墙往南走。高宝宝攥着她的手，直到手心沁汗。那时的冬天，通常下无数场雪。夜雪初霁，荠麦弥望，整个县城都没了响动，只间或一两声棉花枝被雪压折，断音从黑魆魆的田野深处传来，仿佛野魂灵的鼾声。那一次他们走得累，不知怎么就在墙根处喘息着搂抱在一起了。他踮着脚不停朝她耳朵吹气，茉莉咯咯地笑。高宝宝说，等她高中毕业了，他们就结婚。茉莉说，我比你大三岁呢，你父母会同意？高宝宝说，他们要是不同意，我们就离家出走，我有个表哥，在天津康师傅方便面厂当工头呢。茉莉说，你舍得？你是商品粮，我是农业粮。高宝宝说，这辈子我只爱你一个人，要是我骗你，就遭雷劈。茉莉忙堵住他的嘴，身上的毛孔仿佛都炸开了，玫瑰香气顺着毛孔延灌。她知道那不是风。她也知道，他的声音是真的，别的都是假的。

他毕竟只有十五岁。或许他还没有发育呢。他甚至还没来得及长胡须。

她跟高宝宝的事，甜甜、老甘和小五都知道。反对的只有甜甜。甜甜家是县城的，但也是农业粮。她个子比茉莉矮点，眼比茉莉大，有些漏神。平日里老喜欢从家里给茉莉带各种零嘴，凉糕啊、西瓜子啊、花生豆啊、芝麻糖啊，上课了才从兜里掏出来一把把塞给她。吃吧，吃吧，她总是喃喃着说，你那么瘦。多年后茉莉想起她，难免先想起那些食物的气味，譬如花生的粘香味儿，西瓜子略苦的涩味儿，或者芝麻糊香的甜味儿。当这些气味盘旋起时，甜甜的脸庞才慢慢从那虚无之境凸显出来。

她还记得，甜甜的声音很小，说话时总东瞅西瞅的，唯恐旁人偷得一字。她说，你傻呀，这么小的男生也信？她指了指茉莉的太阳穴说，动动猪脑子吧，哎。日后茉莉还常想起当时谈话的场景：她和她站在教室外的那棵白杨树下。冬天的白杨树像根水泥柱，冷，糙。茉莉靠着树，看着浅暗的阳光打着她的牙龈，忽而厌烦起来。或许她只是妒忌自己有了男朋友，条件又这么好。怎么从来没人追她？这么想时，茉莉拍了拍她脸颊，笑着说，姐，我是只母老虎，不会吃亏的。甜甜也笑了。甜甜知道自己有对尖虎牙。

1992年暮冬，茉莉她们忙得四脚着地。学校要组织迎新春联欢会，班长让她们代表文科班出个节目。老甘建议跳现代舞，她龇着牙说，冲吧美少女们！身上披金挂银，霓虹闪闪烁烁，妈呀，光是想想就美抽巴了！

跳就跳吧，反正小五的姐姐在县文化馆，找个舞蹈老师不是难事。要紧的是不用上自习课，不用做数学题，更不用背"澶渊之盟"。舞蹈老师大抵有三十七八岁，短发，还吸烟。这是茉莉第一次见到吸烟的女人。女人说话的腔调，是完全把她们当成了幼儿园的孩子。茉莉想，这个岁数的女人，打心眼里怕是不稀罕她们吧？茉莉小腿格外长，她妈平日里常骂，你以为长了只仙鹤腿就能飞上天！女舞蹈老师对茉莉指点得要多些，胳膊没展成水平线，屈腿时略外八字，踢腿时脚尖没绷直，啰里啰唆，嘴里的烟味比蒜味还呛人。

待到演出那日，还是遇到了意外。先是音乐莫名卡带，她们刚好做霹雳舞动作，手臂机器人般弯曲，腿尚未来得及迈太空步，动也不是，不动也不是。舞台底下喧闹起来，男生吹口哨，浪叫，嘘嘘。这时音乐莫名响了，她们顺势动起来。或许因了刚才的停顿，接下去的动作倒显得吊诡流畅，尤其是白腿亮晃晃踢出时，台下瞬息变成了精神病院。那些满脸粉刺终日喝着烂白菜粉丝汤的男生何时见过如此阵仗？掌声伴着叫好声，简直要将餐厅屋顶掀开。茉莉的屁股就扭得更猛烈，连平日训练时常做错的动作都天衣无缝地衔下。正在此时，音乐声忽而又停，但见一个老男人蹿上来，攥着麦克风嚷道："下去！你们下去！成何体统！"

是校长。他本就瘦矬，站在舞台中央恍若老农。他鞠了个躬，说，下面我给大家拉奏一曲二胡《奔马》。台下一阵嘘声，先是弱，后来就汇成巨大旋浪，要将人淹死似的。

那是她们最辉煌的演出吧？茉莉后来再也没有在那么长那么宽的舞台上跳过舞。舞台上还荡着蒸馒头的碱香。她们被校长赶下了舞台，可一点都不难过。她还记得老甘在后台插着腰说，别理会那个老古董，什么鸡巴玩意！明天我们去一中跳！他想一手遮天，门都没有！

老甘的父亲是局长，母亲也是局长，至于是什么局的局长，都是无所谓的。反正老甘说话嗓门总是很大。她声音粗，旁人听起来瓮声瓮气，往往忽略了说话的内容。平时都靠着墙角睡觉，睡醒了就唱歌。她最喜欢王杰。茉莉觉得，一个女孩喜欢王杰的歌，难免有些奇怪，女孩子应该喜欢林忆莲，应该喜欢梅艳芳，最次也得邝美云吧。老甘不管这些，她的T恤衫上印的是王杰的肖像，作业本上抄的是王杰的歌词，好吧，连发型也像王杰。老甘跟小五同桌。小五不喜欢王杰，小五喜欢齐豫。她唱起歌来也是齐豫那种颤音，颤得人几乎要流出泪。那次，她们都没有反对老甘。老甘的初中同学是一中某班的文艺委员，还正式给她们发了邀请函。

县一中的学生看起来都傻，黑乎乎，男生女生似乎都不洗脸。当他们目瞪口呆地看着茉莉她们穿着健美裤蝙蝠衫跳完现代舞，似乎都有些羞赧，竟忘了鼓掌。只一个男生犹豫着站起，环顾下四周，啪啪地拍起手，掌心都要击破似的。茉莉瞥那人一眼，高，瘦，眼贼亮，脖子很干净。

那晚，茉莉、甜甜、老甘和小五在学校外的小吃部吃了顿牛肉大葱馅饺子。老甘还要了两瓶啤酒，牙齿都冰掉了。那是茉莉第一次喝酒。店里本就没什么人，开着台黑白电视，电视里正在播放邓小平在珠海的讲话。她们将电视声音调小，叽叽喳喳，声响难免大些，空荡荡的，在油腻腻的房间里倒有些喜庆的意味。老甘说，等来年夏天，高三也不念了，去上班挣钱。反正也考不上大学，不如早到社会上闯荡闯荡。你跟我去开店吧，老甘搂着小五说，我肯定不能亏待你！小五只是笑。小五最喜欢笑。小五笑起来有梨涡。茉莉其实一直觉得，跟自己心最远的，就是小五。她不怎么说话，当然，说起来声音很甜，不是蜂蜜的甜，是大粒白糖的甜。小五有个男朋友，在县财政局当司机。但茉莉从没见过那个男人，据老甘说长得又黑又膀，大兴安岭的熊瞎子似的。

她们慢慢地吃着饺子，小口小口地抿着啤酒，后来又小声地哼唱着歌。烧着炉子，火旺，哔哔剥剥，渐渐就暖起来。茉莉盯着她们三个，似乎隔着雾气，眉眼一时疏离模糊。想，她们都在县城，只有自己是村里的，大学是考不上的。可她们都无所谓，都有父母帮衬，找个好工作，嫁个好男人，都不是难事。可有谁能帮自己？难道像姐姐那般早早嫁个木匠，生窝泥孩，整日泡屎尿堆里？难免鼻子酸涩，连眼眶也湿掉了。甜甜不停拿胳膊肘怼她。怼就怼吧，八成是高宝宝来了，来就来了，又能指望上他什么？过完年才十六岁，连声音都是女孩般。

抬头去看她们，才发觉在老甘身后站着个男孩。有点面熟，想了想，就是在一中表演时击掌的那位。他怎么来了？只有老甘不意外，她拍着男孩的肩说，喏，这个帅哥是我初中同学，高一亮，篮球队的。

那个叫高一亮的，直勾勾看茉莉。茉莉有些慌，不禁去拉甜甜的手。甜甜挠了挠她的手心。再去看他，他已拽了板凳径自坐下，慢声慢语地说，咦，老甘，请人吃饭，就这么寒酸？师傅，再来盘熘肝尖。

1992年大事记

1月18日到2月21日，邓小平南方之行。

9月30日，美国将它在海外的最大军事基地——苏比克海军基地移交给菲律宾。

********银河系科瑞娜星（距离地球一百二十万光年）阿兹哥特人最伟大的诗人格伦所斯在朗读其新作《献给仲夏夜早晨我在腋窝里找到的一小坨绿色垢泥的颂歌》时，一千三百二十一名听众死于脑颅出血。据悉此事件被认为是五十年来银河系最惨烈的群体性死亡事件。

1997年

热死了，你在车里等着吧！茉莉对高一亮说，把吊纸给我。

来的人不多，巷口只停着几辆双排座。灵车还没到。断断续续听到哭声。茉莉知道甜甜夫家人不多，据说跟外界也并无往来。老甘和小五已经在巷口等她多时。老甘白她一眼说，你呀，真是肉死了，等半天了都！

这是茉莉第一次参加同学的葬礼，同学也不是别人，是甜甜。去年年初她结了婚，找的是港口的一个装卸工。婚后她急遽地肥胖起来。有天茉莉在斯大林街看到她，简直不敢认了。她套条孕妇穿的肥裙，笑眯眯的，虎牙又白又尖。那时她还没有怀孕。是从何时起往来就寡淡了？一年也打不了几个照面，只过年时姐妹们吃顿饭，去卡拉OK厅唱歌。通常不到九点，装卸工就骑着摩托车来接她，也不上来，只在楼下拼命按着喇叭。听别人说，她今年春天生个女孩，不过两个月就死了，医生诊断是先天性疾病。孩子死后她忽然走路老是摔跟头，那么胖的一个人，倒在地上都爬不起来。丈夫陪她去北京看病，住了半个月。昨天，丈夫抱着骨灰盒回来了。

茉莉盯着灵床上的那个骨灰盒和照片。照片是高二那年夏天照的。甜甜那时还很瘦，盯着茉莉。茉莉不禁打个寒噤。她恍惚闻到了五香花生米的味道。她跟着老甘和小五在厢房随了两百块钱的礼，从进屋到离开半句话都没说，只是嘴唇不停哆嗦。她听到老甘埋怨道，装卸工连哭都没哭，只是见谁就跟谁诉苦，说自己倒了八辈子霉，一年内死了孩子又死了老婆。小五轻声轻语地说，还有什么舌头可嚼的？人都没有了，说别的都是假的。说完小声抽泣起来。茉莉只是死死咬着嘴唇。如果不是老甘搀扶着她，她早晕倒在地上了。

那天她们一起吃的午饭。她们很久没有一起吃饭了。老甘开了家鞋店，每个礼拜要跑市里进货，大包小包的；小五呢，在一家美容院给人做护理，常常忙到夜里。反倒茉莉最清闲，在家里煮煮饭，到街上逛逛，再喂喂猫喂喂狗，一天也就没了。

7月1日跟高一亮完的婚，日子她选的。高三那年她最喜欢听艾敬的歌，脸面清白的女孩总是俏皮地唱着，让我去那花花世界吧，给我盖上大红章。//1997快些到吧！八佰伴究竟是什么样？//1997快些到吧！我就可以去 Hong Kong（香港）。//1997快些到吧！让我站在红磡体育馆。//1997快些到吧！和他去看午夜场……那时候感觉香港很远，1997很远，可唱着唱着也就到了。高一亮没什么异议，大多时候，他仿佛是个哑巴。世界上怎么有这么不爱讲话的人？仿佛在那个寒冷的冬夜，小酒馆里，他把半生的话都讲尽了。

娘家对这门亲事甚是满意，虽说高一亮在城乡接合部，也是农业粮，好歹说起来是县城的，人长得清俊，又在县轧钢厂上班。对于嫁妆，茉莉起初并未介意。按当地风俗，嫁女儿是要陪"五大件"的：冰箱彩电洗衣机，外加空调和摩托。茉莉跟旁人打听了下，大抵如此。不过转念一想，家里没多少压箱底的钱，可毕竟是嫁到了县城，千万可不能让婆家小瞧，就跟她母亲商量，除了"五大件"，还想要一万块钱的陪嫁。母亲一愣，没说什么。茉莉晓得母亲定是为了难，可仍觉得委屈，晚上哭了半宿，嘤嘤嗡嗡，算是哭给母亲听的。翌日母亲出了门，说是去天津的姨妈家报喜信。茉莉更不遂心，眼看婚期到了，被褥虽缝制好，但杂七杂八的琐事也是一箩筐，还有闲心去姨妈家小住？想到不久前听小五计划的结婚仪式，要一水桑塔纳，电器都是"海尔"的。自己呢，电视是"红梅"牌，冰箱是"新飞"，婚车全是"夏利"，这心里就猫爪挠心。

不过三两日后，母亲从姨妈家归来，说结婚那天，姨妈家的哥哥姐姐都要来。茉莉想，那些满口天津话的连兄连姐能来，也算是给自己撑足了门面，又特意打电话问了问，是否能带些麻花和狗不理包子。虽说新亲们很少给男方带礼物，不过要是到时候狗不理包子上了宴席，那还真是够排场。姨妈很委婉地说，包子有什么好吃的，全是猪油，腻得慌。茉莉难免失望，觉得姨妈真是小气。临嫁前夜，她正坐在炕沿上看着嫁妆发呆，母亲蹑手蹑脚过来，塞她手里个红包。茉莉惶惑着打开，却是齐整整的一万块钱，新的，冒着油墨气。她想问些什么，却什么都没敢问，只摸了摸母亲手掌里的老茧花。

高一亮呢，对她也是真疼。她本来在步行街那家李宁专卖店当收银员，好好的，被他硬是逼着辞了。他不善言谈，对她的好也都体现在床笫。毕竟是体育队练过篮球的，常常一闹就是整宿，仿佛那玩意是铁打的钢锤的，只会越使越光亮。她喜欢他宽阔的肩膀，可肩再宽，总不如钱袋子宽些心安。就对他说，钢铁厂累死累活不过一千多块钱。不如把工辞了，贷款买辆大货跑新疆吧。你没听说镇上跑大车的，每年挣个十来万都是毛毛雨？

高一亮没吭声，不过第二天就去找他父亲要钱了。他父亲就这么个儿子，骨髓都砸出来，又从银行贷了十五万，这才买了辆大货。茉莉又说，你一个人跑新疆，我也不放心，不如找个知心知底的哥们，换着开，按月给他开工资就好。高一亮想了想说，黎江。

这个叫黎江的跟高一亮是发小，一块穿开裆裤长大的。话比一亮多，个儿比一亮高，腰比一亮粗，眼也比一亮大。或者说，他就是大一号的高一亮。两人就联系了配货公司跑新疆，去时拉着土豆茄子和钢轨，回时拉着棉花哈密瓜和葡萄。反正路不能白跑，油不能白烧，过路费不能白掏，一个来回要五天六夜，回来时眼白也是红的。多爱干净的人，现在浑身臭烘烘，脚也懒得洗，在茉莉身上动着动着就安生了。茉莉摸着他的腰身，刚想说说话，鼾声先就响起。想刚认识那些年，精瘦如狗，眼亮如贼，如今也是腰里赘肉一把。

这样跑了四个月，就年下了。算了算，不到半年赚了五万块。茉莉跟高一亮说，不如来年我们换楼房吧。平房冬天烧炉子，又脏又不安全，你不在家，我中了煤气咋办？高一亮"嗯"了声，茉莉说，老甘买了条金项链，戴着人都发光。高一亮说，买。茉莉说，人家黎江跟你忙活了小半年，任劳任怨的，明天我炒俩小菜，你请他来家里喝两盅。高一亮唖摸着她乳头说，中。

翌日茉莉早早就去超市买菜，烹虾炖肉，弄了满桌子菜。黎江跟高一亮一人喝了一瓶白酒，喝着喝着黎江从裤兜里掏出个盒子，说，嫂子啊，这是我从乌鲁木齐大巴扎买的玉镯，人家说是和田玉，也不贵，该过年了，算是兄弟的一份心意。茉莉去瞅高一亮，高一亮笑了笑，茉莉遂接过，说，难得你有这份心儿，嫂子敬你喝盅。黎江用眼风去扫高一亮，高一亮笑着说，喝。两人就干了。茉莉从来没有喝过白酒，忍不住咳嗽。黎江慌忙着帮她捶背。他手很大，不过拍在背上，软酥得很。茉莉说，没事没事，真是让你见笑。顺手捏了镯子盘眼打量。玉镯在白炽灯下烁着青光，透明如膏，茉莉就意意思思戴上，抬起胳膊晃了晃，问高一亮道，你觉得咋样？是不是太贵了？又定定看着黎江说，不如，你还是送给弟妹吧？黎江比高一亮小，可结婚早，孩子都两岁了，老婆是县第一小学的老师。黎江忙荡开茉莉的手，嫂子啊，值不几个钱，况且我也给她买了。茉莉搓弄着镯子，有点凉，久了，就温了。黎江说，嫂子，你也别在家老闷着，会闷出闲病。等哪天让我哥带你去趟巴音布鲁克，那个美呀，说实话，一看到湖泊里的白天鹅啊，我就想到你。

年底前，小五结婚了。茉莉向来跟小五不亲。男方不是那个长得像熊瞎子的财政局司机，而是司法局的一名干部。小五只是高中文凭，也没什么正经职业，竟找了个国家干部，茉莉怎么琢磨怎么觉得哪里不对劲。小五是长得好，可跟自己比还要差上半截。自己只找了个城乡接合部的而已。不过，还是坐了公共汽车到市里的新华书店，挑了套齐豫的CD。又问老甘，小五结婚，你给多少钱？

老甘瞥她眼说，你真是贵人多忘事，你结婚我给了五百，她当然也五百。茉莉嘻嘻笑着掐了掐她耳朵说，我以为你跟她要好，礼钱会多些呢！老甘说，你这个人，心比比干还多一窍。你们俩，是我这辈子最好的姐们，秤砣哪儿能轻一个重一个？茉莉有些走神，说，也不知道甜甜，在那边过得怎样？老甘想了想说，她那么乖巧懂事，大概在菩萨身边端茶倒水

143

吧。再不济，托生个北京户口，住个四合院，将来嫁个部长啥的。

茉莉很郑重地给小五包了红包，里面裹了六百块钱。新郎长得比高一亮帅。

1997年大事记

7月1日，中国政府对香港恢复行使主权。解放军进驻香港。

8月31日，法国时间凌晨四点，戴安娜王妃因车祸死于法国巴黎。

******仙女座星系食双星（这对双星的地球人编号是M31VJ00443799+4129236，两颗星分别是明亮且酷热的○型星和B型星）共有的行星索亚星球上的阿莫担人（他们的形状是类似地球动物黄鼬的八头生物，常年生活在水晶石山区）科学研究委员会，在经历了十八万年的探索后，终于得出结论，数字7的后面是8。

2003年

你俩怎么这么磨蹭?! 茉莉对着手机嚷，黎江欺负我，婊子欺负我，连你们也欺负我!

小五嗫嚅道，我跟老甘在斯大林街的劳保商店买线手套呢，马上就到。你别急，这种事着急顶用吗?

没错，着急有屁用。茉莉在停车场寻了个台阶坐下，越想越憋屈。她蹿起来，像专业运动员赛前热身般转腕、劈腿、捻脚、扭腰，最后屏住气，照着黎江的奔驰就是一脚。报警器刺耳地响，响得茉莉也心慌起来。她从花圃里捡了块石头，对着玻璃比画半晌。后来仔细盘算了下4S店的费用，石头又被她扔回花圃。花圃里缩着只瞎眼流浪狗，她就对它吼，滚! 看什么看! 流浪狗摇了摇尾巴，转眼窜入蓟草里去了。

她决计没想到，黎江会搞自家饭店的小姐。不仅搞了，还搞得这么专一。

一晃跟黎江结婚也四年，女儿都会唱《Super Star》了。当年她跟黎江也算是县城里的新闻人物。茉莉从未料到，自个会以这样一种方式成为人们茶余饭后的谈资。有天深夜，高一亮从库尔勒跑车回来，把她跟黎江堵在床上。反正传闻是这么说的。反正这么传了，人家也就信了。有人问老甘是咋回事，老甘说，能有屁事！黎江去茉莉家送东西，正赶上茉莉吃饭，就喝了两盅，嫂子跟小叔子喝酒还有毛病？喝多了就眯了会儿，有啥可嚼舌头的！有人问小五是咋回事。小五说，清官难断家务事，还是关心关心你老婆吧。还有种传闻说，每当黎江休假高一亮跑车，黎江都去睡茉莉。睡了也不是一年半载，堵床上是迟早的事。

那段时间茉莉很少出门。婚是离了，高一亮还算有良心，没让她净身出户，分了她二十万。她都住老甘家。老甘新买的房，眼看也要结婚了，对象是国税局的科员，人比老甘还漂亮，是从部队转业的，在部队是文艺骨干，会唱《康定情歌》，会跳蒙古舞。老甘对茉莉说，你愿意住多久就住多久，你是我妹子，住一辈子也没关系。茉莉抱了老甘哭，哭也哭不出来。反正这种事，任谁也扯不清，张口就是错。黎江找过她几次，说也离婚了，要是她同意，他们俩就去民政局办证。茉莉想了三天，三天后跟黎江说，嫁就嫁吧，不过，我要办一场豪华的婚礼。当"豪华"两个字吐出来时茉莉一愣。如何的婚礼才是豪华的婚礼？她也搞不清。黎江摸着她的肩胛骨说，茉莉，我听你的，我现在听你的，婚后也听你的。我一辈子都听你的。

那的确是场豪华的婚礼。黎江不晓得从哪里租用了架小型直升机，把茉莉从她清河镇的娘家空运到了洞房。据说没有得到航空管制机构批准，被罚了五万块钱。茉莉穿着婚纱打开飞机舱门缓缓走下来，脖颈细长，风吹着白纱，倒真像是巴音布鲁克湖泊里的天鹅。那段时间，他们的名字简直比县委书记的大名还火，就像半年后，高一亮跟黎江前妻的名字被人们的舌头和牙齿咀嚼般。高一亮竟然跟黎江前妻结婚了！听到这则消息时，茉莉的瞳孔都绿了。

婚后黎江又跑了一年大车，当然是跟别人跑。茉莉说，别跑了，在县城里干点啥吧。饭店这么火，你也开家。黎江算了算，大抵要投个七八十万。茉莉想了想说，我手里有三十万，你拿去用，钱在手里攥着，永远都是死的。黎江愣了半晌后才说，他妈的，我能娶到你，真是祖上积了八辈子德！

茉莉只搂住他，一句话都没说。

如今茉莉也是一句话都说不出。初次听到黎江和小姐的传闻，她根本就没信。先是老甘说，茉莉啊，你长点心，我听人家说，黎江老带小姐去吃花酒，搂搂抱抱的。她只是笑了笑。男人风月场中的事，向来做戏罢了，女人要认真，山西的醋厂也全都得倒闭。后来小五也给她打电话，支支吾吾说，亲眼看到黎江跟女人去了宾馆，车就停在外面。茉莉这才觉得哪里委实不对，赶紧找了黎江的司机喝茶。

黎江的司机是茉莉亲戚，以前在县汽车站上班，后来下岗卖水果。饭店越开越火，黎江常常陪酒，茉莉不放心，就将亲戚找来开车。她瞅着亲戚，半晌才说，我妈跟你妈，可是亲表姐亲表妹。亲戚什么都招了，又解释说，之所以没及时向茉莉汇报，是怕茉莉伤心。再说这种事，亲戚赔笑道，不像前几年见不得光，被人骂被人笑话，现在啊，是笑贫不笑娼呢。你呀，睁只眼闭只眼算了，男人嘛，裤腰带都松得很。茉莉说，我眼睛小，闭不得，日后有了风吹草动，要是你不告诉我……她用水果刀将火龙果的肉片片削下，红汁顺着指缝滴答，落在雪白纸巾上。亲戚的汗就出来了。

今天亲戚报信，中午一点半，黎江陪银行的客人喝完酒后，跟女人又去了酒店，不是快捷酒店，是四星级的。茉莉寻思半晌，将老甘和小五唤过来。老甘手劲大，腿粗，当年的舞蹈老师说的。小五嗓子尖，喊起来整栋楼都能听到。她还特意叮嘱她俩每人戴副线手套，这样打人，即便骨头折了筋断了，单从皮肉也辨不出，派出所的也瞧不出来。她自己呢，只带了把剪子。王麻子牌，有些钝，她特意让后厨的大师傅磨了磨。

老甘她们终于来了，身后还跟着个小伙。老甘得意地说，这是她堂弟，在县电视台上班，他有台小录像机，正好可以派上用场，将来也能当证据。茉莉点点头，亮了亮手里的房卡。

她们打开房门。一个男人正将头埋在女人身上。那是茉莉再熟悉不过的身体，他总是自豪地说自己是公狗腰。男人和女人大抵太投入，竟没发觉房间里又多了几名看客。小五的脸先就红了，忍不住咳嗽了声。男人这才猛然扭过头。在昏黑的房间内，黎江的脸看上去油腻腻的。他盯着茉莉，良久才颤抖着问，你……咋来了？

你要是难过，就哭吧。小五抚着茉莉的手细声细气地说。茉莉不吭声，她只是将头斜靠在小五肩上。小五肩窄，有种薰衣草的香味。哭出来就好了，人就这样，泪干了，就想开了，想开了，也就无所谓怨恨。小五说，你呀……当务之急还是想想，日后怎么办吧。茉莉仍是不吭声。

这是年后第一次来KTV。她们好久没唱过歌了。给我唱王杰的，茉莉说，老甘，给我唱王杰的。老甘就拿了麦克风在那里嚎，什么《一场游戏一场梦》，什么《红尘有你》，嚎完了盯着茉莉，不言语。这么多年了，她的声音还那么干，裂开了般，听上去像坏掉的音箱。

……骗子……他从来没有亲过我那儿……我真该拿剪子把他剪了……没良心的王八羔子……

这年春天，茉莉和黎江离了婚，老甘跟税务局的公务员结了婚。老甘的婚礼仪式有些简单。除了新郎新娘，几乎所有人都戴着白口罩。除了发喜糖，还给每位来宾发了十袋板蓝根冲剂。电视里说，这种叫SARS的严重急性呼吸综合征，光是在北京，就夺走了一百二十四条生命。广东人再也不敢吃果子狸了。

2003年大事记

3月20日，伊拉克战争爆发。

4月1日，香港乐坛天王张国荣因抑郁症复发于文华酒店坠楼，终年四十六岁。

******银河系共瑞普星上的法瑞克人经过2的18次方实验（他们的飞行器是一种类似英国伊丽莎白时期的银质圆盘），终于发现地球人的灵魂（生前身体质量—死亡后身体质量—其他不可控因素质量）是制造顶级香水的最优质原料。

2008年

清晨送女儿去学校，都能碰到那个姓姜的男人。应该是个公务员吧？穿着夹克皮鞋，人有点黑，黑枸杞的那种黑，不过眼亮，玻璃球的反光一般。女儿上小学二年级，男人的儿子也上小学二年级。有次男人拉住茉莉问，我儿子说昨晚没留英语作业，是真的吗？茉莉看了看女儿，女儿就说，你儿子是个小骗子。你儿子不光骗你，还骗我们老师。男人的脸有些红，问道，小美女，他怎么骗老师啦？女儿嘟着嘴巴说，他跟老师说，他爸爸是县长。茉莉就捂了嘴笑，又去瞧男人。男人嘿嘿笑了两声，问女儿，你觉得我长得不像县长吗？女儿说，如果你是县长，我妈妈就是省长了。

男人看着茉莉，说，每天都是你来送，真够辛苦的。

茉莉望着路上来往的车辆，半晌才道，习惯了，也。

跟黎江离婚后，孩子判给了茉莉。带了半年就有些烦，干脆扔回清河镇，命她母亲看管。母亲能说什么，被人指着脊梁骨说三道四的日子也惯了，也不会在乎村里长舌妇围着外孙女再盘东问西。女儿七岁了，才正式接到县城来。那几年茉莉没闲着，卖起了松花粉。松花粉是珍品，男人吃了肾好，女人吃了暖宫，她总是微笑着向顾客解释。顾客基本上都是熟人，或熟人的熟人，松花粉好不好也不打紧，反正吃了也不死人，倒是有个经常失眠的中年妇女，食后每日酣睡十多个小时，变得又胖又水灵。没事了她就去老甘店里坐坐。老甘的店由一家开成了两家，由两家又开成了三家，税务局的丈夫也被她一咬牙换掉。按照她的说法，她实在受不了一个男人比她还温柔。第二任丈夫是县职教中心的体育老师，个子都快赶上姚明了，若不是大学时伤了脚踝，说不定就进了国家队。茉莉觉得老甘老了，女人只有老了，才会变成话痨，才会拉着你的手不停絮叨着吃喝拉撒睡，公公婆婆小姑子。小五那边倒也安生，只不过听闻男人不让人省心，好赌，据说输了五六十万也有，已卖了处楼房还债。还有传闻说，男人停薪留职，去东莞当鸭子。小五从不说家里长短，也许会对老甘说吧。

汶川地震后，政府号召捐款。茉莉他们松花粉协会也筹了银钱，托茉莉捐到民政局。在民政局门口，便遇到了姜姓男子。男人见到茉莉，忙整了整衣领，又悄悄紧了紧裤带，这才笑问道，你来这里有何贵干？茉莉说，我们协会捐了些钱物，让我送过来。男人说，你呀，不晓得我在这里上班吗？打个电话过来，我开车去拿好了。茉莉说，这点小事哪儿敢劳烦您呢？再说了，我也没你的联系方式。男人忙不迭地将电话拨过来，又捋了捋额前头发，叮嘱道，快存上，以后这边有事，尽管吩咐我好了。

茉莉当然知道男人对她有心思。不过这几年，对她有心思的男人也多了。条件都差不离，不是离婚的就是丧偶的，年龄普遍比她大上四五岁。她最中意的是公安局刑侦队的一个副队长，见了三两次面，不过后来对方也不太热心。心想，肯定是听旁人说了什么闲言碎语，初次见面，是恨不得扑上来的。对于男人，茉莉自认为脉还摸得准，就像这个姜姓男人，那点小算盘在她眼前打起来委实可笑，又有些可爱。还好，长得算标致，没像这个年龄的男人，肚子驮着一袋米，臀上驮着一袋面，况且皮鞋又总是擦得那么亮。

过不几天就有人来提亲，照片拿出来时茉莉歪嘴笑了。正是民政局的男人，原来叫姜德海。他老婆去年得癌症死了，自己拉扯着儿子。家原本是农村的，县城里也有房子。茉莉就跟老甘说了，老甘白了她一眼，说，都三十七八了还是个科员，能有什么发头？再说了，你愿意当后妈？后娘打孩子，那可是早一顿晚一顿。茉莉沉默了会儿说，他长得还不错。老甘冷笑一声，顶个屁用？你以前的男人，哪个丑？茉莉又去跟小五说。小五正在给客人修眉毛，她一直听茉莉在那里叨叨，后来她直起身去洗手，洗着洗着才骤然想起茉莉，恍惚着问道，姜德海赌钱吗？姜德海找小姐吗？茉莉摇摇头。小五说，只要男人不嫖不赌，嫁谁都是嫁。要是不想嫁，就找个相好的对劲的，暖不了心，暖暖脚也好。

就一来二往了。有时姜德海住在她这里，有时她住在姜德海那里。姜德海儿子是个鬼精灵，见了茉莉都是"妈呀妈呀"地叫着，叫得茉莉心里毛茸茸。女儿跟他也能玩到一起，极少拌嘴。那天在床上问姜德海，你存了多少钱？姜德海亲了她一口，说，孩子他妈活着时，是个过日子的人，这些年，也攒了小二十，刨掉看病的钱，手里还落个十三四万。茉莉没吭声。姜德海说，等我们结婚了，我会把钱如数都交给你，你呀，就是我家里面的局长。茉莉说，算了吧，我不要你一分钱，各花各的，大事小情了，你出。姜德海犹豫着说，一家人还用算这么细？茉莉说，今天是一家人，谁能保证明天呢？姜德海呼哧带喘翻身上来，你说得对，你说得对，他咬着她的脖子吮吸。茉莉说，我先把钥匙给你一把，你想过来了提前打个招呼。姜德海覆住她，喉头嗯嗯着。茉莉闻到了他口中一缕一缕酸腐的气味。

婚礼定在了九月初八。茉莉还是喜欢秋天。秋天的风不冷不热，花儿也开过，空气中都是炒栗子的糊味。庄稼也都收了，骡子马的啃着青草，一切都那么肃静。老甘对姜德海一直不太满意。你还想我找什么样的啊？

茉莉对着镜子说，你看看，你看看，眼角都有皱纹了。老甘啐道，装什么啊装，你十八岁时皱纹就满天飞。茉莉就俯过身去拧她皮肉，老甘嘎嘎叫着闪躲，躲着躲着忽然说，茉莉，我前几天看到高宝宝了。茉莉一愣，许久才仿佛想起来一般，说，他呀，都十六年没见过了，现在哪里高就呢？老甘说，听说大学毕业后留在了北京，搞影视。茉莉不说话了。茉莉不说老甘说，他到现在也没结婚，没准心里还惦着你呢。茉莉呸了声，说，狗嘴不吐象牙，他——过得还行？老甘说，你要想见啊，我倒可以帮你约一约，你也知道，他跟我弟弟是同学。

还真就见了一面。人挺多，有老甘和茉莉，还有老甘弟弟及一众同学。酒也喝了不少。高宝宝几乎还是以前的样子，娃娃脸，漂亮得像瓷器，虽只比茉莉小三岁，仍是少年模样。他坐在茉莉身边，两个人不咸不淡地聊着。他好像对茉莉过去的事情一知半解，但又忍着没有盘问。他说，茉莉啊，你可把我害惨了，暗恋你这么多年，如今连个女朋友都找不到。老甘一旁说，你是明恋好不好，记得那时你俩呀，老是钻黑树林。高宝宝说，要是有黑树林就好了，我们都是在雪地里乱走一通，那个年代的雪，下得那叫一个大。那才是真正的雪呢。又扭头问茉莉，哎，我哪里比不上高一亮呢？茉莉这才挤出点笑，说，你哪里都比他好，我才觉得配不上你。高宝宝说，这就胡扯了，胡扯了，要不是我中途转学，一直跟你耗着，早住进精神病医院了。茉莉端了杯白酒说，宝宝啊，你注定不是池子里的鱼虾，你是大海里的鲸鱼，我们都留不住你的。高宝宝扑哧笑了，说，没错，我就大海里的一条海带，批发价还不如大白菜。茉莉拍了拍他手背，没再言语。

酒喝到尽兴处，就乱了。酒桌上总会有那么个时候，冷静的人们倏尔疯狂，吆五喝六，猜拳划酒，再文静的人也会撸起袖子灌酒。高宝宝似乎也喝多了，他喋喋不休地讲着北京，讲着他拍的电影，讲着那些国际电影节。茉莉一部都没有看过。高宝宝也不介意，只是拉着她的手说，我们出去走走吧，热死了，我一点不喜欢夏天，夏天总是让我心烦意乱。

茉莉就拉了他偷偷离席。两个人先沿着斯大林路走了一圈。高宝宝提议去学校南墙那边走上一走，他说这辈子最难忘的事，就是在墙角跟她接吻。茉莉说，哪里有接过吻，你个子那么矮，只及我眉梢。高宝宝说，你呀，最是心狠，我也不怪你，漂亮女人都是毒品，碰不得。茉莉嗔怪道，我哪里有你狠心，我只是跟高一亮散了散步，你又是绝食又是割腕，我那么小，可真就吓坏了，更不敢见你。高宝宝沉默不语，茉莉他们就顺着马路走，走着走着就到了茉莉家。孩子去姥姥家了，屋里热得很，茉莉开了空调，打开电视。电视里正在直播奥运会开幕式。两个人就并排坐在沙发上。

看了会儿茉莉才恍然大悟道，今天是八月八号吗？高宝宝说，也许是吧，他妈的，一年年过得真快，竟然北京奥运会都开幕了，说着说着不禁去搂茉莉的腰。茉莉犹豫着掸开他的手，说，喝牛奶吗？冰镇。高宝宝将她拽过，呢喃着说，喝什么牛奶，我想喝你的奶……说罢就将茉莉箍他怀里。茉莉有些发蒙，有那么片刻，她觉得自己似乎又回到了若干年前，她跟他，在墙壁上慌乱地拥抱，高宝宝不停朝她耳朵吹气，又热又痒。她还猛然想起甜甜曾经跟她靠着冰冷的杨树说话，劝诫她跟宝宝分手。你们是没有结果的，甜甜说……在高宝宝粗重、携带着麦芽糖气味的喘息中，她看到对面镜子里的门被打开了。姜德海抱着个西瓜站在门口，愣愣地盯着沙发上的两个人。当西瓜掉到地上时，红艳的瓜瓤四处滚将开去，一朵一朵的，仿佛他们家暮春时，落在庭院里的单瓣蔷薇。

2008年大事记

5月12日14时28分，四川省汶川县（北纬31度，东经103.4度）发生8.0级地震。

11月4日，奥巴马当选美国第四十四任总统。

******天狼星系索尔贡星球的玛雅塔釜人（气态生物）国会经过一百光年的起草、讨论、研究以及658512358次会议，终于做出裁决，非水质和蛋白质和脂肪和无机物生物，不可与非同类灵魂交媾并繁衍子嗣。此裁决被认为是一百二十光年来天狼星系最耻辱的裁决。在索尔贡星球首都玛丽安爆发了建立帝国以来最大规模的示威游行，十八名玛雅塔釜人聚集在国会外的蒙达利克峡谷，制造了直径一万九千八百七十六公里的圆形云层，导致首相大人没能如愿观看一光年一遇的狮子流星雨。著名歌星蒙妮在巨鳄蛋广场发表了名为《虽然我是一团雾但并不妨碍我跟金属男妓与有机男仆深夜畅谈维特根斯坦关于宇宙所有质数之和的猜想》的演讲（据传，内容实为蒙妮情夫、单句作家沈之连耶夫斯基代笔）。据悉，此演讲深受银河系总指挥部副指挥长激赏，并将演讲实况以电磁方式在九百八十六个恒星系统发行。此演讲极有可能获得该年度"博格利特英雄勋章"。

2013年

许多年后茉莉还能想起那晚姜德海的样子：他躺在一堆西瓜瓤中不停打滚号哭。他的白衬衣立马就被汁水染红了，他并不在意。他可能只在意别人是否能听到他的哭声。他不光哭，嘴里还不停叨咕，他的哭泣声太过磅礴，茉莉听不清他在骂什么。她也没过去劝，反倒是高宝宝跟跄着过去，握着姜德海的手问，你怎么了，大叔？姜德海愣了愣，哭得就气力更大。高宝宝看着茉莉，茉莉说，你不用管他。姜德海听到茉莉这么说，从地上爬起来，还没站稳就摔倒了。高宝宝想去搀扶他，姜德海一把打掉他的手，慢慢地、慢慢地站立起来。后来他一步一滑地挪到窗户前，猛地一下拉开窗户，自己蹿到窗台上。茉莉喊道，你疯了吗姜德海！快下来！姜德海喋喋怪笑两声，这才朝着天空喊，我老婆偷人了！我老婆偷人了！我老婆给我戴绿帽子了！我操他妈的！茉莉将高宝宝拽到门口，说，你走吧。高宝宝说，这个人疯了，我怎么敢走？万一……这时姜德海扭过头对茉莉说，你想得美！我才不会跳楼呢！我马上要当副科长了，才不会为你送了前途！

每当老甘拿这件事开茉莉的玩笑，最后都会配上她的破锣嗓子喊句，我马上要当副科长了，才不会为你送了前途！茉莉也不恼，抹搭着眼将手中的牌稳稳抛出，不忘说句，和了！

通常是星期五晚上，茉莉、老甘、小五和蔡伟，在茉莉的房子里打上整宿麻将。蔡伟是小五的表弟，麻将打得好，往往是赢家。不过即便赢了钱，也不会得意，只是叼着香烟说，在茉莉姐家，我是从来不会输的。老甘问为啥，蔡伟也斜她一眼说，茉莉姐旺夫啊。茉莉就拍他一巴掌，说，小兔崽子，没学会拉屎先学会了占人便宜。老甘嘎嘎笑着说，可不是，茉莉可比你大一轮，再这么胡说，让茉莉真睡了你。蔡伟边点钱边说，这有啥不可以的呢，茉莉姐那么漂亮，这有啥不可以的呢？

这孩子是安监局的司机，女儿刚上幼儿园中班。眼白多，总是什么都不在乎似的。宽肩乍背，还有双桃花眼。一坐到他身边，茉莉的脊椎骨就像被谁抽了一鞭子。也不敢有什么想法，毕竟自己不惑之年了，即便闻着他的气味有星星点点的乱，还是能稳得住。蔡伟也没正经盯班，现在不许单独给领导配车，他闹个自在，间或单位晃上一晃，再正经忙自己的事情。他能搞什么？不过是放些高利贷，那次茉莉问小五时，小五眼也没抬地说，这个孩子，最大的优点就是不务正业，游手好闲，拈花惹草。你可小心了。

光小心是不行的。每次蔡伟来，茉莉都去买盒好烟，烟灰缸也洗得干净，摆她左手边。她倒喜欢他抽烟，拽拽的，随时起身去干大事的样子。那晚打到凌晨三点，都晕乎乎的，老甘和小五挤一个床，她自己一个床，蔡伟睡沙发。半夜起来如厕，见蔡伟只穿了内裤睡着，就拎了被单盖他小腹上。没承想他眼睛忽就睁开，在夜里也是两瓣桃花。他什么都没说，只是将她猛拽过去，裹在身下。未及挣扎，嘴唇早被他鳄鱼叼食般堵住。茉莉盯着老甘跟小五的房间，唯恐有什么动静，自己连大气都不敢出，隐隐约约地，闻到他身上传来一脉一脉的松树油脂的香味。

翌日醒来，人全走了，她一声不吭地收拾着客厅，下面有些疼，想起他无耻勇猛的样子，脸一阵红一阵白。吃了片安定，才睡了会儿。

不承想那晚蔡伟打来电话，约她吃牛排。说是台湾人开的，味道跟别家的不同。她说晚上还有个饭局，脱不开身……没等她讲完，他有些不耐烦地说，快下来吧！我在楼下呢。扯什么扯！

等她洗完澡化好妆下楼，蔡伟只是从车窗里盯着她看。她知道他在看，捋了捋头发，又装作寻找车子，眯着眼东瞅瞅西瞅瞅。这时蔡伟打了个响亮的口哨，她才恍然发觉他般，羞怯地笑了笑，迈着碎步撵过去。蔡伟说，姐啊，你穿旗袍，真有民国范儿，特别像《花样年华》里的张曼玉。茉莉说，你这孩子，家里是开蜂蜜厂的吗？蔡伟盯着她看，上上下下，左左右右，嬉皮笑脸地说，姐的眼睛，真是勾人呢。茉莉说，去你的，小小年岁油腔滑调，长大了可怎么好。蔡伟说，操，我还小啊？

吃完牛排，蔡伟又非要送茉莉回家。茉莉说，今晚孩子要回来。蔡伟说，不是上私立初中吗？今天又不是星期五，骗我啊？茉莉就拧着他耳朵说，你个小家伙，什么都瞒不过你。蔡伟哎哟哎哟叫着，说，姐姐一碰我，我就酥掉了。茉莉咬着牙说，酥了才好。蔡伟说，你这么一讲，我又硬了。茉莉哎了声，不晓得如何接话了。

其实也觉得荒唐，她自己倒好，独身，孩子也懂事了。可他呢，也没听说家里如何如何，跟自己这么着，无非是图个新鲜罢了。男人是如何的德行，她一清二楚。久了，够了，腻烦了，拔腿就走。知道是这样的理儿，躺在他身上，闻着毛孔里松脂的味道，还是难免有些沉醉。她晓得，这种事情，女人总是吃亏的，可是，倒也无所谓了。

那蔡伟倒来得勤。老甘他们四个打麻将，他仍是从前德行，旁人一点瞧不出他跟茉莉有何瓜葛。倒是茉莉看他时，难免有些慌。茉莉想压住，可越想压住，越显得拙，越觉得哪里露了破绽。茉莉知道早晚瞒不过老甘和小五，可也不愿捅破这层纸。纸在，多少自在心安些，真破了，保不齐被她们笑话上几年。以前给蔡伟买二十块钱的黄鹤楼，现在倒是四十五一包的苏烟了。

一个礼拜三四晚都住茉莉这里。茉莉喘息着问，你怎么跟老婆交代的？蔡伟说，你关心这些屁事干吗？我待你这里一天，就是真的一天对你好。茉莉说，我是真心盼着你走，你走了，我才省心。蔡伟闷头干活，一句话也不愿多说。

那天要去老甘店里，车水箱坏了，蔡伟开去修了，还没好，干脆打了辆三轮车。上了车，司机戴着口罩，也没吱声，到了老甘店前，她给司机钱。司机沉着嗓子说，算了。她说，那怎么行呢，你们也不容易。司机又说，算了。茉莉这才听得真切，心里一惊，不是高一亮又能是谁？她老早就听说高一亮跑车赚了钱，又去市里开饭店，后来又投资钢锹厂，结果赔个底朝天，跟老婆也离了婚。倒真想不到他开三轮车。她想说点什么，可看着他黑色的眼袋，还真是哑了。高一亮摆摆手，头也没回就走了。坐在老甘店里，茉莉想到那年去他们班里演出，他拼命鼓掌的样子，他贼亮贼亮的眼，就不好受。跟老甘说，给我拿个镜子。

每天都要照的。镜子里的女人无疑是中年妇女了，再如何打扮，用什么牌子的眼霜，都有些力不从心的疲态。又想到蔡伟，到底麻麻悠悠的。

蔡伟这几天来得寡淡些。问了问，却倒是催账去了。茉莉忍不住问了一句，利息怎么样？能收回来吗？蔡伟说，是银行的五倍，你说高不高？黑社会的兜底，你说钱收回收不回？茉莉想了想，说，我那里倒有几个小钱，方便的话也帮我去放利息好了。蔡伟说，放高利贷是有风险的，都是非法手段，你不要掺和这些，不定哪天出了岔子。茉莉点点头。蔡伟说，不过还有更稳妥的法子，你知道县里的线厂吗？茉莉说当然知道，都是私营的，不过听说利润不好的厂子，一年也四五百万手里稳攥着。蔡伟说，我的意思是，我能把钱拿到线厂投资，利息是银行的三倍，比不上高利贷，好歹稳当些。

茉莉想了半晌说，我这里有八十万，你明天拿走吧。

蔡伟瞪着眼说，操，你攒得还真不少！

茉莉说，养老钱总是要备的吧。蔡伟就搂了她，亲她脖颈。她怎么就想起来，黎江说她像巴音布鲁克的天鹅。这么多年，她从来没去过那里。问蔡伟说，你喜欢新疆吗？喜欢的话我们去那里旅游。

蔡伟说，这样吧，我给你打个欠条。利息呢，每个月付一次，我让他们直接打到你银行卡上面。

茉莉柔声道，你要是有空，我先把机票定了啊。

蔡伟说，到哪里找这么好的小绵羊呢。

原来竟是那么远，先坐火车去北京，从北京坐飞机去乌鲁木齐，再从乌鲁木齐坐飞机到伊犁，最后还要报个团，坐了一天大巴。等他俩到达巴音布鲁克，都晚上六点了，导游先安排吃手抓羊肉和烤包子，又安排他们看土尔扈特回归歌剧。两个人都觉得冷，偷偷回了蒙古包，又是半宿未眠。凌晨起夜，茉莉盯着床上的蔡伟，不禁伸出手指摸他喉结，摸他胡须和眼窝。他哼哼两句翻身过去，她就从背后搂住他，摸他没有一丝赘肉的小腹，摸他宽阔光洁的脊背。她想，如果这样一辈子，她也愿意的。

翌日两人去了天鹅湖又去了九曲十八弯。天鹅湖里不光有天鹅，还有无数只白色水鸟，不远处的草原衬着更远处的雪山，让茉莉恍惚起来。在九曲十八弯两人骑了汗血宝马，回到住处，都有些筋疲力尽。茉莉说我洗个澡，蔡伟说，正好，我接个电话。洗完澡出来，却不见了蔡伟，以为出去买香烟了，也未在意。不承想半个时辰都没回来。打他手机，老是占线，天这么凉，只穿件单衣出去，别再冻个好歹，就披了绒衣出了毡房找寻，无果，又打电话，却关机了。这个小冤家，又玩什么把戏？嘟嘟囔囔回帐篷看电视，电视里演了什么是不知道的。思来想去难免心慌，联系了导游，导游也是跟着一通乱找，却连个人影都没有。到了凌晨三点，仍关机，人也未归。茉莉就赶紧联系小五。毕竟是他表姐，没准知晓些什么，也顾不上小五是如何度想了。小五呢，大概正睡得香，听茉莉在电话里一通乌拉乌拉，也没反应过来，半晌才闷闷地问道，你跟蔡伟，出去旅游了？你们怎么会在一起呢？

茉莉对着电话，不晓得从哪里说起。饮了口大麦茶，冰牙，颤颤巍巍地说，松花粉协会搞的活动，多个名额，蔡伟闲得很，就跟着一块来玩了。小五说了些什么，她没听清。窗外那么黑，只有不远处的雪山顶是白的，似乎伸手就能摸到。她忍不住打开窗户，风硬，吹得她晃了晃。

就这么着失踪了。五天后小五陪着蔡伟的老婆去报了警。回来跟茉莉说，人不会有大事，他一个大老爷们，又比谁都精明，估计是生意上出了纰漏，跑路了。又说，你放心，你跟他的事，我不会跟任何人说。茉莉抱住了小五，浑身哆嗦。她从没觉得瘦小的小五，身子是这么暖和。又想到自己的那八十万块钱估计打了水漂，终于还是忍不住，没得声息哭了起来。小五说，有句话我不知当说不当说，你也老大不小了，别老挑三拣四，找个合适的结婚吧。我们隔壁老李，今年五十六岁，刚退休……

你他妈是咋地了？老甘看到茉莉头脸不梳不洗，整日里穿着件皱巴巴的睡衣在客厅里望着楼下，不禁骂道。骂也就骂了，茉莉也听不到。老甘说，不如我和老牛带你去市里逛逛？凤凰山上新修了座庙，不妨去烧烧香，驱驱晦气。人老了，最好信点什么才稳妥。

老牛是老甘的丈夫，上任体育老师也被老甘休掉了。据说性子暴好动手动脚。这个老牛是镇上的人大主任，走起路来四平八稳，可靠得很，老婆抑郁症，去年跳河死了。茉莉呆呆地盯着老甘，觉得老牛该是她最后一任了。你有什么想不开的？老甘说，长得好，有房有车有女儿，男人也不缺，还想咋地？比我和小五的命好多了。小五呀，哎……茉莉挑起眼皮看了看老甘。老甘说，小五她男人，赌钱红了眼，挪用公款被查，跑路了。小五呀，还死撑着不离婚。这个傻女人，比驴都倔。听说前些日子，自己攒的私房钱，也都被蔡伟骗走了。哎，怎么会喜欢上这个渣男。

茉莉一愣，问道，啥？老甘讪讪地说，操，秃噜嘴了，哎，你也不是外人，说也没事，小五啊，跟蔡伟好了两年了。这事就你知我知，千万别跟别人讲。小五要是知道了，非把我剁成肉酱不可。茉莉说，你胡扯什么！蔡伟可是小五表弟。老甘瞥她一眼说，你激动个屁啊。表弟就不能跟表姐好？他们可都出五服了。

茉莉浑身都起了鸡皮疙瘩，一个趔趄差点从高脚凳上跌落。老甘说，你们这些傻闺蜜啊，都不让我省心，我怎么命就这么苦。渴死我了，有水果没……茉莉就去厨房切西瓜，半晌才切好端出来，木木地递给老甘一块。老甘瞄她眼，想问什么，终是未问。两个人就面对面在客厅里啃起西瓜来，彼此能听到槽牙咀嚼瓜瓤的声响。

2013年大事记

******银河系共瑞普星上的法瑞克人

决定于2138地球年进攻地球，殖民银河系最低等的单细胞动物，并将生产银河系和法塔索尔星系最昂贵的香水（据悉一瓶香水的价格将足以在宇宙尽头最奢华的么觅她餐馆享受零点一光年的颞叶脑按摩）。

选自《收获》2018年第2期

评鉴与感悟

时间作为操盘手
——评张楚《中年妇女恋爱史》

张楚的短篇小说《中年妇女恋爱史》展现了时间的强大力量，在这篇小说中，时间仿佛掌控人物命运的操盘手，以一种惊人的方式操纵着一切。

小说以时间为刻度，以年代史的形式结构全篇，讲述了主人公茉莉"乐此不疲"的恋爱和婚姻历程，从茉莉情窦初开的少女时代写起，

选取了 1992 年、1997 年、2003 年、2008 年、2013 年几个重要的婚恋
"历史事件"重点呈现，记录了茉莉在不同人生阶段与高宝宝、高一
亮、黎江、姜德海、蔡伟几个性格迥异的男性的婚恋遭遇。其间穿插
叙述了茉莉的好姐妹老甘、甜甜、小五的情感际遇，反映了普通女性
在时间洪流中难以把握自己命运的现实。

茉莉的"恋爱史"里，时间在操纵一切。小说的五个章节均以年份命
名，两个年份之间相隔五年、六年，以五年作为一个阶段，茉莉的恋
爱和婚姻状态不断发生变化。此外，小说的每一章节之后都记录了同
年发生的"大事件"，诸如国内外的时事要闻、世界格局的变换。更
有趣的是，每一章节的最后还附加了一件"宇宙大事"，诸如银河系
科瑞娜星球的群体性死亡事件、共瑞普星人的实验发现，这些虚构出
来的荒诞的"大事件"，拉大了读者的视域，作家似乎在太空的某个
角落甚至更远的地方观察和记录着地球上的茉莉、地球上的中国，以
及宇宙中其他星球的"历史"。张楚在这篇小说的创作谈里写道：
"每章后面的大事记，我也写了点外星球的逸事，它们与茉莉无关，
与爱情无关，与衰老也无关，遗憾的是，它们跟时间有关。"

茉莉的"恋爱史"与时间结伴同行。在时间的洪流里，在浩渺的宇宙
中，茉莉作为普通人的喜怒哀乐、聚散离合轻于鸿毛，无论她恋爱的
对象怎么改换，她也无法掌控和改变周围的一切。茉莉一路谈着恋爱
到中年，她始终是那个多情浪漫的茉莉，她总是在寻找，寻找一个能
带给她激情与浪漫、财富与安稳的男人，但她经历了从恋爱到婚姻，
从背叛到遭遇背叛，在恋爱与现实中摇摆和辗转，却始终不能真正掌
握自己的婚姻和命运。小说写茉莉的恋爱和婚姻，说到底写的是女
性，写那些和茉莉一样被时间裹挟、也终将被时间吞噬的女性。

小说自始至终呈现出一种温暖、柔软的格调。作家的笔锋流露从对茉
莉、甜甜、老甘、小五这几位女性的关切和爱护，他在小说中客观记
录着以茉莉为代表的几位女性的情感状态的变化，也尽可能去体察她
们的情感，呵护她们的内心。作家对她们的选择和遭遇不予以褒贬评
价，旁观却不疏远，冷静却不冷漠。小说的尾声也写得小心翼翼，遭
遇恋爱重创的茉莉终于进入了恋爱史上的"空窗期"，"头脸不梳不
洗，整日穿着皱巴巴的睡衣在客厅望着窗下"。张楚在这篇小说的创

作谈里写道："本来还想写2018年，茉莉得了脑梗死，住进了私人养老院后跟其他男人的一些故事。当眼前出现老甘推着轮椅上的茉莉在花园里散步的场景时，我非常理智地停止了它。"茉莉的"恋爱史"至此结束，张楚懂得节制之法，不愿让昔日意气风发、多情浪漫的茉莉遭受如此结局，最终使小说沉浸在柔和与善意之中，少了几分苍凉悲怆之感。（杨艳坤）

赵日天终于逮到鸡了

/陈应松

我们几个人决定进山里抓鸡。因为快过年了，我们几个耐不住寂寞的老伙伴也想去山里玩玩。又下了雪，拍些雪景在微信里显摆。另外，山里有许多土鸡土猪肉土特产，搜罗一些回来过年。特别是赵日天，这位老兄说他几个晚上梦见吃土鸡。他说他炒的土鸡忒好吃，姜是用刀拍的，不可切，切的姜不出味。少放水，甚至不放水，将鸡炒干加点南泉豆瓣酱一焖，那个味道，喝酱香型五十三度酒就成神仙了，个斑马的。我们都知道赵日天喝不起五十三度的酱香型酒，何况到了年关市场上已经没有五十三度酱香型酒了，有钱也买不到，有的店一瓶两千还指不定是假的。淘宝上八百块钱一瓶买了，到店里两千卖你。就问赵日天你喝的什么五十三度酱香型酒？多少钱一瓶的？赵日天说老子在网上买的，茅台镇的，买一箱送一箱，一瓶只花二十六块钱。开车的孔瞟眼说二十六块你喝酱香型，你喝酱油去吧。

我们一路说说笑笑往田架山进发，对土鸡的渴望让我们在风雪中飞驰。我们有三辆车，有几个还带上了老婆。老婆们穿得花枝招展，作少女状，准备在冰天雪地的山村摆pose（姿势），回城上微信。

我们坐的是孔瞟眼的车，我和赵日天，还有马夹头、杜老眯。有点挤，但也只能如此了。马夹头的头很扁，像是马夹过的。杜老眯眼皮撑不起来，老是眯耷着犯困，他老婆要他去割了松弛的眼皮，再做个双眼皮，又怕他花心。孔瞟眼是个瞟花眼，所以眼睛不好使的杜老眯特别担心孔瞟眼的车，很揪心，时常提醒孔瞟眼开车向右。夜壶哥，你咋老往左偏咧？孔瞟眼说，你眼不好使。事实上，孔瞟眼开车很稳，虽然有时会偏左。孔瞟眼爱好收藏，顾景舟的紫砂壶就有三把，也不知真假。他还收藏湖北的马口窑黑陶，有中国最大一把夜壶，可以装七十斤尿，说是长工用的，"文革"时他这把夜壶出尽风头，到处做实物参加批判"地富反坏右"分子，揭发地主阶级是怎么剥削和欺压长工的，这把壶就是罪证。改革开放后，这把壶他报了吉尼斯世界纪录，竟弄来了一纸证书。所以我们介绍他时不提什么顾景舟，提中国最大的夜壶，这永远是一个超级话题而且可以挖掘出源源不断的扯淡的话题，因此我们不叫他瞟眼，都叫他夜壶哥。

一路上赵日天在叨念他的拍姜炒鸡，他说拍姜之所以好吃，在于把汁拍出来了，再就是不要放水。他还说土鸡爪虽然没肉，但喝酒的人啃的不是肉，是意境，喝酱香型啃土鸡爪，是最高境界的喝酒，可以从酒盅里听到古琴声。孔瞟眼说，赵日天你真可以日天了，你肯定要上《舌尖上的中国》，他学着《舌尖上的中国》解说：赵氏土鸡的做法，食材取自田架山土鸡，姜拍出的神秘的香味与土鸡独特的肉质强烈地碰撞，产生了奇妙的融合。马夹头说，那还放豆瓣酱呢？孔瞟眼说还不是豆瓣酱神秘的香味，与田架山土鸡独特的肉质强烈地碰撞产生了奇妙的融合。反正赵日天上《舌尖上的中国》上定了。赵日天说夜壶哥你上央视的鉴宝节目也应该有谱。孔瞟眼与赵日天见面就会打嘴巴仗。赵日天虽然说得玄之又玄，见我们兴趣不大，又说出了一个惊天新闻，他说那些肥得厉害的像野人脚的饲料鸡爪，都是从美国进口的，美国人从不吃这些鸡爪鸡翅还有猪脚。凡是肥的大的，都是从美国进口的，而且你们不知道，美国专门培育出口到中国的鸡爪猪脚，都是一种畸形的鸡畸形的猪，鸡长六只爪子，猪长八只脚，全是转基因。他这么说我们都不信，杜老眯眯着眼慢条斯理地说这都是"黑"美国的，'爱国粉'干的事，我国进出口肉类食品是经过严格检验检疫的，不要信不要传，是谣言。

赵日天喝劣质酒后脸是浮肿的，还有一块是黑的，表明他身体的一部分已经死了，赖在他身上。他满脸堆笑，围着老婆给他网上买的假巴宝莉

161

围巾，方格绒线帽。因为有痛风，脚有点瘸了，像被严重的鸡眼折磨着。不管怎样，那就是瘸了，那就是老了。喝酒满面红光一时，浮肿黯淡已成常态。

走到郊区，田野没有一点绿色，满目萧瑟，雪下得纷扬，河流曲里拐弯冻上了凌，白茫茫大地一片真干净。前面的对讲机在说婆娘们吵着要停下来拍照。孔瞟眼说我们进山了有好景，比这好一百倍，现在雪下得很大，赶路吧。前面的车说婆娘们要上厕所，好吧好吧，拍照吧，这些老妖精。前面的车里已经在向他们摇自拍杆了，等不及了。下了车，河上的冰很厚，有人试了试，蹬不破，人上去没问题。有人就踩上去了。赵日天竟然也跑上去了，一拐一拐，瘸了还胆大。赵日天做溜冰状，竟很轻盈，在冰上看不到瘸。他年轻时一定风流倜傥不痛风，滑过冰的。赵日天的老婆与他一样很会搔首弄姿，一声召唤，一群老娘们就跑上了冰面，栽了跟头，更加嘻嘻哈哈，手上高扬自拍杆，开始做动作，扮笑，找角度，咔嚓，自拍完成。再来，再照。还有老头们，也凑上去，大家一起笑，一起搞怪，来张合影，OK！孔瞟眼和马夹头都拿出单反，装好长镜头，给他们抓拍，咔嚓咔嚓！赵日天坐到冰上，仰头，脸承接雪花，一副陶醉状，这家伙会摆酷，娘们肯定也要这么照，闭上眼，仰头，雪花给拍出来啊。绿围巾、红棉袄，白茫茫中，强烈的反差就出来了，这样的雪景简直千载难逢啊！可孔瞟眼还有更好的创意，有更好的道具。他从车的后备厢里拿出了他随车携带的一整套茶桌茶具，让大家搬到冰河上。这是什么意思？难道要在这冰天雪地里烧水煮茶？不是不是，给你们这些老妖精拍照哟！大家一片欢呼，夜壶哥太有创意了，烹雪煮茶，白首天涯。煮雪问茶味，当风看雁行。夜壶哥老子服了你！马夹头是武昌区楹联学会会员，拽了个文大赞孔瞟眼。来来来！摆好茶桌茶具，盘腿坐在冰雪上，雪花飘落，手捧茶盅做品茗状，神闲气定，到哪儿找这样的照片上微信？今天你不是微信之王谁是？谁与争锋？让那些只会在小角落拍咖啡拍热干面拍盖浇饭拍地铁拍小花小草的家伙们见鬼去吧，让他们嫉妒去吧，让他们把咱屏蔽拉黑吧，旷野气势，雪花漫天，山川河流，盛大景色，就是比你那区眉小眼的滥片子好。还有这白茫茫中一点红，一个女子在冰河中独自品茶，简直太壮观了，太壮美了，太壮丽了，太壮阔了，太壮怀了，太壮举了！好好好，一个一个来。问题是老娘们都想穿赵日天老婆的红棉袄，赵日天老婆怕冷，不让脱，那些姐妹就强制给她扒衣。扒好衣，表演开始，都是在微信上久经考验的老戏骨，年纪大了，照远不照近，镜头一对准，迅速入戏，拍了长镜头还要自拍杆，不相信你们的相机手机，看见别人的照片好，故意不发给别人就悄悄删了，你若要，就说拍坏了。好了好了，赵嫂子快冻得不行了，让她穿上棉袄咱们快出发吧，不能耽搁了。

进山的路上雪积得很厚，有的地方已有十厘米，前后的对讲机叮嘱大家车要跟上，要小心驾驶防车轮打滑。但坐车人高兴，前面的对讲机里传来婆娘们的歌声，北风那个吹呀雪花那个飘，雪花那个飘飘年来到。一忽没有人家，全是山；一忽又有了人家，有了柿子树，满树的红柿子，还有橘子，在白雪里红得像灯笼一样，真是好看啊。赵日天说不知老婆感冒没有，大家说你老婆的棉袄买得好，赵日天说老婆的底裤都是我买的，在打扮女人上我还是有一套的。马夹头说你给小三呢？赵日天说没有小三，自从住院后都戒了，保命要紧。他说他刚才耳朵冻了，说夜壶哥你怕费油，就不能把暖气开大点吗，这鸡巴冷的。孔瞟眼说老子开到最大了，你咋这娇嫩呢。赵日天说让大家说说，是不是冷，你小气。赵日天与孔瞟眼一开口就要互掐。但今天赵日天估计是真动了气，因为冷，血压升高，有中风危险，就迁怒于孔瞟眼，开始酸他。夜壶哥你今天为什么不把夜壶带来拍照呢？你举着夜壶，一群婆娘围着你，那不是皇帝的做派了？马夹头说，风雪夜归人就成为风雪夜壶哥了。赵日天说什么夜壶茶壶，你老孔哪有几把顾景舟的壶，我到宜兴紫砂壶博物馆去看了，人家那么大个博物馆，才有两把顾景舟的壶。孔瞟眼也不恼，说，日天你晓得个卵子，那两把是顾景舟的阳春壶，还有一把提梁壶，都是几千万的，老子没有，说壶你说不赢我。马夹头说讲夜壶你也是世界第一。孔瞟眼说我是武汉大学兼职教授，专讲中国的夜壶文化，这有假？我说你们别影响夜壶哥开车了，没看山高了吗？赵日天还缠着说夜壶也是顾景舟的？孔瞟眼说，我的梦想是建一个中国夜壶博物馆，你们的骚夜壶都给老子送来。

刚才还是丘陵，路也不险，眼前路就险了，窄了，弯道也多了，山也大了，就是盘山公路。雪还在下，好像比山下密集。孔瞟眼说快到了，他打开了导航，说还有十公里。这山里没有什么过年的气氛，也许是山深人稀。赵日天说他们那儿的乡下，就是前一二十年，到了腊月，就是过年了，进入冬月也就热闹了，开始杀年猪、写春联。小寒大寒，杀猪过年，最迟不能迟过小寒。挖藕的、打鱼的，还有炸鞭声，叭叭叭叭，现在叫什么过年！马夹头说，我们小时候下多大的雪，这样的雪简直不叫雪，有什么可高兴的。孔瞟眼说我记得那时候河里跑汽车。赵日天说那时候有汽车吗？孔瞟眼说，汽车有了，雪没了。赵日天说，你这叫车！孔瞟眼说，下去，赵日天，你下去坐客车去。

沿途到处都是村庄，为什么要到田架山抓鸡？这是孔瞟眼搜索百度的结果，加上过去到过这里拍过片子。他给我们发了田架山的介绍，田架山的土鸡非常有名，田架山的鸡下的蛋全是双黄蛋。田架山还有一个怪事儿，这村里有许多双胞胎，不仅田架山的女子生双胞胎，嫁到这里来的媳妇也生双胞胎。可要到这个村太烦，差不多要到了，路变窄了。路是按"村村通"标准修的，不到两米，就一个车宽，不能会车。路途有车来咋办？只能一个退，或者会到沟里去。好在没有车，我们的三个车长驱直入，孔瞟眼喊菩萨保佑，千万不要来车。还有杜老眯的老婆开车，杜老眯就不犯困了，对讲机里连连提醒开慢点，开中间。说着说着来了一个车，一个农用车，车孬，宽度不孬。前面一停，后面就明白了。为啥不修宽点。就笃定农村没人买车吗？这是在山区，在平原现在哪个农民家里没车？当官的就没长只后眼？孔瞟眼说当官的只顾眼前，管一届，有条路就不错了，一半还是农民集资。赵日天焦急，说想吃个土鸡看样子是吃不成了，个斑马养的！我们下车去前面查看，杜老眯的老婆和一车婆娘在骂那个农用车司机，你不能往旁边开点让我们过去吗，故意挡着不让我们走啊！我们一看，还真不是故意挡的，农用车轮子快掉下去了，旁边的路肩离路面有至少一尺深，掉下去就爬不上来了，要用吊车。那农用车司机是个农民，急得大声争辩，农用车声音太大，烧柴油的，听不清。这路真是的，村长干什么去了，两边把路肩填起来，一边填五六十厘米宽，填实，不就能够会车了吗？春节一定会有大量车回来，那这条路不就堵死了？村长一定是吃干饭的混蛋。我们看了一下，前面有一个宽点的岔路口，就给农民商量要农用车退。那农民被一帮城里老女人骂得狗血喷头，头都大了，先犟着，后来我们做工作他只好退。退也不容易，不像我们的小车，但还是接受了现实慢慢退。终于成了，我们的车可以过了，皆大欢喜，上车，再走，是石子路，虽然更窄，更烂，坑坑槽槽，但再没碰上车，田架山就到了。

哇，老树，池塘，石屋，炊烟！这是个沉静的村庄。进村抓鸡开始了！口号是赵日天喊的，拍打盹的杜老眯，杜老眯一个激灵就来了精神跟着下了车。池塘里有厚厚的冰。哇，有水埠，还是条石，长长的几块条石伸进塘里，塘冻了，村民在冰上砸了一个圆圆的大洞在那儿淘洗，条石上堆一大堆青菜，绿茵茵的上海青。这儿的房子依山而建，有的像古堡，有的像兵寨，有的是豪宅——至少建造之初是很用心的，很有气派的，是准备住一千年的，是光耀祖宗和子孙的。那个洗菜的男人在这个古老村庄的水埠，多少有点不协调，如果是一个村姑，一个红衣少女，那意境就更美了。何况还有静静落下的雪，银白的世界，好美好美呀。那些婆娘们都大声叫嚣着停车停车！车一停，门就开了，大伙一窝蜂往水埠跑下去，去拍池塘、水埠和洗菜人。那真是一幅冬日山村的静谧生活图啊！题目就叫《冬日村庄》！我们进村了，我们要抓鸡了！老乡，你洗菜啊，冷不冷啊？我们是从武汉来的，来看看山里雪景，请问你们哪家有土鸡和双黄蛋的鸡蛋，我们想买一点，你们这儿听说有许多双胞胎，是吗？

那个洗菜的男人有四十多岁，说洗菜是今日他们家请村里人喝猪血汤。赵日天说，那就是杀年猪啰。因为喝猪血汤就是杀年猪的一种风俗习惯。我们就说太好了，太妙了，赶上杀年猪！我们这些摄影发烧友各自挥拳猛砸同伴表达我们的惊喜，互相祝贺运气来了，这可是绝妙的机会让我们撞上了！杀年猪杀年猪，老乡你家的猪是土猪吗？当然当然，我们这儿喂猪都是山上放养的，没有饲料猪，我们的猪叫百草猪。那个人姓田，叫田建成。我们就问猪肉卖不卖呢？田建成说不卖，自己吃的，腌腊肉的。那你家的鸡呢？鸡卖，鸡也不多，自己吃的，你们要买可以买几只去。那其他老乡呢？其他老乡呀，我们村里没有其他老乡，喂鸡的人少。那你们村里的人呢？都出去打工去了。过年不回来吗？回来的不多，都到外头买了房子，最差的在镇上住去了，我们村长就在镇上开发廊。那你们村现在还有多少人？全村有八十多户人家，三百多人，现在剩下十一人，基本是老人。那你不老啊？我四十五了，还不老！我也是在外头打工的，脑梗死在武汉动了手术，不能再外出打工了，我女儿在外打工，老婆照顾我也没出去。

我们说着跟田建成进了村，这村里真没人了，都是比时间更老的房子，全部条石台基，端端正正，门框门楣门槛台阶都是条石，雕得精巧讲究。有一些墙是干打垒，却因为无人收拾居住，被一种土蜂蛀得千疮百孔，触目惊心，令人肉麻。我们兜了一圈，大约看到两处新楼房，夹在那些破碎不堪的老房中，呼吸困难。田建成说新房子都是老人守的，一家一个老人看家。田建成的房子在斜坡上，用石头砌的屋场，工程很大，但这已是多年前的事，现在房子也破旧了，好在有人住，有点生气，加上猪喊鸡叫，还有炊烟冒出。其他的，他左邻右舍都没了人，大门紧闭，阁楼敞开，堆放着陈年农具、家具。往屋里瞄，黑咕隆咚，阴气袭人。走到田建成屋场，旁边屋山头避风处，两个屠夫正在磨刀，咔嚓咔嚓。猪已经牵出来了，肥壮油黑，估计有两百斤以上。田建成的老婆在哄猪，将它往屠凳那儿赶。猪虽然是猪，也有灵性，看这阵势知道自己的死期来临，就挣扎着不肯往那儿去。这真是让我们赶上时候了，我们的摄影家伙包括手机到哪儿能捕捉这么好的画面，创作年俗大片，输送微信大图，还有第二家吗？有的还拍视频，记录下这一历史场景；有的自拍杆伸出，要与猪来一个最后的合影。

屠夫让田建成的老婆走，因为他老婆在那儿假装唤猪拖猪，却在那儿抹泪，想是与这猪有了感情。喂养了一年，朝夕相处，就是一块石头也焐热了。我们几个就悄悄走近，去拍流泪抚猪的田建成老婆。田建成老婆穿着廉价的胶底厚棉鞋，棉衣上戴了两个绿袖套，还有污脏的围裙，还戴着一个老年人的毛线帽子，就是一个老年人，其实年纪不大。老公脑梗武汉住院，想必欠了一大笔债，也不能外出打工，家里不富裕，还守着个空村。

我们拍了几张田建成老婆的照片，她发现了，不好意思就不流泪了，就起身去了屋里。这时一个屠夫拿着挠钩一把钩住猪的鼻子，一个屠夫抄尾，猪要做垂死挣扎了，我们见状一拥而上，帮他们制服猪。猪怎敌这么多人，三把两下就被摁到杀凳上，这时屠夫大喊让开让开。田建成端来盆子，里面放了盐，是接猪血的。我们让开正好要拍照，看屠夫怎么进刀捅死一个庞大生命。说到底，我没见过，其他人也没见过。饥渴的相机和手机，准备留下一头猪死亡的瞬间。

猪的叫声太惨，太悲伤，太绝望，在这漫天飘舞的雪花中。因为是杀年猪，大家也没觉得惨，倒是很喜庆。那些老娘们，假装很害怕，躲得远远的，又忍不住要往这边看，露出了嗜血本性。猪在杀凳上嘶嚎，腿踢蹬，想摆脱死亡。可猪这么肥，就为这一刀。年关一来，猪只能去死，任何挣扎都是徒劳的。刀捅进了那个脖子的柔软处，斜着进刀。屠夫经验老到，千百次地捅刀，练就了一剑封喉的本事，一刀下去，血就来了。这样，大光圈，1／60秒，200毫米长焦用1／1000秒，微单用1／30秒，喷溅出的热噜噜的猪血就在空中飞舞时定格，片子就有了，这真是好片子，不要摆拍，不要美颜，不要PS，来源于生活，片子叫《杀年猪》，或者叫《血花与雪花》，等等。赵日天老婆要拉着他，与嚎叫的猪一起自拍。赵日天小中风过，面对这场杀戮没有反应过来，糊里糊涂走近了。赵日天老婆做动作造型自拍时还要嗲着念念有词：哇，个斑马好漂亮！好一头大、肥、居（猪）呀！因为猪在咽下最后一口气时也要挣扎，每挣一下，血就飙很远，赵日天与老婆自拍时没防备，那飙出的血就溅上了他的羽绒服与他老婆的牛仔裤。这可晦气了，赵日天就在猪嚎声中骂他老婆。给他们抓拍的孔瞭眼就说，开门红！开门红！我们也就都说开门红开门红。赵日天那黑了的一块脸也溅了血，看起来很滑稽，脸上挂着猪血，面无表情，我们就一通笑，有的拿出纸巾来上去帮他们擦，可赵日天老婆不让别人擦，好像是恼怒别人取笑他们夫妇的意思。

有乡亲们来了，也就三五个，大多是老人，估计村里的活人都来了，来喝田建成家的猪血汤的，说是喝汤，其实菜不少。我就给田建成说，我们也想体验一下在乡下喝猪血汤的年俗，吃个中饭，一个人给你五十元怎么样？田建成说，就是不给钱，撞上了，也要喝这猪血汤，这哪行！我们一共十一人，给他五百五，他就收下了，说你们太客气。我说一是一二是二。我又说你有多少鸡卖给我们？他说就十多只，全部给你们，你们太好了，我还有些土鸡蛋，要的话全部拿出来给你们。我问鸡多少钱一斤，鸡蛋多少钱一斤？他说鸡平常二十六，今天还是二十六，昨天来的人要出二十八一斤我都没卖。鸡蛋一块五一个，是不是双黄我不保证。我说好的好的，不讲价了，快过年了。我觉得患了脑梗的田建成也可怜，这么冷还砸冰洗菜，这样会再脑梗的，不讲价等于是扶贫，何况也贵不到哪儿去。大伙一商量，特别是几个婆娘，天天进菜场的，一听就说不贵，跟武汉差不多，武汉菜场卖的不一定是真土鸡，鸡蛋还不一定新鲜。这里不仅新鲜，还没有假，货真价实，可得可得。至于鸡嘛，田建成说鸡在外头，鸡逮着了就是你们的。那么肉呢，猪肉呢，也卖点我们吧，这么大的猪你们也吃不完，腊肉腌多了不能老是吃，吃新鲜的才不会得病。你们要多少？一人一刀行吗？田建成说这不行，我还要给我姑娘准备一些的。那一人五斤行吗？可得可得。一斤要三十元。好好好。我们就与田建成谈妥了。田建成说，天气冷，各位领导进屋喝茶。我们说，茶喝了，我们先去村里转转，雪也不大。田建成说你们不要走远了，一个小时喝汤。

好吧好吧，正好。村里那么多老屋，那么多老树，山上有泉水，村中有池塘。老树有乌桕、银杏、木梓树、枫杨树，还有松杉，几个人合抱。我们进入的人家，有太多好看的红漆门、铜环、锁。锁不好看，弹子锁，生锈了，有的没锁，大门敞开。真是的，好歹生活过一家子，好歹总有些东西。我们进了一个没锁的院子，屋是破了，墙倒塌了，进去就是曾经的厨房，有好多坛坛罐罐，有木蒸笼，有碗柜，有木箱子，有盆，有水桶，有装苞谷的大黄桶。有毛巾，有挂在墙上的棉鞋，还有一株冬天也没死的绿油油的土大黄。孔瞟眼打开一个坛子，里面竟有着半坛发臭的酸菜。锅生了锈，还有锅铲，有土灶台，这可有年头了。孔瞟眼发现了一个好东西，一个青砖筷篓子。看啊，他喊，这东西好怪。这样的筷篓子是头一次见到，里面装有十几双筷子，一个铝瓢子。这是个文物，马夹头说。孔瞟眼已经牢牢地将它攥在手上了，任何人休想夺走。他把筷子倒出来，用纸巾将里面的蛛网擦了擦，左看右看，翻来覆去看，爱不释手。挂绳是一根电线，结实，孔瞟眼喜滋滋地提着了，这是第一件战利品。我们又来到敞开的堂屋，墙上牵的绳子还搭着衣裳，灰尘蒙面，也没人要。另一面墙上挂着许多夹小兽的"铁猫子"，都生了锈。孔瞟眼说这也是文物啊，他自个取下一个，要我们也各自拿一个。我们认为这捕兽夹在腊月拿着不吉利，都没有拿，这破玩意儿也没什么用，我们也不搞收藏。孔瞟眼进了一个房门就不见了，我们走进去看，孔瞟眼趴在地上了，朝床底下搜寻。那床有蚊帐，床上是些农具。噫！噫！我们看见壁虎一样趴着一动不动的孔瞟眼，就知他又发现了好东西。他开始往床底下爬，我们很好奇，看他从床下拖出一个物件，竟是一把黑乎乎的夜壶。夜壶哥又找到文物了！

这是一把好夜壶。想建一个中国夜壶博物馆的孔瞟眼是不会放过任何一把夜壶的，何况这真是一个老物件，釉上得非常好，尿垢金黄，晃一晃，干的。孔瞟眼一只手伸出大拇指，不说话，他激动得话都说不出了。走出院子，孔瞟眼说，到处都是文物，都是好东西，全村都是，都丢了，我好想把这个村买下来。他对我们说，我们租也行，反正没人住了，我们在这里搞个艺术家村，摄影驿站怎么样？整旧如旧，然后在这儿养老该多好，这儿山清水秀，为什么他们要跑出去？个斑马的搞不懂，我们买下来搞民宿也赚钱啊。马夹头说你说得有道理，但要人投资啊，你卖几个宋代夜壶投资？投资了谁又来这儿住？鬼？鬼住？这村子阴风惨惨的，老子是不会住的。赵日天说，土鸡是不是文物？你看什么都是文物，看雪呢，是不是文物，几年没下雪了，这雪是哪个朝代的？孔瞟眼说，你们不住我搬来住。赵日天说你是来偷文物的。杜老眯说，你那夜壶给收破烂的都没人要。就要拿石头砸孔瞟眼手中的夜壶。孔瞟眼连忙笑着躲开说，莫疯吵！

走进另一家，门口有一棵大泡桐。进去就看到一口棺材，上面盖着一个破床单之类，好不瘆人，看上去就像里面躺着死人，我们赶快退出。可这时黑暗的屋里有一个活物动了，孔瞟眼的脚下，竟卧着一条狗，他以为是一堆破絮什么的。他踩着了那狗的腿子，狗连叫也没叫一声，站起来，是条瘸狗，后腿的一个爪子没了。狗啊！马夹头惊慌说，他吓了一跳，以为是个鬼。还真是个狗，老狗。你个狗日的狗，你叫一声啦，柴门闻犬吠，你这狗不是白养了。这狗是个野狗，不然，是这家人家的狗，陌生人进屋就得叫，你不吠不叫的，是什么狗呢！细看，狗很衰弱，刚才卧在棺材头前，身边一个狗食盆，是个石头凿的、很厚的盆，盆里两根苞谷芯子，没一颗籽粒。石盆里像生了苔，水也没见一滴。赵日天踢着狗食盆说，夜壶哥，这又是一个文物。孔瞟眼在研究棺材头上的一个大红"奠"字，被叫看狗食盆。一看，果真斜眼亮了。又看那狗，撵狗，咄！咄！感到没有威胁，不会反抗，就抱起那个石盆，到了光亮处，再看，不是太大，也不是太小，不是太重，也不是太轻，青砂石凿的，圆圆敦敦，一件少见的好器物，连连惊呼道：有点味，有点味，回家养一盆铜钱草，绝对有点味！那狗呢，见人抢走了自己的饭碗，不急不恼，大家看它，骨瘦如柴，四条腿像四根篾片，一根还是短的，歪歪倒倒，就是条死狗，夹着尾巴，先我们跑了，也没跑远，躲在泡桐树下，踩着雪，瑟瑟发抖。赵日天看不过去，说夜壶哥，再怎么不能抢别人饭碗好不好。孔瞟眼抱着狗食盆就往外走，手上还叮里哐啷提着夜壶、筷篓、兽夹。那条狗呢，站在风雪中，瞪着愤怒的眼睛，看着一个陌生人抢走了它的食盆，大摇大摆地走了。狗终于从喉咙里发出低低的"噗噗"声表示了自己无可奈何的抗议。这群进村抓鸡的城里人，无辜地"顺"走了它的饭碗。

对于贪婪的收藏家孔瞟眼，你是没有办法的，他如果看见了一泡屎，也可能鉴定出是宋代的。我们回过头望了一眼那狗，它仍在风雪中，它好可怜，它快死了。

旁边有一个真正的大宅子，高高的木头门槛，但门没了，窗棂的木雕花却完好无损。孔瞟眼说这没有保护，没人给挖走吗？上了七八级台阶往里一看，屋顶开了天窗，堂屋落下厚厚的雪，但有一扇巨大的屏风，有四个浅雕的大字：耕读传家。这四个字敦厚、饱满、自信、张扬，虽没有留款，一看就是至少清末或者民初的字，写字者有儒风，笃诚、豁然、大气。屏风脚已腐烂、穿孔，但基本完整，有气势。马夹头问孔瞟眼说这个东西好吧？耕读传家久，诗书继世长。孔瞟眼说这东西要是弄到武汉古玩市场，最少值十万不止！赵日天说，夜壶哥，咱们动不动手？孔瞟眼说去你的，老子又不是强盗。几个老妖婆一挤进来，就要在这四个大字下照相。孔瞟眼说慢，慢，要找一把椅子。杜老眯果然从里屋找到一把圈椅，只是坐垫木没了，腿也只剩三条。我们先绑上腿。赵日天找来一根木头和绳子就绑椅子，孔瞟眼蹲着看了说，这是黄花梨，绝对是黄花梨。我说这不是，黄花梨木的比黄金还贵，敢丢在这里腐烂啊？孔瞟眼说黄花梨的也分海南黄花梨和越南黄花梨，越南的不值钱。我看了看说是楝树的。孔瞟眼说这个造型就是明代的。赵日天说，你夜壶哥的造型还是秦代兵马俑的呢。孔瞟眼说，老子是活生生的兵马俑？个斑马！我是讲真，好了好了，大家坐在椅子边上假装耕读传家吧。老妖婆们自拍他拍，一派大家闺秀气息。有人又找出一本书，是小学数学课本，让她们翻开，假装读书的样子。还是赵日天老婆的中式服装出彩，大家又要她脱，她又是被强脱了，冷得在门口打喷嚏。赵日天就催婆娘们快照，不要摆姿势了。头上开了天窗的屋顶有雪落下来，落到他们头上，每人一张，手捧小学课本，耕读传家。这照片真好，真好，在这村里随便照都是好片子，都是怀旧情绪和怀旧场景。问题是，到哪儿找这么绝的道具去？而且是实景拍摄。道具越来越多，有人拿来渔罾，有人拿来山里的挖锄，还有背篓，有蓑衣，有一大串生虫的红辣椒白蒜头，有斗笠。可雪越下越大，雪涌进了屋子，涌进了耕读传家的屋子。等大伙都照了，孔瞟眼对马夹头说，你明晚回去把你家儿子的卡车弄来咱把这些拆了拖回去，反正也是没人要的东西。杜老眯说夜壶哥，你真这么做啊？马夹头说我是不敢半夜来，小心被村民捉了打死。孔瞟眼说，我给大伙真的建议，咱们老伙伴们可以吆喝些人来买这儿的房子，修整一下养老种菜，又没有雾霾，又没有噪音，简直太舒服了，不是神仙的日子吗。赵日天说，夜壶哥你买下来是要拆里面的东西，谁不知道你心里的小九九。我认为孔瞟眼是真爱上这儿了，他的建议很好，老哥们在这儿养老，就等于是到了桃花源，远离城市，回归自然，这是趋势，也是一种觉醒，我表示举双手同意。

我们往山坡上趑回，边走边看时，看到迎面走来一个老头，背着一捆从山上砍的枯树枝。马夹头说欲投人处宿，隔水问樵夫。樵夫穿着臃肿，胡子拉碴，朝我们友好地笑，砍刀别在腰上。老妖婆们就要跟樵夫照相，她们见谁都要照，主要是想让那些皱了巴叽的山里人衬托她们的光滑高贵。有人还抽出了老汉腰上的砍刀，高举着，与肮脏的老汉勾肩搭背做亲昵状，把老汉喜得咧嘴傻笑。好，好，一二三，OK！OK！太好了，太好了！老哥你贵姓啊？田。这里是田架山，都姓田。老汉说虽然都姓田，有土家族的田，也有汉族的田。老田你家里有几口人哪？生活还好吧？过年物资准备得还丰富吧？孔瞟眼当过几天学校汽车班班长，会拽官味，有省长派头，问田老汉。田老汉说有六七口人。田老汉虽然眼睛糜烂，但盯住了孔瞟眼怀里的狗食盆，欲言又止，后来就指着说嗻嗻这个盆子是不是三九老汉家的？孔瞟眼说三九？怎么三九？孔瞟眼故意装蒜，拿了人家的东西，心里发虚。田老汉就说我昨天还给狗放了两个苞谷的。孔瞟眼很不好意思，田老汉就说这是我家里的，给那狗拿去的，有大泡桐树的那家是吗？有一口棺材的。为缓解孔瞟眼的尴尬，马夹头就问那狗是咋回事。田老汉说，三九跟我同庚，他到城里去了，给工地看场子去了，听说死了，死人运不回来，就在城里火化了，这棺材也就没人要了。狗呢？狗啊，丢在家里了吗。这狗可是条忠于主人的狗，哪儿也不去，就天天守着那口棺材，谁知道中了什么邪。又没有人给它吃的，到处蹭食，可能是棺材有三九的气味，它还以为棺材里头睡着三九呢，就这么守着。村里的人有记得的就给它一口食，不记得就让它饿。早年它不老实，偷鸡，发现了总是一顿打，它就上山逮鼠逮野鸡，有一次到山里逮鼠被别人下的"铁猫子"套住了，在后山哀号了几天，没一个去帮它解套，大家想让它死了好，后来它挣断腿又回来了。三条腿逮不了什么，眼看要饿死，我就有时给它拿个苞谷拿碗剩饭来，有时人老了记性不好，忘了，它就只有挨饿，它快不行了……

　　我们听后心情沉重，都拿眼睛去看孔瞟眼抱着的狗食盆，太不应该，一条残疾狗，饿狗，你还抢走它的饭碗，良心上说不过去。孔瞟眼也很不自在了，丢下不是，抱着也不是。好在马夹头又引开了话头，问田老汉这儿双胞胎的事，田老汉说他就是生的双胞胎儿子，再往下问，田老汉说一个儿子在温州打工，成了家，有小孩，一个儿子在武汉读大学后上了班，工资有几千块，但后来就没跟家里联系了，说是失踪了，好久未回来。失踪？这事儿！怎么失踪？一个男孩？田老汉听说我们是从武汉来的，来了精神，就说起这个儿子。说当时一胎化，但田架山就是生双胞胎的地方，好多外地来的人偷偷住这儿怀孕，也大多是双胞胎。双胞胎是可以上户口的，不能把多出的一个掐死是吧。他说我老大比老二大一个小时，但很懂事，打工帮助他弟弟读完高中再读大学，读的是光谷软件学院。是光谷软件学院？是的是的。巧了！那我们的孔教授就是那个学校的老师。孔瞟眼这下成孔教授了。

　　田老汉说啊，孔老师你一定认得我这娃，你一定帮我找找我娃子！我娃叫田二春，我老大叫田大春。孔瞟眼说不认识，学生太多，哪能都认识。您一定教过我娃的，我这娃不爱说话，戴个眼镜，不像有些娃嘴花。大学毕业后在光谷一家公司上班，蛮好的。可我娃突然不在公司上班了，不见了，打他电话是空号，有人说在网吧里看见过他。他哥专门从温州回来与我一起到武汉找过他，找了整整一个月，找了几千家网吧，所有武汉的网吧找遍了，寻人启事贴了不晓得好多，还受了不少骗。杜老眯说这娃怕不是染上网瘾了？赵日天说你们报警了吗？报了报了，问了几次警察，警察就定为失踪人口了，就要下户口的，现在离下户口还有几个月。我后来又去武汉找了几次，在武汉边捡破烂边找，都没有找着。我家里还有些寻人启事，我待会儿给这位……孔老师，麻烦老师帮找找，我全家对您感谢不尽！孔瞟眼说好的好的，我们在田建成家喝猪血汤，您去吗？我不去我不去，他叫了我，我没有还礼的，不好意思喝人家的汤。我是准备去温州大儿子那儿过年的，儿子也电话要我去，我怕二春回来，春节家里没人，我就在家等他。

唉，原来是这样啊，可怜天下父母心啊！终于明白了他给那狗添食，害一样的病啊，同病相怜。这样这样，那到时您把寻人启事拿过来，我们的孔教授一定会帮您找的，赵日天对老头说。好的好的，孔老师是好人，大好人！田老汉恨不得给孔瞟眼磕头，作了一串揖，背着柴火一溜小跑往村里去了。

山里的景色很好，可有人很悲伤，狗也很悲伤。树林里有落叶乔木，有不落叶的常绿乔木；有落叶的灌木，有不落叶的常绿灌木，都与山与村庄共存着。石头房子、青瓦、白墙，还有炊烟，有山脊，有叮咚作响的泉水和封冻的池塘，有弯弯曲曲的田畈，有庄稼，有蔬菜，在冬季如此美妙，在春季夏季秋季还不知美妙到什么程度呢，简直藏着当代人生活的所有幸福元素，藏着安宁、温暖，藏着城里人所有的想象。这个村要买下来，要买下来。孔瞟眼抱着狗食盆对我们说。

喝汤啦，喝汤啦！我们像禾场上的鸡一样飞奔到田建成的家。那猪已被大卸八块，收拾成肉的模样，不再是猪。屠夫在洗大肠，鸡在啄食猪粪中的食物，它们也将被抓到城里去，成为鸡肉，不再是雄赳赳气昂昂的鸡，它们的好日子也快到头了。屋里已经摆上了两桌，我们一桌，村里的人一桌，火锅热气腾腾，热泡咕噜。新鲜的猪肉炖萝卜、心肺煮海带、辣椒炒肉、炒蛋，当然少不了猪血豆腐汤。还有一些我们最爱的乡村坛子菜，什么泡辣椒、酱萝卜、酢冬瓜、尖椒豆豉。还有自酿的苞谷酒，饭是土灶锅巴饭，那个香啊。田建成的老婆端菜，田建成用一个大锡壶给我们倒酒。他老婆说，你们莫要客气，山里也没个好招待的，尽管吃，尽管吃。好的好的，不客气不客气，这酒好，好酒。人们都喜欢吃野食，野食就算是一泡狗屎也是香的，酒是酒精勾兑的也是香的，天下第一好酒。我们就给村里的几个老人敬酒，给他们拜早年。菜是真好吃，全是土菜，辣，辣得有模有样。塘里洗的菜是青嫩青嫩的，绝对的绿色蔬菜有机食品，猪是有机猪，蛋是有机蛋，这儿的水好，这么想，那双黄蛋双胞胎就是与这儿的水有关系。赵日天见了酒就忘记了抓鸡，说今天终于吃到地道的土猪肉了，而且是田架山的百草猪，这肉是甜的，萝卜可以生吃。来来来，喝喝喝！夜壶哥来祝贺你得到了一个狗食盆！第二杯是祝贺孔瞟眼得到砖筷篓，第三杯是铁猫子，第四杯是夜壶。他老婆过来夺他的酒杯，说你这个痛风鬼、高血压，喝死的！赵日天说我吃了药没事，不关你的事，跟我夜壶哥喝酒。正喝着，田老汉来了，手上拿着一叠纸片，很薄很薄的花花绿绿的纸片，另一只手上提着一只鸡，鸡绑住了脚。田建成见田老汉来了，远远地就打招呼说田爹来喝酒。田老汉说他已经吃了，就径直找到孔瞟眼说，孔老师，这是我娃子的寻人启事。启事上印着他儿子的头像，印得模糊，像是乡镇印刷厂印的。他儿子看起来很端正，斯斯文文，戴着眼镜。孔瞟眼正在与赵日天干杯，已经喝得神鬼颠倒了，就接过那摞纸片放到椅子的屁股后头，说好好好。田老汉将土鸡塞给孔瞟眼说，我是代儿子孝敬老师的一点心意。孔瞟眼说这不行这不行。田老汉说那有什么不行，学生孝敬老师天经地义，天地君亲师，一日为师终身为父，这就拜托孔老师了。孔瞟眼再三推辞，我们说就拿上吧，盛情难却。

等田老汉走了，田建成说田爹可怜，他在武汉找了他小儿子大半年，大儿子他老婆是个二婚，有个孩子，后来又生了个孩子，负担重，也没管他老父亲，他就在村里等小儿子回来，天天在路口盼。因为婆娘们不喝酒，我要代孔瞟眼开车我也不能喝，气氛就上不来，加上两个杀猪师傅还要到别处杀猪，天又冷，几个婆娘想抓了鸡割了肉快点回家，雪还在下，就说吃饱了。田建成说没有喝好，往年村里哪家杀年猪，都要接七八桌客喝汤，肉要吃几十斤。我家吃了吃你家，冬月腊月吃两个月，到了正月，又请春客，又要闹一个月。往年到了这时候，狮子龙灯采莲船蚌壳精都出来了，村里热闹得要命。好吧好吧，你们抓鸡吧。

鸡们吃过桌下的残羹后，都在禾场的雪地上唱歌消食，公鸡雄壮，母鸡肥壮，但怎么抓是一个问题。田建成说我来唤鸡，他准备了两个网兜，网鸡的。他抓了些米，就把鸡往隔壁没锁的红漆门屋里撵，米撒在那黑暗的屋里，那里原来成了他的养鸡场。咯咯咯咯咯咯……鸡见了米，就像见了亲娘，撒腿就往那屋里跑。等鸡们都进了屋里吃食，田建成将门关住了，喊我们过去抓鸡。我们悄悄进了门，再把门掩上，立即动手。鸡发现我们的意图，就拼命往外面跑，但有网兜伺候，鸡就成了我们的鸡。门是破门，鸡可以钻出，有的鸡就钻出了，撵鸡的就开始到处撵鸡，屋里屋外，到处是抓鸡的男女。有的老娘们用自拍杆打鸡，有的飞身扑地抓鸡。我抓了两只，孔瞟眼也抓了一只。杜老眯、马夹头和赵日天因为年纪大了，手脚不利索，抓得满脸污渍还是两手空空，加上吃得太饱又喝了酒，眼神也不济，跟着鸡满村跑。鸡飞上了石墙，鸡钻进了草垛，鸡跳上了竹篱，鸡在逃亡。抓到鸡了的交给田建成老婆过秤，再去称猪肉，再就没事了抓拍那些抓鸡人，还大喊：鬼子进村了！鬼子进村了！武汉"鬼子"完全是抗日神剧，鸡把他们带到雪沟里，带到断墙上，他们张着网兜嘴里骂骂咧咧就是逮不到。赵日天喝太多，摔了一跤，手上只有一根鸡毛。他老婆瞎指挥，说这里这里，那里那里，光动嘴不动腿，一网兜下去，网到一坨干牛粪。他老婆大骂他废物，个斑马的把兜子给我！赵日天毕竟是个男人，有自尊，痛风也有自尊，就是不给，霸着网兜，再网。人本来就蹒跚，但拗着劲了，要与鸡一争高下。加上有酒精烧脑，血往上冲，我们都怕他绊在石头上摔下去中风就坏了。

那鸡与他周旋了十几个回合，不分胜负，他碰上了一只狠鸡。那鸡不只跑得快，还展翅高飞，又飞进了那个破屋里。赵日天紧追不舍，进得门去，只听一声惨叫，鸡被擒获了。赵日天手上抓着一只大母鸡，从红漆大门里伸出头来，脸上露出胜利的微笑。孔瞟眼就抓住了这精彩的一瞬间，拍到了赵日天抓鸡的经典镜头，后来获得了中国夕阳红摄影大赛银奖，题目就叫《赵日天终于逮到鸡了》，自是后话。杜老眯就喊，赵日天日天了，赵日天日天了！马夹头推了赵日天老婆一掌，要她去迎接逮鸡英雄。我们几个起哄道，嫂子过年我们到你家去吃土鸡。赵日天老婆说好好，没问题没问题，留着你们喝酒。

好啦，满载而归啦，又是土鸡又是土鸡蛋又是土猪肉，还有人有了别人送的鸡。我们逮鸡时，田老汉一直在远处看着我们，等我们把账结清了，他又跟着我们到村口停车的地方，一再嘱托孔瞟眼帮他找儿子。孔瞟眼说了一句话安慰田老汉，说万一找不到了，你还有一个儿子两个孙子，只能往好处想。我们都觉得他这话说得不妥，我们看田老汉凄伤失魂的表情，不想插话。田老汉给我们小声地说，建成那儿哪有土鸡，他的鸡都是从山那边养鸡场买来的，他一年在这里要卖几百只鸡。我们想，不会吧，我们的后备厢里全是叫唤的鸡，怎么会是养鸡场的饲料鸡？算了算了，我们不会再去问田建成，天色晚了，雪在下，鸡也没几个钱，我们要赶快返程了，山路险。

　　走到半途，因为赵日天喝过量了，再加上这日怪的苞谷酒度数高，山路颠簸弯又多又急，还加上撵鸡吸了太多冷风，就开始呕吐。第一口没止住，就吐到了车里。然后我们停下来让他吐。他吐了再上路，上路后又要吐。这可咋办，赵日天太老啰，下次不能让他出来折腾了。我们停下车看他吐，把胆汁都吐出来了，他身上全是秽物，各自身上带的纸巾都擦完了，遭罪啊。孔瞟眼在车上找了半天，翻箱倒柜，没有了，最后拿出一些纸片来，是田老汉交给他找儿子的寻人启事。他说只剩下这个了，日天的赵日天呀赵日天，用这个擦吧。寻人启事全部擦完了，那些沾上了难闻的呕吐物的一堆纸坨儿，就丢在了北风呼啸、风雪弥漫的荒野上，丢在了我们车的后头。天气真冷。天气真冷啊！

选自《上海文学》2018年第5期

评鉴与感悟

在"看"与"被看"之间的世界
——评陈应松《赵日天终于逮到鸡了》

在陈应松的创作话语中，"奇幻"通常是他用以构建文本的关键技法。但在短篇小说《赵日天终于逮到鸡了》中，他一改奇幻笔法，换用平实的目光，完成了一次对城市文明与乡村文明冲突的观察。

作品讲述了城市人到乡村去的故事。赵日天等一众城市文明的代表者来到了田架山，他们带着城市人的优越与傲慢，对乡村的一切进行着高人一等的赏玩。最终他们也被村民的小狡猾所欺骗，城市文明与乡村文明完成了一次对撞。

"看"与"被看"模式，是作品所采取的重要结构类型。这种模式的滥觞，自然是鲁迅先生在《呐喊》《彷徨》作品中所构造的这一种结构。当然，《赵日天终于逮到鸡了》中的"看"与"被看"模式与鲁迅先生作品中的这一模式，内涵上是存在本质不同的，这里只是将这一结构的基本模式进行借用，并进行新的内涵分析。

这一模式成立的基本条件，自然是需要存在"看"与"被看"双方。《赵日天终于逮到鸡了》中"看"的一方是孔瞟眼、赵日天、马夹头、杜老眯和"我"，代表着城市视角；"被看"的一方，就是田架山中的村民。无论是山中的老房子，还是田建成所代表的农家生活，都吸引着赵日天一行人去关注。在"看"与"被看"的双方之间，力量并不是对等的，前者的权力优势非常明显。他们和夫人们兴致勃勃地去田架山抓鸡，每个人都天然地带着猎奇的眼光看着田架山里的一切。这一行人最有兴趣做的事，就是观赏含有原始神秘元素的事物——铝瓢子、狗食盆、夜壶和"野鸡"。而自拍、秀朋友圈、P图等这些具有城市与现代混合意味的行为，则更加鲜明地体现出他们猎奇和炫耀的本性，对于农民的疾苦完全是冷漠无情的。比如他们面对田老汉恳求他们找儿子这件事，丝毫没有放在心上，他们所想的还是要吃到山里的鸡，找到山里的古董。这就让气温本来就低的大山显得更加寒冷。

但是，这篇作品不仅仅是建构了一个简单的"看"与"被看"模式，在这个表面的二元模式下其实存在着一个"看"与"被看"双方的位置互换。当赵日天一行人正在津津有味地"看"着田架山的时候，田架山的人们也在看着他们。他们看着这一群城里人的虚荣、浮夸与傲慢，并且用乡村里人所有的"狡猾"暗自讥笑着他们，同时也审视着他们。田老汉小声的一句"建成那儿哪有土鸡，他的鸡都是从山那边养鸡场买来的，他一年在这里要卖几百只鸡"。将这一群城里人完全尴尬地暴露在了"被看"的境地里，哭笑不得。

作品中最具有象征意义的那幅画——《赵日天终于逮到鸡了》就是这种"看"与"被看"模式的绝佳象征。城市文明看似高傲，实则不堪的荒诞图景被用照片的形式永久地展现在人们的眼前。（李嘉桐）

双黄蛋

　　大河不一定大，小镇笃定是小的。里镇的小又是过于小了，单一条街，弄堂一样窄，长不过一里路，盛不下镇小和镇中联合出动的游行队伍。镇小五个年级，十个班；镇中两个年级，六个班；加上老师，总起来，七八百人，一支大队伍，挤在窄街上，呼口号，浩浩荡荡的样貌，烽火似的，时常吓得天上的麻雀抱头鼠窜，逃进山林；阴沟里的老鼠狗急跳墙，仓皇在街头，运气不好，要被乱脚踏死。老鼠剥了皮是可以吃的，据说比麻雀肉香：主要是肉多。镇上最臭的是人，地主，富农，反革命，坏分子，破鞋，流氓，臭老九，都臭气熏天的：比烂的尸体要臭。最香的当然是肉，一镬子搭配陈皮香菇的红烧肉，香气可以从镇东头飘到西边。

　　不过这是难得一遇的，比遇到游行难。游行有时一天可以搞两三回，一只镬子是无论如何不可能一天烧出两锅红烧肉的。镇上的镬子都缺少油水，跟学校里的老师肚子缺少墨水一样。中学开地理课，老师姓张，国内，不知道洱海是个湖；国外，不知道新加坡的首都。新加坡是个国家，国家总有首都吧，首都在哪里？张老师说，这个我还真不知道呢，查地图也查不到。

　　张老师，女，一米五刚出头的个头，黄头发，大嗓门，方屁股。她有五个孩子，前三个都是千金，丫头片子。里镇说是镇，实质是农村，农耕文化，重男轻女。三个女儿，几乎抵得上一个罪，低人一头。便求菩萨，盼儿子。菩萨显灵，生下一个"双黄蛋"：双胞胎。方屁股就是双黄蛋撑的。这是解放前一年的事，那一年，她屁股像蒸笼里的发糕一样胀开，耷落来，收不拢。大嗓门是游行呼口号练的。她是游行积极分子，而且因为人矮，总走在队伍前面。前面的人要领头呼口号：打倒×××！打倒×××！再三下来，嗓门像屁股一样撑大，也是收不拢，上课像在街上游行，下面嗡嗡嘤嘤，上面铿铿锵锵，隔壁教室都听得到。

她一对宝贝双黄蛋，曾经也在某个教室里，一个叫毕文，一个叫毕武：谐的是"比文比武"的音，也是"文武双全"的意思。毕文是哥，毕武是弟。两人除名字有别，其他的如长相、声音、说话腔调、看人眼神、走路姿势，用放大镜照，也寻不见纤丝不同，包括膝盖上状若宝岛台湾的粉红色胎记，也是一个图章盖的。

讲他们是一个模子压出来的，并不贴切，因为模子压的只是形似，表象。他们芯子和血液里都像，吃奶一样爱咬奶头，睡觉一样要磨牙，从小爱睡懒觉，扁桃体爱发炎，打架爱咬人，生气爱翻白眼——而且很爱生气，经常翻白眼，结果两人长大都有些轻度斜视。家里是母亲当家——同在学校一样，小个头的张老师非但嗓门大，脾气更不小，把丈夫训得像学生一样服帖。丈夫在农机站上班，会修拖拉机，两个小家伙经常跟父亲去上班，有时顺手牵羊，偷个螺帽、弹簧回家，偷的东西都是一样的。

两人一样怕母亲，不怕父亲，一样对母亲撒谎，对父亲撒娇。从小，两人总是一起伤风感冒，头痛腹泻。七岁时，两人一夜醒不来，高烧不退，医院确诊是急性脑膜炎，差点烧坏脑筋成傻子。十一岁时，放暑假，两人例行去乡下外公家过假，十三岁的表哥带他们去水库游泳。水库不大，几十米宽，表哥扎几个猛子，已经在对岸。两兄弟跟在后头，头挺着，手扑着，正宗的狗刨式。刨到一半，毕文小腿抽筋，叫救命。表哥回来救，刚搭上手，毕武也抽筋，更大声地叫救命。表哥转身又去救他。两个人死死拽着表哥一只手、一只脚，把表哥扎猛子的本事撕得粉碎，也喊救命。亏得管山的人正好路过，否则三个人早做水鬼。

最出奇的是，两人做作业，写作文，错别字都是一样的；考试经常两个人的试卷，像一个人答的。没有最出奇的，只有更出奇的。十五岁那年，夏天，两人在同一天夜里遗精，把裤头弄脏。他们不知道这是遗精，以为是家里的猫撒的尿，当稀奇在早饭桌上讲。猫是多么谨小慎微的，怎么可能在人身上撒尿？母亲给他们洗裤头，看样子，闻气味，就知道是怎么回事。尽管十几年来她已经看够了发生在两人身上的种种匪夷所思的现象，但这件事还是震惊了她，甚至让她害怕。

着实，天下的双黄蛋多了去，镇上也有三对——她在书上看过，双黄蛋的比例是百分之一，其中一半为同卵。同卵是一分为二，既有分，总有别。世上没有两片相同的树叶，但她觉得自己这对双黄蛋是相同的，不但同卵，也同体、同心。他们不是一个模子压出来的，而是镜子照出来的，是一对断开的连体儿。小时候她有意给他们买一样的衣帽、鞋子、玩具，为了炫耀他们是双黄蛋。后来，她有意给他们买不一样的衣裳、鞋子、文具，因为她要分清他们谁是谁——实在分不清啊！甚至，他们自己也分不清，因为别人经常把他们搞混，也因为他们都从对方身上看到了自己——像从镜子里看到自己一样。

就这样，双黄蛋一岁岁长大，小的里镇因为他们的长大平添许多谈资、趣闻、笑料。他们从街上走过，像一道风景，一个故事，一出戏，人们不免要多看一眼，议论一些，猜测一些。小些时候，风景的意味要浓厚一些，两兄弟穿一样的衣裳，剃一样的发型，迈一样的步伐，叫毕文，毕文应，叫毕武，毕武答，乖巧可爱。大一些，两人开始调皮捣蛋，存心扮戏演，叫毕文，毕文把毕武推出来，说：叫你呢。毕武便以哥自居，对路人说：是的，他是我弟，可他老想当我哥呢。哥哥笑，弟弟跟着笑，露出来两嘴巴一模一样的四环素牙。路人甲说：你们看，两人牙齿发霉了，也霉成一样，真稀奇。路人乙问兄弟俩：你们有什么是不一样的？兄弟俩经常同时答：我们将来的老婆是不一样的。

但他们没有迎来有老婆的日子。

"文化大革命"开始时，他们十七岁，是县中高二毕业班学生。那时小学是五年制，初中高中都是两年制，他们七岁上学，按理头一年该毕业，只为成绩差，差到底，留一级，拖到这一年。虽然起的名是要"文武双全"，但两兄弟一向偏武废文。小时候母亲一边烧着饭一边教他们《三字经》，他们嘴上在背，手上在打；打着打着，经句吞到肚子里，嘴上也打起仗来，吐口水，骂脏话。母亲气煞，打他们，一边耳光，一边巴掌，一点不手软。上学后，他们上课打瞌睡，下课打同学，称王做霸，甩威风。母亲专门有两根教鞭，一根放在学校教学生，一根留在家里教他们，最后只教会他们打人。

镇上的孩子没一个不怕他们的，两兄弟利用父亲农机站的工具，做出来的弹弓既漂亮又实用，时不时可以射下停在电线上的麻雀——可以想见，如果射人必是弹无虚发。一根粗铁丝，他们七捣鼓八捣鼓，会绞成一根麻花型的抽鱼鞭，手柄如剪刀柄，缠着细麻线，握着牢靠，挥舞起来，呼呼响；往溪水里使劲一抽，水花溅得比人高，几条鱼可能就此成为他们盘中餐。他们还会用弹簧和铁片做弪，弪黄鼠狼，弪野兔。每次他们拎着这些野物——包括麻雀和鱼——回家，母亲总是歇斯底里骂他们：你们两个小畜生，我要你们读书！读书！

不管母亲怎么教训，读书就是不行，求神拜佛不行，暗中搞鬼才行。初中毕业考，母亲把试卷偷回家，他们才考到名额，去县城读高中。高中的大门是这么敲开的，留级也在所难免，而且留级似乎也没派上用场。两兄弟有自知之明，比文的路子笃信走不通，今后只有去比武。比武也要高中文凭！母亲下死命令，一定要他们为毕业而战。眼看毕业季临近，两兄弟毫无起色。母亲担心又不甘心，准备故伎重演——用鬼把戏把他们送进去，再用鬼把戏接出来。在老师母亲看来，世界很大，但文凭最大；文凭可以让世界变小，小到一个算盘，可以盘算。手持高中文凭，回到小的里镇，便是鹤立鸡群，便有大的阳光道。从开春以后，张老师便时常盯着家里的两只老母鸡发呆，同时感到小腹以下隐隐地痛。戳到痛处了！鬼把戏是痛心的。

到五月，形势翻天，一股革命的洪流从上而下席卷，轰轰烈烈。一天夜里，两兄弟箍着时髦的红袖套，踏黑回家，翻箱角旮旯儿，找出当初自制的剪刀柄的抽鱼鞭，在堂前屋里呼呼地试来练去，一派豪情，一脸春风。母亲问他们要做啥，双黄蛋相继作答——文说：县里在我们学校成立了造反司令部，教我们体育的吕老师当了副司令；武说：他提拔我和哥都当了队长，要我们带头造当权派的反，革他们的命。文说：学校是革命的摇篮；武说：妈，你也带头造反吧。当妈的问：怎么造？当哥的说：贴大字报，想骂谁就骂谁，把坏人恶霸揭发出来；当弟的说：然后发动学生罢课、游行，把他们揪上街批斗。哥补充：批臭斗死！让他们翻不了身，做不了人。弟响应：对，只能做牛鬼蛇神。天乌乌黑，贫血苍老的电灯昏昏欲睡，没有母亲的目光亮。这么多年来，她第一次觉得双黄蛋是令她自豪的，兄弟俩的激情把她的目光刮得亮晶晶。

以后，将近一个多月时间里，县城鸡飞狗跳，里镇鸡犬不宁，大字报铺天盖地，游行队伍病毒似的繁殖，祸水一样肆虐。眼看着，好人一个个变坏，"坏人"一个个被抓挨打。双黄蛋的抽鱼鞭沾满血迹，这是他们革命的成绩单，功劳簿。副司令吕老师看在眼里，喜在心头：像看恋人，越看越欢喜，欣赏的目光绽放着胜利的芳香。作为奖赏，他给兄弟俩各发一套虽然褪色却依然神气的绿军装，后来又加配一根标着大五角星的褐色武装带，风姿飒爽的样子真正是鹤立鸡群。

与此同时，在两个儿子的鼓动和激励下，当妈的也在自己学校为革命奔波操劳，晚上集人开会、写大字报、书标语，白天带队游行，领头呼口号，累得方屁股瘦了，喉咙哑了，嗓门大了。这是与儿子遥相呼应的意思。可她非但没有领到奖赏，反而遭人出卖暗算。有人贴出大字报，有凭有据，揭发她曾经偷试卷回家，为双黄蛋儿子上高中欺骗党和人民，犯下滔天罪行。双黄蛋闻讯后紧急赶回家，用血书表明这是对他们的诬陷，同时严正声明，血债要用血来还。

谁的血？

母亲——张老师——报出一个名字，是他们学校教务处的一个人，笃定！

此人年轻时在省城艺校读过一年书，因为吃酒打人被开除。解放后这成了他的荣耀，因为被国民党虐待过。解放初期他一度在县政府当过什么组长，后来又因吃酒打人，被下到里镇当乡干部。其间他与镇上一个女青年谈对象，结果被对方举报，说他是流氓，不但亲她的嘴还偷看她妹妹洗澡。从此，他沦为半个酒鬼半个流氓，在小的里镇声名狼藉，被塞到学校教务处打杂，成了张老师同事。好在他读过艺校，写得一手好字，写写标语、刻刻试卷，这类生活是他拿手的。至少表面上很称职，私底下其实也是不称职的，否则张老师怎么偷得到试卷？

张老师清晰地记得，那天她向他要试卷，他爽直得很，约好，晚上去他家里取。去到他家，他露出流氓本性，要摸她的方屁股。她逃开，严肃警告他：你不要再犯老错误！他拿起试卷，要撕的样子，一边说：那你走吧，这是犯法的。她不走，他上前，把试卷往她胸口里塞，一边摸她奶。她浑身瑟瑟抖，他嘻嘻笑，说：你都是下过双黄蛋的人啦，怎么还像个小姑娘。她继续抖，他继续摸，从上面摸到下面。她看他要把那家伙掏出来，又警告他：只能摸，不能那个。他嘴上答应，但最后还是那个了，不那个就要撕试卷，很流氓的——一个彻头彻尾的流氓！

想起这些，张老师就掉眼泪，恨死他，骂他王八蛋——那么就叫他王八蛋吧。王八蛋是最欢迎革命的，他从曾经到如今，一落千丈，潦落到底，四十多岁还是光棍一个。他把革命当老婆待，革命的动力、热情、时间、忠诚都不在张老师之下。革命是复杂的，开始形势不明朗，两人本着革命的需要，攻守同盟，一致对外。对她，是不计前嫌的意思；对他，是想趁机同她重温旧情的意思——当然这是不可能的，张老师恨不得撕掉那可耻的一页，怎么再续新篇？两人逐渐分裂。后来革命结出胜利的果实，两人都想当家做主，分裂便白热化，互相贴大字报。她揭发他是流氓。这是老调重弹，老得烂掉的东西，如泥牛入海，一个浪花都没激起。没人理会，视若无睹。而他揭开的黑锅——她的罪行——偷试卷，像她偷男人被人在床上按住一样，一下激起千层浪。一夜间，里镇人都对她恶眼相看，是千夫所指、罪该万死的架势，她走在街上感觉被扒光衣服一样，怯懦得要死。双黄蛋就这样紧急回来扑火，救场。形势一边倒，母亲孤军奋战，需要他们来力挽狂澜。

经历过县城大革命洗礼的人，而且是功臣，英雄，抽鱼鞭的血迹，勋带一样亮着他们的功勋，也攒着他们的勇气。何况到小的里镇，何况面对的人，是一个臭名昭著的败类。两兄弟受令出门时，心里没有半丝杂念，是满当当的信心，胜券在握的从容。母亲交代他们，这是一只恶狗，你们要小心。两兄弟嘴上应着，心里烦着，觉得母亲太不了解他们。乌鸦都是黑的，狗都是恶的，这一个多月来他们什么恶黑没见过。我们见过的恶狗比你教过的学生还多，两兄弟几乎同时对母亲说。母亲立在门口目送他们走远，消失在夜色里，却一直没分清谁是文谁是武。他们穿一样的军装，系一样的腰带，提一样的鞭子，迈一样的步伐，即使是白天她也不一定分得清。

熟门熟路到王八蛋家，踢开门，王八蛋正在犒劳自己：喝酒。你们想干什么！两兄弟二话不讲，经验十足，分左右夹攻，左一鞭，右一鞭。他们一以贯之的战术是，先鞭打，后脚踹，然后再辱骂。打蛇打七寸，打人要先灭掉对方气焰，所以开始出手必须威风，狠！这叫下马威，也是撒手锏。在他们以往打人的经历中，这一套战术屡试不爽，经验已成宝典。果然，两鞭子下去，王八蛋抱头呻吟，败相毕露。下一步是上前用脚踢，哥一脚，弟一脚，猛踢，把他踢翻在地，然后用脚踏住：是踩扁的样子，也是插红旗的意思。这时再开口骂，目的是要叫他求饶讨好。两兄弟一致认为，听敌人求饶讨好，比听最动听的歌声还要悦耳：是心花怒放的景象，像筷子插到红烧油肉里一样。

一脚！

二脚！

三脚！

第四脚踢一个空，因为王八蛋已经四脚朝天，倒地。因为踢空，人就扑出去，被惯性拽着，撞飞一只热水瓶，又撞翻一张板凳，最后撞到墙角的洗脸架。这是毕武，架子倒在他身上，脸盆扣在他头上，有点滑稽。竹壳热水瓶在飞行途中撞到八仙桌的桌沿，落地，砰的一声响，像枪声。其实只是瓶胆爆破。开水流了一地，也有些许向空中飞溅，至少有两滴溅到毕文脸上。毕武要感谢脸盆，要不是有它扣在头上，他的脸兴许会被烫伤。但现在两兄弟几乎毫发无损，只是略微受惊而已。毕文下意识地摸一把脸，爆一句粗话，上前当胸一脚踏住王八蛋，准备开骂。这是多次实战过的，经验告诉他，战斗已进入尾声，接下来是光荣的受降时间。他万万没有想到，激战尚未开始。

几乎是不可思议的，他们打过那么多人，从不见谁敢还手，王八蛋居然不仅还击而且十分凶蛮。他用摸过他们母亲屁股的双手，老虎钳一样死死钳住踏在他胸膛上的脚，然后使劲一旋一掼。毕文感觉自己像那只竹壳热水瓶一样飞起来，飞行的姿态极为难堪，叉着八字腿，举着投降的手；先跌在长条凳上，翻出去，撞到墙上，最后滚倒在大门前。毕武摔掉脸盆——缺乏经验，没有将它当武器朝王八蛋摔——看到哥遇袭，求胜心切，不操家伙——鞭子其实就在屁股下——赤手空拳扑上来，想把刚坐起身的王八蛋扑倒。王八蛋练过似的，左手挡，右脚劈，带招有式，手脚麻利，把他劈进桌子底下。转眼毕文又扑上来，毕武没看见是怎么回事，只听他啊哟一声叫，跪在地上。

开始毕武以为毕文只是吃了一拳，连忙从桌底下钻出来助战。他和王八蛋几乎同时站起来，只见对方手上挺着半截酒瓶子，迎接着他。小畜生，要死就上来！王八蛋大吼一声，声波震得倚墙悬立的脸盆滚起来，闹鬼似的。革命一个多月来，身经百战的英雄第一次感觉害怕，盯着酒瓶子，心怦怦跳，不敢上。那玩意豁着口，呲着一圈尖锐，滴着酒，仿佛也滴着血，也仿佛真的把他变成小畜生：黄嘴鸟，不敢轻举妄动。他瞟眼去看毕文，希望他从背后袭击王八蛋，却见他一手撑在地上，一手捂着肚子，血从白皙的指缝间渗出来——果然出血了！

哥，你没有事吧？哥以痛苦的呻吟作答，一呼一吸间，血水汩汩地冒着，像捂着一只拧开的水龙头，眼看着开关越开越大，血水成线，呈抛物线状喷射。小畜生毕竟小，不知道出大事了；大畜生一看就知道，肝脏破了。小畜生看哥帮不了忙，操起条凳准备拼死一战。王八蛋一声断喝：快把他送医院！要死人啦！话音未落，毕文似乎是为表明王八蛋没说错，一头栽下去，血像倒出来，一下在水泥地上漫漾开来。王八蛋摔掉酒瓶子，脱下衬衣，想用袖管当绷带去扎住他伤口，不料背后挨了一凳。这是一个吓破了胆的十七岁少年的一击，事后王八蛋对人说：他打在我头上，我连个疱都没起，死人都比他有劲。同时王八蛋也说：真没想到，杀个人是这么容易。

这是晚上九点多钟的事，里镇的人大多上床睡觉。街上没有路灯，只有少数人家开着电灯，其中一盏是张老师开的。尽管心疼电费，但她更担心儿子，黑暗会放大她的担心；她用电灯壮胆，鼓励自己，双黄蛋一定会凯旋。她数着数，熬着。突然，镇上的狗像接到口令，统一汪汪起来，口令是由毕文的血发出的——第二天，将有许多人说在路上看到一路血迹。

现在，张老师被一阵由远及近的狗叫声叫得心烦意乱，她隐隐觉得不对头，打开门，想出去看看。开了门，又有点不想出去，怕沾上晦气。狗这么疯癫地叫，像中了邪，总不是好事，兴许有晦气鬼在游荡。这么想着，她连忙关上门。就在门合拢的一刹那，她清楚地听到儿子很远地在叫她妈。

不管什么时候，只要不当面，两个儿子叫她妈，她总是分不清是谁在叫。相貌可以通过衣裳来区分，声音是没有任何办法区分的，这是她一辈子都解决不了的问题。但这回他分清了，是毕武，不过也是事后分清的。当她打开门，探出头，循声看去，老远看到一大团黑影朝她跌跌撞撞冲来，那身影，那步伐，都不像一个人，像一头发疯的巨兽。她怀疑刚才是不是出现幻听。犹疑间，那黑影越发近来，发现是两个人叠在一起；再近了，发现是她两个儿子，双黄蛋，一个背着另一个。她不知道是谁背着谁，只知道自己一个儿子受伤了。她本该出门去迎接，但这个可怕的事实把她吓成一个废物，钉在原地；毕武本该继续往医院赶，但他实在太累太累，一头钻进屋，想歇个脚。

母亲看到儿子背着儿子钻进家里，而且两身绿军装也看不见血色，以为儿子受的只是轻伤。可当扶儿子从儿子身上下来时，她发现摸到哪里都是湿的，黏的，红的，才意识到伤得不轻；当看到儿子两张脸，一张像刚从蒸笼出来，汗流满面，红彤彤的，头发冒着热气；一张像发过酵的面团，又白又大，摸上去冰凉，眼睛撑得比嘴巴大，嘴巴张得可以塞进她的拳头，她知道这个儿子完蛋了。她想叫他，呼救，却不知他是谁，抬头朝毕武吼：你是谁！毕武回答后，她才嚎叫：毕文！你醒醒！毕文！你醒醒！毕文呼着气，嘴巴越发大，可以塞进他父亲的拳头。她的嚎声吓得所有狗都不敢叫，镇上所有人在毕文断气前都知道他死了，包括王八蛋。

从此，里镇人多了一个谈资：双黄蛋，一个死了，另一个还能不能活得了？因为他们实在不是寻常的双黄蛋啊，他们是镜子照出来的，是分开的连体人。这一点众所周知。当然最知晓的自是双黄蛋家人：全镇人的知加在一起也抵不上这家人的晓！尽管他们闭口不谈，避而不听，却是欲盖弥彰的意味，闭上眼都看得见，捂着耳也听得见：像幽灵，神出鬼没，钻进心思里，潜入睡梦里，明里暗地求神拜佛也赶不走，驱不散。王八蛋也像幽灵，镇上时不时冒出他的传闻、影踪，甚至在毕武刨掉他的祖坟后，他还来贴过亲笔写的大字报，诅咒毕武死。

这个王八蛋！他摸透毕武及其家人的恐惧心，火上浇油，想借鬼杀人，把毕武吓死。只是有些不该，想不到，吓死的人是里镇人都爱戴的毕师傅。其实也是可以想到的，这个老实巴交的农机师连老婆都怕煞，总归是怯懦的，怎么可能受得了死鬼活鬼的日煎夜熬？这年冬天，他用一根电缆线吊死在农机站的车床棚里，车床曾经是他养大五个孩子的田地，留着他太多的汗水，最后留着他的遗书。遗书是写给毕武和老天爷的，说：毕武，不要再去找那个王八蛋，我死了会找他算账的。老天爷，我是代毕武死的，我死了，求你放过他，让他帮我传香火。落款是一个蘸血的拇指印。

遗书不放家里，放单位，公开，说明它也是写给里镇人的。这里指的老天爷，实际也有里镇人的含义，恳求乡亲施恩，饶了毕武，别咒他死。从此，里镇人又多了一个谈资：毕师傅蘸血的话会灵验吗？

选自《收获》2018年第3期

评鉴与感悟

伤痕记忆中的一抹微光
——评麦家《双黄蛋》

读完麦家的《双黄蛋》，第一感觉就是紧张、压抑。小说开篇就营造出一种高度紧张的气氛：七八百人的游行队伍，天上的麻雀，阴沟里的老鼠，最臭的地主富农反革命坏分子，最香的陈皮香菇红烧肉，全都局促在像弄堂一样狭窄的小镇街道里。这是1949年之后的社会主义革命时期，一对名叫毕文和毕武的双胞胎在这个混乱不堪的小镇出生，被当地人戏称为"双黄蛋"。"双黄蛋"不仅外表长得一模一样，就连行为、性格也都出奇一致。除了期待未来拥有不一样的老婆外，他们热衷于造反和革命。"双黄蛋"的母亲——里镇的张老师，一个小个子大嗓门性格彪悍的女人，被人翻出偷试卷帮儿子们作弊的旧账，进而牵扯出当年遭到所谓"王八蛋"的凌辱事件，一时间千夫所指。为了挽救水深火热中的母亲，"双黄蛋"找到"王八蛋"报仇，不料哥哥毕文在双方斗争时负重伤而死。"双黄蛋"的父亲为保全弟弟毕武的生命，最终选择自杀。

这是一个由时代造成的家庭悲剧。小说通篇充溢着特殊年代暗淡无光、阴冷潮湿的气息：随时可能发动起来的运动、浩浩荡荡的游行队伍、粗俗的言语、贴大字报、写标语……麦家把这些极富时代色彩的标签描绘得细致入微，嗅觉、触觉、听觉都被调动起来，一下子把读者拉进那一段充满伤痛的灰色记忆中。特别是"双黄蛋"大战"王八蛋"这一情节，作家使用了极其细致的语言来描写三个人打架斗殴的场面，节奏紧凑、步步推进，画面感极强，读来令人战战兢兢，心生恐惧。

然而，麦家小说的心机藏得太深了！以至于我们稍不留神就会错过关键之处。《双黄蛋》写特殊年代的大动荡，但仔细端详才会发现，小说的角落里藏着一位父亲，一位怯懦、隐忍，辛苦养家，默默注视着妻子和儿子的父亲。当大儿子被打死，这个老实巴交的农机师用一根电缆线将自己吊死在农机站的车床棚里，留下蘸着血手印并带着诅咒的遗书。他想不到其他办法，只能代替小儿子去死，他企图用一种最原始、最愚昧的方式，打破里镇流传的关于"双黄蛋"同生共死的诅咒，以此来挽救小儿子的生命。这是一位父亲最深沉的爱，也是小说中唯一闪烁温情之光的地方。可就是这一抹微光，弥足珍贵。这束光那么渺茫，几乎照不亮那个时代的灰色天空；这束光又是那么微弱，甚至温暖不了那个时代的人心凉薄。麦家在小说中写尽了人性之"恶"，当这来之不易的"善"出现时，读者心中没有得到丝毫宽慰，因为用以命换命的方式了结恩怨，让人更加感到身处那个特殊时代的恐惧与绝望。

麦家深谙声东击西的技巧，他费尽心思写"双黄蛋"和他们的母亲，用浓墨重彩书写时代的记忆，只对这位父亲施以淡笔，殊不知整篇小说的机关就在于此。真正的悲剧，是将美好的东西撕碎给别人看。麦家笔下的这一抹温情，只让那些残酷的事情更显残酷，无情的现实更显无情，痛苦的记忆更加痛苦！这抹微光照不亮前路，暖不了人心，在那个伤痕累累的年代，更令人绝望。这样的处理，便是麦家的高明之处。（杨艳坤）

春 秋

/阿袁

他们第一次见面是在某个会议上，好像是"中国文学中的地理学研讨会"，也可能是"中国地理学中的文学研讨会"，她记不太清了。吃饭时，他正好坐在她边上，主动和她搭讪上了。很清淡的搭讪，没有男女意味的。这一点她看出来了。他和她谈论鱼生和芥末。那天有一道生鱼片，红艳艳的，花瓣一样，整齐地摆放在晶莹剔透的冰上。盛放它的器皿也是晶莹剔透的牙白瓷，在璀璨的水晶灯下，好看得炫目。她胃口一向不太好，每次坐在琳琅满目的餐桌上，往往看的时候多，举箸的时候少。尤其近些年，不吃的东西愈来愈多了，油腻的不吃，加了花椒大料的不吃，长相丑陋的不吃。桌上剩下的，也就不多了。所以每次吃东西时，她总是盯着一两样食物不放。"显得多么一往情深似的"——这是后来他调侃她的话，"多么奇怪的女人，对一盘生鱼片一往情深"。餐桌的转盘总是慢悠悠的，一圈转下来，盘里的菜就所剩无几了。所以当那道她想吃的食物经过面前时，她会尽量不引人注意地多夹几下，在转盘刚转过来，大概转到她右方七十角度时夹一下，垂直于她时夹一下，转走前大概到她左方七十度时再夹一下。这当然需要技巧，也需要食物的配合，有时食物是那种圆乎乎滑溜溜的，比如芋艿，她就完全没有办法夹几下了。不过，芋艿那样的食物不多，加上她这方面技巧娴熟，所以一般情况下，她都能优雅做到的。她

189

是那种吃相很好看的女人，慢条斯理，不慌不忙，像猫一样——这后来也成了她丈夫不满她的地方之一，"你能不能饕餮一回？"他皱了眉头对她说。她知道这句话是隐喻，他其实在指其他方面。年轻时他本来是个保守的男人，动不动就眼睑桃红，像古代戏剧里化了装的小生一样。她多数时候也是保守的女人，像他一样。所以他们才会成为夫妇。但她毕竟是学中文的，偶尔也会玩点儿"疏影横斜水清浅，暗香浮动月黄昏"的名堂。他那时似乎不太喜欢她这种旁逸斜出，总是慌乱地制止她："别这样，小周。别这样，小周。"——他一直叫她小周，不论在两人衣冠楚楚时，还是在两人衣衫不整甚至根本没有衣衫时。开始时她听了略略有些失落。"小周"这称谓是不是太见外了点？系里稍微上了点岁数的男同事都叫她小周呢。同事也叫，他也叫，不就显不出远近了吗？可不叫"小周"让他叫什么呢？叫莉？叫珍？或者叫莉珍？她认真地苦恼过，甚至私下里学了他的样子用那些称谓——叫过自己，听起来也是怪怪的。他那个人，还是适合有些见外的称谓吧。小周，他这么叫她。老季，她这么叫他。他姓季，叫季纳新。他其实比她也大不了几个月，两人同岁，都属羊。所以在叫老季还是小季时她踌躇了好久，最后还是决定叫老季了。这是女人的小心机。往老了叫男人总比往少了叫更稳妥。当然"小周""老季"听起来有些疏远，但怎么说呢，疏远里也有一种相敬如宾的意味。也挺好，她后来觉得。反正夫妇最后都要"如宾"的吧？她一直以为他们会这么相敬如宾一辈子的。没想到，中年之后，他似乎突然明白了"闺阁之乐有甚于画眉者"，竟然不满起她的保守樽节来。"你能不能饕餮一回？"他不止一次这么含沙射影地抱怨她了。她觉得好笑。"求仁得仁，又何怨焉？"他不是喜欢端庄的吗？当初她衬衫的扣子少扣一个，出门前他也要她扣好。裙子稍微薄一点儿，他会让她站到光线好的窗前转过来转过去，各个角度都端详遍了，然后坚决地对她说："这裙子透光，不能穿。"她虽然嫌他过于保守，但在心里又有点欢喜。这就是女性。不喜欢被管束，也不喜欢被放任。像她小姨婆所说的，女性天生是有风筝品性的，喜欢在天上飞，飞时又喜欢尾巴上被拴根丝线。年轻时她倒是有过饕餮的兴致和胃口，"别这样，小周。别这样，小周。"他那时喜欢这么制止她，当她言行举止有点儿过了时。有一回，他们去樱花谷赏樱，当时是三月末，已是暮春，樱花开

190

了一半，谢了一半，树上有花，地上也有花，花树间还有微微吹拂的风，是花谢花飞的意境，她当时就痴了，特别想"不端庄一回"——"不端庄"是奈保尔《浮花》里庄园管理员妻子的话。那女人是个荡妇，在和男人纵欲之后，到教堂去忏悔说"神父，我不端庄了"，有意思得很。她一个学古典先秦文学的，就算平日撙节，但只要介质合适，那种"桑间濮上"的思想就会忍不住冒出来。但他不干，"别这样，小周。别这样，小周。"——就是这么个古板的人，后来竟然抱怨她"你能不能饕餮一回"？

人最后或许都会走向自己的反面。假如他年轻时是个放浪形骸的人，说不定现在就收敛了。知识分子都有"吾日三省吾身"的习惯，三省的结果，就是否定自己之前的行为，然后对之后的行为做出矫正。像老季这种老实人，是会犯矫枉过正的毛病的，之前是过于保守，之后又过于放任。

准确地说，是想过于放任。他只是一味抱怨她，自己却没有什么行动，可能也是不知道如何行动吧。马尔克斯不是说过吗，爱是一种本能，要么生下来就会，要么永远也学不会。他想放任，却不知如何做，于是急切地指望她来启蒙和领导他，像学科带头人那样。学校里的课题组不就这样吗？老带新，教授带讲师。她一个搞文学的人，这方面理所当然是擅长的吧？应该是教授级别的吧？他肯定这么想了。

她不知道自己擅不擅长，也没有机会试过，谁知道呢？可即使擅长，她后来也没有那胃口了。"人过四十妆更浓"，女人大都这样吧。中年以后，因为"菡萏香消翠叶残"，于是愈加死劲地浓妆艳抹，试图抹杀衰老的痕迹，却欲盖弥彰了。老季单位上就有这么个女人，是办公室主任，姓鲍。"季师母呀，季院长在吗？"每次她打电话来，都是这么一句。她讨厌那女人声音里的脂粉气，还有那一声近乎恬不知耻的"季师母"——也是老大不小的年纪，比她也小不了几岁，却好意思叫她季师母。"是鲍小姐呀"，每次她都这么回应，这是文学女人的刻毒。那女人肯定没读过钱锺书的《围城》，不然就不会那么开心地笑纳她这句"鲍小姐"了。她本来不是个尖酸刻毒的女人，平日待人，哪怕是待年轻漂亮的同性，她也能温柔敦厚。

至少看上去是温柔敦厚的。所以老三——老三是研究生时的室友，说她是林黛玉的身子，薛宝钗的性情。老三有段时间特别喜欢用"……的身子，……的性情"来造句。老三说她们师兄是"贾环的身子，贾宝玉的性情"，说自己是"潘金莲的身子，李清照的性情"，有时又会倒过来，是"李清照的身子，潘金莲的性情"。宿舍里的人起哄，要她说说潘金莲的身子和性情是什么意思，李清照的身子和性情又是什么意思。老三总是不负众望回答，"一个淫荡，一个不淫荡呗"。反正在宿舍，大家口无遮拦。那真是一段"不端庄"的美好时光。当然，老三说她"林黛玉的身子，薛宝钗的性情"，听起来是好话，其实也不全是，其中有寓贬于褒，也有寓褒于贬。林黛玉的身子虽是娇花照水，也是病秧子；薛宝钗的性情虽是温柔敦厚，也是八面玲珑和世故。她不是不懂老三绵里藏针的讥讽，但她从不和老三计较。她哪里是八面玲珑和世故，不过是天性不喜和别人争风罢了，意见不合时往往也"讷于言"，不像老三那样伶牙俐齿锋芒毕露，所以给人感觉就老谋深算似的。但不知为什么，她对鲍小姐就是温柔敦厚不起来，打第一回见面就这样。那是某个寒假，下雪天，老季单位组织大家去庐山看雪，然后到西海泡温泉。她当时还诧异，这些搞理工的人，什么时候风雅起来了，竟然还组织去看雪？后来才知道是新调来的鲍小姐的提议。鲍小姐原来在学校宣传部任干事，"干事"了很多年，也没机会提拔成副科，一郁闷，就调到老季单位来当办公室主任了。可老季为什么会听一个初来乍到的女人的看雪建议呢？她隐隐有些不悦。"光看雪？不找个亭子喝茶？"她当时这么说，老季照例听不懂。隔行如隔山，他一个搞湍流研究的，没读过张岱的《湖心亭看雪》，当然也就听不懂她话中带刺。她有些意兴阑珊。这种时候，她和老季，从来不可能关关和鸣的。别说关关和鸣，简直就是鸡同鸭讲。"你要不要去？"老季问她。他们理学院男多女少，搞这类活动，为了生态平衡，都鼓励带家属的。她和以前一样，在犹豫了一会儿之后，还是决定去，虽然明知道去了也没什么意思，可一个人在家，又有什么意思呢？

那么冷的天，鲍小姐穿丝袜，一双及膝的黑靴，一件玫瑰红的薄大衣，敞开着，里面是珍珠粉羊绒衫，鲜艳得像一只蝴蝶，把另外几个家属衬得黯淡无比。包括她。她那天穿一件黑色长羽绒外套，系一条灰绿相间的细格子羊绒围巾，很经看的，如果细看的话。她后来和他见面时，他就称赞过她这条围巾，"有一种清淡的美"，他说。她喜欢这评语，认为是切中肯綮的内行称赞。她之所以一直和他若即若离地交往着，也和他这审美眼光有关系。像他这样能欣赏灰绿色的男人不多，多数男人都是喜欢玫瑰红的俗物。那一次鲍小姐出足了风头。她本来就是个有些沉闷的人，在鲍小姐的风头下，更加沉闷了。两天的行程里她几乎没说什么。说什么呢"这雪真美呀！"有人说。"——真美呀"，有人附和。那些理工男和他们的家属，翻来覆去，也就这些单调的话。如果是和中文系的同事来，这种时候他们肯定会孔雀开屏般斗诗文的——"忽如一夜春风来，千树万树梨花开""千山鸟飞绝，万径人踪灭。孤舟蓑笠翁，独钓寒江雪""天于云于山于水，上下一白"；"大雪三日，湖中人鸟声俱绝。是日更定矣，余拏一小舟，拥毳衣炉火，独往湖心亭看雪"——同教研室的老孟，一定会背《湖心亭看雪》。老孟治明清文学，平日最喜欢张岱，只要逮着机会，就会声情并茂地来上几句。如果有这么好的机会，他一定要掉这个书袋的。而老鄢，为了和老孟捣乱，肯定会大声背打油诗，"天下一笼统，井上黑窟窿，黄狗身上白，白狗身上肿""一片两片三四片，五六七八九十片"。两个老头是死对头，因为文学趣味的不同。老孟雅，老鄢反雅；老鄢俗，老孟反俗。两人动不动就对掐起来，有时掐得格调不高，这就不是孔雀开屏而是斗鸡了——像两只抖擞了羽翅憋红了冠子的老公鸡，斗得不亦乐乎。而段锦年——段锦年教授是中文系的资深才女，古体诗写得特别好，尤其绝句，有王维之禅意，太白之风度。这时候就会出来调停，用口占一绝的方式。两个老头虽然彼此颉颃，却都服段锦年的，于是停下争斗，一起为段锦年喝起彩来。气氛于是转为一派祥和的热闹。每回差不多都这样。反正文学教授出来赏雪，绝不可能像物理学的教授，只是不断说"这雪真美呀""真美呀"就算了事。如果只是这样，还赏个什么雪呢？压根就"应是良辰美景虚设"。不过，话又说回来，像中文系同事那样对了雪不住地聒噪，美景就不虚设了吗？好像也不是。她和他们在一起时，不也嫌弃他们酸文假醋且太吵了吗？想想看雪这种事情，还是要一个人，像柳宗元《江雪》里的那个渔翁，"独钓寒江雪"——老头是真风流，不钓鱼，钓雪。像"独往湖心亭看雪"的张岱，也是一个"独"。没有他们这样的，一群人，闹哄哄的，这不是看雪而是看元宵闹花灯了。

那两天，她从头至尾都带着这微微不屑的态度。

也不单是对别人，对自己，她一样也是不屑的——那么看不上那些人，为什么要来呢？为什么不"独"在家呢？她完全可以学李白，来一回《雪中独酌》。李白不是有《月下独酌》吗？"花间一壶酒，独酌无相亲。"她也可以"雪中一壶酒，独酌无相亲"嘛！却没有，而是以家属的身份来了。

来了又不好好和大家"众乐乐"，而做出一幅遗世独立的样子，算什么？

可她就是这样的人，只要有活动，就消极地参加。参加了之后呢，又消极地抵触。

弗洛姆说，我们渴望与众不同，又害怕与人隔绝。

是这样吗？

每一次出来后总会有什么事情让她郁闷。那两天里，让她郁闷的，是鲍小姐鲜艳的玫瑰红大衣，还有她那套"鲜艳人生论"。

"鲍主任，你大衣的颜色真鲜艳哪！"

在说完"这雪真美呀"之后，那些理工男的家属又夸起鲍小姐来了。

"——真鲜艳！"有人这么附和。

鲍小姐听后容光焕发，风头更足了。

"当然要鲜艳，为什么不鲜艳呢？"

"如果你们喜欢去公墓散步的话，就知道鲜艳的必要了。公墓可是个散步的好地方，尤其是外国公墓，花园一样干净好看。比起读书，我更喜欢读那些墓碑上的字。某某某，于某年某月某日，至某年某月某日。有的碑文，在某年和某年之间，只隔了十几二十年，或十几二十个月。那真是惊心动魄！什么哲学书，什么历史书，比得上墓碑？"

"既然每个人最后都要尘归尘，土归土，到那灰扑扑的石碑下面去，那么活着时我们为什么不鲜艳一点呢？"

"特别是女人，更应该鲜艳。想像花朵一样绽放就像花朵一样绽放，想像蝴蝶一样翩跹就像蝴蝶一样翩跹，想像孔雀一样开屏就像孔雀一样开屏。"

"不能鲜艳地死，至少要鲜艳地活。"

一车的人都鼓起掌来。

这女人，真能摆活。

也是，人家之前可是宣传部的干事呢。

她终于明白丈夫画风大变的原因了。原来是受了鲍小姐这套"鲜艳人生论"的启蒙。

"你能不能饕餮一回？"这话的内在精神，仔细一琢磨，和鲍小姐的"想像孔雀开屏就像孔雀开屏"是如出一辙的。她甚至怀疑，老季每次说这句时，说不定都想象了一下鲍小姐开屏的样子。

鲍小姐虽然也不年轻了，但身体那么丰满，毛发又那么茂盛，开起屏来，应该是粲然可观的吧？

多年后她还清楚地记得餐桌上他搭讪她的话："你怎么不蘸芥末呢？"她当时正专心致志地咀嚼着嘴里的生鱼片，没以为他那个"你"就是说她。"鱼生这种东西，不蘸芥末，也能吃吗？《论语》写到孔子吃脍，可是'不得其酱不食'的。"他一边说，一边把那贝壳形酱碟从桌上取了下来，搁她面前。大盘里的生鱼片已经没了，只剩下晶莹的碎冰和几片番荽蓁紫苏叶，还有一小团切得细细的萝卜丝。她这才反应过来他是在对她说话呢。她脸一下就红了。他注意到她没蘸芥末呢。那么，他一定也注意到了她那七十度——九十度——七十度的三连夹了。那么一大桌人，半桌在觥筹交错起坐喧哗，半桌在热烈地讨论文学和地理学之间的内在关系，讨论"京派"和"海派"文学的地理学特征。她以为自己是完全隐身的呢。所以才好意思三连夹，才好意思把那三连夹的战果囤在碗里然后细嚼慢咽，像猫一样。没想到，还是有人看见了。这让她觉得自己像《笑林》里的那个楚人，拿片叶子就以为隐身了，于是公然去取人财物。她有些恼羞。他干吗不去和他们一起讨论文学和地理学的关系呢？干吗非盯着她吃生鱼片呢？但她还是听话地把生鱼片放进碟子蘸了蘸，这是领情的意思。她身上总有一种因长年累月被男性冷落和忽略所带来的胆怯和温顺。一股非同一般的辛辣以排山倒海的气势自鼻腔奔腾而出，她赶紧用餐巾摁住了自己的鼻子。"《礼记》说，春用葱，秋用芥，他们本来应该用葱的。"他又说，推卸责任似的。

那天他也就对她说了这几句话。

离席时他们彼此留了联系方式，这没什么，一桌的人都留了的，这只是社交礼节，她没多想什么。对男人她从来不多想的。经验告诉她，多想也是无益的。一个像她这样没什么姿色的女人，又不是花样年华了，如果还有多想的习惯，那是非常有伤害性的。

他打来电话是在一年后了。

"我是孙辛酉。"

她"哦"了一声，含含糊糊的，好像一时没想起"孙辛酉"是谁似的。

其实他一自报家门，她就知道是他了。不是因为他的声音有什么特别，而是她这儿实在"人迹罕至"，除了老季和教研室主任，几乎没有别的异性打电话给她的，所以才过耳不忘。

她的含糊或许打击了他。他的语气低迷了下来 "还记得吗？在'庄生记'——吃生鱼片——蘸芥末。"他试着用一个一个关键词提醒她。

她咔地笑出声来，这一咔，是恍然大悟的意思了。

他松了一口气，问她有没有时间。

他到她这个城市来讲学。不是什么真正意义的讲学，不过是借机向学校请假好出来走走。三月了嘛，万物复苏，他觉得自己也应该从冬蛰中复苏复苏。正好《生态批评》杂志社邀请他过来搞个讲座。讲座才半天，而他做了三天的时间预算。他原来以为主编会安排好接下来的两天半的，却没有。主编说，现在有"八项规定"，什么活动也安排不了。他本来想干脆提前走算了，想想又不甘心，觉得还是应该既来之，则安之。一个人也可以去周边看看江南的"杂花生树，群莺乱飞"嘛，说不定也别有一番情趣呢。

但他突然想到了她，她不是在这个城市吗？那他为什么要一个人去看"群莺乱飞"呢？那不是太寂寞了吗？好像他的社交生活过得还不如鸟似的。他在电话里这么对她说。

她又咔地笑了，笑到一半，觉得不妥，立刻止住了。

这个男人，有点意思的。

"有时间的话，一起去看'群莺乱飞'如何？"

她计较起他说的话。他是"突然"才想到她。也就是说，他想到她是一件十分偶然的事情，完全也可能没有那个"突然"。既然如此，她凭什么

196

陪他去看"群莺乱飞"呢？

——早就看过了，她迟疑了一下，说。

再看一次呗，他说。

这对话让她想起了《溱洧》，"女曰观乎，士曰既且。且往观乎？"

只不过，士与女的问答颠倒了一下。他是女，她是士。

他们是在戏仿《溱洧》吗？

她又哧地笑了。

他也笑了。他自然知道《溱洧》的。那次会议上他的发言就谈到了《溱洧》中的地理学和文学的关系。

且往观乎？他愉快地问。

她在电话这头抿了嘴笑，没说话。

没时间的话，就算了。许是因为她没说话，他要把邀约收回去似的。

她有点慌了。这怎么可以？

有——有时间的，她说。

那天是周五，她本来打算去小区后面菜市场买香椿叶的。那个卖香椿叶的老女人只有周五才来。每年春天的这个时候，她都要做上一两回香椿叶炒鸡蛋。她喜欢做这种节气菜，有农耕时代的饮食特点。春天吃香椿叶，夏天吃马齿苋，秋天吃生蚝和蟹，冬天吃火腿煨冬笋。像古代结绳记事，又像原始人的季节更迭仪式。这样一来，厨房生活就不只是油盐酱醋，而是春夏秋冬了。她喜欢赋予厨房生活某种意义。在一切无意义的事情上寻找意义，这样才能活得兴头十足。买完了香椿叶她还要去办公室，她之前约了学生谈论文的事情。三月末四月初是学生论文开题报告的时间，可她指导的其中一个女生的开题还存在许多问题，需要她好好再指导一下的。但这些事情和与他一起去看"群莺乱飞"比起来，一下子就显得无足轻重了。

毕竟这是史无前例的事情。

还没有哪个男人约过她看"群莺乱飞"呢。

在酒店大堂见面的时候，她几乎没有认出他来。他穿一件灰色风衣，黑色休闲裤，比印象中要瘦一些，也要老一些。许是因为他胡子拉碴？印象中他是没有胡子的。他看见她时似乎也愣了一下，好像来的这个女人，也不是他印象中的那个女人，或者说想象中的那个女人。她心里咯噔了一下。他这是在失望吗？那天她穿一件灰蓝色小外套，一条黑色铅笔裤，蜷蜷般的颈上系了条细小的紫花绿叶丝巾。从大堂旋转门出来时，她瞥见玻璃上的女人，还是相当优雅精致的。不过，这是在她的眼里，是她看她。可他看她呢？他坐在大堂沙发上看她从旋转门进来时，会不会看见的只是一个灰扑扑的中年妇女？

我见青山不妩媚，料青山见我应如是。是这样吗？

或许她还是应该穿那件胭脂红裙子来的，那件至少鲜艳点。可正因为鲜艳点，她才在出门前脱了下来。每回在鲜艳和暗淡之间做选择，她最后一定会选择暗淡。所以老季才会说："你能不能饕餮一回？"

不能。如果能的话，她就不是周莉珍，而是鲍小姐了。

鲍小姐是鲜艳论者，她是反鲜艳论者。

她带他去了湿地公园。他不是说要看江南的杂花生树群莺乱飞吗？湿地公园是这个城市有最多植物和鸟的地方。

他比她兴致好。在什么不认识的花草树木前都要停下来，他手机里装了一款识别植物的软件，叫"微软识花"。只要把不认识的植物拍下来，五秒钟它就能把这些植物的名字和寓意说出来。他像孩子一样惊叹不已。"哇！这就是李花。""哇！这就是蒿。""哇！这就是狗尾巴花。""哇！这就是柘树。"他一路就这样"哇哇哇"个不停。这是男人的特权，多老都可以孩子气，可以一派天真烂漫到底。可如果是老女人，这样一路"哇哇哇"的，是会让人起一身鸡皮疙瘩的。

她一次也没有"哇"，她是南方人，这些植物在她眼里，实在没什么好哇的。就算有好哇的——比如当"微软识花"识别出了紫红色细长的"游龙"时，她着实也惊讶了。"游龙"是《诗经》里的植物。"山有乔松，隰有游龙"。她以为它和恐龙一样，几千年前就绝迹成了纸上的图画植物呢，没想到，湿地公园的湖岸边还有。她惊喜莫名，但她惊喜的方式，不过是像孙柔嘉一样，把眉毛眼睛尽量分开一点而已。

一整天她就这样陪他在公园"多识于花草虫鱼之名"，他几乎没顾上搭理她，一直忙着拍这拍那。除了有一次在他拍完一个木桩之后把手机对住了她。他想测试测试"微软识花"的识别度。"这应该是女人",手机显示这样的识别结果,他哈哈大笑。又自拍,"这应该是男人"。又去拍石头,"这好像不是植物吧"。他笑得花枝乱颤,眼角的褶子都成了大蒜须。

他为什么要约她呢?她不明白。他明明一个人也可以玩得很嗨,她在一边纯粹是多余的。她之前还猜想他约她一起看"群莺乱飞"可能是托词——"可能是",她只会做这种程度的猜想。即使在意念里,她也习惯撙节的。

哪里有"群莺"呢?"群莺"在哪里?他问。

拍完了植物,他又开始到处找鸟拍了。

他脚长,走起路来,一步是她两三步呢。

她穿了细高跟,脚疼得要命。他也完全没注意。只顾着自己健步如飞。

为什么要赴这个约呢?她又陷入了以往的窠臼,总是会来,来了又后悔。

根本就不见莺嘛!丘迟怎么写"群莺乱飞"呢?应该写"群雀乱飞"或"群鸦乱飞"嘛。他抱怨着。

确实,公园里的草地上,只有麻雀,树梢上呢,只有乌鸦。

没有莺,就算有,她也是不认识的。她虽然是南方人,却只限于认识文字里的莺莺燕燕。

莺长怎样的?她想问他,却欲言又止了。那么无知的话,问了,像在撒娇。

而她也不想对他撒娇。

他们之间也不是撒娇与被撒娇的关系。

她自己在手机上百度了一下:莺又叫黄鸟、黄鹂、鸧鹒、青鸟。属雀形目,是小型鸣禽。体部的毛呈黄色,翅膀上和尾部都有黑毛,眉毛黑,嘴尖,脚部色青。

鸟也有眉毛?她觉得不可思议,那么小的东西,还有眉毛?那有没有睫毛呢?有没有眼睑呢?再说,它不是全身都是毛吗?怎么区分开眉毛和其他毛呢?

她后来想,那一次的见面,对她的意义也就是知道了"游龙"和莺是什么样子的。

对他的意义呢？

是不是也只是"多识花草虫鱼之名"？

回去后的第二天，他发了一条两个字短信过来——多谢。

没有称谓，也没有署名。倒是简洁。

却也耐人寻味，也是远，也是近。

她也回了一条两个字短信——客气。

然后就没有下文了。

这是怠慢？还是不见外？

她琢磨过无数次。

甚至和苏马讨论过。

苏马是哲学系的老师，就住在她家楼下，两人有时会约了一起散步。

其实一开始苏马的散步对象是她对门的新闻系老师陈喜荣，后来才变成她的。

苏马话多，什么都说。哲学历史政治经济，家事国事天下事，莫不说得纵横捭阖。有时捭阖过了头，会把一些不该说的私事，也捭阖了出去。

陈喜荣也是个话多的女人，又微微有点酸醋苏马的姿色才情，就把苏马那些"不该说的私事"，有意无意间说了出去，于是两个女人友谊的小船说翻就翻了。

女人的关系，一如天下，也是分久必合，合久必分。

但苏马不论在她面前说什么，她从来没有说出去过。

她讷于言，中年之后，更讷于言了。

因此苏马特别信任她。"不该说的私事"越说越多，越说越深，她听得面红耳赤，也听得自愧弗如。

她都四十二了，却连一件像样的私事也没有。

女人的私事也如奁盒里的珠宝，没有也觉得寒酸。

某一天就忍不住说了他主动搭讪以及和他去看"群莺乱飞"的事——一方面是面子，另一方面也是投桃报李的人情世故。

当然，她也想让经验丰富的苏马，帮着分析分析他的行为，到底意味着什么。

"你们有没有上床?"

"——没有。"

"那他有没有上床的暗示?"

"暗示?"

"比如,让你去他房间坐坐——你们不是约在酒店见面的吗?"

"——没有。"

"那他对你没有想法。"

苏马说得斩钉截铁。

"也不是情窦初开,这个年龄的男人,很实际的。"

她又一阵面红耳赤。

仿佛戴了假珠宝出门被人识破了似的。

好在她对他,本来也没有发生什么情意,之所以招之即去,不过是一贯的温顺使然。

只有一回,是在中秋节,他发来一条短信:"但愿人长久,千里共婵娟。"

她对着短信,怔怔了半天,这个男人,到底什么意思?

她字斟句酌地在手机上敲下这一句诗:海上生明月,天涯共此时。想想又删了。到底不妥,这诗的后两句是"情人怨遥夜,竟夕起相思"。

今夜天上月,闺中只独看。

不好,太寂寞了,在撩拨什么似的。

此生此夜不长好,明月明年何处看。

也不好,在期待什么似的。

最后,只写下"中秋快乐",发了出去。

其实也后悔,他得把她看成多乏味的女人?

他们第三次见面,是一年半后,在他的城市北京。

这一回,是她去出差。北京有个书展,他们教研室派她去订教材。

她没有打算找他的。也不是一个人去,同行的,还有现当代文学教研室的一个女老师。那个女老师是个生机勃勃讲究效率的人,把几天的时间，安排得十分密实。逛书展、逛故宫、逛颐和园。最后一天本来是要一起逛潘家园的，但女老师突然接到了一个大学男同学的电话，约她去后街转转，然后再请她喝酒朵颐和怀旧。"要不，一起去朵颐一番？"女老师言不由衷地说。她从来都是识趣的，当然不会一起去。

她一个人待在酒店，读《夜航船》。

读了小半天，却读不下去。

到底还是给他打了电话。

上次分手时他说了的，到北京给我电话。

一小时后他就来了，"今天没课，在家正无聊呢！"

他真会说话，她不无嘲讽地想。

依然是在酒店大堂见的面。她穿一件薏米色无袖立领裙，腰间是一条姜黄色中指般细细的皮带，清瘦得如一株芝麻秆。

他和她一样，也瘦。卡其色休闲裤，墨绿色T恤。

所以他们才这么若即若离地联系着？

"想去哪儿？"他问。

这是他的好，说起话来，一点儿也不生涩，自然而然，好像他们昨天还在一起似的。

她哪儿也不想去。

"要不，到我房间坐坐？"

想到老季的"你能不能饕餮一回"？她真想这么说上一句的。

她和老季已经有段时间不过夫妻生活了。因为不满她因循守旧的反应，他干脆和她过起端庄的婚姻生活来了。

或许在婚姻外，已经有不端庄的补充。

也可能没有，毕竟老季这个人，不是那么"敏于行"的人。

当她隐晦地告诉苏马这个时，苏马镇定自若，一点儿也没有大惊失色。

"都这样的，中年夫妇的婚姻，审美疲劳嘛。"

"《金色笔记》里的理查不是说——这纯粹是一个生理方面的问题，跟一个已经结婚十五年的女人，怎样才能让它勃起呢？"

"换个性别说，跟一个已经结婚十五年的男人，怎样才能欲火焚身呢？"

"所以要另辟蹊径。"

苏马和她说过她另辟蹊径的事。当时她在上海读博——之所以去读博，既是为了学术，也是为了逃避已经味同嚼蜡的婚姻生活，主要是味同嚼蜡的性生活。她以为这是因为生命的枯竭，就如头发白和皮肤松弛的道理一样，力比多衰减了，所以不再能有那种如火如荼蓬勃热烈的性。她差不多都认命了。人人都是这样的。好花不常开，好景不常在，这是生命规律。她劝自己。虽然有时实在想念从前蓬勃热烈的性，想念得要命。谁知道不是。她在上海遇到了另一个男人，一个搞社会学研究的博士后。他们之间不是爱情，她没有爱上他，他也没有爱上她。他们只是奸夫淫妇，有段时间却好得昏天黑地神志不清。她再一次体验了欲火焚身的感觉。在图书馆看书，看着看着，一个眼神，两人立刻丢下书不看，跑出来找某个树木繁茂处亲热。在外面馆子吃饭，吃着吃着，一个眼神，两人又立刻丢下东西不吃，跑出来找某个僻静地方亲热。像年轻时一样。不，比年轻时更疯狂，也更好。她不知道他和她这样是出于什么动机，是男人通常意义的寻花问柳，还是其他什么？但她和他这样是有很复杂的内涵的，既有中年妇人失而复得的形而下的欢愉，也有哲学教授的形而上的努力——要以此与时间抗衡。安德烈·巴赞不是说，人类所有的行为，不过是为了克服岁月流逝的悲哀。古代人的绘画雕刻诗歌、秦始皇的炼丹术、埃及人的木乃伊，都是为了给时间涂上防腐剂，想不朽——当然是妄想。没有谁可以不朽，统统都要朽。所以波伏娃说，我要趁骨骼上还有血肉，尽情欢愉。多么伟大的语言！简直可以和《人权宣言》相提并论。所有的中国女性都应该接受这种思想的洗礼，而不是一味受我们某些文化的荼毒。我们某些文化太蔑视欲望了，尤其是女性的欲望。存天理，灭人欲；饿死事小，失节事大；三寸金莲；贞节牌坊。多么反人道主义的文化！这种文化既不诚实，也不道德。人们为什么要蔑视身体和欲望呢？它们是值得珍惜的东西。就如生命值得珍惜一样。

她云里雾里。被苏马的话，和苏马的烟。每回苏马纵横捭阖时，烟就一支接一支地抽。

因为这个苏马被学校处分过，督导坐在下面听着课呢，苏马讲着讲着，竟然从包里掏出了打火机。

课堂上是禁烟的。他们学校有明文规定，苏马也知道的，于是就不抽了。但几节课下来，学生不干了。他们集体向系主任反映说，比起课堂上不抽烟的苏马老师，他们还是更喜欢课堂上抽烟的苏马老师。不抽烟的苏马老师就是一个普普通通的老师，而抽烟的苏马老师有汉娜·阿伦特的风采。

如今的学校，学生是比教授更有话语权的。于是苏马又可以抽烟了，而且可以抽得比以前凶。

这也是陈喜荣后来说她和苏马绝交的原因，陈喜荣说，和苏马那样的女人在一起，不成为荡妇，也会成为肺癌患者。

她自然不信陈喜荣的话。

她虽然没有苏马那样的口才，但也长了大脑的，应该说大脑不会比苏马差，不然怎么可能读复旦的博士？

只不过她需要反刍。这是她的学术习惯，也是她的日常思维习惯。什么东西到她这儿，一开始她都有些茫然的，然后细嚼慢咽，然后拨云见日。

苏马的理论，乍一听天花乱坠，反刍之后呢，和鲍小姐的"鲜艳人生论"也差不多。

有时候，最复杂的，也是最简单的。鲍小姐那样搞行政工作穿玫瑰红大衣的女人，最后也可以和抽烟的哲学教授苏马殊途同归。

人类这种高级动物，总以为自己多么多么伟大，创造了多少多少丰功伟绩，其实也就是西西弗斯，推着一块巨石上上下下来来回回。说到底，比北方的驴转着圈拉磨也高级不到哪里去。

但苏马另辟蹊径这方法论，对她还是颇有启发。

孙辛酉会不会是蹊径？

可她无论如何不是说"要不，到我房间坐一坐"的女人。

他们最后去了植物园。是他建议的。他说北方虽然没有"杂花生树群莺乱飞"的风景，但北方有北方的植物。反正也没什么事，不妨姑妄走之，姑妄看之。

她本来不怎么想去的，植物园离酒店有点远，而且她这个人，对植物的兴趣又不大。但她还是笑笑答应了。

果然和上次一样，还是他一个人自得其乐。不同的是，他和那些植物，上次在南方的湿地公园，是乐莫乐兮新相知，这一回在北方的植物园，是老友重逢，不，说小别胜新婚或许更准确。他得意扬扬地向她介绍一棵又一棵树。这个男人对树，似乎比对女人兴趣大。

他以前笑过她"多么奇怪的女人，对一盘生鱼片一往情深"。

她完全也可以笑他"多么奇怪的男人，对一棵树一往情深"。

也可能，他只是对她这个女人没有兴趣？

她更相信后面这个可能。

这是她安身立命的方法。

只有这样，她才不会对世界失望。

逛植物园时还是发生了一件有意思的事。他们坐在木椅上休息时，来了个穿一身灰布衣裳的老尼姑。老尼姑先看他，再看她。又看他，又再看她。来来回回地看个不住。他以为老尼姑要钱，从黑皮夹里掏出十块。老尼姑摇头。他以为嫌少，换了张五十的。老尼姑摆摆手，肃穆地说："施主，老身送你一句话。""什么话？"他问，一副饶有意味的神情。"你要爱家里的妻。"老尼姑说完，双手合十走了。

他们面面相觑，然后大笑不已。

实在是意外的欢喜。

"这尼姑不老实。"他说。

她有些听不明白。

"鲁迅不是说过？一部《红楼梦》，经学家看见《易》，道学家看见淫，才子看见缠绵，革命家看见排满，流言家看见宫闱秘事。"

"我们好好地坐着，也没干什么，她为什么要对我说'你要爱家里的妻'呢？"

"因为她看见了淫。"

"所以说她不老实。"

"不过，她为什么单对我说'你要爱家里的妻'，为什么不对你说'你要爱家里的夫'？"

"还有，一个尼姑，还是个老尼姑，不好好待在庵里，跑到植物园来干什么？她不知道杜丽娘就是因为游了后花园，才有'原来姹紫嫣红开遍，似这般都付于断井颓垣'的想法？才动了春心？"

她想说，就因为是老尼姑，所以就算游了植物园，也不会变成杜丽娘呢。

205

然而到底没说，只是抿嘴笑笑。

她就是这样的人。

所以苏马说她是个闷骚的女人。

她觉得这批评不实，至少有可能不实，她闷是显而易见的，但骚呢，就还是一只装在箱子里的薛定谔的猫——有可能骚，也有可能不骚。至少到现在，她还没有表现出来。

一定要索隐的话，或许和眉毛有关。

她五官里，数眉毛长得好看。

女人的眉毛，一般称黛眉。但她的眉，不是很黛，也不稠密，是疏淡的灰色，像雀羽，却长，长到了鬓角。

眉毛弯到角，野老公坐满桌。

她还记得弄堂里看相的老蛾说她的话。

她出生和成长的那个小镇，人们总是喜欢从女人的脸，去看女人的妇德。

因为这句话，她姆妈还骂了老蛾，说她嚼蛆。

老季和她相亲时，说话时也是看着她的眉，而不是看着她的眼睛或其他部位。

后来老季解释过，那是出于专业习惯，他不是搞湍流研究的嘛，一遇到弯曲漩涡状的东西，就忍不住打量。

结婚后相当一段时间，老季帮她画眉，这也是出于专业习惯，而不是像张敞那样懂风情。他不是擅长制图吗？而她总是画不好左边的眉，不是画重了，就是画轻了。

后来老季就不情愿了。

她也不是强人所难的人。他不替她画后，她自己也懒得画了，反正她眉型好，不画也挺好看的。

"有一种清淡的美。"

他是这么说她的。

她总记得这类话。其实，他加起来也没说过几句逢迎她的话。

他以前应该也是喜欢秾艳的吧？——不知为什么，她老是觉得他身上有一种"从良"的气息。

腻了，又喜欢起清淡来。

和老季相反，老季一直清淡着，清淡得如某个诗人写的，"我的生活，淡出了鸟"。

所以后来倾心秾艳。

他们夫妇近来没有发生"别这样，小周。别这样，小周"的事。她也很少产生想和老季"不端庄一回"的念头。

但和他呢？

她真是不清楚自己的想法。

他们的交往，是在有了微信号，才略微稠密的。

以前论年纪，像《春秋》纪事那样。僖公元年，僖公二年。

后来可以论月纪了。

某月，孙辛酉发来槲寄生图。某月，孙辛酉发来香榧树图。

他喜欢发植物照片给她。在哪儿看见了什么植物，在哪儿又看见了什么植物。当然是比较生僻的植物。他就拍下来发给她。图文并茂的，也算有趣。

不过，她这方面和他并没有太多共同语言，她植物知识匮乏，对很多树木花草，都只限于书本上的认识，一旦到了书本下呢，就几乎是目不识丁的程度。

她想过和他一样，在手机上下载个"微软识花"软件，但也就是想想而已。为什么要做这个呢？她对认识植物并没有太大的兴趣。都四十好几的女人了，不想为了一个男人，又去培养什么新爱好。

除了植物，他偶尔也会给她推荐他正在读的某本书。

也是用拍的，把书的封面，以及某页上他认为精彩的部分，用红笔划了线拍下发给她。

隔上几日，她会回复——已看。

或者——没找到。

然后就没有下文了。

但有一回，他竟然寄了一本书过来，是汪曾祺的《人间草木》。

那是他们之间唯一的一次物质往来。

他说，书架上有两本，不知什么时候买重了。

他总这样，警觉什么似的。

其实何必如此小心？

他还是不了解她。她绝不是那种会把夏目漱石"今夜月亮很好"理解成"我爱你"的女人，除非对方明明白白说了"醒来觉得甚是爱你"。

当然，他说那些，也可能出于无心。

有时起念，她也会给他推荐书或电影。

用平实简洁的文字：《不适之地》，茱帕·拉希里。《远山淡影》，石黑一雄。《步履不停》，是枝裕和。

他很少回复。她猜他可能对这些书或电影没有兴趣。

她在微信里拉黑过他几次的。

这样的两性交往，有什么意思？

过些日子，她又会把他恢复了。

再没意思，也胜于单性社交生活吧。

就算这么转念，过些日子又会拉黑他。

过些日子又鬼使神差般恢复他。

这样反反复复的，自己也觉得无聊。

他没有察觉——应该没有察觉吧？仍然有一搭没一搭地发些东西过来。

某月，在某地，遇见某某树。

某月，在某地，吃生鱼片，蘸芥末。突然想到你。

这话什么意思？

萨特说，生活给了我想要的，又让我明白这一切没什么意思。

生活对萨特还是不错的，她想。

选自《上海文学》2018年第7期

延宕的中年危机

——评阿袁《春秋》

阿袁的《春秋》讲述周莉珍在面对一次意外的婚外关系时内心的波澜，和由此而生的对婚姻与人生的思考。

小说的笔墨集中在周莉珍的内心活动中。面对一次可能的艳遇对象，周莉珍和对方所做的，仅止于在各自的城市分别逛过两次植物园，进行有限的书籍来往和平淡的言语交往。然而，她的内心却有多次波澜：看似平淡的衣服，其实是经过精心选择的；约见在植物园之前，内心戏谑性地涌起过"来我房间吧"的冲动；简单的"中秋快乐"的短信背后，经历了对无数绮丽意义的联想；在对方不察觉中，曾多次把对方拉入和拉出联络黑名单，内心纠结可见一斑。

在与艳遇对象的无限克制来往中，周莉珍同时有着意识的无边蔓延。她细察夫妻生活，自己由年轻时的"热烈"变为"端庄"，而丈夫对她的要求却从"端庄"变为了"饕餮"，人似乎不可避免地要走向自己的反面，吊诡又讽刺；庸俗的鲍小姐所认同的形而下的"鲜艳人生论"，同阿伦特式的哲学系老师苏马所说的形而上的存在和追求，根本上是一样的认识人生的方式。

也正是因为这样的繁复思考，使得周莉珍作为小说行动的主体，其内心活动的剧烈程度远远高于她外在的行动力，几乎出现了哈姆雷特式的延宕。对周莉珍而言，不论是在形而上还是形而下的层面上，中年出轨所触碰的都不是道德的边界，而是意义感的缺失。to be or not to be（生存还是毁灭），都难以解除面临人生乃至死亡的焦虑感。她明确地反对"鲜艳人生论"，反对"饕餮一回"，然而也对于自己的克制带有自嘲和犹疑，思维上的出路像实际上的行动一样，都不明朗。这大概有些接近于海德格尔所讲的存在之"烦"了吧。在漫长而平淡的中年生活中，即使没有一地鸡毛式的生活需求，哲学式的、生存意义上的"中年危机"，仍然难以解除。

《春秋》具有明确的中年气质，也具有明显的女性气质。小说在讲述中年女性的生活经验与心灵体验时，所展示出的细腻、流畅和老练，是其他年龄或者性别的作者难以仅靠想象力完成的。深刻的哲学思考和老到的文笔，使得这篇小说琐碎的心理流动变得动感有趣，也使得人物的思考和行动之间充满张力。由此，小说揭开了中年人生的真面目，更触及了关于生存本身的意义。（李馨）

香蜜湖漏了

/邓一光

　　蓝八从香港来，我陪了她半天。那天是"玛娃"登陆的日子。

　　"玛娃"的情况是这样。6月12日，马来西亚的鸽子"苗柏"扑腾着从大鹏半岛正面登陆；7月30日，柬埔寨的捕鱼者"纳沙"擦着深圳东扬长而去；十二天前，日本的"天鸽"声势浩大地造访了深圳和香港；四天后，从老挝游来一条名叫"帕卡"的鱼，动静也不小；时过一周，"玛娃"又到了。

　　据说"玛娃"是一朵玫瑰。用玫瑰比喻凶巴巴的台风，脑洞够大。

　　总之，整整一个月，空气中充满了湿漉漉的水汽，路上行人个个吸足了，不敢乱打喷嚏，怕喷嚏传染，大伙儿都打起来，淹了街道就不好了。

　　这就是蓝八过境来那天晚上的情况。

　　蓝八是我前女友。也未必。记不清哪一年，香港书展最后一天，我带了只空轮包过境去淘书。乌泱泱人头中，一位女子撞了我一下，我俩怀里的书散落一地。女子说，哎呀，对不起啊对不起。我说，没关系吧没关系。我俩碰开人群蹲下捡书，地上居然散落着两套一模一样的《1+0》。我不禁莞尔，隔着晃来晃去的腿柱子看那女子。女子也看我，咬着下唇，努力不笑出声，目光闪烁有趣。她穿黑白条纹抽烟装，衣襟在人群中挤得稍许凌乱，活脱脱《囧》中女子欲抽身却不能的纠缠模样。我猜她也是这么

210

想，把我当作那位欲行山川相缪的男子，剩下的，就是抢门闩的游戏了。

八册漫画，乘以二，一共十六册，一会儿就捡完了。我请女子选一套。她请我先选。我说不如我们去喝点什么。她说好。

说"好"的女子是蓝八。

以后，我俩每年见两面，她来深圳，或者我去香港。不是特意，顺便，人到了，留条信息，要是另一个在，就见一面，等于彼此是一种存在，证明世界不真孤独到环顾四野唯有自己。她原来用 WhatsApp 和 Facebook，我俩在地上捡过漫画后，她加了企鹅。她中文不好，繁体字也不怎么样，好在我下载了翻译狗，我俩从不长篇大论，仅限于："在吗？""在。""呀，对不起，在厄立特里亚。"能对付。

有一年，我被人追债，逃去黔东南山区躲债，在山里闲得无聊，忽悠老乡办了个生态农庄，种茶油、腌火腿、晒党参，一来二去迷上了田园生活，在农庄待了一年多。

第二年，蓝八参加 IUCN（世界自然保护联盟）组织全球红树林考察计划，去孟加拉国和伊朗工作了一年。

那两年，我俩没见。以后再联系上，已经没有弗拉贡纳尔笔下两个人物在强光里偷情时惊鸿一瞥的感觉了。

我没打听过蓝八的事，她到底是谁，除了类似"大都市水源地可持续保护"之类的计划外，还做什么，有没有配偶，这些事情，我一次也没问过。蓝八也没有打听过我的情况。我俩没谈论过这个话题。

我俩哪一年遇到的，记不住了，第一届香港书展到现在，二十八年了吧，折中算，十四年，我们没谈过这个。

我请蓝八在香蜜湖"1979"吃饭。那是我的地盘。不全是。大部分不是。

我在产业园有一点股份，它让我在这座城市打拼了二十多年后，笃笃地做了纳税人。我已经过气了，再过十五年献血的资格都没有了。如果靠谱点，好好守住这份产业，不再让人追杀，个人历史就完整了。

服务生拿来菜单。我为蓝八点了烟熏鲑鱼，配圣美伦甜酒。蓝八喜欢樱花木味道，我喜欢因纽特人，他们相信万物有灵，生肉不是生肉，是信仰。

鲑鱼切大片，配西柚、水萝卜、荠菜苗和鲑鱼子，吃的时候尽可能张大嘴，想象自己能吞下整座海洋那种，鱼肉整块入嘴，慢慢合上海洋盖子，野生鱼子在齿舌间一粒粒爆开，一种让人特别绝望的深海气息立刻弥漫整个感知系统。

蓝八嘴大，做得到。

饭后，我们去了会所旁的Maan Coffee，打算喝杯咖啡，说会儿话，然后离开。

这样，我们就不必请代驾了。

Maan Coffee一楼座无隙地。看来，没有人在意气象局发布的橙色预警。台风让人们上了瘾，就像连续玩了十五次《龙神契约》，你会兴奋地和臭味相投的人待在一起，期待第十六次狂热体验，大概是这种情况。

我对3D手游和台风同样充满警惕。空间计算技术是个大骗局，它的原理就是让人以为自己不光是自己，还可能是别的什么。能是什么呢？台风也是，它带来丰沛的雨水，可是，等它离开后，雨水很快就消失得无影无踪，这是怎么回事？

我不打算和热爱台风的瘾君子们凑在一起，带蓝八去了人少的第三层。

经过二层时，见一个女人坐在近楼梯口位置，一个人，背对这边，看不见脸，一袭宽大的远山蓝麻布裙，在纷乱的吧堂灯光下，有种水洁水清的单纯的安静。

我是这么想的，人总有耗尽的一天，就像台风，别指望风樯阵马的激情会永远相随，那个不可靠，彰显常青的最好方法是举重若轻的淡泊，这个，孤立的"远山蓝"做到了。

之所以这么说，是我去酒店接蓝八时，她使用了晚装最后通牒手段。大牌刺绣和蕾丝使她像一棵常青植物，"浅吻"牌子的耳环、项链和手链球果般下垂，让人眼累。她是反智阵线的人，言必绿色主义，好像地球真的有若干种隐藏起来的面目，是我等俗人看不清楚的。我不反感主义，只是觉得，周末是休闲时间，绝对不应当刺激人的感官，那样反倒刻意。

我和蓝八找座位坐下。我们在工业时代的铁器和农耕时代的木器混搭的装置中坐下。

我点了山多士现磨，希望咖啡在烫嘴的时候送来，这样，我会稍稍原谅Maan Coffee设计师的拙劣前卫。

蓝八瘦得像棵悬铃木，我猜她可能会点森林野梅。果然，她中了我的推测，点了花式。

我们坐的位置，正好能看到二楼的楼梯口。

我又看到那袭安静的"远山蓝"。

这一次，我看清楚了，是位相貌姣好的中年女子。我猜测，她之所以选择楼梯口，是不想深入，离开时方便。另外，我觉得工业时代也好，农耕时代也罢，都不如命运来得那么直接。

我做出一副沉思的样子，玩了会儿纸巾，等蓝八从洗手间补妆回来，礼貌地告诉她，我可能遇到一位熟人，要离开一会儿，她可以使用店里的免费网，泡会儿环保圈，等我回来。

我下到二楼，来到中年女子面前。

中年女子娇俏的短发荡漾了半圈，扬头看我，眉眼间干净，然后绽开成熟如花瓣的唇角。

"是你呀。"我说。

"是。"她说。

"怎么会？"我说。

"你还好吗？"她说，"你俩上楼时我就看到了，挺舒服的一对，没想到是你。"

"不兴这么虚伪。"我说，"本来想说气焰嚣张吧？"

中年女人叫秋千儿，如果她没有改掉姓名的话。

现在人们不大使用父母取的姓名，大家都躲躲闪闪的，想割裂又做不到，改不改的，意义不大。

我和秋千儿，我俩过去是老乡，兼过一段时间同事。可能比这个关系密切一点。但也很难说，要看秋千儿怎么定义。她样子似乎没变，一定要说的话，比过去多了点烟火气。过去她是仙女般的小姑娘，在狼群中很容易被吃掉那种，幸亏认识了阿茶，她才幸运地活了下来。

事情是这样的，香蜜湖一带过去有几家新兴企业，我们那时候二十出头，或者不到二十，刚离开学校，跑到这座城市来，想成为新兴企业的员工。那时候它们不像现在，人模人样的五十强，那时候它们刚刚出生，或者出生了一阵子，举步维艰，或者快倒闭了，没有什么架子。时代这种东西，就像陆地向海洋过渡的潮间带，看起来河湖满地，可有人能繁衍往生成红树林，有人却板结掉了，只能完蛋；我们也一样，有的能出息，有的不能。

我们十三个来自不同省份的年轻人，三个中学或中学肄业，三个专科，六个本科，一个硕士。我和秋千儿年龄最小，十九岁，年龄最大的是中科大少年班的吴硕士，二十二点六岁。我们在香梅村合租了一套三居两厅。

那个时候，没得说，我们都是燃情中二，一听黄家驹的《光辉岁月》就落泪。

……
可否不分肤色的界限
愿这土地里
不分你我高低
缤纷色彩闪出美丽
是因它没有
分开每种色彩
……

吴天才最先找到工作，在岗厦街道管流动人口登记，天天和人吵架，挨主管的骂。干了两个月，他觉得和襟江带湖的城中村气场不合，决定回学校考博，上个台阶再卷土重来，辞职收拾行李走了。

秋千儿第二个找到工作，在香蜜湖发展势头最好的G企业当整理王。剩下我们十一个，大多三个月到第二年才揾（找）上工。不是吴天才一个人有气场不对的感觉，但都咬着牙没离开。九个男的坚持下来，部分原因和秋千儿有关。

三个月以后揾上工的是我。我也进了G企业，和秋千儿在一层楼上班。我上班那座大楼原址就在我们现在坐着的地方，它那时候提倡时间就是生命，现在提倡慢生活。

第一次看见秋千儿，她在三居室的厨房里做四川小面，我拖着脏兮兮的行李进门。印象中，她骨骼完美，一副山野菊的娉婷模样，这样的人待

214

在红油辣椒、花椒碎、榨菜粒和姜汁蒜蓉水的刺鼻气味里很不合适。大概是这个原因，很长一段时间，我总是不好意思，不敢正眼看她。三年后我才知道，她下颌上有一颗朱砂痣，那个时候已经晚了，她已经做了别人的姑娘。

我没法装作不喜欢秋千儿，除非真的不喜欢。为了戒掉喜欢秋千儿的毒瘾，我想了很多办法，比如在工装裤兜里塞一只穿了半个月的袜子，想她时，袜子掏出来凑在鼻子下。可是，接下来的情况更糟糕，我开始对脚臭上瘾。

我只是暗地里喜欢秋千儿的人当中的一个，自己较劲，完全没有希望那种。在波光潋滟的秋千儿面前，我和天知道还有多少喜欢她的人，我们就像一块块未经挑选、角度钝圆的石头，在湖面勉强跳跃几下就沉入水底。我这么说，是我和秋千儿，我俩的确在香蜜湖边玩过打水漂游戏。现实情况更糟，我连石头都不是，只是一团匆忙捏成的雪球，秋千儿她在那里一碧万顷着，我这只雪球在她的湖面上没来由地奔走，下场好不了。

五年后，G企业进入本土五十强，去别的地方买地盖大楼了，我也在公司新的用人机制中败给蜂拥而至的名牌大学生和硕博们，丢了饭碗。我就是利用那个时候，戒掉了秋千儿的毒，离开工业体制，闯进腥风血雨的市场天地。

下雨了。雨点密集地打在落地窗上，不断晃过的车灯让雨丝显现出来，使夜晚愈发支离破碎。晚上八点左右，正是生活舞台的角色换场时间，一些人来，一些人走，事情就是这样。

"怎么啦?"我发现秋千儿在看我，问她。

"她很漂亮。"秋千儿朝楼上扬了扬下颌。

"哦。"我说，"没办法，我只能和漂亮女人来往，不然越来越没有勇气。"

"她不是你妻子。"她抿着嘴笑了笑，冲我皱巴巴的衣领努了努嘴，"衣裳没熨烫。"

"怎么说呢，我只配有前妻。"我尴尬地笑。

我是说负小荷，十三使徒之一，多年前，她和秋千儿等四个女的，她们占去香梅村那套房子的三分之一套间。

但我在撒谎。负小荷不算我前妻。法律上不算。

我和负小荷，我们都想出人头地，为打拼一个说得过去的前程狼突豕窜，和一切挡道的东西较劲，也和自己较劲，不肯拿时间出来办手续。等我们都站在那个被叫作前程的地方，热情已樯倾楫摧，内心满是沧桑，连吹动空气的欲望都没剩下，俩人在一起十一年后，索然无味地分了手。

我还是撒了谎。不是力比多的事。人越成熟，越不敢走到一起。你觉得，清澈见底的人生，非得赖上另外一个人活下去，这种事情靠谱吗？

我问秋千儿成家了没有。当然，她说。她早做了人妻，先生是丹麦人，麦肯锡国际管理咨询公司驻华代表。他们有一儿一女，暂时没有回格陵兰的打算。她说这件事情时口气月朗风清，让人觉得她若笑出来，会有幸福的小花朵跳进面前的烛光中舞蹈。

事实上，她是对的，时光不会倒转，我们都无法回到过去，哪怕我的小腿肚子仍然弹性个足，胳膊也有力，但我已经老到风平浪静，没法让鼓起的勇气再回到六块腹肌时代，这是事实。

我在想，如果那会儿我追上她。这当然不可能，但假使这样，我算不算雁归湖滨？台风带来的雨水会不会无缘无故消失？

我开始想象那个来自地球上最大岛屿的冰地男人，他怎么做到让她为他生下一儿一女，眉眼间仍然不经意流露出干净的喜悦。

"艾伯特会为我办理丧事。"秋千儿似乎猜到我在想什么，突然扬了扬眉毛说。

这个答案我没料到，有点意外。

"我们谈论过这个问题。"

"你是说……"

"就是你想的那样。"

"什么？"

"我有点担心。"

"他比你先死？"

"他比我大九岁，身体很棒，会坚持下去。说不定我走之后，他还能回格陵兰岛猎几头海豹，守着祖上留下的木屋度过一段美丽的极夜。"她莞尔一笑，烛光晃动了一下，"我不想再看到谁在我眼前粉碎掉。"

哦，原来这样。

阿茶是暴毙。一辆泥头车从后面撵上来，从他驾驶的福特650皮卡上碾过，再出色的皮卡经典也没能保护住他。据说那是最后一批获准在市区行驶的泥头车中的一辆，新大威，自重加载重20吨，警察用了好大力气才撬开福特650完全变形的车壳。那个场面，光是看一眼就让人瘫了。

阿茶是客家土著，凭国家政策押地先富，注册了一家文化公司，到处收购老围屋，办耕读农庄、建宗氏民俗博物馆，公司一项重要业务，就是阻止G企业买下香蜜湖的地皮。

香蜜湖畔有几栋客家围屋，几百年历史了，阿茶要连同周边土地买回去。

阿茶的做法伤害了北佬。企业买不下地，就不能扩张，不能扩张，源源不断南下的新北佬就没有工作，没有工作，新北佬就不能源源不断到来，城市就不能发展，据说G企业就是这么离开香蜜湖，去了别的地方。

没有任何证据证明那场惨烈的车祸出自预谋。后八轮自卸车碾过皮卡，司机不认识阿茶，只是没喝"东鹏特饮"，太困，撞上路边花坛才从睡梦中醒来，完全不知道垫得高高的车轮下有什么。

我扭头看窗外。

视野可及的夜幕后，曾经顽固地生存着一家蚝蚬混养的养殖场。养殖场占据了一片水鸟横飞的湿地，湿地里间或生长着瘦骨嶙峋的桐花树，一群群海鸟从深圳湾方向飞来，落在开满白花的老鼠筋灌木丛中，灌木下是再也回不到海洋里的惊慌的海龟草。湿地中间是马鞍状湖泊，湖泊很大，能佐证每年十几个台风源源不断到来理由的那种，它叫香蜜湖。

离开G企业以后，我在养殖场里做过一段小工，整场、投石和播苗。我常常躲开老板气吞湖海的伤感目光，躺进湖畔边千草丛中，惊起一片海鸟起飞；我要打个盹，海鸟才能飞到湖对面正在搬迁的G企业厂区，在那里落下。

也就是在香蜜湖畔的养殖场里，我知道仙女般的秋千儿正在海鸟飞去的那个地方，从制式女工的一员变成制式女干部的一员，越来越成熟，越来越优秀，越来越不像从家乡出来时，在火车上给晕车男童唱《星语心愿》的那个她。

我不太确定，我有没有在心里祝福过骨骼完美的秋千儿。但我在水软山温的香蜜湖畔徜徉过多少个傍晚和黎明啊！

阿茶和G企业，他们谁都没赢，养殖场后来卖给了比他和它更魁梧的国资委，湿地变成了水上乐园，湖畔快速生长出钢铁焊接的"红树林"，高大的结构架像还没出生就死去的巨人骨骼，远不如尸体新鲜时那么生动。

再后来，香蜜湖畔成了地产大拿的必战之地，不断冒出一座座高档度假村、漂亮住宅小区、神秘名人俱乐部，香蜜湖湖面越来越小，海鸟再也不来了。

离开养殖场以后，我做了一些和湖泊没有关系的事情。什么都做过。事业起起落落，生活也起起落落。有段时间我很郁闷，觉得什么地方出了问题。我认为是那座湖出了问题，它越来越小，越来越不像湖。

再再后来，我回到这里，寻找失踪的湖泊。

我有个奇怪的念头，我认为香蜜湖在漏。它的某处地方与地心连接着，地心里藏着一个偷窃土地血液的大家伙，湖水被不断吸食到它肚子里，这就是香蜜湖越来越小的原因。

关于不断变小的湖泊，我能说什么？

我决定不走了。我决定螳臂当车。我把赚来的钱都投入"1979"。我和这片曾经有过无数海鸟和我初恋的地方较上了劲。我觉得自己很无聊。我猜是为了某种纪念。

"怎么会在这儿？"我问秋千儿。

"就是在这儿。"秋千儿说。

"约了人？"

"没有。随便坐坐。明天早上的航班。"

明白了，她是路过这里。这就对了。城市变化很大，但和她这个来过又走了的人无关。她熟悉香蜜湖这个地方，等航班的时候，来这儿怀怀旧，她的意思是这个。

但也不完全是。她和其他等航班的旅人不同，曾经是这座城市的一分子，人们把这类人叫作奋斗者。那个时候，这座城市朝气蓬勃，是人人羡慕的青铜乐园，你往大街上丢块石头，不是砸中运输建筑材料的泥头车，就是砸中奋斗者。现在，你再丢块石头，不是砸中成功人士，就是砸中穿制服的执法者。

我和秋千儿，我俩上一次见面是十多年前的事情。十二三年吧，就是阿茶出事那次，她从四川赶来参加阿茶的葬礼。再往前一年，她离开了他。

秋千儿突然从我们当中消失掉，以后听说她和阿茶吹了。这是惊天大事，让我们这些曾经年轻过的13—1使徒不知所措而感到愤怒。我们觉得这座城市没有什么意思，时间和金钱都没有什么意思。

秋千儿离开以后，我们没精打采议论来了又走了的秋千儿，我们都不知道发生了什么事情。很长一段时间，关于来了又走了，是我们唯一愿意谈论的事情。

有人提议大家聚一聚，请秋千儿吃顿饭，几顿也行。负小荷在QQ里开骂，什么意思啊，伤口上撒盐，男人太没劲了。大家觉得负小荷话难听，往深里一想，的确有点没意思，吃饭的事情也就作罢。

十三使徒中的九个男人，八个没有参加阿茶的葬礼，我去了。

我认识阿茶。

怎么能不认识，他是香蜜湖的名人，他把家里押地分得的几千万砸进去，把家族亲戚的几个亿砸进去，干出了多大的阵仗啊！何况，我在他的养殖场当过小工。

我也理解没有参加阿茶葬礼的那八个人。

大家没地可押，不会抵制什么，可大家没有被一台过了报废期的泥头车碾咸肉饼，对这个结果，谁都心怀一种胜利者的伤感。

相反，是阿茶，他傻，明明知道没有什么可以阻拦住，他就是要阻拦；明明知道不想长大也得长大，一直做无忧无虑少年的可能性根本没有，难道他想做新时代的嘎达梅林？他当然不是城市进程的对手，他还不如识时务，学学潮汕商帮，做新时代的犹太人，在海外扩张疆土，再杀回来，把祖先的热土买回来。

世上的葬礼大同小异，没有什么好说的。

葬礼结束后，秋千儿返回四川，却没走成。她晕倒在候机厅，一位好心人把她搀扶到椅子上，为她买来一瓶水，顺便偷走了她的小包。别的还好，身份证和护照丢了。那时候不兴异地办，大家推荐我出面，解决这件事情。

我找人借了辆车，开车送秋千儿回四川老家。一千八百公里，两夜三昼，秋千儿在车上一直昏睡不醒。我说，你何必。我说，你是你，他是他，你俩吹了，死去活来的用不着，就算用得着，他被历史的车轮碾扁了，活不过来了。秋千儿听着，一句话也没说。她在昏睡，我说也是白说，我是说给自己听。

车在沪蓉高速公路检查站被拦下，防暴警察如临大敌，把困极了的我拖下车，我的脸冲地被踩在硬邦邦的军警靴下，微冲顶住脑袋，车里车外检查了个遍，底盘都没放过，撬杆弄坏了好几处地方。

后来才知道，高速公路管理方监看渝湘线检查站视频，怀疑有人用迷魂药劫持人质，通知警方采取行动，我倒了霉。

我说过，我没想回家乡，我是正大光明送人回乡，不是做贼；而且，车不是我的，我离财务自由还差十年。警察真是害人。

起风了，不是通常的风，比那个大许多，停车场前面的大王椰团结一致向一边斜，窗户上密密麻麻贴着一层雨点，汇聚的水珠把夜色中的一切放大到不真实。就是说，"玛娃"的马仔先到了。

几个穿衬衣挂铭牌的售楼生从一楼上来，从我们身边过去，说着高尔夫公园改建的事。

香蜜湖再次涌入大笔来路神秘的热钱，它的再一次生育高峰到来了，这一次，不知道会发生什么新鲜故事。

我和秋千儿都没有说话。她安静地盯着桌上的烛光，耳郭在烛光摇曳下透着隐约的洁润，看得出，她没有什么可操心的，或者说，她已经应付裕如，是她自己的主人了。我不觉得这有什么好，这里的人可不喜欢卧云对雨的从容生活，那可不怎么妙。

我想，我该回楼上。咖啡肯定送来了，喝完咖啡，把蓝八带去罗湖公寓，她明天从那儿出境，比从观澜走快得多。我这么想，打算告辞，可是，秋千儿开了口。

"我来看他，想知道他在不在。"她说。

有一刻，我没明白她的话，但很快，我知道她指的是什么。

她指的是阿茶。她说来看他，想知道他在不在，就是那么回事。

他在不在，他在不在，我在心里问自己。

接下来，我从秋千儿那里知道，她每年一次从四川返回这座城市，什么地方也不去，就在香蜜湖，在附近找一处不被打扰的地方，坐上几小时，然后返回机场。去年是De Post，今年换成Maan Coffee。

"想等他一会儿。"她说，"我知道他不会出现。但我会等一会儿。"

"等什么？"话出口，我才醒悟，可是已经收不回来了。

"没什么。"她说。

"但那是什么？"我索性问下去，索性把失控赖到台风综合征身上。

"我说不清楚。"

"哦。"

我在想华灯繁炽的城市，此时有多少人停下来，收起抻得过长的思绪和欲望，回过头去，慢慢沿着来路返回。我不相信人与幸福的距离只隔着一杯咖啡，有时候，它隔着一堆碎掉的水晶。

一群十六七岁的少年男女叽叽喳喳拥上楼来，楼梯发出乱糟糟的声音。唉，他们应该悠着点，放慢脚步，好好体会身边的叽叽喳喳。

这是我的经验。在青春消逝之前，人们看不到人生尽头，不知道自己拥有它，多少情感如水赴壑，等看到尽头时，楼梯上只剩下自己了。

过些年，他们再下楼时，身边已经没有了叽叽喳喳，铸铁扶栏上只剩下缭绕的叹息。

我想到那个叫艾伯特的格陵兰男人，他和他那些海上马车夫的祖先一样，基因中有和冰雪打交道的苷酸信息，但他们和他却走得够远。他最好严肃一点，听她的话，让她走在他前面，等她走了，他回到北部地区，把水分子凝结回不会流动的冰块，待在那儿，就算她不在了，和他离开家乡时两手空空一样，他什么也没有失去，不用台风帮忙，不用承担雨水。

问题是，人们到底想要流动的雨水，还是不流动的冰原？

一大团白雾急匆匆地穿过夜幕，撞在落地窗上。是暴雨。紧跟着又是一片，这回气势汹汹，不再间断了。"玛娃"来了。

停车场那边，一个穿着怀旧制服的导泊员护着脑袋朝这边跑来。一个四五岁的孩子兴高采烈把什么东西丢进水洼，她年轻的父亲站在一旁看她被大风刮得东倒西歪，哈哈大笑。

二楼西北角，一群穿白衬衫和制服裤的年轻人开始大声唱着什么歌。

屋外风雨声大作，听不清他们唱什么。在此之前，比比金的阴魂一直在楼下徘徊不去。

我有建议权吗？他们应该唱黄家驹。

我问秋千儿，想不想知道她离开以后发生了什么。

秋千儿不置可否。没有关系。黑暗在 Maan Coffee 之外包裹着我们，那里是台风的世界，我确信那里有某种光亮应该被人们记住。

吴天才杀回来了，这回是吴博士。他还是觉得和这座城市是水过鸭背的关系，找不到感觉，他又不能反复离开再杀回来，于是彻底离开，以后听说他在海外某个寺庙剃度出家，做了和尚，我们没去看他。伍振林去了海防做房地产，他给自己买了高额保险，在圈里发文，悲壮地说，再见了。贺雷办特殊人才去了香港，中学肄业的他成了香港特区政府优秀人才入境计划第一批受惠者，这个结果谁也没有想到。

我们剩下的13—4使徒偶尔有来往。就我所知，大家不必为分期付款、公司上位机会、互联网社区关系、前女友或前男友骚扰、怀不上孩子或意外怀孕操心，混得说得过去。但是，人到中年，离死还有一段路，大家还得和长大的子女、争夺学位房名额、配偶强迫症、岳父母或公婆矛盾、渐衰的性事、越来越多的谎言、越来越少的激情、衰竭的民族主义和日益迷信的保命秘籍斗争。

就是说，台风还在继续，它们念念不断，在某个大洋深处形成，一个个接着来。只是，台风不像人，不像自然生成的潮间带，不像潮间带中的湖泊，来也是白来，雨下得再大又有什么用？来那么多又有什么用？

还有一件事。我们坐着的地方，背对北方，秋千儿在这里的时候，北方叫"关外"，那是绝大多数人们家乡的方向。那里有个二线关，在地图上看，像一条长达八十三点五公里，在一个水上关口、十六个陆路关口和二十三个耕作口打结的蚯蚓，现在，它的结全拆了，蚯蚓也没有了。

我是说，如今秋千儿已经回到家乡，但每年还是有那么一两天，会念念不忘地来这里坐坐，等着谁出现，或者知道没有人出现，但她还是会来，会等，那颗心，到底没有死绝吧。

我那么说，秋千儿一直安静地看我，微笑着，等我说完，她才开口。

"你呢，你怎么样？"她第一次问到我，完全没有接我刚才的那些话。

既然问到，我就说了。如今大家都离开了香蜜湖，13使徒走掉12个，留在这里的只有我。我嘛，打算通过走门路，正当的不正当的门路，用得上用不上的门路，竞选湖长。这当然不可能，但我怎么也舍弃不了这个念头，舍弃不掉当上香蜜湖湖长的念头。我主要是说香蜜湖的秘密。我和它碰上了，和自己碰上了。

"为什么？"

"它一直在漏。"

"漏什么？"

"没什么。"

我说的是实话。香蜜湖在漏。所有的湖泊都在漏。我们这些人，我们都在漏掉元气，成为一个个皮囊人，满世界招摇，只能看，不能碰。

秋千儿在烛光中看着我。我不清楚，只是感觉。我没有看她，就像我俩从来不认识。她不再是原来的她，我也一样，但我们仍有某种东西牵连着，比如光合作用，比如成长基因，因为这个，我觉得，我们都是台风携带的雨水，既然来了，就该做点什么，不能什么也不做。于是，我坐直身子，打起精神，像二十多年之前一样，挥动手臂，自顾自地唱起来：

......
年月把拥有变作失去
疲倦的双眼带着期望
今天只有残留的躯壳
迎接光辉岁月
风雨中抱紧自由
一生经过彷徨的挣扎
自信可改变未来
问谁又能做到

除了秋千儿，没有人注意到我，我唱完了，没有人鼓掌。秋千儿坐在那儿，相当安静，目光在风雨交加的落地窗外，极有可能，连她也没有注意到我在唱歌，抑或是，我是在自己的想象中唱了这首老而又老的歌。

Maan Coffee外面风雨晦暝，雨水在台风的裹挟下正式登场了，它们会有一些动静，但不会停留太久，最多十来个小时以后，它们会搭乘台风的航班离去。想不出来还有什么可说，我起身离开二楼，踩着镂空的工业时代楼梯，慢慢向三楼走去。

我没有对秋千儿说再见，用不着。

对于香蜜湖，秋千儿是候鸟，我是小叶榕；她季节性地出现在这儿，我得气根盘桓，干云蔽日，我们不是为了同一目的活在这个世界上，用不着告别。

回到三楼，蓝八已经走了。查看留在桌上的手机，她留了私信：

"谢谢款待。突然想去一个地方，去那儿坐坐，一个人。"

这就对了。我想，这就对了。

我端起冷掉的咖啡，喝了一口，靠在座位上，让自己放松下来，一直嗫在眼眶中的一颗泪水，这时才掉落下来。我看不见自己，但我猜我在微笑。我是说，我在想，萎缩掉的湖泊，此刻一定悠悠烟云，水趣盎然。台风就和人一样，在时光中来了，去了，再大的动静也会消停。不知道雨水走后，湖水会留下多少，湖水漏光后，湖泊是不是要改名；如果不改，以湖命名的地方，只是个传说，对以后的人们，有湖泊是祖先时候的事情了。

这么说，我也是祖先。

选自《花城》2018年第4期

评鉴与感悟

新"移民"，新"遗民"？
——评邓一光《香蜜湖漏了》

邓一光执着于讲述他的深圳故事，这篇《香蜜湖漏了》也是如此。

台风来临前夜的咖啡馆里，故人的相见引发了"我"的回忆和讲述。回忆里的深圳生活，正如"我"所执着的那首歌名——光辉岁月。"我们"这些青年人们怀抱着光荣和梦想，来到深圳这座新兴城市，挥洒自己青春的热血。如果说一个城市是有年龄的，那么青春的深圳正是跳动在这些新"移民"年轻有力的脉搏中。

然而，在"我"这个叙述人略带戏谑和犹疑的讲述和回忆中，深圳却不具有年轻的气质，而是始终带有挥之不去的苍凉意味。只有回忆里的深圳和人才让"我"觉得熟悉，而当下的城市形貌和年轻人都是"我"所不能理解的；在讲述中我们渐渐知道，当初与"我"一起来的新"移民"都已经四散他处，只剩我仍坚守"香蜜湖"这块旧地，甚至自嘲要做"湖长"；老友秋千儿来故地悼念阿茶这个亡灵，而"我"则打算自己也要做此地的祖先，成为沧海桑田的见证人。这些处处都显示出了一种"遗民"般的怅惘和固执。

当代的乡土小说，这样"遗民"式的讲述并不鲜见，一个农民固守乡土生活和精神，成为"最后"一个守护者，从《最后一个渔佬儿》到《望春风》都是如此。只是，同样在这样的乡土小说中，面对城市发展的鲸吞之势，乡土中坚守的人也难免既显示出坚韧，又显示出苍凉，因而有了一种"遗民"的气质。

这篇小说的新鲜之处则在于，这种"遗民"的故事发生在城市和城市人身上。城市不再是农民的对立面，也成为城市人的对立面；城市不只是乡土社会难以面对的庞然大物，也在参与城市最初建设的新"移民"面前显示其魔幻和嗜血。深圳最初的"本地人"阿茶，被巨型的工业设备碾平，"我"这个新"移民"，也被更多涌入的新"移民"冲到岸边。自由、柔软的栖居之地逐渐消失，这座城市快速发展，使得香蜜湖这个"土地的血液"逐渐流失，钢铁红树林也取代了真的红树林。新来的年轻人似毫无感觉，然而"我"已经难以招架。

正是有感于此，在"我"的讲述中，"遗民"的衰颓和苍老的气息不断散发。不同于乡土面对城市时那种隔了距离的凝视，"我"的迷惑、伤感和不安，是身处其中式的，无能为力之感也是十分切肤的。"我"唯一的坚持，就是做一个虔诚的守灵人，一个前朝的老"遗民"，见证和记忆这个城市的发展与变化。从新"移民"到新"遗民"，邓一光借一个"见证者"的叙述，打开了城市的内部，让我们看到城市留给人的爱与痛。这是崭新的新城市文学，是紧贴生命的新城市书写。（李馨）

朱三小姐的一生

/任晓雯

一

每个人都在等待朱三小姐死去。她已老瘦成一把咔吧作响的骨架子，却仿佛永远不会死。

祥元里的孩子们，自打有了记忆，就识得她。那时，她头发还是皂灰色的，夹了些许银白，用篦子向后梳齐，在颈窝上盘个元宝髻，簪一朵塑料牡丹花。她身穿藏蓝的阴丹士林旗袍，光着两截青筋蚓起的腿，底下一双羊猄皮浅口高跟鞋。

有那么一阵，她天天站在学堂门口，将竹篮头拴了麻绳，悬在路牌上。篮里是她捡的废报纸。她折了许多纸鸟，边折边唱："我的少年郎，聪明又体壮，他给我无上的勇气，又给我无限的新希望……"声音清亮到不像她自己的，仿佛身体里有个二八大姑娘，在替她歌唱。唱罢，笑眯眯招手："乖小囡，来来，拿只小鸟白相相。看呀，小鸟飞啦。"一阵风过，纸鸟当真飞起来，扬着，颠着，盘旋着，在风尽处逐一扑落。"来呀，拿只小鸟，快点拿了跑。"

大家怕被她抓住似的，哄散开去，远远喊测。各人从父母那里，得到她的消息。她叫朱三小姐，又叫疯婆子，死老太婆。她孤身一人，住在隔壁弄堂三层阁里。"她是一个妓女。"大孩子们半懂不懂地说。

226

朱三小姐很快被驱逐。她意犹不甘，仍到学堂门口转悠。看门老头拿一把扫帚，嗷嘘嗷嘘，赶麻雀似的赶她。她一惊，欠欠身，沿了墙脚走开。旗袍裹着她的胯，将她步子勒得小小的。从马路对过看，她仿佛是在滑行。

她滑过点心铺，往里张一张，老板娘即刻出来阻拦："做啥？"她退后半步，递出钞票："两个菜馒头。"老板娘接钱进门，不时回个头，生怕她跟进来。她便越发往后，退到梧桐树下。老板娘出来了，把找头甩给她，两个馒头放进竹篮。她捧出一个，吹着气，边走边吃。

她路过茶水摊头，又停下。摊主挥挥手。她站远了，少顷，又近前来。摊主说："没办法卖给你，你喝过的杯子，别人不肯用。"她忙从竹篮头里取一只杯子。摊主收了五分钱，为她斟满茶叶水。

后来，他逢人便说："雕花玻璃杯，琥珀色的，看起来很值铜钿，有钞票人家吃咖啡用的。"马上有人指出，朱三小姐拎的竹篮头，也不是普通买菜篮头，是有钞票人家装饭的筲箕。继而纷纷说开，断定朱三小姐在装穷，她的三层阁里，满是值钱物什。"一日到夜荡来荡去，靠啥养活自己，肯定有的是老本吃。"于是传闻道，朱三小姐出自大户人家。很快被街边下象棋的老头们否定，"啥大户小户，就是个妓女。""长三堂子出来的妓女，也算大户人家，个个比少奶奶姨太太时髦。""算了吧，她也配当书寓先生。朱葆三路上的钉棚，三五角洋钿，给外国赤佬钉一钉。""怪不得叫朱三小姐，原来是朱葆三路的小姐。""她女儿活着的辰光，亲口跟我幺儿媳妇讲的，啧啧。"孩子们凑了听，听不明白，便要问。老头们嘎嘎怪笑，用烟头扔他们，拿茶叶渣子啐他们："小赤佬，鸡巴都没长毛呢，去去，一边去。"

好奇心让孩子们骚动。他们随在朱三小姐身后，"长三堂子、朱葆三路"乱叫。她跟聋了似的，依旧笃悠悠地走。有人拿石头扔她，她噢哟回头："小鬼头，不要调皮。"孩子们哈哈笑，笑过几次，便也无趣了。

在街角老虎灶旁，有一米来宽的凹角，放了把花梨木太师椅。靠背板正面，雕有牡丹花，背面用白漆写了小字"怀恩堂 耶稣爱你"。朱三小姐走累了，歇歇脚。没人想到偷椅子。一个老妓女在用它，有点儿脏，有点儿不吉利。孩子们拖将出来，拿削笔刀抠刮白漆字。朱三小姐来了，他们便逃跑。朱三把椅子搬回原地，揩揩椅面，坐上去。时已入冬，她加披了长棉袄，旗袍底下套一条老棉裤。衣裤厚大，脑袋就显小，孤零零悬在领口上，仿佛一片枯叶子。

冬天是老年人的季节，每个人都显老一点。孩子们被冻得老成起来，姑娘们在肥衣服里埋没腰身，有了中年般的体态。而真正的老人，也在冬天一个个死去。他们的名字，被写在水门汀地上，用黄粉笔框一个圈。锡箔在名字上点燃。烟火明灭，灰烬翻扬，留下黑色的灼痕，将名字掩得斑驳难辨。孩子们踩到黄粉笔圈，沾了一脚锡箔灰，大人便嚷嚷："快点跳一跳，把死人晦气跳掉。"孩子问："为啥晦气，人不都要死的吗？"大人嚅着嘴，答不出，撩手一记头挞。

接连的冬天里，都有黄粉笔圈，在路上，在树底，在下水道格挡边。扎白腰带的子女们，抬了遗像，放了鞭炮，沿街哭一哭，隔日便跟没事人似的，继续他们的生活。下象棋的老头，死了一个，又死了一个。点心铺的老板娘，废品站的阿婆，烟纸店的长衫先生，相继死去。他们的小生意一起死亡了，门面变作便利店、鲜花店、贴膜店。老虎灶的大伯也死了，老虎灶收归国营，随后关了门。开起一家冒充法国来的面包店。倒闭后，换作服装店，又改为美甲店，再次倒闭，转让给修手机的。染黄发的小哥，终日坐在柜面上，拿手机看连续剧。店门外，易拉宝广告旁，换了一拨老人下象棋。

朱三小姐也老了。旗袍上补丁更多，走起路来，步子更小更慢。她依旧梳元宝髻，扎得过紧的白发底下，丝缕可见肉红色头皮。为遮盖老人斑，她擦了满脸珍珠粉，粉粒嵌进皱纹褶子，仿佛一张连皮带肉的面具。路过的人们，忍不得回个头，说两嘴。猜测、嘲讽、咒骂，间或也有公道话：老太婆五官蛮清爽的，年轻辰光卖相不差吧。

二

朱三小姐年轻时，约莫是标致的。蜜合色的面皮，"被双美人"香粉刷白起来。一道垂丝前刘海，压着两条细眉毛。眼袋瘀青，早早有了细纹。亏得一副圆脸架子，把年龄减小下去。她的长脖子最好看，每件旗袍做成高领，箍一半，露一半，勾了男人眼睛，往头颈下面走。织锦缎旗袍，香云纱旗袍，阴丹士林旗袍，都用"双妹"花露水喷香。

她在卡巴莱酒吧上班。到了夜里厢，朱葆三路的霓虹灯，跟狗皮膏药似的，一块叠一块。音乐聒得耳朵痛。小汽车，黄包车，载来一车车洋人。喝酒、跳舞、打架、按摩、赌钱。

朱三小姐有个"四姐妹帮"，在新亚书店买来"金兰同契"的契纸，找了个长衫先生，相帮写下四人的姓名、籍贯。又去沈石蒂照相馆合影。一色的细挑眉毛，垂丝刘海，嘴唇抹得浓又小。四个人看起来，真似同一娘胎出来的。合影粘在契纸上，各执一份，立为盟誓。

大姐来自盐城。几年前，一场瘟疫葬送了她的丈夫儿女。她是朱三小姐认识的人里，第一个用文胸的："瞧瞧，从法兰西运来的胸罩，比背心肚兜好用多了。"她展示给姐妹们看。朱三摸了又摸。大姐那对面粉袋似的奶子，潜潜满满兜在文胸里，将洋装顶高起来。洋阿飞们喜欢她，三五簇拥着，为她拌嘴打架。多毛的大手探入领口，东一抓，西一捏。一个黏糊糊的夏夜，她被醉酒的西班牙海员，掐死在安乐宫门口的鹅卵石路上。前襟被撕脱，文胸被扯掉，两只乳房从身体两侧挂下来。硕大的乳头、黑褐的乳晕，使她看起来像一位母亲。

小妹比大姐年轻十五岁，身体尚未长开，装扮却往老熟里走。满头发卷如弹簧钢丝，眼眶勾得墨擦里黑。她姘了个黄包车夫，租住在杨树浦的广式房子里。车夫借了老乡的私人包车牌照，让她扮作大家闺秀，每个下午拉她到"上只角"揽生意。姐妹们劝她："日做夜做，身体吃不消的，男人就想榨干你。"小妹道："你们不要瞎讲，是我自己想做的。"

未几，小妹开始长杨梅疮。她在热水里撒盐，洗两条烂腿，被情夫发现，挨了一顿打，"还想瞒牢我，当我是瘟生阿木林，让我鼻头也烂掉是吧"。卷了她的钱，跑了。小妹搬来与姐姐们住。朱三与二姐凑钱，让她打六〇六①针，还讨了土方，取大蜈蚣、双花、生大黄，清水煎成药。一边吃药打针，一边仍被逼着接客。

朱三安慰道："'中状元'的多了去，都会好的。"

小妹默然一晌，道："小时候家里养了只猫，跟我最亲。我十二岁那年，猫突然跑了，找也找不到。我差点儿眼睛哭瞎掉。后来听人讲，老猫都这样，知道自己快死了，就到没人的地方，安安静静去死。"

"不讲闲话，多休息，不是啥大事体。"

"人人看轻我。爹妈把我当畜生养，哥哥姐姐讨厌我，邻居都要踏我一脚。他是欢喜我的，但更欢喜钱。谁不欢喜钱呢，不能怪他。我就望到死掉的那天，能够有点儿人样子。"

打过七八针六〇六，吃过十几服大蜈蚣，杨梅疮还是开到脸上。一个半夜，趁姐姐们外出工作，小妹不告而别。在二姐床头留了两双玻璃丝袜、一对玻璃耳坠。给朱三枕边留了一罐旁氏白玉霜、一双羊猄皮浅口高跟鞋。还在桌上压一张表芯纸，纸上用口红画了两个圆两块方。小妹不会写字，朱三和二姐不会识字。猜了一晌，估摸小妹的意思是，走了两个，剩了两个。

自此，朱三和二姐依傍度日。二姐常去"华都"舞厅伴唱。她歌声走得高，高了又高，还稳稳旋上几旋。白滚滚的手臂往斜兜里一甩，满身假珠宝丁零当啷响。大家称她"小白虹"，说她唱的《郎是春日风》，比白虹本人还好。她时或拉了朱三一道，合唱《人海漂航》。满池子男女随了歌声，摇摇摆摆探戈起来。

工作罢，回住处。卸妆，脱衣。她们睡一铺，搂得紧紧的，生怕对方跑掉似的。二姐将朱三的脸，贴到自己胸前，在她额上一舔一舔，渐渐舔至面颊："三丫头，你发誓，这辈子不离开我，否则不得好死。不，不，"顿了顿，"如果你离开我，就让你一直活下去，想死也死不掉。"

三

朱三初遇张阿贵，是在二十四岁上。他是她的客人。他跟选牲口似的，检查眼睛嘴巴。捏住她的手，正反地看。将她领入房来，命她脱掉旗袍，观察腋窝、手肘和后背。又反复摁她下腹，问痛不痛。

张阿贵是老手，懂得在花烟间里挑干净货。朱三是干净的，面皮略黄，身体却白到发青。静脉血管犹如花纹，透出皮肤来。他揸了两只手，往回摩挲，"这身皮肉咋长的呀，简直像只燕皮馄饨。"

张阿贵生于广东，独自来上海，开个"打挣馆"，给外国人修轮船。他是嫖油了的人，迟迟不肯成家。有那么一阵，天天跑来找朱三，揉着她，吮着她，似欲把她吃进肚皮。他给她钱，不许她见别的客。但仍不放心，

230

赎她出来，在同仁里借了前楼同住。

张阿贵依旧出去嫖，次数却少了。已经包养的女人，何不用足呢。好比煮了正餐，白白扔掉，又出去花钱吃。张阿贵才不傻。他与朱三厮磨几年，渐有搭伙过日子的感觉。每日里热汤热饭，养起一身膘。某个春天，他腹泻欲死，以为是"二号病"，却慢慢活了回来。自此见老，对朱三有了近乎讨好的依赖。

他对朱三说："我耕你这块地，耕了多少年，也耕不出个名堂。你的'红木家生'坏掉了吧，索性领个儿子去。"他剪了立式板寸，穿上机织布长衫，携朱三至新普育堂。

张阿贵在两排孤儿间踱走，逐个查看头发牙齿。朱三跟紧他，忽觉旗袍被扯住。是个五六岁大的女孩。朱三道："要不收两个吧，一男一女，也好有个伴。"张阿贵道："这女仔年纪大了点。""大一点懂事，能够相帮照顾弟弟。"于是，他们收养了五岁的张桂芳，三岁的张桂强。

张桂芳称养父"阿爸"，唤养母"朱三小姐"。朱三打过几次，便由她去。一日拌嘴，张阿贵责备朱三，跟隔壁苏北赤佬闲话忒多。朱三讥诮张阿贵，欢喜吃醋还抠门："广东瘪三，抠是抠得来，巴不得屁眼里抠出三块洋钿。"张阿贵笑了："我要是不抠，就砸钱找书寓先生了，还嫖你这种马路上的咸水妹。"张桂芳听在耳中，不觉就懂了，向弟弟解释："咸水妹是跟外国男人困觉的女人。"

人人都说张桂芳聪明，简直像是张阿贵亲生的。张阿贵自学识字和打算盘，还订了两份报。张桂芳六岁起，拿了报纸，楼上楼下地问，学得二三十个字。张阿贵欲送她上学。朱三小姐道："女小囡读啥书。"吵一架。逾数月，张阿贵将养女送至私立小学。

几年后，张阿贵投资赌场亏了本。朱三帮他去讨债。赌场在永安公司七重天楼上，讨债队伍一径排过南京路。轮到朱三，天色已然昏昧，对方将空了的钱袋一抖，让她下个月来。

旬余，张阿贵僵着脸回家，"赌场大老板逃去香港了。"他怪朱三不得力。朱三哭闹一场，变卖家具，收拾细软，在祥元里寻了个三层阁，举家搬走。还是被人找到，讨债的，讨工资的，乱纷纷上门。朱三出去做保姆，帮双职工倒马桶，给小脚老太挑井水。寻不到生活了，捡菜皮，拾垃坂，剥死人衣裳，常被"三道头"举着警棍追打。

张家已没钱囤米。逢到开火仓，朱三让张桂芳揣个小淘箩，出去现买两升米。张阿贵边吃饭，边喝酒，两截细伶伶的小腿，塞在八仙桌牙板空当里，打着嗝道："你是老太婆了，否则回酒吧做做，也算一个办法，"又道："都怪你，本来单身挺好的，现在养一大家子累赘。"

一日，张阿贵给养女塞了块梨膏糖，走出弄堂，再没回来。有说他外逃躲债，有说是被人做掉了。朱三小姐不敢报警，坐在床边哭。张桂强跟着哭，哭得气喘吁吁，又噎又呛。朱三抹一把眼睛，呵斥道："哭啥哭，有你哭的辰光。做人就是吃苦头，这苦头，那苦头，死掉最太平。"

到了夜里厢，朱三唤起张桂芳，让她跟个"阿二头"走。张桂芳问："你把我卖去朱葆三路吗？"朱三捆她一掌。翌日，阿二头领回张桂芳："本想教她做熟工序，混过拿摩温。她倒好，站在流水线上打瞌睡，头发差点儿轧到机器里。"

朱三打她一顿，又花钱托人，塞她进厂。磨螺丝钉，当缫丝工，一趟趟被辞退。朱三流泪道："桂芳，你做啥不跟我一条心。你爸跑了，你弟读书，三张嘴巴等吃饭。你也是大人了，要给家里撑着点。"张桂芳这才把上班当桩事。她被介绍到烟厂，负责把蒸熟的烟叶抽掉老茎。每天拉了满手泡回家。朱三小姐帮她逐个挑破，将流脓的双手，浸在明矾水里："桂芳辛苦了。"张桂芳道："在酒吧里做，轻松很多吧。"朱三小姐啐一口，拍开她。张桂芳捞起双手，在衣衬上擦干。她像个谙熟世事的成年人那样，睒了睒眼睛。

四

张桂强终于长大，头发微卷，眼窝深凹，像个西洋混血儿。他在太古码头当记录员，被照相馆老板的大小姐相中，做起倒插门女婿来。岳父要求他更换姓氏，改作王桂强。王桂强对张桂芳说："王家是体面人，两个老的本就看我不上，要是晓得了朱三小姐，肯定赶我跑。"他让人抬来十数袋暹罗米，自此不走动。

朱三哭了几回，道："我要去问问王家，他们宝贝女婿的良心，是被狗吃掉了吗。"张桂芳道："你真心为他好，就别为难他。哪能办呢，各人各难处，就当没他这人吧。"朱三道："你帮'白眼狼'说话，是为自己寻后路吗。放心好了，你这辈子跑不出我手心。"

是年，物价飞涨，物资奇缺，烟厂一夜关门。张桂芳满街乱走，寻点零碎生活。替有钱人家喂狗，帮纺织女工带孩子。纺织女工告诉她，中纺一厂在招养成工。张桂芳回家说与朱三，朱三怂恿她去。张桂芳说："我都二十二了。""你身子骨没长开，看着就像十三四岁，去吧，试试看，又不吃亏。"张桂芳去了。负责招工的拿摩温，搦了细竹竿，往她头顶心一比，考几个问题，见她识过字，便录取下来。

张桂芳被分到细纱间，做挡车工。工友以工号互称。有个"60号"与她相善，将自家二哥介绍给她。一来二往，朱三觉察了，摸到60号家闹一场，"别看桂芳长得小样，都快三十了，身体瘦叽叽的，怕是以后不能生。"

男友分了手，张桂芳大病。朱三喂粥喂汤，半夜扶她溲溺，替她清洗血短裤，"老话里讲，多年母女成姐妹。我们娘俩，你照顾我，我照顾你，一辈子就过掉了。要男人做啥，想想你爸，你哥，哪个靠得牢。"张桂芳讷然。

少后，邻里渐有闲话。朱三不觉。一日去小菜场，买落市菜，碰着个街坊，打了招呼，往那人篮头里翻翻："今朝买啥呀。"那人不吱声，将朱三碰过的番茄扔回摊头上。朱三渥了一肚皮气，别转屁股走。到家越想越恨，去门口候着，追问道："你是啥意思，嫌鄙我吗?"那人道："朱葆三路的拉三，弹开，不要带坏小囡。"旁边蹲了两个淘米女人，淌湿着手，互相咬了耳朵，扭转目光，上下刷看朱三。

朱三跑回家，裹了被头，斜在床上。不知多久，听得脚步声吱吱嘎嘎上来，便道："你在外头瞎讲啥了?"

张桂芳关了门，往八仙桌上一觑："咦，没烧饭啊，饿死我了。"

"问你呢。"

张桂芳揭开饭焐子，张一张，"我讲啥啦，我能讲啥啦。"

"你心里头恨透我了，在外头瞎讲八讲，想让人家瞧不起我。"

"我做啥要恨你，"张桂芳笑起来，"你那点龌龊事，有啥好讲。大概是老早的客人从朱葆三路寻来了。啊呀呀，做也做过，总要被人晓得的。"

朱三一掌撩去，指甲刮到张桂芳的脸。张桂芳搡开她。她趔趄后退，膝盖窝弹到床沿，揸开两手，反冲过来。张桂芳抬了胳膊，护住面孔，另一手去拧朱三。朱三低下肩胛，顶撞她的胸脯。张桂芳顺势揪她头发。朱三反揪她头发。两人互相抓着，叫着，兜兜转。五斗橱、八仙桌、马桶、木椅，乒乓乱响。一只瓷面钟哗嗒落地。朱三噢哟一声。两人同时松手，去看那钟。朱三说："钟罩子碎了。"张桂芳说："还在走。"收拾了残片，将钟放回五斗橱上。各自整理头发，凑着脑袋，看一晌。张桂芳道："时间还是准的。"朱三道："你爸当年买的英国货，贵得要死。那个辰光，以为一辈子会有好日脚过呢。"

此后，朱三碰到邻居，便拉住诉苦："桂芳脑子坏掉了，乱话三千，没一句真的。"众人绕开她走。朱三对张桂芳道："到底是我养大了你，没有功劳，也有苦劳。你在外面败坏我，害得大家不睬我，对得起良心吗。快点儿跟人家把话讲回来。"张桂芳道："我真没讲过你坏话。要是讲了，让我明朝出门，被小汽车撞死。"

大半年后，张桂芳死了。不是被车撞死，是去外滩"轧金了"，被人踩死的。时值年底，人人都传，黄金将要撤出上海。张桂芳在存兑申请期的前日，便去中央银行排队。

临出门，朱三道："好像要落雨，带把伞去。"

张桂芳道："水壶、军毯、罗宋面包，塞得潽潽满，我有三只手吗？"

朱三捏她一把："衣服够吗？"

"棉袄忒厚，汗都捂出来了。"

"要在外头过一夜，撑得牢吗，我心里别别跳。"

"啊呀，又不是我一个，同事家家都去的。不去哪能办，金圆券砸在手里厢，揩屁股也不好用，刮得屁眼棘叫痛。"

朱三听了张桂芳下楼。想象她行起路来，身体往前扎，仿佛用脑袋顶开暮色。微带罗圈的双腿，一走一踢，步子琐碎。朱三笑了，旋即怅然。张桂芳啊，若是亲生的就好了。

夜间七八时，头顶开始噼啪作响。雨滴弹击老虎窗玻璃，由疏至密。朱三闭门枯坐，听得厌气，早早上了床。她一夜乱梦。梦见从死人堆里爬起来，梦见父亲用火钳烫她腿臂，梦见走在蕃瓜弄，穿过空了的滚地龙，倏然蹿出个男人，将她摁倒在垃圾堆旁。她坐醒起来："不好了！"捂住胸脯，喘息不已。

空气潮冷，渥着阴沟洞气味。公鸡开始打鸣。喤啷啷一阵铜铃响，粪车压着弹格路面而过。"倒马桶喽，马桶拎出来喽。"楼下喧闹起来，乱纷纷说话，啪啦啦走动。"沪生阿爸，调黄金去。""调的人多吧。"昨日夜里厢，阿二头去了，他媳妇轧得昏头昏脑，回来跟我家子婆讲，外滩要轧坍掉了。""我今朝还要上班。""上啥班啦，赚了一袋废纸头回来，不够糊墙壁。"

朱三懊悔让张桂芳去。风吹得倒的小女人，哪能轧得过爷老头子们。朱三早饭没吃，中午蒸了四个馒头，暖在饭焐子里。待到傍晚，热一热，吃一个，其余放进碗橱。

亭子间有人回来，说外滩人轧人，轧死人，骑马警察来了，救护车也来了。朱三下去问："看到桂芳没有。"

"介许多人，哪能看得到。"

"桂芳还没回来。"

"那你等一等，总归会回来的。"

"她啥辰光回来？"

"呀，你问我，我问啥人去。饿了一夜天，刚刚端起饭碗头，你就来问东问西。"

朱三讪讪回屋，靠在床头，不觉睡着。半夜里肚皮乱响，又起来，吃一个馒头。馒头冻僵了，入得腹中，又涩又胀，还有一股子腥腻，那是眼泪水的味道。面颊、下巴、手指头，都湿乎乎的。朱三里外冷了个透，缩在薄被头里，熬过下半夜。

要到一周后，才有人通知认尸。面目瘀肿的张桂芳，已经不像张桂芳。斜咧的嘴巴里，碎了三颗门牙，舌头往前抵，一副有苦再也说不出的模样。朱三晃一眼，软在地上，出不得声。

大家都说朱三家不走运。"一两黄金七条命"，全上海死掉七个，偏就摊上一个。朱三坐在楼门口哭，"活来活去，活了一场空，以后靠啥人去呀，死了也没人相帮买棺材板。"听得人人皱眉头，"哭一哭就好了，还哭出瘾头了。""今朝哭了明朝哭，魂灵头都被她哭掉。""年轻辰光做坏事体，老天爷报应。"楼里出了两个男人，一人拽一臂，将她拽上楼，推入三层阁，掩起门来。

朱三哭不动了，剪下吊灯尼龙开关绳，兜在脖颈里，抬头寻了个遍，没地方挂。又拿起剪刀，比一比手腕，扔开。寻死是最难的。早年在朱葆三路，她曾将鸦片混了烧酒吞下。死过半日，又在医院活回来。二姐道："阎罗王嫌鄙你了，弗肯收你。"于是只好活下去。

过了小半月，朱三心思略定，想起还有个儿子。她理了头发，换了衣服，别一扇栀子花。自觉体面了，找上门去。王家在南昌路，住西班牙式洋房。反复敲门，无人应答。她沿了砖雕围墙，走到前门。出来个老头，说："王家刚刚卖脱洋楼，搬走了。""搬到哪里去，生意有难处吗？"她插入半个身子，见内有二道门，紫藤棚下停了松花绿的皮尔卡轿车。"那是王家的车吗，我是亲家婆，放我进去。"老头不允，两厢推搡。

看热闹的围拢来："阿婆，王家当真跑路啦。悄悄叫跑的，洋房一夜空掉。""我不信，跑到哪里去。"口舌乱起来，有说跑去香港，有说跑去阿美利加。朱三问："阿美利加是啥物什。""嗒嗒，一个老远老远的国家，跟月宫一样远。"

很快，祥元里人人皆知，朱三找过儿子了。有说王家给了她许多"小黄鱼"②。也有说："不可能，真有'小黄鱼'，就顶一间洋房住住，窝在这里做啥。""不管有没有'小黄鱼'，亲家婆找上门，多少会给的。"就是，你看她的旗袍，是丝缎的。""那不是新做的，老早就见她穿。""王家是大户，哪能抠门，手指头缝里漏一点，就够她吃十年八年。"

一夜，有人赤了脚，摸上楼梯，拨开榆木门板上的弹子锁。三层阁内有呜咽声。不是呜咽，是朱三打着不安稳的鼾。月光透下老虎窗，笼着满屋白纸白花，亮晃晃扎眼。张桂芳的黑白照片立在五斗橱上。她嘴巴在笑，上唇微微扯起，露出完好的门牙。目光却没有笑，两只大小参差的眼睛，乜斜着闯入者，看他逐一打开抽屉。

"啥人啊，桂芳！"朱三惊觉。那人往床上一扑，捂住她的嘴，"金条呢，金条在哪里？"朱三举臂，那人压住她手臂。朱三踢脚，那人压住她脚。皮肉触碰，那人喘起来，捏着揉着，把被子蹭下床，弓身半跪，两只膝盖顶开她的腿。"老吃老做的老太婆，看你再装腔，杀了你。"那人掐她脖颈，掐得她牙齿直咬舌头。她不动了，眼皮半阖，四肢松塌，仿佛一块任由吞食的隔夜肉。

五

没人说得清，朱三是何时疯掉的。她拎着竹篮头满街走，痴笑，自语，逗弄孩子。好心人搬了太师椅，为她放在街角。她坐上去，眼睛定怏怏的，仿佛一个面色疲惫的正常人。于是有说她装疯，"脑子拎得煞煞清，解放军一来，马上脱了旗袍，乖乖叫换上对襟袄。"

世道乱得不能再乱。忽而抓反革命，忽而斗资产阶级，忽而揪右派。有积极分子想起朱三了，说她和外国人困觉，还有个儿子潜逃出国。居委会找了她去，七八个人，研诘半日。她只反复道："桂芳回来了吗，桂芳呢，桂芳在哪里？"嗯嗯啊啊笑。

最后是治保主任给了话："你们争来争去，争不出个重点。敌我矛盾，人民内部矛盾，分得清爽吧。上次写反标的，重点批一批，还有换邮票的国民党特务，多上点儿手段，务必让他老实交代。这只老太婆，旧社会受外国人剥削，现在年纪大了，没亲没眷，脑子也不正常。把她搞死了，会得触霉头吧。"

朱三约莫六十多岁，看着有七十出头。一年一年，老得飞快，展眼便是八十又几。她记性变差，搞不清自己年龄。只记得属牛，从小被骂"戆牛"。老来更像牛了，慢吞吞，木喋喋。两只膝馒头胀似铁块，走路直楞着腿，脚下不停打绊。

她牙齿又细又长，渐有摇落。吃东西时，嘴巴犹如磨盘，一磨，一瘪，又一磨。她吃得进，拉不出，早晚蹲在马桶上，揉着胀气的肚皮，哼哼唧唧。睡眠也不好。每日困得坐不稳了，才敢躺倒。

杨木棕绷床的顶头上，老虎窗碎了玻璃，兜起一块油布。油布哗啦啦颤动，将夜风刮送到她身上。她皮肤越发干痒，留着十道指甲，挠得浑身一条条红，皮屑跟落雪似的。终于浅浅睡去，却不停被自己的放屁声惊醒。

睡觉辛苦，醒来更辛苦。她衣服穿到发馊，才洗上一洗。没力气拧干，滴里嗒啦晒几天。漂不干净的固本肥皂，在衣褶子里重新结块。她拎着马桶上下楼，越来越花时间。一次力有不逮，泼翻马桶，自此改用痰盂罐。搪瓷罐口箍得屁股痛，大腿麻，站不起身。便在街上捡一只塑料瓶，裁开，悬在床边做夜壶。又拾来废报纸，裹了粪团，一团团扔进竹篮头，塞在床底下。

吃饭更是个负累。她焖一大锅饭，用开水泡了，就着榨菜连日吃。嘴巴越寡淡，榨菜越吃多。时时口渴，时时憋尿，一憋不住，就弄湿裤子。于是翻出多年不用的月经带，叠几层草纸，垫在裤裆里。

吃喝罢，劳作罢，便要出个门，晒掉身上霉气。朱三坐在街角太师椅里，看着什么，又像什么都没看。身旁老虎灶的热气，腾腾熏蚀眼睛。她眼底挂了大眼袋，上眼皮皱似胡桃壳。一对混浊的眼乌珠，仿佛焦距不准的镜头，望向这个世界。

朱三留意到，满街灰蓝色人影，争相妆红着绿起来。她知道世道已变，便从樟木箱底取出旗袍，补裰了，重新穿上。为遮掩臊味，她开始喷花露水，又用珍珠粉兑水，涂抹脸皮。她照照圆面镜，下楼出门。入暮回家，再照一照。直至脱袜上床，面孔依旧带着粉。很多人是在睡梦中死掉的。朱三害怕随时会死。死的时候，模样总要过得去。她无儿无女，没人会来整理遗容。

然而，朱三还是醒了。被屁声惊醒，被浓痰哽醒，或是殷勤的日头，从老虎窗上晃醒她。她睁开眼，知道又活过一日一夜。吃掉三顿泡饭，喝完一杯开水，排出半罐屎尿，落下半把头发，用了五张草纸，耗费两盆自来水。当她再次起床，身上的皮肉，又比前日松败了一点点。

亭子间阿姨的小外孙，每见朱三出来，便"长三堂子、朱葆三路"乱喊。朱三四顾无人，近前拧他耳朵："小赤佬，拎不清，真以为我疯掉吗。我是有海外关系的人，儿子在美国发大财，到辰光回来接我走。你表现好点，我送你一只金镯头白相相。"

这话传开，众人讶然，朱三果真在装疯。她像只精刮的老乌龟，看看苗头不对，脖颈一缩，躲进保命壳子里。不够精刮的家伙，通通倒了霉。比如那个写反标的，比如那个卖邮票的。他根本不是特务，他只是喜欢集邮。谁在乎呢，死都死了，平反又能怎样。批斗他们的治保主任也死了。那是在十二年后，他鲠了一根鲫鱼刺，喉头水肿，窒息而亡。

朱三为他焚香，合手拜几拜，"主任，谢谢你，再会。"回想当年，真叫惊险。有个姓王的女人，一意跟朱三过不去，说她里通外国。治保主任道："她跟我妈差不多老，一只脚踏进棺材的人，能做多大个坏事体。"朱三认得主任他妈，斜白眼的宁波老太，年前刚刚病逝。或因一点残余的悲恸，主任保下朱三。姓王的兀自不满，见了朱三，总要呸一声。七八年后，她中风在床。朱三特地去看望，倚床坐一晌，啥都没说，笑着出来。不久，那女人褥疮感染而亡。

最让朱三高兴的，还是楼下"四眼"的死讯。他是祥元里第一个穿军便服的。花了五分洋钿，买一片染色剂，将旧衣煮成黄绿色。又用五粒"八一"军扣，替掉木纽扣。贼忒兮兮的小瘪三，穿上假军装，腰也挺了，步子也迈大了，正经得像个革命军人。

只有朱三知道，他曾夜半潜入三层阁。偷金条不成，掐得她半死。还褪去她的裤子，五指插入她腿间。她喊痛，他便咬她，呸呸吐唾沫，生怕脏了嘴似的。直至她流血不止，他才罢手："啃不动的老野鸡，哪能不去死。"

朱三在纸上画一副眼镜，每日用缝衣针戳刺："老天长眼，恶人有恶报。"岂料"四眼"越活越抖擞。

世道松动后，他家儿子做生意，炒股票，发了不得了的财，接他去住大房子。他时常回来，说是探望老邻居，炫耀他的手表和皮鞋。朱三气到呕吐，想去揭发，犹豫良久，作罢。她活得太久，见得太多，晓得世道会变过来，也会变过去。谁能说准明朝的风向呢。

好在阎王爷出手，帮她报了仇。一日，她孵在太师椅上，被日头晒得打瞌睡。忽被鞭炮惊醒，见大队男女，堵着马路，慢慢压过来。七八个灰衣道士，吹打念唱，像在拍电视剧。香烛师蹿来钻去，麻雷子、二踢脚、大地红，爆响不绝。两个哭丧的女人，一扑一号，此起彼伏，时或翻白了眼，身子斜斜一软，仿佛昏厥过去。旁人赶忙扶住。在她们身后，是二十来个黑衣黑裤的老小，别着白头花，捧着半人高的遗像。

街边堆起了人，纷纷介议论。朱三挤不进，趴在肩膀缝里听。有说死者得的脑梗，有说是脑癌。有说这家人早已搬走，回来大做排场，是要存心显摆。朱三使力问道："死的是啥人呀。"旁人俯到她耳中喊："隔壁弄堂的四眼，记得吧，穿绿军装那个。"朱三噎住似的，捂了嘴，挪开两步，放手笑起来。怕被人注意，边笑边往家走。

到得三层阁，躺在眠床上。狂喜挟裹了悲伤，将她整个掏空。她涕泪满面，浑身抽搐，几欲虚脱。亲人死了，恩人死了，仇人也死了。她第一次发现，自己活得太长。她想起二姐的诅咒：如果你离开我，就让你一直活下去，想死也死不掉。朱三确实离开了她，可她说话未免忒毒。想死也死不掉，是个啥感觉。

日子一天一天，没完没了。朱三的皮肤愈益松垮，似要从骨架子上脱落。骨架子更是不像样，骨节凸楞楞的，眼窝和颧骨却深凹下去。白发过于稀薄，没法用头绳扎紧，这里那里地漏出来，犹如被踩扁的枯草，风一刮，满脑袋乱飞。

她在床上铺了寿被，置了寿枕。购一套"三领二腰"的红寿衣，穿在棉袄里头。她买来锡箔纸，为自己做元宝。银光灿灿的锡箔元宝，堆满床头、桌面、抽屉、地板。又在地板上层层叠高，淹没她的腿。她睡在元宝里，立在元宝里，蹚走在元宝里。整座三层阁，仿佛一洞银色的圹穴。

阳光大好时，她会爬出来，在太师椅上坐一坐。椅子漆色剥落，骨架松动。曾经上好的花梨木，变作废柴堆似的。它被扔在街边凹角里，日头晒着，雨水淋着，白蚁噬着。没有旁人动它。它阴沉沉的，仿佛一件死物。

朱三攀着椅子，拐杖搭在扶手边。她身形缩得太小，双脚已经够不到地。她喘了气，挪了屁股，要将后腰贴到靠背板上。臀骨尖锐，磨蹭椅面，感觉不到痛。听力也消失了。上眼皮耷拉至眼窝，遮住她久患白内障的眼珠。

有个头发花白的胖子走近来："喂，朱三小姐，认得我吗？"朱三没有反应。胖子头颈抽动，喷出一嘴的嗝，混了红星二锅头和隔夜呕吐物的渥臊气。油津津的腮帮肉一抖，跌坐在朱三脚边。

"在我小辰光，你来学堂门口，我还朝你扔过石头呢。那时六七岁，不大懂事体，听别人讲你，就跟了后头骂。你记得吧，没生气吧。你唱歌老好听的，是叫什么歌名呀。"他扯扯朱三的旗袍。朱三若有所感，眼皮一眯，脑袋缓慢挪动。

胖子开始诉说人生，痛风、高血压、肝硬化，离婚、丧母、下岗、股票亏本、银行欠债。说到天色微淡，暮风撩面，半醒不醒的，"算了，疯老太婆，不跟你多讲。我就是想不落，你哪能要活这么久。活着有啥意思呢。"他撑了几撑，摇晃着起来，从裤兜里掏一把钞票，"喂，喂，给你，买点儿老酒吃吃。"等了等，把钞票甩在地上，走出一段，回头看。钞票扑着跳着四散开。两个行人弯腰追捡。朱三小姐没有动。她坐在她的椅子上。她已经坐了百多年，仍将继续坐下去。

①即洒尔佛散（德语：Salvarsan）。也称作砷凡纳明或胂凡纳明（英语：Arsphenfllnlnf）或606，是第一种有效治疗梅毒的有机砷化合物，又用于治疗昏睡病，还是第一种现代化疗药物，20世纪初投入应用。

②"中华民国中央银行"用作储备金的金条，即俗称的"大、小黄鱼"。小黄鱼指一市两金条。

选自《十月》2018年第4期

评鉴与感悟

苦难与悲悯同在
——评任晓雯《朱三小姐的一生》

任晓雯曾在访谈中谈道："作为作家应当关注人、人性以及各样的人生，并用文字来呈现它们。"她的小说始终聚焦于都市底层生活，关心小人物的生存难题，把给予普通人以现实关怀作为小说写作的主旨。具体来说，"人性、怜悯、苦难、小人物、上海"是任晓雯为自己的小说设置的五个关键词，也是解读《朱三小姐的一生》这部小说的核心所在。

在这篇小说的开头，作者便通过"每个人都在等待朱三小姐死去"，这样一句匪夷所思的话来设置悬念，引出主人公朱三小姐。接着，作者将叙述重心放在描写朱三困顿窘迫、命途多舛的一生。不仅朱三小姐，小说中几乎每一个人都挣扎在生存的边缘。这种无法逃脱，显示出了生命与苦难相伴相生的必然性，也让读者体味到"人在面对自我时的无能为力与渺小"。

虽然作者无法给予这些人物以现实的出路，但是在看待这些令人无望的困境时，作者的目光是温柔的，她是以悲天悯人的情怀，来关注底层小人物的苦难，来体味他们窘迫的人生。可以说，作者是站在平等的立场上，去体察、描摹众生群像，是身处他们的生活环境中，去理解其人性的幽暗。不得不说，任晓雯是一位操控细节的高手，她通过大量的生活细节来推进情节的发展，又用一种冷静的笔触，将生活的真实不动声色地摆到人们眼前，让任何隐秘都无所遁形。

与此前的系列小说类似的是，这些人物仍旧生活在上海。任晓雯在聚焦小人物，描绘他们艰辛的生活时，也意在反映城市与时代的丰富多变，和人性的复杂本质。这种"大城市、小人物、大时代"的模式，在任晓雯的《浮生》系列中也存在，江秀凤、谭惠英、曾雪梅等人与朱三小姐一样，她们被时代浪潮裹挟着，挣扎在生存困境中，不断与苦难进行着搏斗，而她们生活的轨迹也点亮了社会历史的图景。

小说将朱三漫长的一生压缩在几千字的篇幅内，大量短句的使用，使作品保持着作者一贯的冷静克制的语言风格，而大量短句的使用，令文字表现出简约从容的形态，最终达到简洁准确、节制坚韧的艺术效果。此外，方言沪语的运用增添了小说的地域风味，而且使小说的氛围沉浸在淡淡的"水雾"中，阴暗又有些窒闷，如同生活的逼仄和压抑。

任晓雯关注人和人性、聚焦各样人生的写作态度，为理解她的小说提供了一条有迹可循的路径，而"苦难与悲悯同在"的思想，也为她的现实主义写作提供了坚实的人道主义立场。（董伊蕾）

动物园

/孙睿

1987

雨停了。

米乐仰着头，让越来越小的雨滴落在脸上，当他感觉脸不再痒的时候，告诉爷爷雨停了。

米乐是全北京第一个知道雨停了的人。

雨停的意思就是现在可以出门了。爷爷昨天说过，今天要带米乐去动物园，但是一早就开始下雨。米乐盼着雨停，站在房檐下，把头探到雨里，这个姿势已经保持一个多小时了，连午饭都是在屋檐下吃的。

米乐对于这次动物园之行企盼已久。人生中的第一次都令人向往。其实以前也去过，年纪太小，不记得。现在，七岁的米乐已经从中央电视台的《动物世界》里储备了诸多动物知识，他不满足于"视上谈兵"，盼望看眼真的。

今天是一年级暑假的最后一天，明天就开学了，再不去不知道要等到什么时候。米乐和爷爷坐上家门口的7路公共汽车。

车上人不多，爷爷和米乐都有座，能坐着到终点站，是米乐人生中的幸福之一。

1987年的北京，还没有四环路，三环路刚刚打通，三环外已经是很远的地方了。米乐和爷爷住在二环里，动物园在西北二环外，坐公共汽车要半个多小时，对米乐来说那是很远的地方。

雨后的北京街道清爽，7路公共汽车在胡同里拐来拐去，每次转弯的时候，两截车厢中间的转盘就会旋转，米乐这时候总会站在上面，自己不用动，却能转来转去。汽车左转弯，转盘就逆时针运动；汽车右转弯，转盘就顺时针运动。米乐感觉自己要被转飞了，双腿和屁股暗暗用力，维持重心不移动，面无表情，心里却乐不可支，沉醉在这种游戏中。

动物园的门是冲南开的。米乐比现在还小的时候就能分清东南西北了，爷爷说话从来不用"左右"：出院门往西，到了胡同口奔北，路东的油盐店南边有棵香椿树，我就在树下下棋，吃饭去那喊我。

进了动物园的门，往北走一点然后往东拐，就能看到熊猫了。熊猫分大熊猫和小熊猫，看上去区别并不只在大小。米乐问爷爷，是不是小熊猫长大了就成大熊猫那样了，就像自己长大了也有爷爷那样的白头发了。爷爷说小熊猫不是熊猫，熊猫是国宝，小熊猫不是。米乐问那它为什么还叫小熊猫，爷爷说所以在它前面加个"小"字，就像你表哥，他也是我的孙子，但是外孙子，你是亲孙子。米乐听不懂，怎么姑姑的孩子就不是爷爷的孙子了？

熊猫馆再往东是猴山，猴子是米乐最喜欢的动物，因为他属猴，也因为猴和人最像，亲切。老老少少的猴子们分布在猴山各处，有的在接游人扔过来的食物，有的在追逐，有的什么也没干就老老实实地待着，还有的老猴在扒小猴的毛，从小猴身上找到什么放进嘴里。爷爷说那是老猴在给小猴择虱子，米乐问爷爷为什么猴子那么傻要吃虱子，爷爷说，所以人比猴高级。看着在一起的小猴和老猴，米乐觉得人也没比猴子聪明多少，他和爷爷在一起的时候看上去很像那小猴和老猴。

看到猴子，米乐除了想到自己和爷爷，还想到了学校的那些事儿和女同学芳芳。为什么人不能像猴子那样，无论老少，光吃东西和玩，干什么非要上学呢？这是米乐上了一年小学后最困惑的。尤其是学校里要分出对错，老师的提问，只有答对了才能得到一朵小红花，贴在教室后面的墙上，墙上贴着所有学生的名字，老师说看谁的小红花最长——一朵朵小红花连在一起，就成了一条红色的长线。一年结束后，米乐的名字后面才是一个线头。

红线最长的是芳芳。芳芳学习好，唱歌好，长得也好。米乐能感受到，班里的很多男生都喜欢芳芳，因为她好看，都想和芳芳坐同桌，下课了故意在芳芳身边跑来跑去，却都不敢和芳芳挨得太近，也不敢承认自己喜欢芳芳，米乐也是其中之一。转机出现了，班上个子最高的男生欺负了个子最小的男生，个子小的男生就当着全班同学的面报复个子高的男生，揭露了一个事实：你放学后跟踪过芳芳！高个子男生满脸通红，绝望地回应：我就跟了，怎么着吧！

于是，班里自然默认芳芳和个子高的男生是一对了。对于这个"人为的组合"，米乐十分不满：芳芳同意了吗，你们就瞎配对！

虽然米乐也知道是瞎配对，但当这个说法越来越普及，以至于有人说芳芳是高个子男生媳妇的时候，米乐心里酸酸的。这时他还没从课本里学到"失恋"这个词。现在看着这些猴子，米乐在想：它们中间是否会有猴子因为"芳芳事件"而总感觉生活中少了点儿什么，无论再玩什么，快乐都打折了？

以前米乐最喜欢听芳芳在音乐课上唱歌了，一边唱《粉刷匠》还一边投入地比画，俨然手里真的拿着一把刷子：

　　　　我是一个粉刷匠粉刷本领强
　　　　我要把那新房子刷得更漂亮
　　　　刷了房顶又刷墙刷子飞舞忙
　　　　哎呀我的小鼻子变呀变了样

米乐家里刷房都是爸爸的事儿，粉刷匠应该是成年男人，芳芳却演绎出一个低龄女童粉刷匠，让米乐觉得很生动。但是芳芳成了高个子男生的媳妇后，米乐再听她唱这歌，总感觉芳芳要去高个子男生家刷房，成了一个勤劳的小媳妇。这歌在米乐耳朵里越来越难听了。米乐不再爱上音乐课。

此行米乐最想看的是狮子和老虎，它们是百兽之王，在学前班米乐已经知道"狐假虎威"这个成语。到了狮虎山，当听到旁边的叔叔给他的孩子讲解狮子和老虎都是猫科动物时，米乐投去了质疑的目光。猫那么小，狮子老虎怎么可能和猫是一个品种呢？

饲养员拎着一桶肉出来了，隔着栅栏门，扔向"狮虎山下等待某个游人掉下去好饱吃一顿的老虎"——这是米乐对老虎的看法。老虎扑向那一大片肉，撕咬起来，观看的人群骚动了，议论纷纷，有人举起相机。

米乐问爷爷，老虎吃耗子吗？爷爷说老虎只吃肉，不吃耗子。米乐看着刚才那个叔叔的背影说，那老虎肯定不是猫科的。

看完狮子老虎，米乐已经很满足了，没想到动物园这么大，还有河马和大象。让米乐准备不足的是，河马和大象馆太臭了，这事儿赵忠祥可没在电视里说过。

最让米乐意外的是，雨后动物园的路面上钻出一条条蚯蚓，通体殷红，蠕动而行，个头儿大的像条小蛇。米乐真把它们当成蛇了，吓得拉着爷爷赶紧躲，说笼子里的蛇跑出来了。爷爷告诉米乐那是蚯蚓，生活在泥土里，因为下过雨，地里的水多了，它们就爬出来透透气，不咬人。爷爷拿起一条蚯蚓，要放到米乐手里。米乐不敢接，惊恐地看着它，头和脚长得一样，没有眼睛和牙齿，应该不是蛇，这才接过来，看它在手里翻趴，感觉凉凉的。

老师布置了暑假作业，除了必须写的，还有选做的——五十字内的日记，不会的字可以用拼音，每写一篇就奖励一朵小红花。为了能多拿到一朵小红花，让自己的"线头"显得不那么难看，米乐决定回家后写一篇日记。他知道不能写暑假里自己曾多次期待赶紧开学见到芳芳，他知道写"雨后的动物园有很多蚯蚓，它们是唯一没有关进笼子里的动物"是安全的，也是别的同学不一定知道的。

收获了一篇日记，此次动物园之行超额完成任务。米乐心满意足地和爷爷在天黑前离开。动物园门口是好几趟车的始发站，除了7路车，还有102路和105路。以"1"开头的三位数公共汽车是无轨电车，米乐更喜欢坐电车，因为它们有"两条大辫子"，看着就有造型感。

始发站，就意味着有座位。米乐坐在电车里，很好奇：电车有电，为什么坐在里面却电不到我？

爷爷说等你长大，上完中学考上大学就知道了——就像长颈鹿，能看到很远。

想到自己的脸长在长颈鹿脖子上的效果，米乐坐在电车里笑了。

1997

香港回归了。

米乐已经高二，开学就高三了。刚刚结束了会考，米乐想去买两件新衣服，以崭新面貌迎接高三，走出考场骑上车，直奔动物园的服装批发市场。

作为一个北京西城区的人，米乐为自己户籍所在的区里能有北方最大的服装批发市场感到骄傲，就好像学校总说哪个伟人和名人曾在这里就读过，身为校友，米乐也感到自豪一样。

现在班里流行穿牛仔裤配校服上衣——大家的上半身都是一样的校服，坐在教室里，老师一眼看过去，都是遵守校规的好学生；一下课，跑出教室，则是各种颜色和粗细腿不同的牛仔裤，个人风格完全体现在下半身：Billy、真维斯、佐丹奴以及各种杂牌。相对于旅游鞋必须是名牌——耐克、彪马、锐步和阿迪达斯的风气，牛仔裤什么牌子并不重要。所以，班里的很多人都去"动批"买裤子，就像到了12月，都去"天外天"批发新年贺卡一样——如果真有校风这件事，这才是校风，一所西城区普通高中的校风。

1997年的"动批"还没那么多全国各地来拿货的人，米乐走在"动批"商场的过道里，并没有十年后走在这里像走进殖民地的那种感觉。米乐挑了一条裤子，和店主砍价。砍价是米乐除了学校安排的功课外，人生里新学会的一项技能。

学校门口有一家小店，虽然不足十平方米，却能提供全校学生想买的东西：各种球类、文具、书刊、兵器模型、圣诞礼物甚至卫生巾和胸罩。米乐就是在这里学会了砍价，经常来买东西的同学给米乐算过一笔账：

"二十块钱的东西，每次砍到十八块钱，积少成多，不砍只能买九件东西，砍完就能买十件了。"

作为理科班的学生，米乐当然听得懂这笔账，于是为了能买"不止十件而是十一件"，米乐会努力把二十块钱的东西砍到十六块钱。当他发现真能砍下来成交的时候，对那些一脸真诚嘴上说"知道你是学生，没挣你钱"的商家有了新的认识。

这次米乐也力图把裤子砍到自己认可的价格，但商家不肯卖，米乐知道这是商家怕你砍完价不买所采取的策略，多绷一会儿能试探出买家是否真想买，不是来逗咳嗽的。

"行了，不差这几块钱，给我拿一条吧！"米乐掏出砍到价格的钱数。

"一条更给不了这价。"商家见到钱，知道买主是真想买，为了多卖出点儿钱，又找个理由。

"我是来补货的。"米乐应对自如。贺卡有时候就需要补货，本来你不想送贺卡的同学先送你了，出于礼貌，只能回送，但已购买的贺卡里没有他的，只能再去买一趟，以"补货"为由，按批发的价格再买一两张。反正商家每月接触的人多，买没买过东西也不能都记住。

米乐说完话，东摸摸西看看，尽力表现得像个来拿货的贩子。但稚嫩的面庞和"过度的表演"让商家一眼就能看穿，商家依然绷着不卖，能多从米乐身上挣几块就挣几块，反正看店也没事儿干——那时候还没有互联网可以斗地主和看视频。商家并不戳穿米乐，会说：

"什么时候拿货都是我说的这价，再少就赔钱了。"

米乐已不是那个轻易相信人的小学生了，他把钱放到商家桌上的同时，拿起一张商家的名片，并放话：

"上回的名片找不着了，下次再来拿货。"

话说到这份上，再不卖也没劲了。商家拿起钱，把裤子给米乐包上，双方都满意。米乐如释重负，扮演老成太累了，但未来一段时间仍得演下去。

买完衣服，出了批发市场，米乐意识到马路对面就是动物园，丝毫没有进去看看的想法。对动物感兴趣那是小孩的事儿，现在最让米乐感兴趣的是，如何加深自己在女生心目中的印象，所以会考一完就来买衣服了。

打扮好自己，是方法之一。米乐还有其他方法，比如博闻，无论课内还是课外的事情，知道得多，就能和女生建立话题，女生会主动找上门聊天。但从实际经验来看，丰富课内知识和课外知识是两件矛盾的事情。还有幽默，也是获取女生好感的手段，可以通过课上"接下茬儿"的方式，对老师的问题答非所问，跳跃思维，博全班一笑，班里二分之一是女生。

虽然米乐在这三点上有所实践，并取得一定成效，但至今还没拉过女生的手。班里已经有人亲过女生的嘴了。

"其实女生也想这事。"这是亲嘴男生得手后，在男厕所向米乐他们炫耀时说的话。作为过来人，亲嘴男生的经验是：别太要脸，主动挑明关系，只要不被拒绝，就带着女生去黑的地方，越黑越好，去了就水到渠成。

这种说法让米乐他们充满幻想，激动不已，但是他们迈不出这一步，因为太要脸了。他们怕被拒绝，一旦表白失败，日后将无颜面对该女生，更怕传出去，班上的种种眼神和蜚语不堪承受。

亲嘴男生之所以不怕，因为他和米乐他们不是一类人。虽然也在这上高中，但他不是考进来的，他妈妈做生意，他爸爸不知去向。亲嘴男生不以考大学为己任，从高一开学那天起，他就知道三年后他妈会安排他去国外上大学，所以他的高中生活可以迥异于正常高中生。老师们也知道他家里和学校领导有交情，对他睁一只眼闭一只眼。

因为亲嘴男生家里有钱，上初中的时候，总有高年级学生在路上劫他。他不是舍不得被劫去的那几个钱，是咽不下这口气，就找附近几个小流氓拜师学艺，出现好勇斗狠的实践机会就踊跃参加，表现出一定天赋，很快便发展成一名合格的"坏学生"。他的书包里除了装有国家教委指定的学习教材，还比同龄人多了一把锃亮的小斧子，自诩已经是道上的人了，装备必须职业化。

上了高中，他的个子也高了，能够独立作战，那把小斧子，一入学就为他在全年级奠定了地位。他对自己的高中生活有清醒的认识：亲嘴和战斗，是十八岁前人生的两大主题。

他选择的这个女生，有一副厚厚的嘴唇，红艳饱满。在米乐看来，这红艳的嘴唇不仅是性感的标志，更是一朵小红花，像小学时候贴在每个人名字后面的小红花。这个男生已经先于米乐他们得到了。

但为了得到这朵小红花，这个男生付出的代价有点大。一开始这个男生就偷偷摸摸和女生在校外的胡同里避着人亲，后来爱情火焰越烧越旺，下了课公开就在教室里亲。于是不光自己班里的同学知道了他俩的关系，外班也知道了，下了课先不着急上厕所，纷纷趴在他们班后门看他俩亲嘴。

这种事情比谁的作文在区里获奖了传得快。不仅本校全年级都知道了，也传到了兄弟院校的同年级——每个高中生都有几个发小，因为中考分散在不同的高中、技校和中专，这种消息经常互通有无。亲嘴女孩有个初中男同学，考到一家外事职高，喜欢女孩许久，中考结束后表白被女孩拒绝。当他得知女孩在另一所高中被一个男生肆无忌惮地亲来亲去时，他叫上本校那些学厨师面点的同学，带上实习工具——菜刀和擀面杖，脱掉作为校服的黑西装，解开领带，穿着雪白的衬衣来"吓唬吓唬"这个男生。

当这个男生和女生放学后又在学校后门胡同的树下啃来啃去的时候，职高男生大喝一声，真吓唬到了这对痴情的男女。他俩以为树下不够黑，被教务主任发现了，及时分开嘴，而手臂还缠在一起。但当扭过头，看见是几个穿白衬衫的同龄人时，男生不慌不忙又在女生的嘴上亲了一下，才撤出胳膊，问道：怎么了？

男生刚刚又亲了的那一下，极大地刺激了职高男生，他眼看着一个男人将嘴贴在自己心爱的女人嘴上，愤怒迫使他直接亮出家伙，从怀里掏出用了一年多切过数十根萝卜的菜刀。职高的同学们看到带头人启动了，也跟着掏出武器，拉开架势。

亲嘴女生认出职高男生，知道他是何用意，告诉他：你这样没用！

职高男生不是不知道这样对于爱情没用，但是他需要拿情敌出气。

亲嘴男生作为"道上的人"，当然能认清形势，他没有说一句话，在观察——突然，一个箭步，向一个双手背后身材瘦小的职高生冲去。他想以瘦小男生为突破口，将其撞倒，冲出包围。

他不是要跑。他知道跑得了和尚跑不了庙，这次跑了，下回他们还会来堵他。他是要跑回教室拿东西——最近坠入爱河，放学也不背书包回家了，小斧子和书包都放在课桌里。有了锋利的武器，他才能单枪匹马从气势上和战斗力上与这伙人抗衡，赤手空拳肉搏，只有挨揍的份儿。

但是那个瘦小的职高男生，以为亲嘴男生要拿自己开练，瞬间胆怯起来，下意识把背后的双手举到面前，手里拿的水果尖刀露了出来，他的专业也随之暴露——冷拼。这是他第一次跟人打群架，本不想来，怕被笑话，便跟来了，但不会打，也不敢打，所以别人握着武器双手自然置于身体两侧的时候，他的双手是背后的。

因为亲嘴男生跑得太猛，水果刀举起得太快，两者来不及躲闪，撞在一起。

水果刀扎进亲嘴男生的眼睛。

亲嘴女生一声尖叫，响彻胡同。随后，她扶着树颤抖着呕吐起来。

亲嘴男生的左眼只看到刀尖一闪，便再也看不到刀尖了，而且什么也看不见了。世界在他眼里失去平衡，变了样。这种视觉体验使他疯狂。

"我操你妈！"

亲嘴男生一脚踹向瘦小男生，后者连同手里的尖刀，一起飞了出去。

本想"吓唬吓唬他就行了"的一伙人，吓到了自己。一些人扔下手里的家伙，拔腿就跑。

亲嘴男生捡起地上的菜刀，跌跌撞撞地向那群职高生冲去，没有人敢招架，四处溃散，狭窄的胡同里乱作一团。

用一只眼睛奔跑，比用一条腿奔跑还困难。短短几米，他摔了数个跟头，暴怒使他敏捷地又爬起来，举着菜刀冲向一个个模糊的黑影，包括无辜的路人。

高二物理学到的光学知识，两只眼睛聚焦，才能将一个物体在三维空间定位，如果只用一直眼睛看，只能辨认物体所在的方向，无法锁定前后距离。所以他砍出去的刀，无一命中。

但他仍发疯般挥舞着菜刀，一脸血迹，左突右冲，似乎要平掉整条胡同。

本可以跑走的挑事职高男生，觉得不能就这么跑了，警察早晚会找到自己的。于是转向持刀者，喊道：别砍了，你谁也砍不着，先送你去医院！

亲嘴男生听到声音，已经不管早点去医院还有没有保住眼睛的可能，举着菜刀闻声而去。

职高男往后退，边退边重申：都别胡闹了，先去医院！

亲嘴男生知道自己再砍也未必能打中目标，换了战术，将菜刀向职高男扔去。虽然不能确定前后距离，他把目标想象成无限远，用尽全身力气。菜刀带着风声，向着职高男的脸飞去。职高男只能抬手挡脸，用手指化解掉刀刃的动能。

刀速太快，势大力沉。左手的大拇指在挡住刀刃的同时，也和手掌分了家。

职高男的人生在这一刻被改变。没了大拇指的他从此再也没法持锅颠勺了。他不得不换一个方向发展，转学酒店管理，少一个手指不影响给客人推行李车和接收小费，而且戴上手套也成了工作需要。

亲嘴男生的命运当然也随之改变。当他蒙着一只眼睛出现在学校的时候，有人自作聪明地说了句：他再亲嘴的时候，只需要闭上一只眼睛了。不久后，亲嘴男生另一只眼睛被感染，视力几乎为零，转到盲校。全班沉默了。

亲嘴女生那副厚厚的嘴唇，似乎再也没有张开过，继续留校上学，一个人放学回家，一个人迎接会考，像什么都没有发生，像一个没有朋友的哑巴。米乐看着她，像看着小学墙上的那些小红花，随着时光自然褪色，一点点黯淡下去。班里也不再有人提及此事，悄无声息之下，纪律好多了。

不久后，全年级举办了十八岁成人典礼。其实大部分人才十七岁，学校说明年高三学业任务重了，没时间办。典礼上，校长、老师、学生代表都讲了话，最多被提及的词是"责任与梦想"，说来说去，责任就是做个好学生，梦想就是考上大学。虽是老生常谈，在这个气氛和环境里，米乐竟然被感染了，接受了"责任与梦想"，告诫自己：不要在十几岁正需要用眼睛看黑板和用手写字的时候，没了这种能力。

所以米乐能够接受没嘴可亲的现状，好在那些和女生日常接触的暧昧暂时可以在米乐青春期的孤独中注入一些光明。虽然诸多次和女生接触量变的累加也无法带来质的变化，米乐至少能控制着人生不发生骤变，他不敢想象亲嘴男生那种失控的人生会滑向哪里。

也许到了盲校，他依然是一只猛虎吧，米乐想。在米乐看来，人分两种：大人和小孩。大人都是一样的，小孩则各自不同，有人像老虎，有人像狗熊，有人像猫，有人像狗。如果问米乐像什么，他会觉得自己像猴子——不放弃对幸福和舒适的追求，又时刻提防着随时发生的危险，不会选择必须你死我活的道路生存。

如果告诉米乐，谈恋爱是安全的，米乐还真不知道找谁谈。女生甲的脸庞，女生乙的性格，女生丙的爱好，女生丁身材的挺拔，女生戊身材的娇小……米乐都觉得挺好。所以，跟每个女生都能说上几句话，或许是最好的选择。

这就是米乐的十七岁，没什么特别的快乐，也没什么特别的忧愁。

他骑在自行车上快蹬了几步，赶在《新闻联播》前到家吃饭，这是他和父母不成文的约定。

也许考上大学就自由了，米乐骑着车想。

2007

米乐失恋了。

他和谈了五年多的女朋友，在大学毕业两年后，分手了。

米乐大学上的是电影学院录音专业，女朋友是同届文学系的，将来毕业了就是编剧。两人是在运动会上认识的，当时米乐准备参加男子一千五百米的比赛，女孩参加女子八百米的比赛，两人都在看台后面热身。女孩先做了三组高抬腿跑，又做了三组后踢腿跑，然后是三组冲刺跑，跑完路过米乐身边的时候，米乐由衷赞叹道："真专业！"

女生谦虚而幽默地回应："全靠热身把对手吓住。"

"你是体育特长生吗？"米乐问。

"不算特长，就是高中学习累了的时候喜欢跑。"女孩转动着脑袋给脖子热身，"你能帮我压压肩吗？"

米乐和女孩把手搭在对方的肩上，面对面俯下身，女孩控制着节奏，上下弹压。女孩的T恤衣领忽闪忽闪，米乐看到了里面的乳沟，两块洁白隆起的肉体被黑色的胸罩包裹着，呼之欲出。越是把视线挪开，越觉得里面拴了根儿绳子拽着他非看不可，越压觉得身体越硬。

这是米乐长这么大，最近距离和最大程度上看到的"真货"。

"真货"的主人撤掉胳膊，改作扩胸运动，问米乐："你是哪个系的？"

"录音。"米乐也跟着扩胸。

"我文学。"女孩看向米乐，自我介绍。

米乐看清了女孩的脸，也有一副厚厚的嘴唇，眼睛大而坚毅，一眨不眨，在表演系算不上好看的，在文学系可以当美女了。

运动会后，米乐和女孩总能在校园遇到。电影学院小，就两栋宿舍楼和一座食堂，不想见着比见着难。每次女孩的出现，总会让米乐在心底对她"真货"的样貌重新回味一番。米乐盼着，最好真实生活中两人能多点儿交集。

平安夜的晚上，录音系的大一新生开联欢会，第二天是周末，散会后米乐骑着自行车出校门，准备回家。每个周末他都回家，家里做好吃的，改善生活。

米乐在出校门的时候看见女孩，正穿着羽绒服冻得哆哆嗦嗦左顾右盼。米乐问女孩干什么呢，女孩说她也不知道自己要干什么，同宿舍的女生都出去玩了，她正好趁宿舍没人用电脑，写了一个短片剧本。这是她心里积压许久的一篇东西，写完如释重负，看着窗外圣诞气氛浓重，自己一个人在宿舍里倍感没劲，想找点事儿干。

米乐说那我带你去教堂玩吧。女生说好啊，还没去过教堂。她是外地考到北京的，她家所在的城市没有教堂。

米乐就在学校门口的立式公用电话亭给家里打电话，说晚上和明天都不回去了，要和同学在学校过圣诞。

女孩跳上米乐的自行车，跟他去了缸瓦市的教堂。活动还没结束，唱诗班正合唱《哈利路亚》，人很多，大厅挤满了人。两人就站在外排看，隔着一群人。

米乐对这里没什么兴趣，他家离这就两站地，上中学的时候天天路过，小时候没事就进来玩，早没了新鲜感。倒是女孩兴致高涨，踮起脚尖伸着脖子看。

看了会儿，女孩的小腿肚子酸了，蹲在地上。教堂上空回荡着唱诗班圣洁的歌声，米乐找了个能坐的地方，两人席地而坐，面前是一排排腿，像两个旷课的孩子，相视一笑。

该做祷告了，牧师上台。两人站起来，女孩双手握在胸前，头微低，闭上眼，像众人一样煞有介事地祈愿。米乐已经把手抬到胸前，想了想又放下了，祝家人安康自己学业进步什么的都太俗，又没什么不俗的，就不走这个形式了。

米乐在众人默默祈祷的时候，拿出便携录音机，按下录音键——录音老师在课堂上说过：任何时候都是有声音的，哪怕无声也是一种声音。米乐觉得，此时人们衣服窸窸窣窣的摩擦和轻重不一的呼吸声，是人面对神和命运时最真实的声音。

最后是全场人在牧师的带领下说了句：阿门！

众人散去，米乐心满意足地关上录音机。

从教堂出来，米乐问女孩刚才许的什么愿。女孩不说，说说出来就不灵了。米乐说你还挺信这些，女孩说要做成事，除了自己努力，也得靠上天眷顾。米乐觉得女孩幼稚。

快十二点了，街上的人并未减少，都是米乐这么大的学生。女孩问米乐还能去哪儿玩，米乐说一般这点他都在家睡觉了。

"你家现在有人吗？"女孩问。

"当然有。"米乐十分肯定地说，之前他给家里打电话，女孩也知道。

"那现在去哪儿？"

米乐看出来了，女孩还不想回宿舍睡觉，但米乐也不知道能去哪儿，两人就沿着路溜达，米乐推着自行车。

"你刷过夜吗？"女孩问米乐。

"刷过。"

"在哪儿？"

"长安街。国庆四十五周年，老师带着我们站路口帮国家维持秩序，天亮了才回家。"米乐的中学离天安门很近。

"这不算，我说的是玩。"

"那没有，你呢？"

"也没有。"女孩说。

于是两个没有刷夜经验的少男少女，沿着教堂门口的西单北大街走。总得聊点儿什么，米乐问女孩之前短片剧本写的什么故事。女孩说写一个小姑娘，平安夜一个人在家等圣诞老人钻烟囱送礼物。圣诞老人来了，她把烟囱和壁炉堵住了，不让圣诞老人出来，问圣诞老人为什么每年这个时候都要给人送礼物。圣诞老人说多做善事才能上天堂，小姑娘说那她也送圣诞老人一件礼物，说着就钻到烟囱里，要把自己送给圣诞老人，让圣诞老人带她去天堂，故事完。

"没结尾？"米乐听完的第一反应。

"不是每个故事都有结尾。"

"也对。"

"为什么写这么一个故事？"

"我也不知道。"

米乐觉得，此情此景，与其探讨艺术，不如干点儿别的。一个画面突然浮现：三个月前和女孩在运动会上互压肩膀，女孩的T恤衣领忽闪忽闪，Y字形的乳沟被黑色的胸罩拱起，露出的两块洁白肉体呼之欲出。

已经走到北太平庄桥，不能再走了，拐弯就是蓟门桥，电影学院就在那，就这么回学校有点遗憾。于是米乐邀请女孩在桥下的露天排挡坐一坐，吃一碗街边的北京名吃——卤煮火烧。

拖延时间也是一种不回学校的办法。

卤煮上来了，热气腾腾，煮熟的大肠和肺头散发着特有的气味。女孩竟然觉得好吃，她是四川的，说像毛血旺。

看女孩吃得开心，米乐要了两瓶啤酒，给她倒上，女孩没拒绝。米乐一瓶喝完，女孩的那瓶也喝完了，说还可以再来一瓶，她高中住校，晚上在宿舍经常和同学喝。

又上了两瓶。喝完酒的米乐觉得这个夜晚应该发生点儿什么。女孩那副厚厚的嘴唇，刚吃完卤煮，鲜红湿润，如同两段烤熟的香肠，饱满油亮，想让人品尝。大学的自由，就是可以品尝的意思吧，米乐想。

米乐又想起两年前亲嘴男生和他说的那句话：别太要脸，带着女生去黑的地方，越黑越好，其实这事女生也想。

街上的人已经不多了。

此时对这个女孩的渴望，究竟是精神需求还是生理需要，米乐也搞不清楚，他甚至觉得这是一回事儿——你能说感官体验的美妙不会让精神上也获得满足吗？也不能否认精神上想跟一个人在一起，首先是对这人的容貌肥瘦乃至气味没有反感。

在卤煮吃完前，米乐想好了下一步计划。结完账后，米乐建议：去前面的"元大都遗址公园"看看。那里不用门票，没有围栏，里面是一片土坡和一条河，土坡上是高高低低的树，密不透风，米乐想不到再有比这还黑的地方了。

其实这个公园就在电影学院的北面，女孩虽然没有进去过，也经常路过。她知道那里也没什么好玩的，只是不愿就这么回宿舍，不管去哪里。她和室友说好了晚上都不回去。

两人顺利地进了公园，河面已经结冰，越往里走越黑，放眼望去，一个人影都没有，一片寂静。

"你冷吗？"米乐把手搭在女孩的肩上后才问。

"可以。"

米乐听不出"可以"是"不太冷"还是"可以把手放这"的意思，反正女孩没有拒绝，先搭着再说。

小时候米乐在马路上看见勾肩搭背的男女，就觉得他们是一家子了，两人之间可以无话不说，无事不做。此时米乐和这个女孩也正以同样的姿势走在路上，他不知道是否意味着也可以干任何事情了呢？

米乐把女孩搂得更紧一点，女孩索性靠在米乐的肩上。这一行为给了米乐极大的鼓励，他搂着女孩脱离主路，踏着草地，向一排排挡住月光的树走去。

两人颇有默契地在最近的一棵树前停下，米乐从女孩肩上撤下胳膊，两人面对面站着。米乐张开双臂，从腰部的位置抱住女孩，女孩也一样抱住他。米乐半垂下头，女孩发丝间洗发香波的味道，在深夜的冷空气中，格外清新。

米乐深深地吸了一口，调动自己的洗头经验，试图分析出女孩用的洗发液是什么牌子的。显然此时自己得出答案不如问出答案，现在不需要做题，需要互动。

"你用什么洗的头？"米乐觉得自己说话的腔调变了，多了几分甜腻。

"好闻吗？"女孩的音调也变了。

"好闻。"

米乐在说完话的同时，把嘴贴在了女孩的嘴上。

柔软。这是米乐第一次全方位体会嘴唇的质感。之前他只能处在嘴唇内部的视点来体验自己的，现在他多了嘴唇外部的视点，有了对嘴唇外层特征的体会。

应该把舌头也伸进去，米乐具备一些理论知识，这些知识及时指导着他的实践。

女孩的两排牙齿像虚掩的门，被米乐的舌头轻轻一拨，就开了。里面的主人并没有第一时间出来迎客，米乐的舌头在里面找了一圈，才遇到主

257

人——女孩的舌头和她的这张嘴比起来，小得有些不匹配，细细的，尖尖的。米乐怕它跑掉，就用力噙住，它也在用实际行动表态：我跑不了。

两人如胶似漆地吻在一起。这一刻，米乐觉得自己对世界的认识终于达到当年亲嘴男生的高度。

米乐的两只手不再停在女生的背后一动不动，开始上下游走。为了获得更好的抓地力，还伸到女生的羽绒服和毛衣之间——既为了循序渐进，下一步再往秋衣里伸，也为了暖暖手，别一下把女生冰着。

隔着毛衣，米乐摸到了胸罩带。米乐揪了一下，松紧带被拉起，米乐一松手，松紧带"啪"的一声打在女生的背上。

"坏蛋！"女生收回舌头，撤出嘴说道。

这似乎是对米乐的鼓励，米乐的理解是：还能再坏点儿不？

当然能！米乐的一只手挪到了前面，按住了在他脑海中浮现过无数次的那块隆起。

因为米乐变换了动作，女生的手无法再从米乐的身后搂住他，自然垂下来。不知道是成心，还是无意，碰到了米乐的两腿之间（米乐穿的是李宁牌运动裤），被他已经坚硬的东西吓了一跳。

"你干什么？"女孩意外之余，并无斥责。

"呵呵。"米乐一笑，心照不宣。

"外面冷。"女孩突然说。

"那就找个暖和的地方。"

1998年的北京，不是都需要身份证登记才能住宿的。米乐找了一家旅馆，交了押金，拿着房卡和女生上了楼。

进入房间，两人也没客气，直奔主题。在把之前公园里的事情简单重复了一下后，米乐把已经不凉的手伸进女生的秋衣里，他想：这回能看清女孩黑色胸罩的全貌了。

结果，是件绿色的。这更让米乐觉得，里面的世界出乎预料的精彩。

女生并不扭捏，配合着米乐的动作，伸胳膊、脱掉套头毛衣、躺下……

米乐根据高中看毛片儿的经验，能够应付眼前的情景。他耳边回荡起刚刚教堂里《哈利路亚》的歌声。

这晚，文学系女生在米乐身下发出呢喃的声音，米乐听了想给录下来。

米乐觉得自己的名字后面也可以加上一朵小红花了。

两人就这么一天天好下来了，一起吃饭、一起考试、一起升级、毕业，然后各自进入剧组工作。

尽管两人一开始没有明确关系，但是大学这三年多的日子，显然过成了男女朋友。每天要么见面，要么打电话发短信，直到毕业。

毕业后进入剧组，这种情况发生了改变。米乐以录音助理的身份去片场拍摄，女生以跟组编剧的身份在剧组驻地修改剧本，两人相隔千里。当女孩想电话联系一下的时候，米乐这边现场正在同期录音，不方便通话。当米乐忙完给女孩把电话打过去的时候，女孩正和其他编剧商讨剧情，不光不方便通话，连短信都不方便回，剧本出不来，全组停工。

两人每天都要联系一下的节奏就这么被打乱了，有时候三四天才联系，匆匆几句话，便又各忙各的。

一部戏短则一个月，长则半年，两人一年见不上几面，见了面也一起待不了几天，又奔赴下一个剧组。影视行业的氛围就是两个字——名利。大家想趁年轻，多参与几部片子，多些机会和关注，早点儿成为"大师"。成为"大师"，是这个行业所有从业人员的终极目标。

于是两人谁也没有考虑现状是否适合两个人的感情，或者两人都考虑了，也都认同不适合，但顾不上改变。每年上千部影视剧在开机，竞争激烈，容不得休息。

就这样过了两年，各自拍了七八部戏，米乐越来越觉得哪儿不对劲，认为有必要和女孩聊聊了，正好两人都刚从剧组回来，女孩也想和米乐聊聊。

两人见了面，又三个月没见到了，米乐觉得有些生分。像以往一样，两人吃了饭，看了一个电影，然后去女孩那。女孩毕业后在北京租了房子，那也就成了两人约会的地方，房租也理所当然由米乐来付。

米乐有一套房子的钥匙，到了门口准备掏钥匙，女孩说她换锁了。米乐问为什么换，女孩说她的钥匙丢了，为了进门，找开锁的捅开，以前的锁就不能用了。

进了屋，米乐往沙发上一坐，说钥匙丢了完全可以打电话让他送一副来，女孩却突然说：

"以后房租我自己交吧？"

"怎么了？"

"咱俩分开吧。"女孩坐得离米乐很远。

"为什么？"米乐蒙得站了起来。

其实米乐也想找女孩聊聊两人还适不适合交往下去，一年到头见不了几面，关系名存实亡，没剪断时理还乱，牵扯太多，累。虽然女孩的提议正中米乐下怀，但是他诧异的是为什么女孩比他还着急分手。

女孩直截了当："我有人了。"

"谁？"

女孩说了一个名字，米乐知道，是个行业里的"大师"级编剧，岁数不小了，是女孩刚刚结束的这部戏的总编剧。

"他能当你爷爷了！"米乐觉得这绿帽子戴得令人发指，义愤填膺，"你俩上床了？"

"你没必要这么说。"女孩还保持着冷静，"是上了。"

"你跟他，图什么？"

"我跟他能聊到一块去。"

"聊养生？"

"幼稚！"

幼稚——这是米乐和女孩第一次约会时，女孩留给米乐的印象，没想到现在女孩用这词给他定性了。

米乐想，事已至此，索性我就再幼稚点，于是走到女孩面前，把她抱到床上，按倒，准备脱她的衣服。

"我和你没关系了！"女孩挣扎着。

"你和他好的时候，你们俩也没关系。"米乐掀起了她的毛衣，手伸了进去。

毛衣不是纯羊毛的，噼里啪啦冒静电。米乐怕静电，这更刺激了他。

"他占了我的便宜，我也得占他的便宜！"米乐去解女孩的裤子。

"你这是强奸……"女孩拳打脚踢。

"谁让你通奸！"米乐动作没停。

"其实咱俩并不合适，我和你好，也是当初因为空虚。"女孩放弃抵

260

抗，任由米乐摆布。

米乐曾多次剖析两人是怎么走到一起的，也知道主要原因是女孩当初一个人来北京上学，没伴儿，所以和他好了。两人算不上一见钟情，也算不上情投意合。

"大学毕业前反正也得找个男朋友，要不然就太怪了，正好你出现了，其实咱俩不合适。"女孩并不惭愧，"其实你也一样。"

"那我现在也空虚。"米乐解开了自己的裤子，只有硬来才让他解气。

"咱们都不是小孩了，知道该怎么面对空虚了。"女孩用手挡住自己最要害的部位，就是不让米乐进入。

米乐觉得被上了一堂生动的课：空虚时需要我，不空虚了就觉得我没用，我空虚了却不管我，因为我长大了，得学会面对空虚——怎么听着这么有道理，又那么没道理啊，长没长大也是你说了算，我就觉得我还没长大！

"明白了，你就是想被圣诞老人干！"米乐想起第一次和女孩约会，就因为她为了写圣诞老人的剧本，没能和同宿舍女生一起出去，落单了孤独，才有了米乐的机会。

"你混蛋！"女孩不再遮挡要害，腾出手打了米乐一个嘴巴。

一个响亮的嘴巴。米乐感觉畅快，这才是自己的成人典礼。

用几年在一起的时光变成一个嘴巴，还有什么能比这个更有教育意义的呢？生活从来不按你想象的来，认清这一点，才能从王子娶了公主、坏人被绳法的童话中走出来，才算长大。女孩并没有错，当年平安夜她在上帝面前许的愿就是自己能成为一个让人记住的编剧，写出好剧本。现在她跟着一个"大师"，离写出好剧本越来越近了，将来别人会记住她的，米乐决定从此刻忘掉她。

米乐提上裤子，从女孩身上下来，也替她把毛衣和裤子拉上，说了句："我走了。"

便离开这里。

原来失去的感觉还能这么好。这是米乐第三次体会到分别的滋味，这次他多体会出一种凛冽的快感。

第一次是小学二年级，芳芳因为搬家，转学走了。这让他很伤感，人

261

生第一次有了这样一种感受，整整一个学期都闷闷不乐，他怀疑此后多年一直不喜欢去学校的思想就是这时候养成的。后来上了初中，他知道这种感受叫作伤感。

第二次是爷爷去世。米乐上高一，知道自己正在经历的难受叫作伤感。此刻涌起的这种熟悉的感受瞬间便连接到和芳芳分别的那次。看不见的芳芳，和摆在桌上的爷爷的照片却已经没有爷爷这个人的事实，都实实在在让米乐体会到分别的滋味。

前两次别离像龙卷风，有一股巨大的裹挟能力，带着米乐往悲伤和绝望里扎，对此米乐无能为力，只能靠时间和遗忘让自己从无助中走出来。

而这次，走出女孩家，寒风吹在脸上，米乐却涌起一种"悲伤你不能把我怎么着"的力量。也许是真的长大了，也许是在剧组待久了，习惯了面对麻烦——剧组就是一个麻烦的生产基地，每天每时都在发生，发生了就得解决。现在米乐发现自己面对不如意时的第一反应，不是伤痛，而是接受并解决。

以前米乐就希望世界按他期盼的那样，如有违背，则不愿接受，试图扭转、控制，控制不了便痛苦不堪。现在他看清活着的本质不是让生活顺应自己，而是自己去解决生活中的问题，一次次攻克的过程才是人之为人的意义。

况且生活还有无限可能，明年就是北京奥运会了，谁也不知道中国办奥运会是什么样的，按以往对外国城市办奥运的印象，肯定特热闹。生活这么热闹，有什么过不去的呢？

当然，这少不了前两次分别的痛苦对米乐的培训——芳芳没有白转学，爷爷也没有白死！

这更让米乐觉得：无论生活怎样，一切都是最好的安排。或许现在分开，是为日后重新恋爱做准备。这么一想，米乐更没事儿了。

果然，米乐开始了新的恋爱。两年的剧组生活把他掏空了，每天一早就出工，晚上收工，然后一伙子人吃吃喝喝混到深夜，仓促睡去，第二天一早又昏头涨脑地出工，为中国影视行业的建设添砖加瓦，日复一日。米乐厌倦了，考了录音系的研究生，回学校继续上学，躲个清净。当然，这也是他在失恋后，选择的疗伤方式。

那天米乐正在录音系等导师，导师要出书，找他们几个研究生吃饭商议此事。一个女孩探头探脑出现在录音系门口，看见米乐，问道：

"你是录音系的吗？"

"是。"

"那你一定会录音吧？"

"怎么了？"

"我是导演系的，拍个作业，想找个录音师。"

眼前的女导演面颊洁白，鼻梁高挺，双唇粉润，一脸稚嫩。米乐说：

"什么时候开机？"

女生是导演系大一的学生，拍的是一个三分钟短片作业，一共拍摄了两天，米乐去做了录音。剪辑完成后全班播放，老师打分是最高的。女生要请米乐吃饭。

导演系的学生短片都是自己花钱拍摄，主要开销是吃饭和交通，米乐垫付了若干次转场打车和全组盒饭的费用。每次制片主任（也是学生担任）来报销或取现，片场一忙起来，女生顾不上，米乐就掏出钱，让制片主任别打扰导演。关了机，女生要把钱给米乐，米乐不要，总共也没多少钱，就当扶持青年导演了。

短片受到老师好评，米乐功不可没，尤其是当女生得知米乐是录音系的研究生且拍过很多戏后，更要请米乐吃饭表示感谢。

"杀鸡焉用牛刀，一定得请你吃顿饭。"女孩郑重邀请，她当初只想去录音系找个低年级的本科生帮忙。

米乐当然接受了。

饭就是他俩吃的。米乐给女生讲了他上学时候学校里的趣事，女生饶有兴趣地听着。女生给米乐讲她为什么复读也要考导演系，米乐心怀不轨地听着。两人越聊越熟。

快吃完的时候，女生说导演系也上表演课，老师让他们下次课每人模仿一种动物，她要模仿的是熊。米乐问为什么不模仿别的，女生说因为她抽签抽到的是熊，可是她不知道熊有什么特点。米乐说这好办，带你去动物园看一眼就明白了。

米乐打车带女孩去了动物园。两人进了门，直奔熊山。偌大的一片园子，只有两头熊，一头在睡觉，一头趴着一动不动，撅着屁股，肥胖的身躯生动地演绎着一个懒字。

"这可怎么办，我总不能也演个一动不动吧。"女孩有点犯难。

米乐掏出手机，里面存了一些声音资料，其中有一段熊的叫，他刚给一部乡村生态电影做了录音。趴着的熊听到声音，懒洋洋站起来，缓缓朝米乐他们这边爬来。

爬到跟前，隔着笼子，熊抬头看了一眼声音的出处，露出嘴里的两排獠牙，终于有了点儿活力。米乐晃动着手机，调大音量。熊后腿着地，屁股发力，站了起来，扒着两只前爪，俨然一个成年的人类。虽有一副獠牙，却长了一双呆萌的小眼睛，跟肥硕的身材和大脸比起来，不成比例的精致，小出一种羞涩胆怯的效果。

旁边写着"禁止喂食"的牌子，还是有人投递了食物，熊竟然腾空而起，飞着接住了食物。

"我知道该怎么演了。"女孩如获至宝。阳光照在她青春娇嫩的脸上。

这一刻，米乐在女孩身上发现了芳芳的影子。

两人离开动物园的时候，天已经快黑了。动物园门口始发站也有回电影学院的公交车，北京的常住人口已经越来越多，始发站并不意味着能有座位了。

米乐打了车，带着女孩，驶向"黑的地方"。

2017

米乐当爹了。

儿子叫乐高，目前一岁半。小区里的狗和家里的蟑螂是乐高唯一见过的活体动物和昆虫。米乐决定带乐高去动物园看看。

米乐想起自己小时候，住平房潮，去动物园前见的最多的昆虫是土鳖。现在住楼房，土鳖没了，蟑螂多了。乐高可能这辈子不会见到土鳖了。

乐高的妈妈就是当年找米乐拍短片的那个女导演。当初米乐抱着"扶持青年导演"的计划，一扶持就是十年。女孩没当上导演，当了妈，此时正给乐高喂奶，做去动物园出发前的准备——喂饱了乐高路上不闹。

"85后"的妈妈，喂奶最多就喂到孩子一岁，然后迫不及待地重返社会。乐高的妈妈在乐高一岁的时候，也想过要不要给孩子断奶，开始工作，怀孕分娩加喂奶，她已经脱离社会快两年了。

但是开始工作又能怎样呢，2016年全国电影票房超过四百五十亿，看似繁荣，好片子却寥寥，人们不再看重内容，而是看它的商业价值：是不是IP，有多少脑残粉，场面可能有多大，能请来什么明星……以前拍电影是导演中心制，创作准备充足了就能开机，现在导演成了打工的，制片方说了算，不需要你太多个人创作，只需要你把合同执行好了。这种环境下，新导演想拍片，难上加难。乐高妈妈班一共十七个人，今年都过了而立之年，还没一个人拍出故事长片。女生们在一起聊天会说：处女的过程不长，处女作的过程还真他妈漫长。

反正也没电影拍，加上乐高那么喜欢吃奶，就再喂一年吧——国际卫生组织颁布的标准是喂到孩子两岁尤佳。母乳喂养有助于增进母子感情，给孩子建立安全感，且含有配方奶粉所不具备的微量元素。既然中国电影跟打了激素似的飞速发展，满腔热血想哺育中国电影不成，那就死心塌地哺育中国婴幼儿吧。

乐高吃完奶，三口人穿戴整齐，出了门。

天气已经暖和了。立春后风明显多了，北京的雾霾不那么严重了，乐高拉着爸爸妈妈的手，站在小区门口的路边，晒着太阳，等打车软件派的车来接。

米乐已经搬到朝阳区了，他家和动物园正好是地图上的对角线，即便不怎么堵车，也要一个小时才能到。动物园所在的二环周边，房价已经十二万一平方米，交通拥堵，不适宜出行和居住。前两年西城区"两会"上，区委书记算了一笔账，动物园地区有两万多个服装批发商，每年给西城经济带来效益约六千万元，但政府支付的交通、环境等管理费用超过一亿元。此后的两年，"动批"三十万平方米的市场陆续被疏解，从业人员和流动人口也减少了数万，但人和车的稠密程度依然让人头疼。所以米乐他们没开车去。

接车的司机是位老师傅，以前在国营出租车公司开车，这两年线上打车对传统出租车冲击太大，公司不得不改头换面，换了一批新车，也研发了一款打车APP，培训这些老师傅用智能手机接单，并通过前期烧钱给客户发红包的方式拉拢用户。米乐和这辆车的因缘，就是想把收到的红包花出去。

坐在车里，乐高一手拉着妈妈，一手拉着米乐，阳光照在他幸福的小脸上。米乐想起自己第一次和爷爷去动物园，那时候的他可能也这么幸福吧。好好享受吧，这种时光不会一直有，米乐握紧了乐高的小手。

米乐很久没有出门了，最近三个月他都在家里带孩子。七年前，他和电影学院的两个同学办了个影视公司，本来想大家一起拍点小成本文艺片，结果迟迟没拍成，为了生存，公司就接了几个帮别的电影宣传的活儿。那时候中国电影市场刚复苏，观众没什么观影经验，需要引导，米乐他们是学电影的，就从专业角度做了一些营销，包括找影评人从技术上写评论、从美学上找传承、从社会风气上找结合点，甚至不惜剧透引发对剧情的争论，吸引观众走进电影院。效果出奇的好，本来都是小成本的电影，纷纷成了票房黑马，收入远超制片方的预期。

公司有了美誉度，有大片儿来寻求合作。大片儿的话题本来就多，做不做宣传都万众瞩目，毕竟明星阵容在那，票房少也少不到哪儿去。公司做完大片的宣传，一跃成为行业内屈指可数的电影营销公司，既有以小博大的成功案例，又为国际知名导演的电影操过刀。各种制片人登门拜访，带着合同和样片，期待自己的电影被点石成金。越是垃圾的影片开出的价格越难以拒绝，为了钱，公司接了两部，效果都不理想。但依然有人找上门，价格依然让人无法拒绝。米乐他们有了人生的第一桶金，贷款买了房。

一夜之间，各种热钱都跑到影视行业。各大中小城市都在盖电影院，各种土豪纷纷成立了影业公司，千奇百怪的电影纷纷登上银幕，市场已经不是几年前那么好骗了，上映后丑态百出，但行业热情不减，北京的每一座咖啡厅里都有人在商议着什么时候开机，范冰冰有没有档期，一个亿不够还可以再追一个亿。

这时候有一家航母级别的影视公司要收购米乐他们的公司，开价不菲。米乐和两个合伙人同学关上门，开诚布公地就这事聊了一个礼拜。

同学A的意思很简单，就是卖。现在电影市场越来越难做，营销公司也多了，竞争激烈，利润越来越少，有的片子他们前期看好，还参与了投资，结果票房惨败，损失不小。虽然整体票房很高，但留给每个人的空间越来越小，不如套现走人。

同学B的意思是倒不着急卖，应该趁现在市场正热，拉热钱进来，投十部片子，以公司现在的知名度，可以签不保本协议，赔了也不用担风险。十部片子陆续三年内上映，只要成功五部，就能跃上一个新台阶。有了之前的营销案例和这十部片子的版权积累，可以试着上创业板IPO，到时候市值至少是现在卖价的二十倍以上。

米乐则认为应该回到七年前做公司的初衷，是为了做点有品位和价值的电影，电影做好了，钱自然能挣着，虽然慢点儿。对于上市，米乐觉得这是一股不正之风，身边很多同行都在计划这事儿，什么时候学电影的最终目标是为了当上市公司的老板了？如果这样，当初报考商学院好不好。而且从现状看，吵吵着要上市的都是拍不出好电影的公司，用上市当成自欺的毒品麻醉自己。对于卖公司，米乐强烈反对，因为这是三个人好不容易做起来的，从注册资本十万块——三个人凑的钱，一点点发展壮大，办公室从每月四千块的民宅小区搬到现在的CBD写字楼，从拿一台笔记本接活儿，到现在有了专业的机房，知识储备和生活热情都是最好的时候，像一个少年刚刚到了壮年，正准备实现人生价值，却突然告诉他退休吧。卖公司的好处当然也显而易见，可以套现，但套了现又有什么用呢？

"当然有用！"同学A万分肯定。

"你现在的钱不够花吗，咱们这收入在中国已经算中产了。"

"中产个屁！"同学A摔碎了一个杯子，"敢情你们家是北京的！"

仨人一直喝着酒，像当年在宿舍讨论电影一样，热烈而真诚，同学A的过度反应让米乐毫无准备。

"一口一个好作品，你以为你是艺术家吗？"同学A没了杯子，索性拿起红酒瓶直接吹了一大口，然后抹了一把嘴边蘸的红酒，像刚吐过血。

米乐没说话。学艺术的不成文约定，当说一个人是艺术家的时候，要么是对这个人最大的尊重，要么是最大的侮辱。米乐知道，这是因为他阻碍别人挣钱了。

什么时候他们三个人的关系变成"分钱"了？

小二十年前，三个人同一宿舍，只有米乐家是北京的。他俩钱不够花的时候，都管米乐借，因为哪怕不能及时还上，米乐也不至于饿死，还可以回家吃饭，所以他们能还上的时候也先不还。毕业后，米乐有一段时间挣不到钱，还要替文学系女孩出房租，他俩那段日子挣钱快，就资助米乐。所以他们后来能摽在一起做公司，也是多年来"有钱一起花"的良好风气使然，怎么现在变成抢钱花了？

或许卖掉公司的收益会是当年他们一个月生活费的一万倍。这一万倍把他们的关系也放大了一万倍，看得更清楚了。

好的红酒，喝完嘴唇、牙齿和舌头也会变紫。同学A张开"血盆大口"，对"中产个屁"做着激烈陈词：

"北京四环里的房价平均都八万一平了，我快四十了，一家三口还挤在六十平方米的一居室，孩子爷爷奶奶姥姥姥爷来了都得打地铺，还不敢一起来，地上躺不下四个人。就这样，还得庆幸当初一狠心一咬牙贷款买了套一居室。搁现在，首付都费劲。"

"还那么多人没房呢。"米乐插了一句，"我不也一家三口住一居吗？"

"但是凭什么我就得是那个比上不足比下有余的，我怎么就不能住大点儿的房子？大不大先搁一边，我家老大已经六岁了，马上就上小学了，可是我家那房不是学区房，孩子是外地户口，连北京的小学都不让上，只能回老家，老家是什么教育啊，这不就是传说中的一上来就输在起跑线上了吗？"

"那你家老二将来怎么办？"同学B又插了一句话。

"还能怎么办，想办法买学区房呗，我老婆说了，买不到就把老二打了，现在怀孕两个月，留给我的时间就剩七个月了。"同学A话音里带着哭腔，"我在北京只有一件事情可做，就是挣钱。甭说这点儿雾霾，北京就是下刀子，我也不回老家，更不让孩子回老家，我们回不去了……"

同学二十年，米乐头一次看到他这种表现：面红耳赤久久不退，连谢顶处的皮肤也沾染了红色，这似乎是和这个不公平世界对抗仅剩的力量。

三人沉默了足有五分钟。午后的太阳慷慨地照进来，气氛却冰冷僵硬，像一句许巍的歌词：窗外阳光灿烂，我却没有温暖。

同学A打破沉默，把之前的一句话又重申一遍：

"敢情你家是北京的——生下来拥有的就是我们奋斗三十年也未必能得到的！"

话说到这份上，米乐知道该怎么做了。多年前，米乐也说过类似的话，他说的是："敢情你们能天天跟媳妇在一起腻味。"

那时候，米乐和文学系女生刚分手，他们分手的原因似乎是因为那女生跟了别人，但米乐自己清楚，即便没有这件事儿，他也会和这个女生分手，因为那时候他也出轨了。

常年的剧组生活，日复一日的剧组工作，让人乏味而寂寞。收工后找个物美价廉的饭馆胡吃海塞一顿，用酒精麻醉自己，回到房间，要么昏昏睡去，要么更加不愿睡去，不愿一人独守空房。剧组的男男女女们在各自的房间里发出短信，试探着，躁动的分子在体内跳跃着，它们需要遇到另一些分子。米乐约到了剧组的场记女孩，拍那部戏时他俩每天在一起，戏拍完了，两人默契地回到之前各自的生活中。

一开始米乐还有些担忧，不知道该把女孩的手机号存成什么名字，最后选择了一个中性的名字——"场记"，别的戏的场记米乐都存了真名，这个场记有别于其他场记，索性就存成"场记"。但是女孩一次也没联系过米乐，慢慢地，米乐知道自己多虑了，也更新了对女孩的认识，原来是一名经验丰富的"老场记"。

这件事情，文学系的女孩作为米乐的女朋友，应该是不知道的。但米乐还是有些不安，觉得应该让她知道——至少应该知道两人长期两地分居所带来的弊病。所以米乐约了女孩聊聊，没想到女孩先提出结束两人的关系，并说她在外面有人了。这时候如果米乐说"我也有过人"，就好像因为"被抛弃"要故意给自己找回面子似的，一个男人犯不上这样。所以米乐宁可隐瞒，也没有说出真相，反正手已经分了。

后来米乐喝多了，把这事儿说了，同学A、B和他们的女朋友都在场。同学A的女朋友听完，质问米乐，你怎么能这样呢？

"敢情你们能天天在一起腻味。"当时米乐也是一副无辜的语气。

"那有什么区别吗？"A的女朋友问。

"当然有。"米乐说。

"我看没有，你就是给自己找理由。"A的女朋友说。

米乐没有辩解，他知道这事情不是靠说就能让对方理解的。

当年米乐对自己和场记女孩的事儿没有自责，此刻他也无法生起对同学的责怪。他知道同学A说的那些在北京的困境真的不是找理由，对于当事人来说那是货真价实地活下去的障碍，就像自己当年对"孤独"的畏惧一样。在那种需要解救的状态下，自己连一宿都熬不过去，何况别人要熬过一生，而且还事关肚子里的孩子能不能顺利生下来。米乐太能理解了。他同意了卖掉公司。

在承诺书上签字的时候，同学A还在解释，也像是忏悔：

"我现在挣钱的速度根本赶不上房子涨价的速度，没有点儿意外之财，我们一家都得完蛋。"

同学B在A摔杯子后，除了问了二胎那句话，也没再发表意见。他还没有结婚，没有家庭负担，所以敢用三年的时间赌公司上市，现在股权能变现，赌不赌都无所谓了。

于是公司成了别人的。

但变现容易套现难，得继续给公司打工满三年，方可拿钱离开。想混掉这三年日子，也不是太容易。母公司派来嫡系入驻，当了他们的领导，他们不再有决策权，参与什么片子是领导的事儿，他们只需要付出专业性的劳动。

米乐毕竟是高等学府学电影的，对电影建立了审美，可以说是热爱。当看着自己热爱的东西被别人糟蹋还得想各种恶趣味铺天盖地宣传的时候，米乐不想干了。于是就以照看孩子为由，不再去公司。

照看孩子真的不是托词，而是米乐实实在在要做的一件事情。三个月前孩子一周岁了，这一年里，他就没怎么管过孩子，每天出门的时候，孩子还没醒，回家的时候，孩子已经睡着了。给孩子过一周岁生日，米乐拍了很多照片，整理照片的时候，连同孩子刚出生时的照片一起看了一遍，发现当初那个像只剥了皮的兔子似的新生儿，如今已经人模狗样。这种变化让米乐欣慰又惭愧，觉得自己错失了很多。尤其是上礼拜孩子还在地上爬，突然出去晒了一下午太阳，回来就能站着走了。孩子的成长速度太快了，米乐不希望儿子某一天以一个陌生的面貌出现在自己面前，他想陪伴孩子成长。签署的继续为公司服务三年的承诺，爱他妈咋办就咋办吧，班再继续上下去，孩子就会跑了，想跟他玩都追不上了。

于是就有了这次动物园之行。

动物园的大门依然是三十年前的样子，灰色欧式浮雕建筑，和北京这座城市以及城市里的人一样，饱受着阳光、风沙、雨雪和雾霾的侵蚀，仍屹立不倒。

　　在检票口头顶上探头的监控下，米乐又一次走进动物园。

　　不知道三十年前的那批"老朋友"所剩有几，很多动物的寿命不超过三十年，它们和米乐只有一面之缘，然后便在这个世界消失，或许投胎转世日后还会以别的生命形式与米乐相见。

　　熊猫依然一副我是国宝谁也不屑的淡定样儿，长颈鹿的脖子还是那么长，狗熊照旧懒洋洋，老虎狮子还真是猫科动物但威严不减，大象馆的味道没那么冲了但还是时刻提醒着人们这里的主人消化系统良好，老猴仍在给小猴"择虱子然后放进嘴里"——现在米乐能告诉乐高，那不是择虱子吃，是在找小猴身上的盐粒吃，猴子喜欢有味道的东西。

　　猴山上面修了地铁13号线，以前露天的一大片山似乎是变小了，加了顶棚，也有可能是山没变，米乐大了，所以觉得山小了。米乐带着乐高看猴的时候，头顶过了好几趟城铁，铁轨将城区和昌平连接。以前一说昌平，都不觉得是北京。现在昌平门头沟这些地方已经是名副其实的首都的一部分，但是北京却早已不是北京了。

　　站在城铁的下面，看着猴子，过往的一幕幕在米乐眼前浮现：爷爷、芳芳、亲嘴男生、编剧女生、大学宿舍同学……米乐突然觉得，自己这三十年来一直未曾离开动物园。无论是动物，还是人，本质上又有什么不一样呢，都在为了得到小红花，尽量安全而舒适地活着。这一刻，米乐的小红花就是他的儿子乐高。

　　乐高还不怎么会说话，只能一个字一个字地进，丝毫不影响他表达看见各种动物后的喜悦。每看到一种动物便发出惊喜的喊叫或鼓掌，全身每个毛孔都散发着快乐，行为举止跟小猴没什么区别，这种天然的快乐是米乐已经从这个世界上找不到的了。看着乐高，米乐在想，生命的意义到底是知道电车为什么电不到人，还是能每天亲嘴，抑或是写出好剧本买上学区房？——人类的动物园向来不缺少这种价值观的训练并将此作为人之为人和成功的标志。身为其中的一只动物，米乐为自己和同类的处境感到悲凉，可生于此，除了满腔热情地活着，也别无选择。

离开动物园时，门口的电子屏显示着：今日进园人数48367人，出园人数34292人，在园人数14075人。

米乐问乐高：

"动物园好玩吗?"

乐高第一次蹦出人生中的两个字，声音嘹亮：

"好玩!"

选自《当代》2018年第4期

评鉴与感悟

时空坐标下，生活恒常
——评孙睿《动物园》

作为一篇短篇小说，《动物园》在情节上实在难以说是夺人眼球的，甚至稀松平常。十年为一个节点的时间型叙事，流水般的成长故事，没有波澜壮阔甚至没有较为突出的矛盾冲突。然而这篇小说的魅力却也在于此，从形式到内容上的简单，勾连出的是生活的恒常，表现的是一种脱离了"时代感"的普通人的生存本质，这种逆向书写本身就因立场而充满意义。

不能忽略小说的创作时间。2018年，是全国人民沸腾着进入新时代，满怀深情与自豪地盘点、回顾改革开放四十年所取得的伟大成就的年份。而孙睿的回顾似乎更个人，更直接，是平民视角下的时光迁移，像平缓的随波逐流，这样的叙事让小说充满了本质色彩，似乎已经打通了曾经也指示了将来，这种与时代保持距离的写作，在另一个层面上让小说充满了大众视域下的现实与切肤感。

孙睿从来不是节制型的作家。他的小说在语言上充满了"洒"的意味，不过多地设计语言形式，很少考量用词。叙事也大多是写意的，他从不吝惜笔墨，大有洋洋洒洒旁逸斜出之感，然而他对于人物内心的表现却又有着很强烈的"工笔"意识，细腻感十足，抓人眼球。《动物园》中依旧体现着他这样的写作风格。小说的开篇，就是一年级的米乐站在雨中等雨停的情节，再加上对去动物园路上以及游览动物园的描写，这一开头部分便占有了大量的篇幅，这在短篇小说的体例下已经明显"头重脚轻"，而作者的高妙之处在于在叙述的过程中，那细致入微的心理刻画以及对主人公情感世界的书写，这些书写与后文如此贴合，遥相呼应，让小说一以贯之，浑然一体。就是在这样的写作风格下，《动物园》以"淡"笔"深"写，工写兼备地刻画了普通人生活的恒常。

如果将小说中的时间当成是变化的线，那么动物园则是不变的点，一个是时间的流动，一个是空间的恒定，一个时空的坐标系由此搭建。1987到2017，三十年的时间，中国发生的巨大变化在小说中有几次暗指，北京环线的不断外扩、文化产业的突飞猛进、市场经济的深入人心。主人公米乐也确实被时代的巨轮载着一路向前，但是作为普罗大众的一员，身处时代浪潮中的他无非也过着最俗常的生活，上大学、工作、恋爱、分手、一夜情、结婚、生子、谈不上妥协地卖掉公司，既不是失败但也无法说是成功，他这人生中最为精彩和充满希望的三十年无非也只是重复着最简单的生活，有无奈，也有"小确幸"，像平淡的白开水，却也是大众最生动的写照，尽管他所处的正是飞速发展着的中国，而且是作为心脏的北京。《动物园》这篇小说，最大的特色也恰在于敢于写时代潮流下不变的恒常，写出那种最为大众化的人生。小说体现出了一种很强烈的别样的人本主义，强大的主体感让文本深具张力，指向了我们心中的一份只关乎自我的难得的冷静，让我们跳出纷繁嘈杂的媒体下的中国，去反思我们作为个体存在时所感受到的最真实的现实。

小说并没有抛出问题便戛然而止，更不只是营造一种思考的空间，而是明确地给出了最有效的涉渡之法。故事中，三十年前和三十年后，作为孩子和父亲的米乐两次思考同一个问题，人和动物究竟有什么区别？作者也借助米乐的心里独白进行了阐明：身为动物的一员，除了满腔热情地活着，也别无选择。

确实，时空坐标之下，人活着的方式其实一直没有改变，无论时代怎样变化，我们都无法摆脱生而为人所必须面对的艰难。但是，我们并不是别无他法，面对恒常的生活，我们也要满腔热情，这比盲目地追随时代或是与之对抗都更加明智，也更加妥帖。（陈曦）